Contemporánea

José Saramago (Azinhaga, 1922-Tías, 2010) es uno de los escritores portugueses más conocidos y apreciados en el mundo entero. En España, a partir de la primera publicación de *El año de la muerte de Ricardo Reis*, en 1985, su trabajo literario recibió la mejor acogida de los lectores y de la crítica. Otros títulos importantes son *Manual de pintura y caligrafía*, *Levantado del suelo*, *Memorial del convento*, *Casi un objeto*, *La balsa de piedra*, *Historia del cerco de Lisboa*, *El Evangelio según Jesucristo*, *Ensayo sobre la ceguera*, *Todos los nombres*, *La caverna*, *El hombre duplicado*, *Ensayo sobre la lucidez*, *Las intermitencias de la muerte*, *El viaje del elefante*, *Caín*, *Poesía completa*, los *Cuadernos de Lanzarote I y II*, el libro de viajes *Viaje a Portugal*, el relato breve *El cuento de la isla desconocida*, el cuento infantil *La flor más grande del mundo*, el libro autobiográfico *Las pequeñas memorias*, *El Cuaderno*, *José Saramago en sus palabras*, un repertorio de declaraciones del autor recogidas en la prensa escrita, y *El último cuaderno*. Además del Premio Nobel de Literatura 1998, Saramago fue distinguido por su labor con numerosos galardones y doctorados *honoris causa*.

José Saramago

El Evangelio según Jesucristo

Traducción de
Basilio Losada

DEBOLS!LLO

Papel certificado por el Forest Stewardship Council®

Título original: *O Evangelho segundo Jesus Cristo*

Primera edición con esta cubierta: abril de 2022
Tercera reimpresión: enero de 2024

© 1991, Herederos de José Saramago
© 2015, Penguin Random House Grupo Editorial, S.A.U.
Travessera de Gràcia, 47-49. 08021 Barcelona
© Basilio Losada, por la traducción
Ilustración de la página 8: *La gran crucifixión*, grabado de Alberto Durero
Diseño de la cubierta: © Manuel Estrada / Estrada Design
Fotografía del autor: © Carmelo Rubio

Printed in Spain – Impreso en España

ISBN: 978-84-9062-871-3
Depósito legal: B-3.203-2022

Impreso en Liberdúplex
Sant Llorenç d'Hortons (Barcelona)

P 6 2 8 7 1 D

A Pilar

Puesto que ya muchos han intentado escribir la historia de lo sucedido entre nosotros, según que nos ha sido transmitido por los que, desde el principio, fueron testigos oculares y ministros de la palabra, me ha parecido también a mí, después de informarme exactamente de todo desde los orígenes, escribirte ordenadamente, óptimo Teófilo, para que conozcas la firmeza de la doctrina que has recibido.

LUCAS, 1, 1-4

Quod scripsi, scripsi.
PILATOS

El sol se muestra en uno de los ángulos superiores del rectángulo, el que está a la izquierda de quien mira, representando el astro rey una cabeza de hombre de la que surgen rayos de aguda luz y sinuosas llamaradas, como una rosa de los vientos indecisa sobre la dirección de los lugares hacia los que quiere apuntar, y esa cabeza tiene un rostro que llora, crispado en un dolor que no cesa, lanzando por la boca abierta un grito que no podemos oír, pues ninguna de estas cosas es real, lo que tenemos ante nosotros es papel y tinta, nada más. Bajo el sol vemos un hombre desnudo atado a un tronco de árbol, ceñidos los flancos por un paño que le cubre las partes llamadas pudendas o vergonzosas, y los pies los tiene asentados en lo que queda de una rama lateral cortada. Sin embargo, y para mayor firmeza, para que no se deslicen de ese soporte natural, dos clavos los mantienen, profundamente clavados. Por la expresión del rostro, que es de inspirado sufrimiento, y por la dirección de la mirada, erguida hacia lo alto, debe de ser el Buen Ladrón. El pelo, ensortijado, es otro indicio que no engaña, sabiendo como sabemos que los ángeles y los arcángeles así lo llevan, y el criminal arrepentido está, por lo ya visto, camino de ascender al mundo de las celestiales creaturas. No será posible averiguar si ese tronco es aún un árbol, solamente adaptado, por mutilación selectiva, a instrumento de suplicio, pero que sigue alimentándose de la tierra por las raíces, puesto que toda la parte inferior de ese árbol está tapada por un hombre de larga barba, vestido con ricas, holgadas y abundantes ropas, que, aunque ha levantado la cabeza, no es al cielo adonde mira. Esta postura solemne, este triste semblante, sólo pueden ser los de José de Arimatea, dado que Simón de Cirene, sin duda otra hipótesis posible, tras el trabajo al que le habían forzado, ayudando al condenado en el transporte del patíbulo, conforme al protocolo de estas ejecuciones, volvió a su vida normal, mucho más preocupado por las consecuencias que el retraso tendría para un negocio que había aplazado que con las mortales aflicciones del infeliz a quien iban a crucificar. No obstante, este José de Arimatea es aquel bondadoso y acaudalado personaje que ofreció la ayuda de una tumba suya para que en ella fuera depositado aquel cuerpo principal, pero esta generosidad no va a servirle de mucho a la hora de las canonizaciones, ni siquiera de las beatificaciones, pues nada envuelve su cabeza, salvo el turbante con el que todos los días sale a la calle, a diferencia de esta mujer que aquí vemos en un plano próximo, de cabello suelto sobre la espalda curva y doblada, pero tocada con la gloria suprema de una aureola, en su caso recortada como si fuera un bordado doméstico. Sin duda la mujer arrodillada se llama María, pues de antemano sabíamos que todas cuantas aquí vinieron a juntarse llevan ese nombre, aunque una de ellas, por ser además Magdalena, se distingue

onomásticamente de las otras, aunque cualquier observador, por poco conocedor que sea de los hechos elementales de la vida, jurará, a primera vista, que la men-
cionada Magdalena es precisamente ésta, pues sólo una
persona como ella, de disoluto pasado, se habría atrevido
a presentarse en esta hora trágica con un escote tan
abierto, y un corpiño tan ajustado que hace subir y real-
zar la redondez de los senos, razón por la que, inevita-
blemente, en este momento atrae y retiene las miradas
ávidas de los hombres que pasan, con gran daño de las
almas, así arrastradas a la perdición por el infame cuerpo. Es, con todo, de compungida tristeza su expresión, y
el abandono del cuerpo no expresa sino el dolor de un
alma, ciertamente oculta en carnes tentadoras, pero que
es nuestro deber tener en cuenta, hablamos del alma,
claro, que esta mujer podría estar enteramente desnuda,
si en tal disposición hubieran decidido representarla, y
aun así deberíamos mostrarle respeto y homenaje. María
Magdalena, si ella es, ampara, y parece que va a besar,
con un gesto de compasión intraducible en palabras, la
mano de otra mujer, ésta sí, caída en tierra, como desamparada de fuerzas o herida de muerte. Su nombre es
también María, segunda en el orden de presentación,
pero, sin duda, primerísima en importancia, si algo significa el lugar central que ocupa en la región inferior de
la composición. Fuera del rostro lacrimoso y de las manos
desfallecidas, nada se alcanza a ver de su cuerpo, cubierto
por los pliegues múltiples del manto y de la túnica, ceñida
a la cintura por un cordón cuya aspereza se adivina. Es de
más edad que la otra María, y es ésta una buena razón,
probablemente, aunque no la única, para que su aureola

tenga un dibujo más complejo, así, al menos, se hallaría autorizado a pensar quien no disponiendo de informaciones precisas acerca de las precedencias, patentes y jerarquías en vigor en este mundo, se viera obligado a formular una opinión. No obstante, y teniendo en cuenta el grado de divulgación, operada por artes mayores y menores, de estas iconografías, sólo un habitante de otro planeta, suponiendo que en él no se hubiera repetido alguna vez, o incluso estrenado, este drama, sólo ese ser, en verdad inimaginable, ignoraría que la afligida mujer es la viuda de un carpintero llamado José y madre de numerosos hijos e hijas, aunque sólo uno de ellos, por imperativos del destino o de quien lo gobierna, haya llegado a prosperar, en vida de manera mediocre, rotundamente después de la muerte. Reclinada sobre su lado izquierdo, María, madre de Jesús, ese mismo a quien acabamos de aludir, apoya el antebrazo en el muslo de otra mujer, también arrodillada, también María de nombre, y en definitiva, pese a que no podamos ver ni imaginar su escote, tal vez la verdadera Magdalena. Al igual que la primera de esta trinidad de mujeres, muestra la larga cabellera suelta, caída por la espalda, pero estos cabellos tienen todo el aire de ser rubios, si no fue pura casualidad la diferencia de trazo, más leve en este caso y dejando espacios vacíos entre los mechones, cosa que, obviamente, sirvió al grabador para aclarar el tono general de la cabellera representada. No pretendemos afirmar, con tales razones, que María Magdalena hubiese sido, de hecho, rubia, sólo estamos conformándonos a la corriente de opinión mayoritaria que insiste en ver en las rubias, tanto en las de natura como en las de tinte, los más eficaces instrumentos de pecado y perdición. Habiendo sido María Magdalena, como es de todos sabido, tan pecadora mujer, perdida como las que más lo fueron, tendría también que ser rubia para no desmentir las convicciones, para bien y para mal adquiridas, de la mitad del género humano. No es, sin embargo, porque parezca esta tercera María, en comparación con la otra, más clara de tez y tono de cabello, por lo que insinuamos y proponemos, contra las aplastantes evidencias de un escote profundo y de un pecho que se exhibe, que ésta sea la Magdalena. Otra prueba, ésta fortísima, robustece y afirma la identificación, es que la dicha mujer, aunque un poco amparando, con distraída mano, a la extenuada madre de Jesús, levanta, sí, hacia lo alto la mirada, y esa mirada, que es de auténtico y arrebatado amor, asciende con tal fuerza que parece llevar consigo al cuerpo todo, todo su ser carnal, como una irradiante aureola capaz de hacer palidecer el halo que ya rodea su cabeza y reduce pensamientos y emociones. Sólo una mujer que hubiese amado tanto como imaginamos que María Magdalena amó, podría mirar de esa manera, con lo que, en definitiva, queda probado que es ésta, sólo ésta y ninguna otra, excluida pues la que a su lado se encuentra, María cuarta, de pie, medio alzadas las manos, en piadosa demostración, pero de mirada vaga, haciendo compañía, en este lado del grabado, a un hombre joven, poco más que adolescente, que de modo amanerado flexiona la pierna izquierda, así, por la rodilla, mientras su mano derecha, abierta, muestra en una actitud afectada y teatral al grupo de mujeres a quienes correspondió representar, en el suelo, la acción dramática. Este personaje, tan joven, con su pelo ensortijado y el labio trémulo, es Juan. Igual que José de Arimatea, también esconde con el cuerpo el pie de este otro árbol que, allá arriba, en el lugar de los nidos, alza al aire a un segundo hombre desnudo, atado y clavado como el primero, pero éste es de pelo liso, deja caer la cabeza para mirar, si aún puede, el suelo, y su cara, magra y escuálida, da pena, a diferencia del ladrón del otro lado, que incluso en el trance final, de sufrimiento agónico, tiene aún valor para mostrarnos un rostro que fácilmente imaginamos rubicundo, muy bien debía de irle la vida cuando robaba, pese a la falta que hacen los colores aquí. Flaco, de pelo liso, la cabeza caída hacia la tierra que ha de comerlo, dos veces condenado, a la muerte y al infierno, este mísero despojo sólo puede ser el Mal Ladrón, rectísimo hombre en definitiva, a quien le sobró conciencia para no fingir que creía, a cubierto de leyes divinas y humanas, que un minuto de arrepentimiento basta para redimir una vida entera de maldad o una simple hora de flaqueza. Sobre él, también clamando y llorando como el sol que enfrente está, vemos la luna en figura de mujer, con una incongruente arracada adornándole la oreja, licencia que ningún artista o poeta se habrá permitido antes y es dudoso que se haya permitido después, pese al ejemplo. Este sol y esta luna iluminan por igual la tierra, pero la luz ambiente es circular, sin sombras, por eso puede ser visto con tanta nitidez lo que está en el horizonte, al fondo, torres y murallas, un puente levadizo sobre un foso donde brilla el agua, unos frontones góticos, y allí atrás, en lo alto del último cerro, las aspas paradas de un molino. Aquí más cerca, por la ilusión de la perspectiva, cuatro caballeros con yelmo, lanza y armadura hacen caracolear las monturas con alardes de alta escuela, pero sus gestos sugieren que han llegado al fin de su exhibición, están saludando, por así decir, a un público invisible. La misma impresión de final de fiesta nos es ofrecida por aquel soldado de infantería que da ya un paso para retirarse, llevando suspendido en la mano derecha, lo que, a esta distancia, parece un paño, pero que también podría ser manto o túnica, mientras otros dos militares dan señales de irritación y despecho, si es posible, desde tan lejos, descifrar en los minúsculos rostros un sentimiento como el de quien jugó y perdió. Por encima de estas vulgaridades de milicia y de ciudad amurallada, planean cuatro ángeles, dos de ellos de cuerpo entero, que lloran y protestan, y se duelen, no así uno de ellos, de perfil grave, absorto en el trabajo de recoger en una copa, hasta la última gota, el chorro de sangre que sale del costado derecho del Crucificado. En este lugar, al que llaman Gólgota, muchos son los que tuvieron el mismo destino fatal, y otros muchos lo tendrán luego, pero este hombre, desnudo, clavado de pies y manos en una cruz, hijo de José y María, Jesús de nombre, es el único a quien el futuro concederá el honor de la mayúscula inicial, los otros no pasarán nunca de crucificados menores. Es él, en definitiva, este a quien miran José de Arimatea y María Magdalena, este que hace llorar al sol y a la luna, este que hoy mismo alabó al Buen Ladrón y despreció al Malo, por no comprender que no hay diferencia entre uno y otro, o, si la hay, no es ésa, pues el Bien y el Mal no existen en sí mismos, y cada uno de ellos es sólo la ausencia del otro. Tiene sobre la cabeza, que resplandece con mil rayos, más que el sol y la luna juntos, un cartel escrito en romanas letras que lo proclaman Rey de los Judíos, y, ciñéndola, una dolorosa corona de espinas, como la llevan, y no lo saben, quizá porque no sangran fuera del cuerpo, aquellos hombres a quienes no se permite ser reyes de su propia persona. No goza Jesús de un descanso para los pies, como lo tienen los ladrones, y todo el peso de su cuerpo estaría suspenso de las manos clavadas en el madero si no le quedara un resto de vida, la suficiente para mantenerlo erguido sobre las rodillas rígidas, pero pronto se le acabará, la vida, y continuará la sangre brotándole de la herida del pecho, como queda dicho. Entre las dos cuñas que aseguran la verticalidad de la cruz, como ella introducidas en una oscura hendidura del suelo, herida de la tierra no más incurable que cualquier sepultura de hombre, hay una calavera, y también una tibia y un omoplato, pero la calavera es lo que nos importa, porque es eso lo que Gólgota significa, calavera, no parece que una palabra sea lo mismo que la otra, pero alguna diferencia notaríamos entre ellas si en vez de escribir calavera y Gólgota escribiéramos gólgota y Calavera. No se sabe quién puso aquí estos restos y con qué fin lo hizo, si es sólo un irónico y macabro aviso a los infelices supliciados sobre su estado futuro, antes de convertirse en tierra, en polvo, en nada. Hay quien también afirme que éste es el cráneo de Adán, ascendido del negror profundo de las capas geológicas arcaicas, y ahora, porque a ellas no puede volver, condenado eternamente a tener ante sus ojos la tierra, su único paraíso posible y para siempre perdido. Atrás, en el mismo campo donde los jinetes ejecutan su última pirueta, un hombre se aleja, volviendo aún la cabeza hacia este lado. Lleva en la mano izquierda un cubo, y una caña en la mano derecha. En el extremo de la caña debe de haber una esponja, es difícil verlo desde aquí, y el cubo, casi apostaríamos, contiene agua con vinagre. Este hombre, un día, y después para siempre, será víctima de una calumnia, la de, por malicia o por escarnio, haberle dado vinagre a Jesús cuando él pidió agua, aunque lo cierto es que le dio la mixtura que lleva, vinagre y agua, refresco de los más soberanos para matar la sed, como en su tiempo se sabía y practicaba. Se va, pues, no se queda hasta el final, hizo lo que podía para aliviar la sequedad mortal de los tres condenados, y no hizo diferencia entre Jesús y los Ladrones, por la simple razón de que todo esto son cosas de la tierra, que van a quedar en la tierra, y de ellas se hace la única historia posible.

La noche tiene aún mucho que durar. El candil de aceite, colgado de un clavo al lado de la puerta, está encendido, pero la llama, como una almendrilla luminosa flotante, apenas consigue, trémula, inestable, sostener la masa oscura que la rodea y llena de arriba abajo la casa, hasta los últimos rincones, allí donde las tinieblas, de tan espesas, parecen haberse vuelto sólidas. José despertó sobresaltado, como si alguien, bruscamente, lo hubiera sacudido por el hombro, pero sería la ilusión de un sueño pronto desvanecido, que en esta casa sólo vive él, y la mujer, que no se ha movido, y duerme. No es su costumbre despertar así, en medio de la noche, en general él no se despierta antes de que la estrecha grieta de la puerta empieza a emerger de la oscuridad cenicienta y fría. Muchas veces pensó que tendría que taparla, nada más fácil para un carpintero, ajustar y clavar un simple listón de madera sobrante de una obra, pero se había acostumbrado hasta tal punto a encontrar ante él, apenas abría los ojos, aquella línea vertical de luz, anunciadora del día, que acabó imaginando, sin reparar en lo absurdo de la idea, que, faltándole ella, podría no ser capaz de salir de las tinieblas del sueño, las de su cuerpo y las del mundo.

La grieta de la puerta formaba parte de la casa, como las paredes y el techo, como el horno o el suelo de tierra apisonada. En voz baja, para no despertar a la mujer, que seguía durmiendo, pronunció la primera oración del día, aquella que siempre debe ser dicha cuando se regresa del misterioso país del sueño, Gracias te doy, Señor, nuestro Dios, rey del universo, que por el poder de tu misericordia así me restituyes, viva y consciente, mi alma. Tal vez por no encontrarse igual de despierto en cada uno de sus cinco sentidos, si es que entonces, en la época de que hablamos, no estaba la gente aprendiendo algunos de ellos o, al contrario, perdiendo otros que hoy nos serían útiles, José se miraba a sí mismo como acompañando a distancia la lenta ocupación de su cuerpo por un alma que iba regresando despacio, como hilillos de agua que, avanzando sinuosos por los caminos de las rodadas, penetrasen en la tierra hasta las más profundas raíces, llevando la savia, luego, por el interior de los tallos y las hojas. Y al ver qué trabajoso era este regreso, mirando a la mujer a su lado, tuvo un pensamiento que lo perturbó, que ella, allí dormida, era verdaderamente un cuerpo sin alma, que el alma no está presente en el cuerpo que duerme, de lo contrario no tendría sentido que agradeciéramos todos los días a Dios que todos los días nos la restituya cuando despertamos, y en este momento una voz dentro de sí preguntó, Qué es lo que en nosotros sueña lo que soñamos, Quizá los sueños son recuerdos que el alma tiene del cuerpo, pensó, y esto era una respuesta. María se movió, acaso estaría su alma por allí cerca, ya dentro de la casa, pero al final no se despertó, sólo andaría en afanes de ensueño y, habiendo soltado un suspiro profundo, entrecortado como un sollozo, se acercó al marido, con un movimiento sinuoso, aunque inconsciente, que jamás osaría estando despierta. José tiró de la sábana gruesa y áspera hacia sus hombros y acomodó mejor el cuerpo a la estera, sin apartarse. Sintió que el calor de la mujer, cargado de olores, como de un arca cerrada donde se hubieran secado hierbas, le iba penetrando poco a poco el tejido de la túnica, juntándose al calor de su propio cuerpo. Luego, dejando descender lentamente los párpados, olvidado ya de pensamientos, desprendido del alma, se abandonó al sueño que regresaba.

Sólo volvió a despertar cuando cantó el gallo. La rendija de la puerta dejaba pasar un color gris e impreciso, de aguada sucia. El tiempo, usando de paciencia, se contentaba con esperar a que se cansasen las fuerzas de la noche, y ahora estaba preparando el campo para que llegase al mundo la mañana, como ayer y siempre, en verdad no estamos en aquellos días fabulosos en los que el sol, a quien ya tanto debíamos, llevó su benevolencia hasta el punto de detener, sobre Gabaón, su viaje, dando así a Josué tiempo de vencer, con toda calma, a los cinco reyes que cercaban su ciudad. José se sentó en la estera, apartó la sábana, y en ese momento el gallo cantó por segunda vez, recordándole que aún le faltaba una oración, la que se debe a la parte de méritos que correspondieron al gallo en la distribución que de ellos hizo el Creador a sus creaturas, Alabado seas tú, Señor, nuestro Dios, rey del universo, que diste al gallo inteligencia para distinguir el día de la noche, esto dijo José, y el gallo cantó por tercera vez. Era costumbre, a la primera señal de estas alboradas, que los gallos de la vecindad se respondieran unos a otros, pero hoy permanecieron callados, como si para ellos la noche aún no hubiera terminado o apenas hubiera empezado. José, perplejo, miró a su mujer, y le extrañó su pesado sueño, ella que despertaba al más ligero ruido, como un pájaro. Era como si una fuerza exterior, cayendo, o permaneciendo inmóvil en el aire, sobre María, le comprimiera el cuerpo contra el suelo, pero no tanto que la inmovilizase por completo, se notaba incluso, pese a la penumbra, que la recorrían súbitos estremecimientos, como el agua de un estanque tocada por el viento. Estará enferma, pensó, pero he aquí que una señal de urgencia lo distrajo de la preocupación incipiente, una insistente necesidad de orinar, también ella muy fuera de la costumbre, que estas satisfacciones, en su persona, se manifestaban habitualmente más tarde, y nunca tan vivamente. Se levantó cauteloso, para evitar que la mujer viera lo que iba a hacer, pues escrito está que por todos los medios se debe mantener el respeto de un hombre, hasta el límite de lo posible, y, abriendo con cuidado la puerta rechinante, salió al patio. Era la hora en que el crepúsculo matutino cubre de un gris ceniza los colores del mundo. Se encaminó hacia un alpendre bajo, que era el establo del asno, y allí se alivió, oyendo con una satisfacción medio consciente el ruido fuerte del chorro de orines sobre la paja que cubría el suelo. El burro volvió la cabeza, haciendo brillar en la oscuridad sus ojos saltones, luego agitó con fuerza las orejas peludas y volvió a meter el hocico en el comedero, tanteando los restos de la ración con el morro grueso y sensible. José se acercó al barreño de las abluciones, se inclinó, hizo correr el agua sobre las manos, y luego, mientras se las secaba en su propia túnica, alabó a Dios por, en su sabiduría infinita, haber formado y creado en el hombre los orificios y vasos que le son necesarios a la vida, que si uno de ellos se cerrara o abriera cuando no debe, cierta tendría su muerte el hombre. Miró José al cielo, y en su corazón quedó asombrado. El sol todavía tardará en despuntar, no hay, en todos los espacios celestes, el más leve indicio de los tonos rubros del amanecer, ni siquiera una leve pincelada rosa o de cereza poco madura, nada, a no ser, de horizonte a horizonte, en todo lo que los muros del patio le permitían ver, y en la extensión entera de un inmenso techo de nubes bajas, que eran como pequeños ovillos aplastados, iguales, un color único de violeta que, empezando ya a hacerse vibrante y luminoso del lado por donde rompe el sol, se va progresivamente oscureciendo, de más a más, hasta confundirse con lo que, del otro lado, queda aún de noche. En su vida había visto nunca José un cielo como éste, aunque en las largas charlas de los hombres viejos no fueran raras las noticias de fenómenos atmosféricos prodigiosos, muestra todos ellos del poder de Dios, arco iris que llenaban la mitad de la bóveda celeste, escaleras vertiginosas que un día unieron el firmamento con la tierra, lluvias providenciales de maná, pero nunca este color misterioso que tanto podía ser de los primeros como de los últimos, variando y demorándose sobre el mundo, un techo de millares de pequeñas nubes que casi se tocaban unas a otras, extendidas en todas direcciones como las piedras del desierto. Se llenó de temor su corazón, imaginó que el mundo iba a acabarse, y él puesto allí, único testigo de la sentencia final de Dios, sí, único, hay un silencio absoluto tanto en la tierra como en el cielo, ningún ruido se oye en las casas vecinas, aunque fuese sólo una voz, un llanto de niño, una oración o una imprecación, un soplo de viento, el balido de una cabra, el ladrar de un perro, Por qué no cantan los gallos, murmuró, y repitió la pregunta, ansiosamente, como si del canto de los gallos pudiera venirle la última esperanza de salvación. Entonces, el cielo empezó a mudar. Poco a poco, casi sin que pudiera darse cuenta, el violeta se iba tiñendo y se dejaba penetrar por un rosa pálido en la cara interior del techo de nubes, enrojeciéndose luego, hasta desaparecer, estaba allí y dejó de estar, de pronto el espacio reventó en un viento luminoso, se multiplicó en lanzas de oro, hiriendo de pleno y traspasando las nubes, que, sin saberse por qué ni cuándo, habían crecido y eran ahora formidables, barcos gigantescos arbolando incandescentes velas y bogando en un cielo al fin liberado. Se desahogó, ya sin miedos, el alma de José, sus ojos se dilataron de asombro y reverencia, no era el caso para menos, siendo él además el único espectador, y su boca entonó con voz fuerte las debidas alabanzas al creador de las obras de la naturaleza, cuando la sempiterna majestad de los cielos, convertida en pura inefabilidad, no puede esperar del hombre más que las palabras más simples, Alabado seas tú, Señor, por esto, por aquello y por lo de más allá. Lo dijo él, y en ese instante el rumor de la vida, como si lo hubiera convocado con su voz, o como si entrase de repente por una puerta que alguien abriera de par en par sin pensar mucho en las consecuencias, ocupó el espacio que antes había pertenecido al silencio, dejándole sólo pequeños territorios ocasionales, mínimas superficies como aquellos breves charcos que los bosques murmurantes rodean y ocultan. La mañana ascendía, se extendía, verdaderamente era una visión de belleza casi insoportable, dos manos inmensas soltando a los aires y al vuelo una centelleante e inmensa ave del paraíso, desdoblando en radioso abanico la rueda de mil ojos de la cola del pavo real, haciendo cantar cerca, simplemente, a un pájaro sin nombre. Un soplo de viento allí mismo nacido golpeó la cara de José, le agitó la barba, sacudió su túnica, y luego dio la vuelta a su alrededor como un remolino que atravesara el desierto, o quizá lo que así le parecía no era más que el aturdimiento causado por una súbita turbulencia de la sangre, el estremecimiento sinuoso que le recorría la espalda como un dedo de fuego, señal de otra y más insistente urgencia.

Como si se moviese en el interior de la vertiginosa columna de aire, José entró en la casa, cerró la puerta tras él, y durante un minuto se quedó apoyado en la pared, aguardando a que los ojos se habituasen a la penumbra. A su lado, el candil brillaba mortecino, casi sin luz, inútil. María, acostada boca arriba, estaba despierta y atenta, miraba fijamente un punto ante ella y parecía esperar. Sin pronunciar palabra, José se acercó y apartó lentamente la sábana que la cubría. Ella desvió los ojos, alzó un poco la parte inferior de la túnica, pero sólo acabó de alzarla hacia arriba, a la altura del vientre, cuando él ya se inclinaba y procedía del mismo modo con su propia túnica y María, a su vez, abría las piernas, o las había abierto durante el sueño y de este modo las mantuvo, por inusitada indolencia matinal o por presentimientos de mujer casada que conoce sus deberes. Dios, que está en todas partes, estaba allí, pero, siendo lo que es, un puro espíritu, no podía ver cómo la piel de uno tocaba la piel del otro, cómo la carne de él penetró en la carne de ella, creadas una y otra para eso mismo y, probablemente, no se encontraría allí cuando la simiente sagrada de José se derramó en el sagrado interior de María, sagrados ambos por ser la fuente y la copa de la vida, en verdad hay cosas que el mismo Dios no entiende, aunque las haya creado. Habiendo pues salido al patio, Dios no pudo oír el sonido agónico, como un estertor, que salió de la boca del varón en el instante de la crisis, y menos aún el levísimo gemido que la mujer no fue capaz de reprimir. Sólo un minuto, o quizá no tanto, reposó José sobre el cuerpo de María. Mientras ella se bajaba la túnica y se cubría con la sábana, tapándose después la cara con el antebrazo, él, de pie en medio de la casa, con las manos levantadas, mirando al techo, pronunció aquella oración, terrible sobre todas, a los hombres reservada, Alabado seas tú, Señor, nuestro Dios, rey del universo, por no haberme hecho mujer. Pero a estas alturas ya ni en el patio debía de estar Dios, pues no se estremecieron las paredes de la casa, no se derrumbaron ni se abrió la tierra. Entonces, por primera vez, se oyó a María, humildemente decía, como de mujer se espera que sea siempre la voz, Alabado seas tú, Señor, que me hiciste conforme a tu voluntad, ahora bien, entre estas palabras y las otras, conocidas y aclamadas, no hay diferencia alguna, reparad, He aquí la esclava del Señor, hágase en mí según tu palabra, queda claro que quien esto dijo podía haber dicho aquello. Luego, la mujer del carpintero José se levantó de la estera, la enrolló junto con la de su marido y dobló la sábana común.

Vivían José y María en una aldehuela llamada Nazaret, tierra de poco y de pocos, en la región de Galilea, en una casa igual que casi todas, una especie de cubo inclinado hecho de adobe y ladrillos, pobre entre pobres. Invenciones del arte arquitectónico, ninguna, sólo la banalidad uniforme de un modelo infatigablemente repetido. Con el propósito de ahorrar algo en materiales, estaba construida en la ladera de la colina, ceñida al declive excavado hacia dentro, formando de este modo una pared completa, la del fondo, con la ventaja adicional de facilitar el acceso a la azotea que formaba el techo. Sabemos ya que José es carpintero de oficio, regularmente hábil en el menester, aunque sin talento para perfecciones cuando le encomiendan obra de más finura. Estas insuficiencias no deberían escandalizar a los impacientes, pues el tiempo y la experiencia, cada uno con su vagar, no son suficientes para añadir, hasta el punto de que eso se note en la práctica diaria, la sabiduría profesional y la sensibilidad estética a un hombre que apenas pasa de los veinte años y vive en tierras de tan escasos recursos y aún menores necesidades. Con todo, no debiéndose medir los méritos de los hombres sólo por sus habilidades profesionales, conviene decir que, pese a su poca edad, este José es de lo más piadoso y justo que se pueda encontrar en Nazaret, exacto en la sinagoga, puntual en el cumplimiento de sus deberes, y aunque no haya tenido la fortuna de que Dios lo haya dotado de facundia suficiente que lo distinga de los comunes mortales, sabe discurrir con propiedad y comentar con acierto, especialmente cuando viene a propósito introducir en el discurso alguna imagen o metáfora relacionadas con su oficio, por ejemplo, la carpintería del universo. No obstante, como le ha faltado en su origen el aleteo de una imaginación realmente creadora, nunca en su breve vida será capaz de producir parábola que se recuerde, dicho que mereciese quedar en la memoria de las gentes de Nazaret y ser legado para los venideros, menos aún uno de aquellos proverbios en los que la ejemplaridad de la lección se nota de inmediato en la transparencia de las palabras, tan luminoso que en el futuro rechazará cualquier glosa impertinente, o, al contrario, lo suficientemente oscuro, o ambiguo, como para convertirse en los días del mañana en pasto favorito de eruditos y otros especialistas.

Sobre las dotes de María, sólo buscando mucho, e incluso así, no hallaríamos más de lo que legítimamente cabe esperar de quien no ha cumplido siquiera los dieciséis años y, aunque mujer casada, no pasa de ser una muchacha frágil, cuatro reales de mujer, por así decir, que tampoco en aquel tiempo, y siendo otros los dineros, faltaban estas monedas. Pese a su débil figura, María trabaja como las otras mujeres, cardando, hilando y tejiendo las ropas de casa, cociendo todos los santos días el pan de la familia en el horno doméstico, bajando a la fuente para acarrear el agua, luego cuesta arriba, por los caminos empinados, con un gran cántaro en la cabeza y un barreño apoyado en la cintura, yendo después, al caer la tarde, por esos caminos y descampados del Señor, a apañar chascas y rapar rastrojos, llevando además un cesto en el que recogerá bosta seca del ganado y también esos cardos y espinos que abundan en las laderas de los cerros de Nazaret, de lo mejor que Dios fue capaz de inventar para encender la lumbre y trenzar una corona. Todo este arsenal reunido daría una carga más apropiada para ser transportada a casa a lomo de burro, de no darse la poderosa circunstancia de que la bestia está adscrita al servicio de José y al transporte de los tablones. Descalza va María a la fuente, descalza va al campo, con sus vestidos pobres que se gastan y ensucian más en el trabajo y que hay que remendar y lavar una y otra vez, para el marido son los paños nuevos y los cuidados mayores, mujeres de éstas con cualquier cosa se conforman. María va a la sinagoga, entra por la puerta lateral que la ley impone a las mujeres, y si, es un decir, se encuentra allí con treinta compañeras, o incluso con todas las mujeres de Nazaret, o con toda la población femenina de Galilea, aun así tendrán que esperar a que lleguen al menos diez hombres para que el servicio del culto, en el que sólo como pasivas asistentes participarán, pueda celebrarse. Al contrario de José, su marido, María no es piadosa ni justa, pero no tiene ella la culpa de estas quiebras morales, la culpa es de la lengua que habla, si no de los hombres que la inventaron, pues en ella las palabras justo y piadoso, simplemente, no tienen femenino.

Pues bien, ocurrió que un bello día, pasadas alrededor de cuatro semanas desde aquella inolvidable madrugada en que las nubes del cielo, de modo extraordinario, aparecieron teñidas de violeta, estando José en casa, era esto a la hora del crepúsculo, comiendo su cena, sentado en el suelo y metiendo la mano en el plato, como era entonces general costumbre, y María, de pie, esperando que él acabase para después comer ella, y ambos callados, uno porque no tenía nada que decir, la otra porque no sabía cómo decir lo que llevaba en la mente, ocurrió que vino a llamar a la cancela del patio uno de esos pobres de pedir, cosa que, no siendo rareza absoluta, era allí poco frecuente, vista la humildad del lugar y del común de sus habitantes, sin contar con la argucia y experiencia de la gente pedigüeña siempre que es preciso recurrir al cálculo de probabilidades, mínimas en este caso. Con todo, de las lentejas con cebolla picada y las gachas de garbanzos que guardaba para su cena, sacó María una buena porción en una escudilla y se la llevó al mendigo, que se sentó en el suelo, a comer, fuera de la puerta, de donde no pasó. No había precisado María de licencia del marido en viva voz, fue él quien se lo permitió u ordenó con un movimiento de cabeza, que ya se sabe son superfluas las palabras en estos tiempos en los que basta un simple gesto para matar o dejar vivir, como en los juegos del circo se mueve el pulgar de los césares apuntando hacia abajo o hacia arriba. Aunque diferente, también este crepúsculo estaba que era una hermosura, con sus mil hebras de nube dispersas por la amplitud, rosa, nácar, salmón, cereza, son maneras de hablar de la tierra para que podamos entendernos, pues estos colores, y todos los otros, no tienen, que se sepa, nombres en el cielo. Sin duda estaría el mendigo hambriento de tres días, que ésa, sí, es hambre auténtica, para, en tan pocos minutos, acabar y lamer el plato, y ya está llamando a la puerta para devolver la escudilla y agradecer la caridad. María acudió a la puerta, el pobre estaba allí, de pie, pero inesperadamente grande, mucho más alto de lo que antes le había parecido, en definitiva es verdad lo que se dice, que hay enormísima diferencia entre comer y no haber comido, porque era como si al hombre, ahora, le resplandeciese la cara y chispeasen los ojos, al tiempo que las ropas que vestía, viejas y destrozadas, se agitaban sacudidas por un viento que no se sabía de dónde llegaba, y con ese continuo movimiento se confundía la vista hasta el punto de, en un instante, parecer los andrajos finas y suntuosas telas, lo que sólo estando presente se creerá. Tendió María las manos para recibir la escudilla de barro, que, tal vez como consecuencia de una ilusión óptica realmente asombrosa, generada quizá por las cambiantes luces del cielo, era como si la hubieran transformado en un recipiente del oro más puro, y, en el mismo instante en que el cuenco pasaba de unas manos a las otras, dijo el mendigo con poderosísima voz, que hasta en esto el pobre de Cristo había cambiado, Que el Señor te bendiga, mujer, y te dé todos los hijos que a tu marido plazcan, pero no permita el mismo Señor que los veas como a mí me puedes ver ahora, que no tengo, oh vida mil veces dolorosa, donde descansar la cabeza. María sostenía el cuenco en lo cóncavo de las dos manos, cuenco sobre cuenco, como si esperase que el mendigo le depositara algo dentro, y él, sin explicación, así lo hizo, se inclinó hasta el suelo y tomó un puñado de tierra, después, alzando la mano, la dejó escurrir lentamente entre los dedos mientras decía con sorda y resonante voz, El barro al barro, el polvo al polvo, la tierra a la tierra, nada empieza que no tenga fin, todo lo que empieza nace de lo que se acabó. Se turbó María y preguntó, Eso qué quiere decir, y el mendigo respondió, Mujer, tienes un hijo en tu vientre y ése es el único destino de los hombres, empezar y acabar, acabar y empezar, Cómo has sabido que estoy embarazada, Aún no ha crecido el vientre y ya los hijos brillan en los ojos de las madres, Si es así, debería mi marido haber visto en mis ojos el hijo que en mí generó, Quizá él no te mira cuando tú lo miras, Y tú quién eres para no haber necesitado oírlo de mi boca, Soy un ángel, pero no se lo digas a nadie.

En aquel mismo instante, las ropas resplandecientes volvieron a ser andrajos, lo que era figura de titánico gigante se encogió y menguó como si lo hubiera lamido una súbita lengua de fuego y la prodigiosa transformación ocurrió al mismo tiempo, gracias a Dios, que la prudente retirada, porque ya se venía acercando José, atraído por el rumor de las voces, más sofocadas de lo que es habitual en una conversación lícita, pero sobre todo por la exagerada tardanza de la mujer, Qué más quería ese mendigo, preguntó, y María, sin saber qué palabras suyas podría decir, sólo supo responder, Del barro al barro, del polvo al polvo, de la tierra a la tierra, y nada empieza que no acabe, nada acaba que no empiece, Fue eso lo que dijo él, Sí, y también dijo que los hijos de los hombres brillan en los ojos de las mujeres, Mírame, Te estoy mirando, Me parece ver un brillo en tus ojos, fueron palabras de José, y María respondió, Será tu hijo. El crepúsculo se había vuelto azulado, iba tomando ya los primeros colores de la noche, veíase ahora que dentro del cuenco irradiaba como una luz negra que dibujaba sobre el rostro de María trazos que nunca fueron suyos, y los ojos parecían pertenecer a alguien mucho más viejo. Estás encinta, dijo José, Sí, lo estoy, respondió María, Por qué no me lo has dicho antes, Iba a decírtelo hoy, estaba esperando a que acabases de comer, Y entonces llegó ese mendigo, Sí, De qué más habló, que el tiempo ha dado para mucho más, Dijo que el Señor me conceda todos los hijos que tú quieras, Qué tienes ahí en ese cuenco para que brille de esa manera, Tierra tengo, El humus es negro, la arcilla verde, la arena blanca, de los tres sólo la arena brilla si le da el sol, y ahora es de noche, Soy mujer, no sé explicarlo, él tomó tierra del suelo y la echó dentro, al tiempo que dijo las palabras, La tierra a la tierra, Sí.

José abrió la cancela, miró a un lado y a otro. Ya no lo veo, ha desaparecido, dijo, pero María se adentraba tranquila en la casa, sabía que el mendigo, si era realmente quien había dicho, sólo si quisiese se dejaría ver. Posó el cuenco en el poyo del horno, sacó del rescoldo una brasa con la que encendió el candil, soplándola hasta levantar una pequeña llama. Entró José, venía con expresión interrogativa, una mirada perpleja y desconfiada que intentaba disimular moviéndose con una lentitud y solemnidad de patriarca que no le caía bien siendo tan joven. Discretamente, procurando que no se viera demasiado, escrutó el cuenco, la tierra luminosa, componiendo en la cara una mueca de escepticismo irónico, pero si era una demostración de virilidad lo que pretendía, no le valió la pena, María tenía los ojos bajos, estaba como ausente. José, con un palito, revolvió la tierra, intrigado al verla oscurecerse cuando la removía y luego recobrar el brillo. Sobre la luz constante, como mortecina, serpenteaban rápidos centelleos, No lo comprendo, seguro que hay misterio en esto, o traía ya la tierra y tú creíste que la cogía del suelo, son trucos de magos, nadie ha visto nunca brillar la tierra de Nazaret. María no respondió, estaba comiendo lo poco que le quedaba de las lentejas con cebolla y de las gachas de garbanzos, acompañadas con un pedazo de pan untado de aceite. Al partir el pan, dijo, como está escrito en la ley, aunque en el tono modesto que conviene a la mujer, Alabado seas tú, Adonai, nuestro Dios, rey del universo, que haces salir el pan de la tierra. Callada seguía comiendo mientras José, dejando discurrir sus pensamientos como si estuviese comentando en la sinagoga un versículo de la Tora o la palabra de los profetas, reconsideraba la frase que acababa de oírle a su mujer, la que él mismo pronunció en el acto de partir el pan, intentaba saber qué cebada sería la que naciese y fructificase de una tierra que brillaba, qué pan daría, qué luz llevaríamos dentro si de él hiciésemos alimento. Estás segura de que el mendigo cogió la tierra del suelo, volvió a preguntar, y María respondió, Sí, estoy segura, Y no brillaba antes, En el suelo no brillaba. Tanta firmeza tenía que quebrantar forzosamente la postura de desconfianza sistemática que debe ser la de cualquier hombre al verse enfrentado a dichos y hechos de las mujeres en general y de la suya en particular, pero, para José, como para cualquier varón de aquellos tiempos y lugares, era una doctrina muy pertinente la que definía al más sabio de los hombres como aquel que mejor sepa ponerse a cubierto de las artes y artimañas femeninas. Hablarles poco y oírlas aún menos, es la divisa de todo hombre prudente que no haya olvidado los avisos del rabino Josephat ben Yohanán, palabras sabias entre las que más lo sean, A la hora de la muerte se pedirán cuentas al varón por cada conversación innecesaria que hubiere tenido con su mujer. Se preguntó José si esta conversación con María se contaría en el número de las necesarias y, habiendo concluido que sí, teniendo en cuenta la singularidad del acontecimiento, se juró a sí mismo no olvidar nunca las santas palabras del rabino su homónimo, conviene decir que Josephat es lo mismo que José, para no tener que andar con remordimientos tardíos a la hora de la muerte, quiera Dios que ésta sea descansada. Por fin, habiéndose preguntado si debería poner en conocimiento de los ancianos de la sinagoga el sospechoso caso del mendigo desconocido y de la tierra luminosa, llegó a la conclusión de que debía hacerlo, para sosiego de su conciencia y defensa de la paz del hogar.

María acabó de comer. Llevó fuera las escudillas para lavarlas, pero no, ocioso sería decirlo, la que usó el mendigo. En la casa hay ahora dos luces, la del candil, luchando trabajosamente contra la noche que se había impuesto, y aquella aura luminiscente, vibrátil pero constante, como de un sol que no se decidiera a nacer. Sentada en el suelo, María todavía esperaba a que el marido volviera a dirigirle la palabra, pero José ya no tiene nada más que decirle, está ahora ocupado componiendo mentalmente las frases del discurso que mañana tendrá que decir ante el consejo de ancianos. Le enfurece el pensar que no sabe exactamente lo que pasó entre su mujer y el mendigo, qué otras cosas se habrían dicho el uno al otro, pero no quiere volver a preguntarle, porque, no siendo de esperar que ella añada algo nuevo a lo ya contado, tendría él que aceptar como verdadero el relato dos veces hecho, y si ella estuviera mintiendo, no lo podrá saber él, pero ella sí, sabrá que miente y mintió, y se reirá de él por debajo del manto, como hay buenas razones para creer que se rió Eva de Adán, de modo más oculto, claro está, pues entonces aún no tenía manto que la tapase. Llegado a este punto, el pensamiento de José dio el siguiente e inevitable paso, ahora imagina al mendigo como un emisario del Tentador, el cual, habiendo mudado tanto los tiempos y siendo la gente de hoy más avisada, no cayó en la ingenuidad de repetir el ofrecimiento de un simple fruto natural, antes bien, parece que vino a traer la promesa de una tierra diferente, luminosa, sirviéndose, como de costumbre, de la credulidad y malicia de las mujeres. José siente arder su cabeza, pero está contento consigo mismo y con las conclusiones a que ha llegado. Por su parte, no sabiendo nada de los meandros de análisis demonológico en que está empeñada la mente del marido ni de las responsabilidades que le están siendo atribuidas, María intenta comprender la extraña sensación de carencia que viene experimentando desde que anunció al marido su gravidez. No una ausencia interior, desde luego, porque de sobra sabe ella que se encuentra, a partir de ahora, y en el sentido más exacto del término, ocupada, sino precisamente una ausencia exterior, como si el mundo, de un momento a otro, se hubiese apagado o alejado de ella. Recuerda, pero es como si estuviese recordando otra vida, que después de esta última comida y antes de tender las esteras para dormir, siempre tenía algún trabajo que adelantar, con él pasaba el tiempo, sin embargo, lo que ahora piensa es que no debería moverse del lugar en que se encuentra, sentada en el suelo, mirando la luz que la mira desde el reborde del cuenco y esperando a que el hijo nazca. Digamos, por respeto a la verdad, que su pensamiento no fue tan claro, el pensamiento, a fin de cuentas, ya por otros o por él mismo ha sido dicho, es como un grueso ovillo de hilo enrollado sobre sí mismo, flojo en unos puntos, en otros apretado hasta la sofocación y el estrangulamiento, está aquí, dentro de la cabeza, pero es imposible conocer su extensión toda, pues habría que desenrollarlo, extenderlo, y al fin medirlo, pero esto, por más que se intente o se finja intentar, parece que no lo puede hacer uno mismo sin ayudas, alguien tiene que venir un día a decir por dónde se debe cortar el cordón que liga al hombre a su ombligo, atar el pensamiento a su causa.

A la mañana siguiente, después de una noche mal dormida, despertando siempre por obra de una pesadilla donde se veía a sí mismo cayendo y volviendo a caer dentro de un inmenso cuenco invertido que era como el cielo estrellado, José fue a la sinagoga, a pedir consejo y remedio a los ancianos. Su insólito caso era tan extraordinario, aunque no pudiese imaginar hasta qué punto, faltándole, como sabemos, lo mejor de la historia, es decir, el conocimiento de lo esencial, que, si no fuese por la excelente opinión que de él tienen los ancianos de Nazaret, quizá tuviera que volverse por el mismo camino,

corrido, con las orejas gachas, oyendo, como un resonante son de bronce, la sentencia del Eclesiastés con que
lo habrían fulminado, Quien cree livianamente, tiene un
corazón liviano, y él, pobre de él, sin presencia de espíritu para replicar, armado con el mismo Eclesiastés, a propósito del sueño que lo persiguió durante la noche entera, El espejo y los sueños son cosas semejantes, es como
la imagen del hombre ante sí mismo. Terminado, pues,
el relato, se miraron los ancianos entre sí y luego todos
juntos a José, y el más viejo de ellos, traduciendo en una
pregunta directa la discreta suspicacia del consejo, dijo,
Es verdad, entera verdad y sólo verdad lo que acabas de
contarnos, y el carpintero respondió, Verdad, toda la
verdad y nada más que la verdad, sea el Señor mi testigo.
Debatieron los ancianos largamente entre ellos, mientras José esperaba aparte, y al fin lo llamaron para anunciarle que, dadas las diferencias que persistían acerca de
los procedimientos más convenientes, adoptaron la decisión de enviar tres emisarios a interrogar a María, directamente, sobre los extraños acontecimientos, averiguar
quién era en definitiva aquel mendigo que nadie más había visto, qué figura tenía, qué exactas palabras pronunció, si aparecía regularmente por Nazaret pidiendo limosna, buscando de paso qué otras noticias podría dar la
vecindad acerca del misterioso personaje. Se alegró José
en su corazón porque, sin confesarlo, le intimidaba la
idea de tener que enfrentarse a solas con su mujer, por
aquel su modo particular de estar ahora, con los ojos bajos, es cierto, según manda la discreción, pero también
con una evidente expresión provocativa, la expresión de
quien sabe más de lo que tiene intención de decir, pero

quiere que se le note. En verdad, en verdad os digo, no hay límites para la maldad de las mujeres, sobre todo de las más inocentes.

Salieron pues los emisarios, con José al frente indicando el camino, y eran ellos Abiatar, Dotaín y Zaquías, nombres que aquí se dejan registrados para eliminar cualquier sospecha de fraude histórico que pueda, tal vez, perdurar en el espíritu de aquellas gentes que de estos hechos y de sus versiones hayan tenido conocimiento a través de otras fuentes, quizá más acreditadas por la tradición, pero no por eso más auténticas. Enunciados los nombres, probada la existencia efectiva de personajes que los usaron, las dudas que aún queden pierden mucho de su fuerza, aunque no su legitimidad. No siendo cosa de todos los días, esto de salir a la calle tres emisarios ancianos, como se ponía en evidencia por la particular dignidad de su marcha, con las túnicas y las barbas al viento, pronto se juntaron alrededor algunos chiquillos que, cometiendo los excesos propios de la edad, unas risas, unos gritos, unas carreras, acompañaron a los delegados de la sinagoga hasta la casa de José, a quien el ruidoso y anunciador cortejo mucho venía molestando. Atraídas por el ruido, las mujeres de las casas próximas aparecieron en las puertas y, presintiendo novedad, dijeron a los hijos que fuesen a ver qué ajuntamiento era aquél a la puerta de la vecina María. Penas perdidas fueron, que entraron sólo los hombres. La puerta se cerró con autoridad, ninguna curiosa mujer de Nazaret llegó a saber hasta el día de hoy lo que pasó en casa del carpintero José. Y, teniendo que imaginar algo para alimento de la curiosidad insatisfecha, acabaron haciendo del mendigo, que nunca llegaron a ver, un ladrón de casas, gran injusticia fue, que el ángel, pero no le digáis a nadie que lo era, aquello que comió no lo robó, y además dejó regalo sobrenatural. Ocurrió que, mientras los dos ancianos de más edad continuaban interrogando a María, fue el menos viejo de los tres, Zaquías, a recoger por las inmediaciones recuerdos de un mendigo así y así, conforme a las señales dadas por la mujer del carpintero, mas ninguna vecina supo darle noticias, que no señor, ayer no pasó por aquí ningún mendigo, y si pasó no llamó a mi puerta, seguro que fue un ladrón de paso, que, encontrando la casa con gente, fingió ser pobre de pedir y se fue a otra parte, es un truco conocido desde que el mundo es mundo. Volvió Zaquías sin noticias del mendigo a casa de José cuando María repetía por tercera o cuarta vez lo que ya sabemos. Estaban todos en el interior de la casa, ella de pie, como reo de un crimen, la escudilla en el suelo y dentro, insistente, como un corazón palpitante, la tierra enigmática, a un lado José, los ancianos sentados enfrente, como jueces, y decía Dotaín, el del medio en edad, No es que no creamos lo que nos cuentas, pero repara que eres la única persona que vio a ese hombre, si hombre era, tu marido nada más sabe de él que el haberle oído la voz, y ahora aquí viene Zaquías diciéndonos que ninguna de tus vecinas lo vio, Seré testigo ante el Señor, él sabe que la verdad habla por mi boca, La verdad, sí, pero quién sabe si toda la verdad, Beberé el agua de la prueba del Señor y él manifestará si tengo culpa, La prueba de las aguas amargas es para las mujeres sospechosas de infidelidad, no pudiste ser infiel a tu marido, no te daba tiempo, La mentira, se dice, es lo mismo que la infidelidad, Otra, no ésa, Mi boca es tan fiel como lo soy yo. Tomó entonces la palabra Abiatar, el más viejo de los tres ancianos, y dijo, No te preguntamos más, el Señor te pagará siete veces por la verdad que hayas dicho o siete veces te cobrará la mentira con que nos hayas engañado. Se calló y siguió callado, luego dijo, dirigiéndose a Zaquías y a Dotaín, Qué haremos de esta tierra que brilla, si aquí no debe quedar como la prudencia aconseja, pues bien puede ser que estas artes sean del demonio. Dijo Dotaín, Que vuelva a la tierra de donde vino, que vuelva a ser oscura como fue antes. Dijo Zaquías, No sabemos quién fue el mendigo, ni por qué quiso ser visto sólo por María, ni lo que significa que brille un puñado de tierra en el fondo de una escudilla. Dijo Dotaín, Llevémosla al desierto y dejémosla allí, lejos de la vista de los hombres, para que el viento la disperse en la inmensidad y sea apagada por la lluvia. Dijo Zaquías, Si esta tierra es un bien, no debe ser retirada de donde está, y si es un mal, que queden sujetos a él sólo aquellos que fueron elegidos para recibirla. Preguntó Abiatar, Qué propones entonces, y Zaquías respondió, Que se excave aquí un agujero y se deposite el cuenco en el fondo, tapado para que no se mezcle con la tierra natural, un bien, aunque esté enterrado, no se pierde, y un mal tendrá menos poder lejos de la vista. Dijo Abiatar, Qué piensas tú, Dotaín, y éste respondió, Es justo lo que propone Zaquías, hagamos lo que él dice. Entonces Abiatar dijo a María, Retírate y déjanos proceder, Y adónde iré yo, preguntó ella, y José, inquieto de pronto, Si vamos a enterrar el cuenco, que sea fuera de la casa, no quiero dormir con una luz sepultada debajo. Dijo Abiatar, Hágase como dices, y a María, Te quedarás aquí. Salieron los hombres al patio, llevando Zaquías la escudilla. Poco después se oyeron golpes de azadón, repetidos y duros, era José que estaba cavando, y pasados unos minutos la voz de Abiatar que decía, Basta, ya tiene profundidad suficiente. María miró por la rendija de la puerta, vio al marido que tapaba la escudilla con un trozo curvo de una cántara rota y luego la bajaba, hasta donde le alcanzaba el brazo, al interior de la oquedad, después se levantó y tomando otra vez el azadón, echó dentro la tierra, alisándola, por último, con los pies.

Los hombres todavía permanecieron algún tiempo en el patio, hablando unos con otros y mirando la mancha de tierra fresca, como si acabasen de esconder un tesoro y quisieran clavar en su memoria el lugar donde lo habían ocultado. Pero no era de esto de lo que hablaban, porque de pronto se oyó más fuerte la voz de Zaquías, en tono que parecía de reprensión sonriente, Vaya carpintero que me has salido, José, que ni eres capaz de hacer una cama, ahora que tienes a la mujer grávida. Se rieron los otros, y José con ellos, un tanto por complacerlos, como alguien cogido en falta y que quiere hacer como si no. María los vio encaminándose hacia la cancela y salir, y ahora, sentada en el poyete del horno, paseaba los ojos por la casa buscando un sitio donde poner la cama, si el marido se decidía a hacerla. No quería pensar en la escudilla de barro ni en la tierra luminosa, tampoco quería pensar si el mendigo sería realmente un ángel o un farsante que pretendió divertirse a costa suya. Una mujer, si le prometen una cama para su casa, lo que debe hacer es pensar dónde quedará mejor.

Fue en el paso de los días del mes de Tamuz a los del mes de Av, ya se vendimiaba la uva y los primeros higos maduros empezaban a pintar entre la sombra verde de las ásperas parras, cuando estos acontecimientos ocurrieron, unos corrientes y habituales, como el que un hombre se acerque carnalmente a su mujer y pasado el tiempo diga ella a él, Estoy encinta, otros en verdad extraordinarios, como fue que las primicias del anuncio correspondieran a un mendigo que, con toda razón y probabilidad, nada tendría que ver en el caso, siendo sólo autor del hasta ahora inexplicable prodigio de la tierra luminosa, depositada fuera de alcance e investigación por la desconfianza de José y la prudencia de los ancianos. Van llegando los grandes calores, los campos están pelados, todo es rastrojo y aridez, Nazaret es una aldea parda rodeada de silencio y soledad en las sofocantes horas del día, a la espera de que llegue la noche estrellada para que se pueda oír el respirar del paisaje oculto por la oscuridad y la música que hacen las esferas celestes al deslizarse unas sobre otras. Tras la cena, José iba a sentarse al patio, en el lado derecho de la puerta, a tomar el aire, le gustaba notar su soplo en la cara y sentir en las barbas la primera brisa refrescante del crepúsculo. Cuando ya todo estaba oscuro, venía también María a sentarse en el suelo, como el marido, pero del otro lado de la puerta, y allí se quedaban los dos, sin hablar, oyendo los rumores de la casa de los vecinos, la vida de las familias, que ellos aún no eran, faltándoles los hijos, Dios quiera que sea niño, pensaba José algunas veces a lo largo del día, y María pensaba, Dios quiera que sea niño, pero las razones por las que esto pensaba no eran las mismas. Crecía el vientre de María sin prisa, pasaron semanas y meses sin que se notara a las claras su estado y, no siendo ella de darse mucho con las vecinas, por modesta y discreta que era, fue general la sorpresa en la vecindad, como si hubiese aparecido gorda de la noche al día. Es posible que el silencio de María tuviese otra y más secreta razón, la de que nunca pudiera establecerse una relación entre su estado y el paso del mendigo misterioso, precaución esta que sólo nos parecerá absurda sabiendo cómo ocurrieron las cosas, si no se diera el caso de que, en horas de relajamiento de cuerpo y espíritu, María llegara a preguntarse, pero por qué, Dios santo, al mismo tiempo aterrada por la insensatez de la duda y alterada por un estremecimiento íntimo, sobre quién sería, real y verdadero, el padre de la criatura que dentro de sí se iba formando. Sabido es que las mujeres, en su estado interesante, son dadas a antojos y fantasías, a veces mucho peores que ésta, que mantendremos en secreto para que no caiga mancha en la buena fama de la futura madre.

El tiempo fue pasando, un lento mes siguiendo a otro, y el de Elul, ardiente como un horno, con el viento de los desiertos del sur barriendo y quemando los aires, época en que las támaras y los higos se convierten en un goteo de miel, el de Tishri, cuando las primeras lluvias de otoño ablandan la tierra y llaman a los arados a la labra de las sementeras, y fue al mes siguiente, el de Marhes-van, tiempo de varear la aceituna, cuando, ya más fríos los días, decidió José carpintear un rústico camastro, porque para cama digna de ese nombre ya sabemos que no llega su ciencia, en la que María, después de esperar tanto, pueda descansar el pesado e incómodo vientre. En los últimos días del mes de Quislau y durante casi todo el de Tavet, cayeron grandes lluvias, por eso tuvo José que interrumpir su trabajo en el patio, aprovechando sólo los momentos en que escampaba para labrar las piezas de gran tamaño, y recluido la mayoría del tiempo en casa, al abrigo, aunque recibiendo la luz de la puerta, raspaba y alisaba los yugos que había dejado en basto, cubriendo el suelo a su alrededor de virutas y serrín que después María barría y echaba al patio.

En el mes de Shevat florecieron los almendros, y estaban ya en el de Adar, tras las fiestas de Purim, cuando aparecieron en Nazaret unos soldados romanos de los que entonces andaban por Galilea, de poblado en ciudad, de ciudad en poblado, y otros por las demás partes del reino de Herodes, haciendo saber a las gentes que, por orden de César Augusto, todas las familias que tuviesen su domicilio en las provincias gobernadas por el cónsul Publio Sulpicio Quirino estaban obligadas a censarse, y que el censo, destinado, como otros, a poner al día el catastro de los contribuyentes de Roma, tendría que hacerse, sin excepción, en los lugares de donde estas familias fuesen originarias. A la mayor parte de la gente que se reunió en la plaza para oír el pregón, poco le importaba aquel aviso imperial, pues siendo naturales de Nazaret y residentes allí generación tras generación, allí mismo se censarían. Pero algunos, que procedían de las distintas regiones del reino, de Gaulanitide o de Samaria, de Judea, Perea o Idumea, de aquí o de allá, de cerca o de lejos, empezaron a echar cuentas sobre el viaje, unos con otros murmurando contra los caprichos de Roma y hablando del trastorno que iba a ser la falta de brazos, ahora que llegaba el tiempo de segar el lino y la cebada. Y los que tenían familias numerosas, con hijos en la primera edad o padres y abuelos ancianos y enfermos, si no tenían transporte propio suficiente, pensaban a quién podrían pedírselo prestado, o alquilar por precio justo el asno o los asnos necesarios, sobre todo si el viaje iba a ser largo y trabajoso, con mantenimiento suficiente para el camino, odres de agua si tenían que cruzar el desierto, esteras y mantas para dormir, escudillas para comer, algún abrigo suplementario, pues todavía no se fueron del todo las lluvias y el frío, y alguna vez sería necesario dormir al aire libre.

José se enteró del edicto algo más tarde, cuando ya los soldados habían partido para llevar la buena nueva a otros parajes, fue el vecino de la casa de al lado, Ananías de nombre, quien apareció alborozado a darle la noticia. Era él de los que no tenían que salir de Nazaret para ir al censo, de buena se ha librado, y como había decidido que, a causa de las cosechas, no iría este año a Jerusalén para la celebración de la Pascua, si de un viaje se libraba tampoco el otro le obligaba. Va pues Ananías a informar a su vecino, como es deber, y va contento, aunque parezca que exagera un tanto en la expresión del rostro las demostraciones de ese sentimiento, quiera Dios que no sea por llevar una noticia desagradable, que hasta las personas mejores están sujetas a las peores contradicciones, y a este Ananías no le conocemos bastante como para saber si, en este caso, se trata de reincidencia en un comportamiento habitual, o si acontece por tentación maligna de un ángel de Satán que en aquel momento no tuviera nada más importante que hacer. Fue así que llegó Ananías a la cancela y llamó a José, que al principio no le oyó, porque estaba manejando ruidosamente martillo y clavos. María sí, tenía el oído más fino, pero era al marido a quien llamaban, cómo iba ella a tirarle de la manga de la túnica diciéndole, Estás sordo, no oyes que te llaman. Gritó más alto Ananías y entonces suspendió José aquel batir estruendoso y fue a saber qué quería de él su vecino. Entró Ananías y, habiendo despachado los saludos, preguntó, en tono de quien quiere asegurarse, De dónde eres tú, José, y José, sin saber qué era lo que quería, respondió, Soy de Belén de Judea, Que está cerca de Jerusalén, Sí, bastante, Y vais a Jerusalén a celebrar la Pascua, preguntó Ananías, y José respondió, No, este año no voy, está mi mujer a punto de cumplir, Ah, Y tú, por qué quieres saberlo. Entonces Ananías alzó los brazos al cielo, al tiempo que ponía una cara de lástima inconsolable, Ay, pobre de ti, qué trabajos te esperan, qué fatiga, qué cansancio inmerecido, aquí entregado a los deberes de tu oficio y ahora vas a tener que dejarlo todo y echarte a los caminos y tan lejos, alabado sea el Señor que todo aprecia y remedia. No quiso José quedarse atrás en cuanto a demostraciones de piedad, y, sin indagar aún las causas de los lloriqueos del vecino, dijo, El Señor, si quiere, me remediará a mí también, y Ananías, sin bajar la voz, Sí, al Señor nada le es imposible, todo lo conoce y todo se le alcanza, así en la tierra como en el cielo, alabado sea Él por toda la eternidad, pero en este caso de ahora, que Él me perdone, no sé si podrá valerte, que estás en manos del César, Qué quieres decir, Que han llegado unos soldados romanos pasando aviso de que antes del último día del mes de Nisán todas las familias de Israel tendrán que censarse en sus lugares de origen, y tú, pobre, que eres de tan lejos.

Antes de que José tuviera tiempo de responder, entró en el patio la mujer de Ananías, Chua de nombre, y, yéndose directa a María, expectante en el umbral, empezó a lloriquear como antes el marido, Ay, pobrecilla, pobrecilla, ay qué lástima, qué será de ti, a punto de dar a luz y tendrás que ir quién sabe adónde, A Belén de Judea, informó el marido, Huy, qué lejos está eso, exclamó Chua, y no era hablar por hablar, pues una de las veces que fue en peregrinación a Jerusalén bajó hasta Belén, allí al lado, para orar ante la tumba de Raquel. María no respondió, esperaba que hablase antes su marido, pero José estaba furioso, una noticia de tanta importancia tendría que haber sido él quien la comunicara a su mujer, de primera mano, usando las palabras adecuadas y el tono justo, no con aquellos aspavientos, los vecinos metiéndoseles en la casa, con esos modos. Para disimular su contrariedad, dio al rostro una expresión de compuesta sensatez y dijo, Cierto es que Dios no siempre quiere poder lo que puede César, pero César nada puede donde sólo Dios puede. Hizo una pausa, como si necesitara penetrarse del sentido profundo de las palabras que acababa de pronunciar, y añadió, Celebraré la Pascua en casa, como tenía dispuesto, e iré a Belén, visto que así tiene que ser, y si el Señor lo permite, estaremos de vuelta a tiempo de que María dé a luz en casa, pero si, al contrario, no lo quiere el Señor, entonces mi hijo nacerá en la tierra de sus antepasados, Eso si no nace en el camino, murmuró Chua, pero no tan bajo que no la oyera José, que dijo, Muchos han sido los hijos de Israel que han nacido en el camino, el mío será uno más. La sentencia era de peso, irrefutable, y como tal la recibieron Ananías y su mujer, mudos de pronto. Vinieron para confortar a los vecinos por la contrariedad de un viaje forzado, y para complacerse en su propia bondad, y ahora les parecía que los ponían en la calle, sin ceremonia, entonces María se acercó a Chua y le dijo que entrara en casa, que quería pedirle consejo sobre una lana que tenía para cardar, y José, queriendo enmendar la sequedad con que había hablado, dijo a Ananías, Te ruego, como buen vecino, que durante mi ausencia veles por mi casa, porque, incluso ocurriendo todo de la mejor manera, nunca estaré de vuelta antes de un mes, contando el tiempo del viaje, más los siete días de aislamiento de la mujer, o lo que se le añada a esto si nace una hija, que no lo permita el Señor. Respondió Ananías que sí, que quedase descansado, que de la casa cuidaría como si suya fuera, y preguntó, se le ocurrió de repente, no lo había pensado antes, Querrás tú, José, honrarme con tu presencia en la celebración de la Pascua, reuniéndote con mis parientes y amigos, puesto que no tienes familia en Nazaret, ni tu mujer la tiene tampoco desde que murieron sus padres, tan avanzados ya en edad cuando ella nació que aún hoy anda la gente preguntándose cómo fue posible que Joaquín engendrara en Ana una hija. Dijo José, risueñamente reprensivo, Ananías, recuerda aquello que murmuró Abraham para sí, incrédulo, cuando el Señor le anunció que le daría descendencia, si podría un niño nacer de un hombre de cien años y si una mujer, de noventa, sería capaz de tener hijos, aunque Joaquín y Ana no estaban en tan provecta edad como la de Abraham y Sara en aquellos días, y por lo tanto mucho más fácil le habrá sido a Dios, aunque para Él no hay nada imposible, suscitar entre mis suegros un retoño. Dijo el vecino, Eran otros tiempos, el Señor se manifestaba en presencia todos los días, no sólo en sus obras, y José respondió, fuerte en razones de doctrina, Dios es el tiempo mismo, vecino Ananías, para Dios el tiempo es todo uno, y Ananías se quedó sin saber qué respuesta dar, no era ahora el momento de traer a colación la controvertida y nunca resuelta polémica acerca de los poderes, tanto los consustanciales como los delegados, de Dios y de César. Al contrario de lo que podrían parecer estos alardes de teología práctica, José no se había olvidado del inesperado convite de Ananías para celebrar con él y los suyos la Pascua, aunque no quiso demostrar demasiada prisa en aceptar, como de inmediato decidió, bien se sabe que es muestra de cortesía y buen nacimiento recibir con gratitud los favores que nos hacen, aunque también sin exagerar el contento, no vayan a pensar que estamos a la espera de más. Se lo agradecía ahora, alabándole los sentimientos de generosidad y buen vecino, justo cuando salía Chua de la casa trayendo consigo a María, a quien decía, Qué buena mano tienes para cardar, mujer, y María se ponía colorada, como una doncella, porque la estaban alabando delante del marido.

Un buen recuerdo que María guardó siempre de esta Pascua tan prometedora fue el de no haber tenido que participar en la preparación de las comidas y que la hubieran dispensado de servir a los hombres. La solidaridad de las otras mujeres le ahorró este trabajo. No te canses, que apenas puedes contigo, fue lo que le dijeron, y debían de saberlo bien, pues casi todas eran madres de hijos. Se limitó, o poco más, a atender a su marido, que estaba sentado en el suelo como los otros hombres, inclinándose para llenarle el vaso o renovarle en el plato las rústicas mantenencias, el pan ácimo, la tajada de cordero, las hierbas amargas, y también unas galletas hechas de la molienda de saltamontes secos, bocado que Ananías apreciaba mucho por ser tradición de su familia, pero ante el que torcían la nariz algunos invitados, aunque avergonzados de tan mal disimulada repugnancia, pues en su fuero íntimo se reconocían indignos del ejemplo edificante de cuantos profetas, en el desierto, hicieron de la necesidad virtud y del saltamontes maná. Hacia el fin de la cena, la pobre María se sentó en la puerta, con su gran vientre posado sobre la raíz de los muslos, bañada en sudor, sin oír apenas las risas, los dichos, las historias y el recitado constante de las escrituras, sintiéndose, cada momento que paseaba, a punto de abandonar definitivamente el mundo, como si colgara de un hilillo que fuese su último pensamiento, un puro pensar sin objeto ni palabras, sólo saber que se está pensando y no poder saber en qué y para qué. Despertó sobresaltada, porque en el sueño, súbitamente, llegando de una tiniebla mayor, apareció ante ella el rostro del mendigo, y después aquel su gran cuerpo cubierto de andrajos, el ángel, si ángel era, había entrado en su sueño sin anunciarse, ni siquiera por un fortuito recuerdo, y estaba allí mirándola, con aire absorto, tal vez también con una levísima expresión de interrogativa curiosidad, o ni siquiera eso, que el tiempo de verlo llegó y pasó, y ahora el corazón de María palpitaba como un pajarillo asustado, ella no sabía si era de miedo o porque alguien le dijo al oído una inesperada y embarazosa palabra. Los hombres y los muchachos seguían sentados en el suelo y las mujeres iban y venían jadeantes ofreciéndoles los últimos alimentos, pero ya se notaban las señales de saciedad, sólo el rumor de las conversaciones, animadas por el vino, había subido de tono.

María se levantó y nadie reparó en ella. Era ya de noche, la luz de las estrellas, en el cielo limpio y sin luna, parecía causar una especie de resonancia, un zumbido que rozaba las fronteras de lo inaudible, pero que la mujer de José podía sentir en la piel, y también en los huesos, de un modo que no sabría explicar, como una suave y voluptuosa convulsión que no acabara de resolverse. María atravesó el patio y miró fuera. No vio a nadie. La cancela de la casa, al lado, estaba cerrada, igual que la dejó, pero el aire se movía como si alguien acabara de pasar por allí, corriendo, o volando, para no dejar de su paso más que una fugaz señal que otros no sabrían entender.

Pasados que fueron tres días, después de acordar con los clientes que le habían encargado obras que tendrían que esperar a su regreso, hechas las despedidas en la sinagoga y confiada la casa y los bienes visibles que contenía a los cuidados del vecino Ananías, partió de Nazaret el carpintero José con su mujer, camino de Belén, adonde va para censarse, y ella también, de acuerdo con los decretos llegados de Roma. Si, por un atraso en las comunicaciones o fallo en la traducción simultánea, aún no ha llegado al cielo la noticia de tales órdenes, muy asombrado deberá estar el Señor Dios al ver tan radicalmente transformado el paisaje de Israel, con gente que viaja en todas direcciones, cuando lo propio y natural, en estos días inmediatos a la Pascua, sería que la gente se desplazase, salvo justificadas excepciones, de un modo por así decir centrífugo, tomando el camino de casa desde un punto central, sol terrestre u ombligo luminoso, de Jerusalén hablamos, claro está. Sin duda la fuerza de la costumbre, aunque falible, y la perspicacia divina, absoluta ésa, harán fácil el reconocimiento e identificación, incluso desde tan alto, del lento avance que muestra el regreso de los peregrinos a sus ciudades y aldeas, pero lo que, a pesar de todo, no puede dejar de confundir la vista es el hecho de que estas rutas, conocidas, se crucen con otras que parecen trazadas a la ventura y que son, ni más ni menos, los itinerarios de aquellos que, habiendo celebrado o no en Jerusalén la Pascua del Señor, obedecen ahora las profanas órdenes de César, aunque no es muy difícil sustentar una tesis diferente, la de que fue César Augusto quien, sin saberlo, obedeció la voluntad del Señor, si es verdad que Dios tenía decidido, por razones de él sólo conocidas, que José y su mujer, en este momento de su vida, tendrían marcado en su destino ir a Belén. Extemporáneas y fuera de propósito a primera vista, estas consideraciones deben ser recibidas como pertinentísimas, puesto que gracias a ellas nos será posible llegar a la invalidación objetiva de aquello que a algunos espíritus tanto les agradaría hallar aquí; por ejemplo, imaginar a nuestros viajeros, solos, atravesando aquellos parajes inhóspitos, aquellos descampados inquietantes, sin un alma próxima y fraterna, confiados sólo a la misericordia de Dios y al amparo de los ángeles. Ahora bien, inmediatamente después de salir de Nazaret se puede ver que no va a ser así, pues con José y María viajan otras dos familias, de las numerosas, en total, entre viejos, adultos y chiquillos, unas veinte personas, casi una tribu. Cierto es que no se dirigen a Belén, una de ellas se quedará a mitad del camino, en un pueblecito cerca de Ramalá, y la otra continuará mucho más al sur, hasta Bercheba, pero aunque hayan de separarse antes, porque vayan más deprisa unos que los otros, posibilidad siempre razonable, seguirán apareciendo en el camino nuevos viajeros, sin contar con los que vendrán andando en sentido contrario, quizá, quién sabe, a censarse en Nazaret, de donde ahora salen éstos. Los hombres caminan delante, formando un grupo, y con ellos van los chicos que han cumplido ya trece años, mientras que las mujeres, las niñas y las viejas, de todas las edades, forman otro confuso grupo allá atrás, acompañadas por los chiquillos pequeños. En el momento en que iban a ponerse en camino, los hombres, en coro solemne, alzaron la voz para pronunciar las oraciones propias del caso, repitiéndolas las mujeres discretamente, casi en sordina, aprendido tienen que de nada vale que clame quien pocas esperanzas tiene de ser oído, aunque no pida nada y sólo esté alabando.

Entre las mujeres, la única que va encinta, y tan adelantada, es María, y sus dificultades son tales que de no haber dotado la Providencia de una paciencia infinita a los asnos que creó, y de no menor fortaleza, a los pocos pasos ya esta otra pobre criatura habría rendido el ánimo, rogando que la dejasen allí, a la orilla del camino, a la espera de su hora, que sabemos va a ser en breve, a ver dónde y cuándo, pero no es esta gente aficionada a las apuestas, que sería en este caso cuándo y dónde nacerá el hijo de José, sensata religión esta que prohibió el azar. Mientras llega el momento, y durante el tiempo que aún tenga que padecer la espera, la embarazada podrá contar, más que con las pocas y distraídas atenciones de su marido, entretenido como va en la conversación de los hombres, podrá contar, decíamos, con la probada mansedumbre y los dóciles lomos del animal, que va echando de menos, si mudanzas de vida y carga pueden llegar al entendimiento de un asno, los golpes de vergajo, y sobre todo que le consientan caminar sin prisas, con su paso natural, suyo y de sus semejantes, que algunos como él van en la jornada. Por causa de esta diferencia, se retrasa a veces el grupo de las mujeres y, cuando tal acontece, los hombres, desde delante, se paran y permanecen a la espera de que ellas se aproximen, pero no tanto que lleguen a reunirse unas y otros, éstos llegan incluso hasta el punto de fingir que se han parado sólo a descansar, no hay duda de que el camino a todos sirve, pero ya se sabe que donde cantan gallos no pían las gallinas, si acaso cacarean cuando han puesto un huevo, así lo ha impuesto y proclamado la buena ordenación del mundo en que nos cuadró vivir. Va pues María mecida por el suave andar de su corcel, reina entre las mujeres, que sólo ella va montada, la borricada restante transporta la carga general. Y para que no todo sean sacrificios, lleva en el regazo, ahora a uno, luego a otro, tres niños de pecho, con lo que descansan las madres respectivas y empieza ella a habituarse a la carga que la espera.

En este primer día de viaje, como las piernas aún no estaban hechas al camino, la etapa no ha sido extremadamente larga, no hay que olvidar que van en la misma compañía viejos y chiquillos, unos que, por haber vivido, han gastado ya todas sus fuerzas y no pueden ahora fingir que las tienen, otros que, por no saber gobernar las que empiezan a tener, las agotan en dos horas de carreras desatinadas, como si se acabara el mundo y hubiera que aprovechar sus últimos instantes. Hicieron alto en una aldea grande, llamada Isreel, donde se situaba un caravasar que, por ser estos días, como dijimos, de intenso tráfago, encontraron en un estado de confusión y algarabía que parecía de locos, aunque, a decir verdad, era la algarabía mayor que la confusión, por lo que, al cabo de algún tiempo, habituados la vista y el oído, se podía presentir, primero, y luego reconocer, en aquel conjunto de gente y animales en constante movimiento dentro de los cuatro muros, una voluntad de orden no organizada ni consciente, como un hormiguero asustado que intentase reconocerse y recomponerse en medio de su propia dispersión. Tuvieron la suerte las tres familias de poder acogerse al abrigo de un arco, arreglándoselas los hombres por un lado y las mujeres por otro, pero esto fue más tarde, cuando la noche cerró y el caravasar, animales y personas, se entregó al sueño. Antes tuvieron las mujeres que preparar la comida y llenar los odres en el pozo, mientras los hombres descargaban los asnos y los llevaban a beber, pero en una ocasión en que no hubiera camellos en el bebedero, porque éstos, en sólo dos sorbos brutales, lo dejaban seco y era necesario llenarlo un sinfín de veces antes de que se dieran por satisfechos. Al cabo, dispuestos los asnos en el comedero, se sentaron los viajeros a cenar, empezando por los hombres, que las mujeres ya sabemos que en todo son secundarias, basta recordar una vez más, y no será la última, que Eva fue creada después que Adán y de una costilla suya, cuándo aprenderemos que hay ciertas cosas que sólo comenzaremos a entender cuando nos dispongamos a remontarnos a las fuentes.

Después de que los hombres cenaran y mientras las mujeres, allá en un rincón, se alimentaban con las sobras, ocurrió que un anciano entre los ancianos, que viviendo en Belén iba a censarse a Ramalá y se llamaba

Simeón, usando de la autoridad que le confería la edad y de la sabiduría que se cree es su efecto, interpeló a José sobre cómo pensaba que habría que proceder si se verificaba la posibilidad, obviamente razonable, de que María, pero no pronunció su nombre, no diera a luz antes del último día del plazo impuesto para el censo. Se trataba, evidentemente, de una cuestión académica, si tal palabra es adecuada al tiempo y al lugar, porque sólo a los agentes del censo, instruidos en las sutilezas procesales de la ley romana, cabría decidir sobre casos tan altamente dudosos como éste de presentarse una mujer con una barriga tan abultada en las oficinas del censo, Venimos a inscribirnos, y no es posible averiguar, in loco, si lleva dentro varón o hembra, sin hablar ya de la nada desdeñable probabilidad de una camada de gemelos del mismo o de ambos sexos. Como perfecto judío que se preciaba de ser, tanto en la teoría como en la práctica, jamás el carpintero pensaría en responder, usando de la simple lógica occidental, que no es a aquel que tiene que soportar una ley a quien incumbe suplir los fallos que en ella se encuentren, y que si Roma no fue capaz de prever estas y otras hipótesis, será porque está mal servida de legisladores y hermeneutas. Colocado, pues, ante la difícil cuestión, José se detuvo a pensar, buscando en su cabeza el modo más sutil de darle respuesta, una respuesta que, demostrando a la asamblea reunida en torno a la fogata sus dotes de argumentador, fuese, al mismo tiempo, formalmente brillante. Finalizada la sufrida reflexión, y alzando lentamente los ojos que, en el tiempo que duró la gestación de la respuesta, mantuvo fijos en las ondeantes llamas de la hoguera, dijo el carpintero, Si llegado el último día del censo no hubiera nacido aún mi hijo, será porque el Señor no quiere que los romanos sepan de él y lo pongan en sus listas. Dijo Simeón, Fuerte presunción la tuya, que así te arrogas la ciencia de lo que el Señor quiere o no quiere. Dijo José, Dios conoce todos mis caminos y cuenta todos mis pasos, y estas palabras del carpintero, que podemos encontrar en el Libro de Job, significaban, en el contexto de la discusión, que allí, entre los presentes y sin excepción de los ausentes, José reconocía y proclamaba su obediencia al Señor y manifestaba su humildad, sentimientos, cualquiera de ellos, contrarios a la pretensión diabólica, insinuada por Simeón, de aspirar a conocer los saberes enigmáticos de Dios. Así debió de entenderlo el anciano, pues permaneció callado y a la espera, de lo que se aprovechó José para volver a la carga, El día del nacimiento y el día de la muerte de cada hombre están sellados y bajo guarda de los ángeles desde el principio del mundo, y es el Señor, cuando le place, quien quiebra un sello y luego otro, muchas veces al mismo tiempo, con su mano derecha y con su mano izquierda, y hay casos en que tarda tanto en partir el sello de la muerte que hasta parece haberse olvidado de aquel viviente. Hizo una pausa, vaciló un momento, pero remató luego, sonriendo con malicia, Quiera Dios que esta charla no haga que se acuerde de ti. Se rieron los circunstantes, pero a escondidas, porque era manifiesto que el carpintero no había sabido guardar, entero, el respeto que a un anciano se debe, aun cuando la inteligencia y la sensatez, por efecto de la edad, no abunden ya en sus juicios. El viejo Simeón tuvo un gesto de cólera, dio un tirón a su túnica y respondió, Quizá haya Dios roto el sello de tu nacimiento antes de tiempo y todavía no deberías estar en el mundo, si de manera tan impertinente y presuntuosa te comportas con los ancianos, que más que tú vivieron y que en todas las cosas saben más que tú. Dijo José, Simeón, me preguntaste cómo se debería proceder si mi hijo no hubiera nacido antes del último día del censo y la respuesta a la pregunta no podía dártela yo, porque no conozco la ley de los romanos, como, según creo, tampoco tú la conoces, No la conozco, Entonces te dije, Sé lo que dijiste, no te canses en repetírmelo, Fuiste tú quien empezó a hablarme con palabras impropias cuando me preguntaste quién me creía para pretender conocer la voluntad de Dios antes de ser manifestada, si yo te ofendí luego, te ruego que me perdones, pero la primera ofensa vino de ti, recuerda que, siendo anciano y por eso mi maestro, no puedes dar el ejemplo de la ofensa. Alrededor de la hoguera hubo un discreto murmullo de aprobación, el carpintero José, claramente, llevaba la victoria en el debate, a ver ahora con qué sale Simeón, qué respuesta le da. Y he aquí como lo dijo, sin espíritu ni imaginación, Por deber de respeto, no tenías más que responder a mi pregunta, y José dijo, Si te respondiese como querías, pronto quedaría al descubierto la vanidad de la cuestión, tendrás que admitir, por mucho que te cueste, que lo que yo hice fue mostrarte el mayor respeto, facilitándote, aunque no lo quisiste entender, la oportunidad de discurrir sobre un tema que a todos interesaría, es decir, si querría o podría el Señor, alguna vez, esconder su pueblo ante los ojos del enemigo, Ahora estás hablando del pueblo de Dios como si fuese tu hijo no nacido, No pongas en mi boca, Simeón, palabras que no he dicho ni diré, y escucha lo que es para ser comprendido de una manera y lo que es para ser comprendido de otra. A esta tirada no respondió ya Simeón. Se levantó del corro y fue a sentarse en el lugar más oscuro, acompañado de otros hombres de la familia, obligados por la solidaridad de la sangre, pero, en lo más íntimo, despechados por la tristísima figura que el patriarca había hecho en aquellas justas verbales. Allí, entre la compañía, cubriendo el silencio que siguió a los rumores y murmullos de quien se dispone al reposo, se hizo otra vez perceptible el sordo oleaje de las conversaciones en el caravasar, cortadas por alguna exclamación más sonora, por el resuello y pateo de los animales y, a veces, por el bramido áspero, grotesco, de un camello picado de celo. Fue entonces cuando, todos juntos, concertando el ritmo del recitado, los viajeros de Nazaret, sin cuidarse ya de la reciente discordia, entonaron en voz baja, pero ruidosamente siendo tantos, la última y la más larga de cuantas oraciones van dirigidas al Señor a lo largo del día y que así dice, Alabado seas tú, Dios nuestro, rey del universo, que haces caer las ataduras del sueño sobre mis ojos y el torpor sobre mis párpados, y que a mis pupilas no retiras la luz. Sea tu voluntad, Señor mi Dios, que me acueste ahora en paz y pueda mañana despertar para una vida feliz y pacífica, consiente que me aplique en el cumplimiento de tus preceptos y no permitas que me acostumbre a acto alguno de transgresión. No permitas que caiga en el poder del pecado, de la tentación ni de la vergüenza. Haz que tengan presencia en mí las buenas inclinaciones, no dejes que tengan poder sobre mí las malas.

Líbrame de las inclinaciones ruines y de las enfermedades mortales, y que no me vea perturbado por sueños malos y malos pensamientos y que no sueñe con la Muerte. Pasados pocos minutos, ya los más justos, si no los más cansados, dormían, algunos roncando sin espiritualidad alguna, los otros no tuvieron que esperar mucho, allí estaban, sin otro abrigo la mayoría que sus propias túnicas, sólo los viejos y los chiquillos, frágiles unos y otros, gozaban del conforto de un paño grueso o de una escasa manta. Al faltarle el alimento, la hoguera se consumía, unas llamas desmayadas danzaban aún sobre el último leño recogido de camino para este útil fin. Bajo el arco que abrigaba a las gentes de Nazaret, todos dormían. Todos, con excepción de María. Al no poder tumbarse por causa de la incomodidad del vientre, que a la vista más parecía contener un gigante, se reclinó en unas alforjas buscando amparo para sus martirizados riñones. Como los otros, estuvo oyendo el debate entre José y el viejo Simeón, y se alegró con la victoria del marido, como es obligación de toda mujer, aunque se trate de peleas incruentas, como ésta fue. Pero ya estaba barrido de su memoria el motivo de la discusión, o es que el recuerdo del debate se había sumergido entre las sensaciones que dentro de su cuerpo iban y venían, igual que las mareas del océano, nunca visto, pero del que alguna vez oyó hablar, fluyendo y refluyendo, entre el ansioso choque de las olas que eran los movimientos del hijo, movimientos singulares, como si estando dentro de ella quisiera levantarla, a pulso, sobre sus hombros. Sólo los ojos de María estaban abiertos, brillando en la penumbra, y siguieron brillando incluso cuando la hoguera se apagó del todo, pero nada de extraño tiene esto, les sucede a todas las madres desde el principio del mundo, aunque nosotros lo supiéramos definitivamente cuando a la mujer del carpintero José se le apareció un ángel, que lo era, según su propia declaración, a pesar de venir en figura de mendigo itinerante.

También en el caravasar cantaban gallos en la fresca madrugada, pero los viajeros, mercaderes, arrieros, conductores de camellos, urgidos por sus obligaciones, apenas esperaron el primer canto, y muy temprano empezaron los preparativos de la jornada, cargando las bestias con sus haberes y teneres propios, o con las mercaderías del negocio, de este modo levantaban en el campo un barullo que dejaba pequeña a la vista, o a los oídos mejor, para usar la palabra exacta, la algarabía de la víspera. Cuando éstos se hubieron ido, el caravasar pasa algunas horas más tranquilas, como un lagarto pardo tendido al sol, pues se quedan sólo los huéspedes que decidieron descansar un día entero, hasta que, acercándose la caída de la tarde, empiece a llegar el nuevo turno de camineros, a cual más sucio, pero todos fatigados, aunque manteniendo intactas y poderosas las cuerdas vocales, acaban de entrar y están gritando ya como posesos de mil diablos, con perdón. Que la compañía de Nazaret vaya engrosada desde aquí es algo que no debe sorprender a nadie, se juntaron diez personas más, mucho se engaña quien imagine que esta tierra es un desierto, mayormente en época tan festiva, de censos y de Pascuas, conforme fue explicado.

Entendió José, de sí y para sí, que su deber sería hacer las paces con el viejo Simeón, no por pensar que con la noche hubieran perdido fuerza y razón sus argumentos, sino porque fue instruido en el respeto a los más viejos y en particular a los ancianos que, pobrecillos, habiendo vivido una larga vida, que ahora se apaga robándoles el espíritu y el entendimiento, no pocas veces se ven desconsiderados por la gente joven. Se aproximó a él, y le dijo en tono de comedimiento, Vengo a pedirte disculpas si te parecí insolente e infatuado anoche, nunca fue mi intención faltarte al respeto, pero ya sabes cómo son las cosas, una palabra tira de la otra, las buenas tiran de las malas, y acabamos diciendo siempre más de lo que queríamos. Simeón oyó con la cabeza baja y respondió al fin, Estás disculpado. A cambio de su generoso movimiento, era natural que José esperase una respuesta más benévola del obstinado viejo y, con la esperanza de oír palabras que creía merecer, caminó a su lado durante un buen trozo de tiempo y de camino. Pero Simeón, con los ojos puestos en el polvo del sendero, hacía como si no advirtiera su presencia, hasta que el carpintero, justamente enfadado, esbozó el gesto de quien va a alejarse. Entonces el viejo, como si súbitamente lo hubiese abandonado el pensamiento fijo que lo ocupaba, dio un paso rápido y lo cogió de la túnica. Espera, dijo. Sorprendido, José se volvió hacia él. Simeón se había parado y repetía, Espera. Fueron pasando los otros hombres y ahora están estos dos en medio del camino, como en tierra de nadie, entre el grupo de los varones, que se iba alejando, y el de las mujeres, allí atrás, cada vez más cerca. Por encima de las cabezas podía verse la silueta de María, balanceándose al compás de la andadura del asno.

Habían dejado el valle de Isreel. La senda, ladeando cerros, vencía dificultosamente la primera cuesta, para embreñarse en los montes de Samaria, por el lado de poniente, a lo largo de los cerros áridos tras los que, cayendo hacia el Jordán y arrastrando en dirección sur su rasero ardiente, el desierto de Judea quemaba y requemaba la antiquísima cicatriz de una tierra que, siendo prometida a unos, nunca sabría a quién entregarse. Espera, dijo Simeón, y el carpintero obedeció, ahora inquieto, temeroso sin saber por qué. Las mujeres estaban cerca ya. Entonces el viejo volvió a andar, agarrándose a la túnica de José, como si le huyeran las fuerzas, y dijo, Anoche, después de retirarme a dormir, tuve una visión, Una visión, Sí, pero no una visión de ver cosas, como siempre acontece, fue más bien como si pudiese ver lo que está detrás de las palabras aquellas que dijiste, que si tu hijo no hubiera nacido aún cuando llegase el último día del censo, sería porque el Señor no quiere que los romanos sepan de él y lo pongan en sus listas, Sí, yo dije eso, pero qué viste tú, No vi cosas, fue como si, de pronto, tuviese la certeza de que sería mejor que los romanos no supieran nada de la existencia de tu hijo, que nadie supiera nunca nada de él y que, si ha de venir a este mundo, al menos que viva en él sin pena ni gloria, como aquellos hombres que allí van y las mujeres que ahí vienen, ignorado, como cualquiera de nosotros, hasta la hora de su muerte y después de ella, Siendo su padre lo que yo soy, es decir, nada, un carpintero de Nazaret, esa vida que le deseas es la que seguramente va a tener, No eres tú el único que dispone de la vida de tu hijo, Sí, todo el poder está en el Señor Dios, él es quien lo sabe, Así fue siempre y así lo creemos, Pero háblame de mi hijo, qué has sabido de mi hijo, Nada, sólo aquellas palabras tuyas que, en un relámpago, me pareció que contenían otro sentido, como si mirando por primera vez un huevo tuviese la percepción del pollito que hay dentro, Dios quiso lo que hizo e hizo lo que quiso, en sus manos está mi hijo, yo nada puedo, En verdad, así es, pero éstos son aún los días en los que Dios comparte con la mujer la posesión del niño, Que después, si es varón, será mía y de Dios, O sólo de Dios, Todos los somos, No todos, hay algunos que andan divididos entre Dios y el Diablo, Cómo saberlo, Si la ley no hubiera silenciado a las mujeres para todo y para siempre, tal vez ellas, porque inventaron aquel primer pecado del que todos los demás nacieron, supieran decirnos lo que nos hace falta saber, Qué, Qué partes divina y demoníaca las componen, qué especie de humanidad llevan dentro de sí, No te comprendo, creo que estabas hablando de mi hijo, No hablaba de tu hijo, hablaba de las mujeres y de cómo generan los seres que somos, si no será por voluntad de ellas, si es que lo saben, por lo que cada uno de nosotros es este poco y este mucho, esta bondad y esta maldad, esta paz y esta guerra, revuelta y mansedumbre.

José miró hacia atrás, venía María en su asno, con un chiquillo ante ella, montando a horcajadas, a la manera de los hombres y, por un instante, imaginó que era ya su hijo y a María la vio como si fuera la primera vez, avanzando en delantera de la tropa femenina, ahora engrosada. Todavía resonaban en sus oídos las extrañas palabras de Simeón, pero le costaba trabajo aceptar que una mujer pudiera tener tanta importancia, al menos esta suya nunca le dio señal, por mediocre que fuese, de valer más que el común de todas. Fue en este momento, pero entonces iba mirando hacia delante, cuando le vino a la memoria el caso del mendigo y de la tierra luminosa. Se estremeció de la cabeza a los pies, se le erizaron el pelo y las carnes, y aún más cuando, al volverse de nuevo hacia María, vio, con sus ojos claramente visto, caminando al lado de ella a un hombre alto, tan alto que sus hombros se veían por encima de las cabezas de las mujeres y era, por estos signos, el mendigo que nunca pudiera ver. Volvió a mirar y allí estaba él, presencia insólita, incongruencia total, sin ninguna razón humana que justificara su presencia, varón entre mujeres. Iba José a pedirle a Simeón que mirase también él hacia atrás, que le confirmase estos imposibles, pero el viejo ya se había adelantado, dijo lo que tenía que decir y ahora se unía a los hombres de su familia para recobrar el simple papel de hombre de más edad, que es siempre el que menos tiempo dura. Entonces, el carpintero, sin otro testigo, volvió a mirar a la mujer. El hombre ya no estaba allí.

Habían atravesado en dirección al sur toda la región de Samaria, y lo hicieron a marchas forzadas, con un ojo atento al camino y el otro, inquieto, escrutando las cercanías, temerosos de los sentimientos de hostilidad, aunque más exacto sería decir aversión, de los habitantes de aquellas tierras, descendientes en maldades y herederos en herejías de los antiguos colonos asirios, que llegaron a estos parajes en tiempos de Salmanasar, rey de Nínive, tras la expulsión y dispersión de las Doce Tribus, y que, teniendo algo de judíos, pero mucho más de paganos, sólo reconocían como ley sagrada los Cinco Libros de Moisés y afirmaban que el lugar elegido por Dios para edificar su templo no era Jerusalén, y sí, imaginaos, el monte Gerizim, que está en sus territorios. Caminaron deprisa los de Galilea, pero aun así tuvieron que pasar dos noches en campo enemigo, al relente, con vigías y rondas, por si se daba el caso de que los malvados atacaran a la callada, capaces como son de las peores acciones, llegando al extremo de negar una sed de agua a quien, de puro tronco hebreo, de necesidad se estuviese muriendo, no vale mencionar alguna excepción conocida, porque no es más que eso, una excepción. Hasta tal punto llegó la ansiedad de los viajeros durante el trayecto que, contrariando la costumbre, los hombres se dividieron en dos grupos, delante y detrás de las mujeres y niños, para guardarlas de insultos o cosa peor. Pero estarían los de Samaria de humor pacífico en esos días, porque, aparte de aquellos con quienes en el camino tropezaron, gentes también de viaje, que satisfacían su rencor lanzando a los galileos miradas de escarnio y algunas palabras malsonantes, ninguna cuadrilla formal y organizada se precipitó de los riscos al asalto o apedreó en emboscada o asustó al inerme destacamento.

Un poco antes de llegar a Ramalá, donde los creyentes más fervorosos o de más apurado olfato juraban percibir ya el santísimo aroma de Jerusalén, el viejo Simeón y los suyos dejaron el grupo para, como antes se dijo, censarse en una aldea de éstas. Allí, en medio del camino, con gran profusión de bendiciones, hicieron sus despedidas los viajeros, las madres de familia le dieron a María mil y una recomendaciones hijas de la experiencia, y se fueron todos, unos bajando al valle, donde pronto podrán reposar de sus fatigas de cuatro días de camino, otros para Ramalá, en cuyo caravasar pasarán la noche que va cayendo. En Jerusalén, finalmente, se han de separar los que quedan del grupo que salió de Nazaret, la mayor parte para Bercheba, todavía con dos días de viaje por delante, y el carpintero y su mujer, que se quedarán cerca, en Belén. En medio de la confusión de abrazos y de adioses, José llamó aparte a Simeón, y con mucha deferencia, quiso saber si desde que hablaron tuvo algún recuerdo más de la visión. Que no fue visión, ya te lo dije, Fuese lo que fuese, a mí lo que me interesa es conocer el destino de mi hijo, Si ni tu propio destino puedes conocer y estás ahí, vivo y hablando, cómo quieres saber el destino de algo que no tiene existencia todavía, Los ojos del espíritu van más lejos, por eso imaginé que los tuyos, abiertos por el Señor a las evidencias de los elegidos, quizá hubiesen conseguido alcanzar lo que para mí es pura tiniebla, Es posible que nunca llegues a saber nada del destino de tu hijo, quizá tu propio destino esté a punto de cumplirse, no preguntes, hombre, no quieras saber, vive sólo tu día. Y, habiendo dicho estas palabras, Simeón posó la mano diestra sobre la cabeza de José, murmuró una bendición que nadie pudo oír y fue a unirse a los suyos, que lo esperaban. Por un sendero sinuoso, en fila, empezaron a descender hacia el valle, donde, al pie de otra ladera, casi confundida con las piedras que del suelo rompían como fatigados huesos, estaba la aldea de Simeón. No volvería José a tener noticia de él, sólo, pero mucho más tarde, sabría que murió antes de censarse.

Después de dos noches pasadas a la luz de las estrellas y al frío del descampado, ya que, por miedo a un ataque por sorpresa, ni hogueras encendieron, los de Nazaret se sintieron felices al acogerse una vez más al resguardo de las paredes y arcadas de un caravasar. Las mujeres ayudaron a María a bajar del burro, diciendo, piadosas, Mujer, que esto va a ser pronto, y la pobre murmuraba que sí, que sería pronto, como de eso era señal, a todos evidente, el repentino, o así lo parecía, crecimiento de la barriga. La instalaron lo mejor que pudieron en un rincón recogido y fueron a tratar de la cena que ya se retrasaba, de la que luego vinieron todos a comer. Esta noche no hubo charlas, ni recitado, ni historias contadas alrededor de la hoguera, como si la proximidad de Jerusalén obligase al silencio, mirando cada uno dentro de sí y preguntando, Quién eres tú, que a mí te pareces pero a quien no sé reconocer, y no es que lo dijeran de hecho, las personas no se ponen a hablar solas así, sin más ni menos, o que lo pensaran conscientemente, pero lo cierto es que un silencio como éste, cuando fijamente miramos las llamas de una hoguera y callamos, si quisiéramos traducirlo en palabras, no hay otras, son aquéllas y lo dicen todo. Desde el lugar donde estaba sentado, José veía a María de perfil contra el resplandor del fuego, una claridad rojiza, reflejada, le iluminaba en una media tinta el rostro de este lado, dibujando su perfil en luz y contraluz, y pensó, sorprendido al pensarlo, que María era una hermosa mujer, si ya se le podía dar ese nombre, con aquella carita de chiquilla, sin duda tiene ahora el cuerpo deformado, pero a él la memoria le trae una imagen diferente, ágil y graciosa, pronto volverá a ser lo que era, después de nacer el niño. Pensaba José esto, y en un instante inesperado fue como si todos los meses pasados, de forzada castidad, se hubiesen rebelado, despertando la urgencia de un deseo que se le iba dispersando por toda la sangre, en ondas sucesivas, irradiando vagos apetitos carnales que empezaban a aturdirlo, para refluir después, más fuertes, caldeados por la imaginación, hasta el punto de partida. Oyó que María soltaba un gemido, pero no se acercó a ella. Recordó, y el recuerdo, como un cubo de agua fría, apagó de golpe las sensaciones voluptuosas que había estado experimentando, recordó al hombre que viera dos días antes, en un momento rapidísimo, caminando al lado de su mujer, aquel mendigo que los perseguía desde el anuncio de la gravidez de María, pues ahora José no tenía dudas de que, aunque no hubiera vuelto a aparecer hasta el día en que él mismo pudo verlo, el misterioso personaje siempre estuvo, a lo largo de los nueve meses de la gestación, en los pensamientos de María. No tuvo valor para preguntarle a la mujer qué hombre era aquél y si sabía por dónde se fue, que tan deprisa desapareció, porque no quería oír la respuesta que temía, una pregunta capaz de dejarlo estupefacto, De qué hombre me hablas, y si se obstinara, lo más seguro sería que María llamase a testimoniar a las otras mujeres, Habéis visto vosotras a algún hombre, venía algún hombre en el grupo de las mujeres, y ellas dirían que no, y moverían la cabeza con aire de escándalo y tal vez una de ellas, más suelta de lengua, dijera, Todavía está por nacer el hombre que, sin ser por precisiones del cuerpo, se acerque al lado de las mujeres y con ellas se quede. Lo que José no podría adivinar es que no había malicia alguna en la sorpresa de María, pues ella realmente no vio al mendigo, fuera éste aparición o bien hombre de carne y hueso. Pero, cómo puede ser esto verdad, si él estaba allí, a tu lado, si lo vi con estos ojos, preguntaría José, y María respondería, firme en su razón, En todo, así me dijeron que está escrito en la ley, la mujer deberá al marido respeto y obediencia, por lo tanto no volveré a decir que ese hombre no iba a mi lado, si tú dices lo contrario, diré sólo que no lo vi, Era el mendigo, Y cómo puedes saberlo si no llegaste a verlo el día en que apareció, Tenía que ser él, Sería más bien alguien que iba por su camino, y, como andaba más lento que nosotras, lo rebasamos, primero los hombres, luego las mujeres, y quizá estaba a mi lado cuando miraste, fue eso y nada más, Entonces confirmas, No, sólo busco una explicación que te deje satisfecho, como es deber también de las buenas mujeres. A través de los ojos semicerrados, casi dormido, José intenta leer la verdad en el rostro de María, pero la cara de ella se ha vuelto negra como el otro lado de la luna, el perfil es sólo una línea recortada contra la claridad ya desvanecida de las últimas brasas. José dejó caer la cabeza como si hubiera renunciado definitivamente a comprender, llevándose consigo, para dentro del sueño, una idea absurda, la de que aquel hombre habría sido una imagen de su hijo hecho hombre, llegado del futuro para decirle, Así seré un día, pero tú no alcanzarás a verme así. José estaba dormido, con una sonrisa resignada en los labios, pero triste se hubiera sentido de oír a María decirle, No lo quiera el Señor, que de ciencia cierta sé yo que este hombre no tiene donde descansar la cabeza. En verdad, en verdad os digo que muchas cosas en este mundo podrían saberse antes de que acontecieran otras que de ellas son fruto, si, uno con el otro, fuese costumbre que hablen marido y mujer como marido y mujer.

Al día siguiente, por la mañana temprano, tomaron el camino de Jerusalén muchos de los viajeros que pasaron la noche en el caravasar, pero los grupos de caminantes, por casualidad, se formaron de manera que José, aunque manteniéndose a la vista de los coterráneos que iban a Bercheba, acompañaba esta vez a su mujer, siguiendo al lado ella, pisándole los talones, por así decir, precisamente como el mendigo, o quienquiera que fuese, hiciera el día anterior. Mas José, en este momento, no quiere pensar en el misterioso personaje. Tiene la certeza, íntima y profunda, de que fue beneficiario de un obsequio particular de Dios, que le permitió ver a su propio hijo antes de haber nacido, y no envuelto en fajas y mantillas de infantil flaqueza, pequeño ser inacabado, fétido y ruidoso, sino hombre hecho, alto un palmo más que su padre y de lo que es común en esta raza. José va feliz porque ocupa el lugar de su hijo, es al mismo tiempo el padre y el hijo, y hasta tal punto es fuerte en él esta sensación que, súbitamente, pierde sentido aquel que es su verdadero hijo, el niño que va allí, aún dentro del vientre de la madre, camino de Jerusalén.

Jerusalén, Jerusalén, gritan los devotos viajeros a la vista de la ciudad, alzada de repente como una aparición en lo alto de un cerro del otro lado, más allá del valle, ciudad en verdad celeste, centro del mundo, que despide ahora destellos en todas direcciones bajo la luz fuerte del mediodía, como una corona de cristal, que sabemos que va a convertirse en oro puro cuando la luz del poniente la toque y que será blanca de leche bajo la luna, Jerusalén, oh Jerusalén. El Templo aparece como si en ese mismo momento lo hubiese puesto allí Dios y el súbito soplo que recorre los aires y roza la cara, el pelo, las ropas de los peregrinos y viajeros, es tal vez el movimiento del aire desplazado por el gesto divino, que, si miramos con atención las nubes del cielo, podemos contemplar la inmensa mano que se retira, los largos dedos sucios de barro, la palma donde están trazadas todas las líneas de vida y de muerte de los hombres y de todos los otros seres del universo, pero también, y ya es tiempo de que se sepa, la línea de la vida y de la muerte del mismo Dios. Los viajeros levantan al aire los brazos estremecidos de emoción, saltan las oraciones, irresistibles, no ya a coro sino entregado cada uno a su propio arrebato, algunos, más sobrios por naturaleza en estas expresiones místicas, casi no se mueven, miran al cielo y pronuncian las palabras con una especie de dureza, como si en este momento les fuese permitido hablar de igual a igual a su Señor. El camino desciende en rampa y, a medida que los viajeros van bajando hacia el valle, antes de abordar la nueva subida que los llevará a esta puerta de la ciudad, el Templo parece alzarse más y más, ocultando, por efecto de la perspectiva, la execrada Torre Antonia, donde, incluso a esta distancia, se ve a los soldados romanos vigilando los patios y las rápidas fulguraciones de armas. Aquí se despiden los de Nazaret, porque María viene agotada y no soportaría el trote seco de la montura en el descenso, si tuviera que acompañar el paso rápido, casi carrera precipitada, que es ahora el de toda esta gente a la vista de los muros de la ciudad.

Se quedaron José y María solos en el camino, ella intentando recobrar las perdidas fuerzas, él un tanto impaciente por la demora, justo cuando están tan cerca de su destino. El sol cae a plomo sobre el silencio que rodea a los viajeros. De pronto, un gemido sordo, irreprimible, sale de la boca de María. José se inquieta, pregunta, Son los dolores ya, y ella responde, Sí, pero en ese mismo instante se extiende por su rostro una expresión de incredulidad, como si se encontrara ahora, de repente, ante algo inaccesible a su comprensión, y es que, verdaderamente, no fue en su propio cuerpo donde notó el dolor, lo había sentido, sí, pero como un dolor sentido por otra persona, quién, el hijo que dentro de ella está, cómo es posible que ocurra tal cosa, que pueda un cuerpo sentir un dolor que no es suyo, y sobre todo sabiendo que no lo es y, a pesar de ello, una vez más, sintiéndolo como si propio fuese, o no exactamente de esta manera y con estas palabras, digamos más bien que es como un eco que, por alguna extraña perversión de los fenómenos acústicos, se oye con más intensidad que el sonido que lo causa. Cauteloso, sin querer saber, José preguntó, Sigue doliéndote, y ella no sabe cómo responderle, mentiría si dijera que no, mentiría si dijera que sí, por eso calla, pero el dolor está ahí, y lo siente, pero es también como si sólo lo estuviese mirando, impotente para socorrerlo, en el interior del vientre le duelen los dolores del hijo y ella no puede valerle, tan lejos está. No gritó ninguna orden, José no usó la vara, pero lo cierto es que el asno reanudó la marcha más vivo de ánimo, sube por su cuenta la ladera empinada que lleva a Jerusalén y va ligero, como quien ha oído decir que está el comedero lleno a su espera y también un descanso sabroso, pero lo que él no sabe es que todavía tendrá que hacer un buen trecho de camino antes de llegar a Belén, y cuando se encuentre allí percibirá que, en definitiva, las cosas no son tan fáciles como parecían, claro está que sería muy bonito poder anunciar, Veni, vidi, vinci, así lo proclamó Julio César en tiempos de su gloria, y después fue lo que se vio, a manos de su propio hijo acabó muriendo, sin más disculpa para éste que el serlo por adopción. Viene de lejos y promete no tener fin la guerra entre padres e hijos, la herencia de las culpas, el rechazo de la sangre, el sacrificio de la inocencia.

Cuando iban entrando por la puerta de la ciudad, María no pudo contener un grito de dolor, pero éste lacerante, como si una espada la hubiera atravesado. Lo oyó sólo José, tan grande era el ruido que hacía la gente, los animales bastante menos, pero todo junto resultaba una algazara de mercado que apenas dejaba oír lo que se dijera al lado. José quiso ser sensato, No estás en condiciones de seguir, lo mejor será que busquemos posada aquí, mañana iré yo a Belén, al censo, y diré que estás de parto, luego irás tú si es necesario, que no sé cómo son las leyes de los romanos, a lo mejor es suficiente con que se presente el cabeza de familia, sobre todo en un caso como éste, y María respondió, No siento ya dolores, y así era, aquella lanzada que la hizo gritar se había convertido en unas punzadas de espino, continuas, sí, pero soportables, algo que sólo se mantenía presente, como un cilicio. Quedó José lo más aliviado que se puede imaginar, pues le inquietaba la perspectiva de tener que buscar un abrigo en el laberinto de calles de Jerusalén en circunstancias de tanta aflicción, la mujer en doloroso trabajo de parto y él, como cualquier otro hombre, aterrorizado con su responsabilidad, pero sin querer confesarlo. Al llegar a Belén, pensaba, que en tamaño e importancia no es muy distinta de Nazaret, las cosas serán sin duda más fáciles, ya se sabe que en los pueblos pequeños, donde todo el mundo se conoce, la solidaridad suele ser palabra menos vana. Si María no se queja ya, o es que pasaron sus dolores, o es que consigue soportarlos bien, tanto en un caso como en otro, es igual, vamos a Belén. El burro recibe una palmada en los cuartos traseros, lo que, si nos fijamos bien, es menos un estímulo para que avive el paso, decisión bastante difícil en la indescriptible confusión del tránsito en que se veían atrapados, que expresión afectuosa y de alivio por parte de José. Los tenderetes invaden las estrechas callejuelas, andan de aquí para allá, codo con codo, gentes de mil razas y lenguas, y el paso, como por milagro, sólo se abre y facilita cuando en el fondo de la calle aparece una patrulla de soldados romanos o una caravana de camellos, entonces es como si se apartasen las aguas del Mar Rojo. Poco a poco, con cuidado y con paciencia, los dos de Nazaret y su burro fueron dejando atrás aquel bazar convulso y vociferante, gente ignorante y distraída a quien de nada serviría decir, Aquel que ves ahí es José, y la mujer, la que va embarazada con un vientre inmenso, sí, se llama María, van los dos a Belén, para lo del censo, bien es verdad que de nada servirán estas benévolas identificaciones nuestras, porque vivimos en una tierra tan abundante en nombres predestinados que fácilmente se encuentran por ahí Josés y Marías de todas las edades y condiciones, por así decir a la vuelta de la esquina, sin olvidar que estos a quienes conocemos no deben de ser los únicos de ese nombre a la espera de un hijo, y también, todo hay que decirlo, no nos sorprendería mucho que, a estas horas y en el entorno de estos parajes, naciesen al mismo tiempo, sólo con una calle o un sembrado por medio, dos niños del mismo sexo, varones si Dios lo quiere, que sin duda vendrán a tener destinos diferentes, aunque, en una tentativa final para dar sustancia a las primitivas astrologías de esta antigua edad, viniésemos a darles el mismo nombre, Yeschua, que es como quien dice Jesús. Y que no se diga que estamos anticipándonos a los acontecimientos poniendo nombre a un niño que aún está por nacer, la culpa la tiene el carpintero que desde hace mucho tiempo lleva metido en la cabeza que ése será el nombre de su primogénito.

Salieron los caminantes por la puerta del sur, tomando el camino de Belén, ligeros de ánimo ahora porque están cerca de su destino, van a poder descansar de las largas y duras jornadas, aunque otra y no pequeña fatiga espera a la pobre María, que ella, y nadie más, tendrá el trabajo de parir el hijo, sabe Dios dónde y cómo. Y es que, aunque Belén, según las escrituras, sea el lugar de la casa y linaje de David, al que José dice pertenecer, con el paso del tiempo se acabaron los parientes, o de haberlos no tiene el carpintero noticia de ellos, circunstancia negativa que deja adivinar, cuando todavía vamos por el camino, no pocas dificultades para el alojamiento del matrimonio, pues José no puede, nada más llegar, llamar a una puerta y decir, Traigo aquí a mi hijo, que quiere nacer, que venga la dueña de la casa, toda risas y alegrías, Entre, entre, señor José, que el agua está caliente ya y la estera tendida en el suelo, la faja de lino preparada, póngase cómodo, la casa es suya. Así habría sido en la edad de oro, cuando el lobo, para no tener que matar al cordero, se alimentaba de hierbas del monte, pero esta edad es dura y de hierro, el tiempo de los milagros o pasó ya o está aún por llegar, aparte de que el milagro, por más que nos digan, no es nada bueno, si hay que torcer la lógica y la razón misma de las cosas para hacerlas mejores. A José casi le apetece ir más despacio para retrasar los problemas que le esperan, pero recuerda que muchos más problemas va a tener si el hijo nace en medio del camino, así que aviva el caminar del burro, resignado animal que, de cansado, sólo él sabe cómo va, que Dios, si de algo sabe, es de hombres, e incluso así no de todos, que sin cuenta son los que viven como burros, o aún peor, y Dios no se ha preocupado de averiguar y proveer. Le dijo a José un compañero de viaje que había en Belén un caravasar, providencia social que a primera vista resolverá el problema de instalación que venimos analizando minuciosamente, pero incluso un rústico carpintero tiene derecho a sus pudores y podemos imaginar la vergüenza que para este hombre sería ver a su propia mujer expuesta a curiosidades malsanas, un caravasar entero cuchicheando groserías, esos arrieros y conductores de camellos que son tan brutos como las bestias con que andan, o peor, en comparación, porque ellos tienen el don divino del habla y ellas no. Decide José que irá a pedir consejo y auxilio a los ancianos de la sinagoga y se sorprende por no haberlo pensado antes. Ahora, con el corazón más libre de preocupaciones, pensó que estaría bien preguntarle a María cómo iba de dolores, pero no pronunció palabras, recordemos que todo esto es sucio e impuro, desde la fecundación al nacimiento, aquel terrorífico sexo de mujer, vórtice y abismo, sede de todos los males del mundo, el interior laberíntico, la sangre y las humedades, los corrimientos, el romper de las aguas, las repugnantes secundinas, Dios mío, por qué quisiste que estos tus hijos dilectos, los hombres, naciesen de la inmundicia, cuánto mejor hubiera sido, para ti y para nosotros, que los hubieras hecho de luz y transparencia, ayer, hoy y mañana, el primero, el de en medio y el último, así igual para todos, sin diferencia entre nobles y plebeyos, entre reyes y carpinteros, sólo colocarías una señal terrible sobre aquellos que, al crecer, estuviesen destinados a volverse, sin remedio, inmundos. Retenido por tantos escrúpulos, José acabó por hacer la pregunta en un tono de media indiferencia, como si, estando ocupado con materias superiores, condescendiese a informarse de servidumbres menudas, Cómo te sientes, dijo, y era justamente la ocasión de oír una respuesta nueva, pues María, momentos antes, había empezado a notar diferencia en el tenor de los dolores que estaba experimentando, excelente palabra esta, pero puesta al revés, porque con otra exactitud se diría que los dolores estaban, en definitiva, experimentándola a ella.

En este momento llevaban más de una hora de camino, Belén no podía estar lejos. Lo curioso es que, sin que pudieran descubrir por qué, pues las cosas no llevan siempre, conjuntamente, su propia explicación, el camino estuvo desierto desde que los dos salieran de Jerusalén, caso digno de asombro pues, estando Belén tan cerca de la ciudad, lo más natural sería que hubiese un ir y venir constante de gentes y animales. Desde el sitio donde se bifurcaba el camino, pocos estadios después de Jerusalén, un desvío para Bercheba, otro para Belén, era como si el mundo se hubiera recogido, doblado sobre sí mismo, pudiese el mundo ser representado por una persona, diríamos que se cubría los ojos con el manto, escuchando sólo los pasos de los viajeros, como escuchamos el canto de pájaros que no podemos ver, ocultos entre las ramas, ellos, pero nosotros también, porque así nos estarán imaginando las aves escondidas entre el ramaje. José, María y el burro han venido atravesando el desierto, que desierto no es aquello que vulgarmente se piensa, desierto es toda ausencia de hombres, aunque no debamos olvidar que no es raro encontrar desiertos y secarrales de muerte en medio de multitudes. A la derecha está la tumba de Raquel, la esposa a quien Jacob tuvo que esperar catorce años, a los siete años de servicio cumplido le dieron a Lía y sólo tras otros tantos a la mujer amada, que a Belén vendría a morir, dando a luz al niño a quien Jacob daría el nombre de Benjamín, que quiere decir hijo de mi mano derecha, pero a quien ella, antes de morir, llamó, con mucha razón, Benoni, que significa hijo de mi desgracia, permita Dios que esto no sea un agüero. Ahora se distinguen ya las primeras casas de Belén, terrosas de color como las de Nazaret, pero éstas parecen amasadas de amarillo y ceniciento, lívidas bajo el sol. María va casi desmayada, su cuerpo se desequilibra a cada instante encima del serón, José tiene que acudir a ampararla, y ella, para poder sostenerse mejor, le pone el brazo sobre el hombro, qué pena que estemos en el desierto y no haya aquí nadie para ver tan bonita imagen, tan fuera de lo común. Y así van entrando en Belén.

Preguntó José, pese a todo, dónde estaba el caravasar, porque había pensado que tal vez pudieran descansar allí el resto del día y la noche, una vez que, pese a los dolores de que María seguía quejándose, no parecía que la criatura estuviera todavía para nacer. Pero el caravasar, al otro lado de la aldea, sucio y ruidoso, mezcla de bazar y caballeriza como todos, aunque, por ser aún temprano, no estuviera lleno, no tenía un sitio recatado libre, y hacia el fin del día sería mucho peor, con la llegada de camelleros y arrieros. Se volvieron atrás los viajeros, José dejó a María en una placita entre muros de casas, a la sombra de una higuera, y fue en busca de los ancianos, como primero pensó. El que estaba en la sinagoga, un simple celador, no pudo hacer más que llamar a un chiquillo de los que andaban por allí jugando, al que mandó que guiase al forastero a uno de los ancianos, que, así esperaba, tomaría las providencias necesarias. Quiso la suerte, protectora de inocentes cuando de ellos se acuerda, que José, en esta nueva diligencia, tuviera que pasar por la plaza donde había dejado a su mujer, suerte para María, que la maléfica sombra de la higuera casi la estaba matando, falta de atención imperdonable en él y en ella, en una tierra en la que abundan estos árboles y donde todo el mundo tiene la obligación de saber lo que de malo y de bueno se puede esperar de ellos. Desde allí fueron todos en busca del anciano, que estaba en el campo y resultó que no iba a regresar tan pronto, ésta fue la respuesta que dieron a José. Entonces, el carpintero se llenó de valor y en voz alta preguntó si en aquella casa, o en otra, Si me están oyendo, en nombre del Dios que todo lo ve, alguien querría dar cobijo a una mujer que está a punto de tener un hijo, seguro que hay por ahí un cuarto recogido, las esteras las llevaba él. Y también dónde podré encontrar en esta aldea una partera para ayudar al parto, el pobre José decía avergonzado estas cosas enormes e íntimas, aún con más vergüenza al notar que se ponía rojo al decirlas. La esclava que lo recibió en el portal fue adentro con el mensaje, la petición y la protesta, se demoró y volvió con la respuesta de que no podían quedarse allí, que buscasen otra casa, pero que iba a serles difícil, que la señora mandaba decir que lo mejor para ellos sería que se recogieran en una de las cuevas de aquellas laderas. Y de la partera, preguntó José, a lo que la esclava respondió que, si la autorizaban sus amos y la aceptaba él, ella misma podría ayudar, pues no le habían faltado en la casa, en tantos años, ocasiones de ver y aprender. En verdad, muy duros son estos tiempos y ahora se confirma, que viniendo a llamar a nuestra puerta una mujer que está a punto de tener un hijo le negamos el alpendre del patio y la mandamos a parir a una cueva, como las osas y las lobas. Nos dio, sin embargo, un revolcón la conciencia y, levantándonos de donde estábamos, fuimos hasta el portal, a ver quiénes eran esos que buscaban cobijo por razón tan urgente y fuera de lo común y, cuando dimos con la dolorida expresión de la infeliz criatura, se apiadó nuestro corazón de mujer y con medias palabras justificamos la negativa por razones de tener la casa llena, Son tantos los hijos e hijas en esta casa, los nietos y las nietas, los yernos y las nueras, por eso no cabéis aquí, pero la esclava os llevará a una cueva nuestra, que tiene servicio de establo, y allí estaréis cómodos, no hay animales ahora, y, dicho esto, y oída la gratitud de aquella pobre gente, nos retiramos al resguardo de nuestro hogar, experimentando en las profundidades del alma el consuelo inefable que da la paz de la conciencia.

Con todo este ir y venir, andar y estar parado, este pedir y preguntar, fue desmayando el profundo azul del cielo y el sol no tardará en esconderse tras de aquel monte. La esclava Zelomi, que ése es su nombre, va delante guiándoles los pasos, lleva un pote con brasas para el fuego, una cazuela de barro para calentar agua y sal para frotar al recién nacido, no vaya a tener una infección.

Y como de paños viene María servida y la navaja para cortar el cordón umbilical la lleva José en la alforja, a no ser que Zelomi prefiera cortarlo con los dientes, ya puede nacer el niño, al fin y al cabo un establo sirve tan bien como una casa, sólo quien nunca tuvo la felicidad de dormir en un comedero ignora que nada hay en el mundo más parecido a una cuna. El burro, al menos, no encontrará diferencia, la paja es igual en el cielo que en la tierra. Llegaron a la cueva hacia la hora tercia, cuando el crepúsculo, suspenso, doraba aún las colinas, no fue la demora tanto por la distancia como porque María, ahora que llevaba segura la posada y había podido, al fin, abandonarse al sufrimiento, pedía por todos los ángeles que la llevasen con cuidado, pues cada resbalón de los cascos del asno en las piedras la ponía en trances de agonía. Dentro de la cueva estaba oscuro, la débil luz del exterior se detenía en la misma entrada, pero, en poco tiempo, allegando un puñado de paja a las brasas y soplando, la esclava hizo una hoguera que era como una aurora, con la leña seca que allí encontraron. Luego, encendió un candil que estaba colgado de un saliente de la pared y, habiendo ayudado a María a acostarse, fue a por agua a los pozos de Salomón, que están justo al lado. Cuando volvió, encontró a José aturdido, sin saber qué hacer, no debemos censurarle, que a los hombres no les enseñan a comportarse con utilidad en situaciones como ésta, ni ellos quieren saberlo, lo único de que son capaces es de coger la mano de la sufridora mujer y mantenerse a la espera de que todo se resuelva bien. María, sin embargo, está sola, el mundo se acabaría de asombro si un judío de aquel tiempo se atreviera aunque fuese a tan poco. Entró la esclava, dijo una palabra de aliento, Valor, después se puso de rodillas entre las piernas abiertas de María, que así tienen que estar abiertas las piernas de las mujeres para lo que entra y para lo que sale, Zelomi había perdido ya la cuenta de los chiquillos que ayudó a nacer, y el padecimiento de esta pobre mujer es igual al de todas las otras mujeres, como ha sido determinado por el Señor Dios cuando Eva erró por desobediencia, Aumentaré los sufrimientos de tu gravidez, tus hijos nacerán entre dolores, y hoy, pasados ya tantos siglos, con tanto dolor acumulado, Dios aún no está satisfecho y mantiene la agonía. José ya no está allí, ni siquiera a la entrada de la cueva. Ha huido para no oír los gritos, pero los gritos van tras él, es como si la propia tierra gritase, hasta el extremo de que tres pastores que andaban cerca con sus rebaños de ovejas, se acercaron a José, a preguntarle, Qué es eso, que parece que la tierra está gritando, y él respondió, Es mi mujer, que está dando a luz en aquella cueva, y ellos dijeron, No eres de por aquí, no te conocemos, Hemos venido de Nazaret de Galilea, a censarnos, en el momento de llegar le aumentaron los dolores y ahora está naciendo. El crepúsculo apenas dejaba ver los rostros de los cuatro hombres, en poco tiempo todos los rasgos se apagarían, pero proseguían las voces, Tienes comida, preguntó uno de los pastores, Poca, respondió José, y la misma voz, Cuando esté todo acabado, ven a avisarme y te llevaré leche de mis ovejas, y luego la segunda voz se oyó, Y yo queso te daré. Hubo un largo y no explicado silencio antes de que el tercer pastor hablase. Al fin, con una voz que parecía, también ella, venir de debajo de la tierra, dijo, Y yo pan he de llevarte.

El hijo de José y de María nació como todos los hijos de los hombres, sucio de la sangre de su madre, viscoso de sus mucosidades y sufriendo en silencio. Lloró porque lo hicieron llorar y llorará siempre por ese solo y único motivo. Envuelto en paños, reposa en el comedero, no lejos del burro, pero no hay peligro de que lo muerda, que al animal lo prendieron corto. Zelomi ha salido a enterrar las secundinas, mientras José viene acercándose. Ella espera a que entre y se queda respirando la brisa fresca del anochecer. Cansada como si hubiera sido ella quien pariese, es lo que imagina, que hijos suyos nunca tuvo.

Bajando la ladera, se acercan tres hombres. Son los pastores. Entran juntos en la cueva. María está recostada y tiene los ojos cerrados. José, sentado en una piedra, apoya el brazo en el reborde del comedero y parece guardar al hijo. El primer pastor avanzó y dijo, Con estas manos mías ordeñé a mis ovejas y recogí la leche de ellas. María, abriendo los ojos, sonrió. Se adelantó el segundo pastor y dijo, a su vez, Con estas manos mías trabajé la leche e hice el queso. María hizo un gesto con la cabeza y volvió a sonreír. Entonces se adelantó el tercer pastor, por un momento pareció que llenaba la cueva con su gran estatura, y dijo, pero no miraba ni al padre ni a la madre del niño nacido, Con estas manos mías amasé este pan que te traigo, con el fuego que sólo dentro de la tierra hay, lo cocí. Y María supo que era él.

Como siempre desde que el mundo es mundo, por cada uno que nace hay otro que agoniza. El de ahora, hablamos del que está para morir, es el rey Herodes, que sufre, aparte de lo más y peor que se dirá, de una horrible comezón que lo lleva a las puertas de la locura, como si las mandíbulas menudísimas y feroces de cien mil hormigas le estuviesen royendo el cuerpo, infatigables. Tras haber experimentado, sin ninguna mejora, cuantos bálsamos se usaron hasta hoy en todo el orbe conocido, sin exclusión de Egipto y la India, los médicos reales, perdida ya la cabeza o, para ser más exacto, con miedo a perderla, se lanzaron a componer baños y pócimas al azar, mezclando en agua o en aceite cualquier hierba o polvo del que alguna vez se hubiera hablado bien, incluso siendo contrarias a las indicaciones de la farmacopea. El rey, poseso de dolor y furia, echando espumarajos por la boca como si le hubiera mordido un can rabioso, amenaza con crucificarlos a todos si no descubren rápidamente remedio eficaz para sus males, que, como quedó anticipado, no se limitan al ardor insufrible de la piel y a las convulsiones que frecuentemente lo derriban y acaban con él en el suelo, convertido en un ovillo retorcido, agónico, con los ojos saliéndole de las órbitas, las manos rasgando sus vestiduras, bajo las cuales las hormigas, multiplicándose, prosiguen el devastador trabajo. Lo peor, lo peor verdaderamente, es la gangrena que se ha manifestado en los últimos días y ese horror sin explicación ni nombre del que se habla en secreto por palacio, es decir, los gusanos que infestan los órganos genitales de la real persona y que, ésos sí, le están devorando la vida. Los gritos de Herodes atruenan los salones y las galerías de palacio, los eunucos que le sirven directamente no duermen ni descansan, los esclavos de nivel inferior procuran no encontrarlo en su camino. Arrastrando un cuerpo que apesta a putrefacción, pese a los perfumes en que lleva empapadas las ropas y ungida su teñida cabellera, a Herodes sólo lo mantiene vivo la furia. Transportado en una litera, rodeado de médicos y de guardias armados, recorre el palacio de un extremo a otro en busca de traidores, que desde hace mucho los ve o adivina en todas partes, y su dedo de súbito apunta, puede ser que a un jefe de eunucos que estaba conquistando demasiada influencia, o a un fariseo recalcitrante que anda protestando contra los que desobedecen la ley debiendo ser los primeros en respetarla, en este caso ni es preciso pronunciar el nombre para saber de quién se trata, o pueden ser incluso sus propios hijos Alejandro y Aristóbulo, presos y condenados en seguida a muerte por un tribunal de nobles reunido aprisa y corriendo para esa sentencia y no otra, qué otra cosa podría hacer este pobre rey si en alucinados sueños veía a aquellos malos hijos avanzando hacia él con las espadas desnudas y si, en la más abominable de las pesadillas, veía, como en un espejo, su propia cabeza cortada. De aquel fin terrible consiguió librarse y ahora puede contemplar tranquilamente los cadáveres de aquellos que un minuto antes eran aún herederos de un trono, sus propios hijos, culpables de conspiración, abuso y arrogancia, muertos por estrangulamiento.

Mas, he aquí que tiene ahora otra pesadilla que viene de las sombras más profundas del cerebro y lo arranca, a gritos, de los breves e inquietos sueños en que de puro agotamiento cae, cuando su perturbado espíritu hace aparecer ante él al profeta Miqueas, el que vivió en tiempos de Isaías, testigo de aquellas terribles guerras que los asirios trajeron a Samaria y Judea, y viene clamando contra los ricos y poderosos, como a un profeta corresponde y al caso conviene. Cubierto por el polvo de las batallas, con la túnica chorreando sangre, Miqueas entra en el sueño de repente, en medio de un estruendo que no puede ser de este mundo, como si empujase con manos relampagueantes unas enormes puertas de bronce, y anuncia con estentórea voz, El Señor va a salir de su morada, va a descender y pisar las alturas de la tierra, y luego amenaza, Ay de quienes planean la iniquidad, de quienes maquinan el mal en sus lechos y lo ejecutan luego al amanecer del día, porque tienen el poder en su mano, y denuncia, Ansían las tierras y se apoderan de ellas, ansían las casas y las roban, hacen violencia contra los hombres y sus familias, contra los dueños y su herencia. Después, todas las noches, tras haber dicho esto, como respondiendo a una señal que sólo él pudiese oír, Miqueas desaparece disuelto en humo. Con todo, lo que hace despertar a Herodes en ansias y sudores no es tanto el espanto ante los proféticos gritos como la impresión angustiosa de que su visitante nocturno se retira en el preciso momento en que, pareciendo que iba a decir algo más, alza el gesto, abre la boca pero calla lo que iba a decir como si lo guardase para la próxima vez. Ahora bien, todo el mundo sabe que este rey Herodes no es hombre a quien asusten las amenazas, cuando ni remordimientos guarda de tantas y tantas muertes como carga en su memoria. Recordemos que mandó ahogar al hermano de la mujer a quien más amó en su vida, Mariame, que hizo estrangular al abuelo de ella y por fin, a Mariame misma, tras haberla acusado de adulterio. Verdad es que cayó luego en una especie de delirio en el que clamaba por Mariame como si la mujer estuviese aún viva, pero se curó de aquella insania a tiempo de descubrir que la suegra, alma de otros manejos anteriores, tramaba una conspiración para derribarlo del poder. En un decir amén, la peligrosa intrigante fue a unirse en el panteón familiar con aquellos a quienes Herodes en mala hora se había vinculado. Le quedaron entonces al rey, como herederos del trono, tres hijos, Alejandro y Aristóbulo, de cuyo desgraciado fin ya tenemos noticia, y Antipatro, que no tardará en seguir por el mismo camino. Y ya ahora, pues no todo en la vida son tragedias y horrores, recordemos que, para refocilo y consuelo de su cuerpo, llegó a tener Herodes diez esposas magníficas en dotes físicas, aunque, la verdad, a estas alturas de poco le sirven, y él a ellas nada. Pues viene ahora el airado fantasma de un profeta a entenebrecer las noches del poderoso rey de Judea y Samaria, de Perea e Idumea, de Galilea y Gaulanítide, de Traconítida, Auranítida y Batanea, el magnífico monarca que de todo eso es señor y todo aquello hizo, y no importaría esta aparición si no fuese por la indefinible amenaza con que el sueño se suspende una y otra vez, aquel instante en que habiendo prometido no da, y que, por no haber dado, mantiene intacta la promesa de una nueva amenaza, cuál, cómo, cuándo.

Entre tanto, allá en Belén, casi diríamos pared con pared con el palacio de Herodes, José y su familia siguen viviendo en una cueva, pues siendo tan breve la estancia prevista, no valía la pena ponerse a buscar casa, teniendo en cuenta que el problema de la vivienda ya daba entonces dolores de cabeza, con la agravante de no haberse inventado aún las viviendas protegidas y los realquilados. Ocho días después del nacimiento, llevó José a su primogénito a la sinagoga para que lo circuncidasen, y allí el sacerdote cortó diestramente, con cuchillo de piedra y la habilidad de un experto, el prepucio del lloroso chiquillo, cuyo destino, del prepucio hablamos que no del niño, daría de por sí para una novela, contando a partir de este momento, en que no pasa de un pálido anillo de piel que apenas sangra, y el de·su santificación gloriosa, cuando fue papa Pascual I, en el octavo siglo de nuestra era. Quien quiera verlo hoy no tiene nada más que ir a la parroquia de Calcata, que está cerca de Viterbo, ciudad italiana donde relicariamente se muestra para edificación de creyentes empedernidos y disfrute de incrédulos curiosos. Dijo José que su hijo se llamaría Jesús y así quedó censado en el catastro de Dios, después de haberlo sido ya en el de César. No se conformaba el niño con la disminución que acababa de sufrir su cuerpo, sin la contrapartida de cualquier añadido sensible del espíritu, y lloró durante todo aquel santo camino hastala cueva donde lo esperaba su madre ansiosa, y no es de extrañar siendo el primero, Pobrecillo, pobrecillo, dijo ella, y acto continuo, abriéndose la túnica, le dio de mamar, primero del seno izquierdo, se supone que por estar más cerca del corazón. Jesús, pero él no puede saber aún que éste es su nombre, porque no pasa de ser un pequeño ser natural, como el pollito de una gallina, el cachorro de una perra, el cordero de una oveja, Jesús, decíamos, suspiró con dulce satisfacción, sintiendo en el rostro el suave peso del seno, la humedad de la piel al contacto de otra piel. La boca se le llenó del sabor dulce de la leche materna y la ofensa entre las piernas, insoportable antes, se fue haciendo más distante, disipándose en una especie de placer que nacía y no acababa de nacer, como si lo detuviera un umbral, una puerta cerrada o una prohibición. Al crecer, irá olvidando estas sensaciones primitivas, hasta el punto de no poder ni imaginar que las hubiera experimentado, así ocurre con todos nosotros, dondequiera que hayamos nacido, de mujer siempre y sea cual sea el destino que nos espera. Si nos atreviéramos a hacerle tal pregunta a José, indiscreción de la que Dios nos libre, respondería él que otras son, y más serias, las preocupaciones de un padre de familia, enfrentado, desde ahora en adelante, con el problema de alimentar dos bocas, facilidad de expresión a la que la evidencia del hijo mamando directamente de la madre no quita, pese a todo, fuerza y propiedad. Pero es verdad que tiene José serias razones para preocuparse, y son ellas cómo vivirá la familia hasta que pueda regresar a Nazaret, pues María ha quedado debilitada tras el parto y no estará en condiciones de hacer el largo viaje, sin olvidar que todavía tendrá que esperar a que pase el tiempo de su impureza, treinta y tres son los días que deberá quedar en la sangre de su purificación, contados a partir de éste en el que estamos, el de la circuncisión. El dinero traído de Nazaret, que era poco, se está acabando, y a José le es imposible ejercer aquí su oficio de carpintero, pues le faltan las herramientas y no tiene liquidez para comprar maderas. La vida de los pobres ya en aquellos tiempos era difícil y Dios no podía atenderlo todo. De dentro de la cueva llegó una breve e inarticulada queja, pronto interrumpida, señal de que María había cambiado al hijo del seno izquierdo al derecho y el pequeño, frustrado por un momento, sintió reavivarse el dolor en la parte ofendida. Poco después, hartísimo, se quedó dormido en el regazo de la madre, y no despertará cuando ella, con mil precauciones, lo entregue al regazo del comedero como a la guarda de un ama cariñosa y fiel. Sentado a la entrada de la cueva, José continúa dándole vueltas a sus pensamientos, echando cuentas, qué va a hacer con su vida, sabe ya que en Belén no tiene ninguna posibilidad, ni siquiera como asalariado, pues lo ha intentado antes, sin resultado, a no ser las palabras de siempre, Cuando necesite un ayudante, te llamo, son promesas que no llenan la barriga, aunque este pueblo esté viviendo de promesas desde que nació.

Mil veces la experiencia ha demostrado, incluso en personas no particularmente dadas a la reflexión, que la mejor manera de llegar a una buena idea es ir dejando que fluya el pensamiento al sabor de sus propios azares e inclinaciones, pero vigilándolo con una atención que conviene que parezca distraída, como si se estuviera pensando en otra cosa, y de repente salta uno sobre el inadvertido hallazgo como un tigre sobre la presa. Fue así como las falsas promesas de los maestros carpinteros de Belén condujeron a José a pensar en Dios y en sus, de él, promesas verdaderas, de ahí al templo de Jerusalén y a las obras que aún se están haciendo, en fin, blanco es, gallina lo puso, ya se sabe que donde hay obras se necesitan obreros en general, canteros y picapedreros en primer lugar, pero también carpinteros, aunque sólo sea para escuadrar barrotes y aplanar planchas, primarias operaciones que están al alcance del arte de José. El único defecto que la solución presenta, suponiendo que le den el empleo, es la distancia que hay desde aquí al lugar del trabajo, una buena hora y media de camino, o más, a buen paso, que de aquí para allá todo son subidas, sin un santo alpinista para ayudarlo, salvo si lleva el burro, pero entonces tendrá José que resolver dónde deja seguro al animal, que no por ser esta tierra entre todas la preferida del Señor, se han acabado en ella los ladrones, basta ver lo que todas las noches viene diciendo el profeta Miqueas. Cavilando estaba José sobre estas complejas cuestiones cuando María salió de la cueva, acababa de dar de mamar al hijo y de abrigarlo en el comedero, Cómo está Jesús, preguntó el padre, consciente de la expresión un tanto ridícula de una pregunta formulada así, pero incapaz de resistirse al orgullo de tener un hijo y poder darle un nombre. El niño está bien, respondió María, para quien lo menos importante del mundo era el nombre, podría incluso llamarle niño toda su vida si no estuviera segura de que, fatalmente, otros hijos nacerían, llamar niños a todos sería una confusión como la de Babel. Dejando salir las palabras como si sólo estuviese pensando en voz alta, manera de no dar demasiada confianza, José dijo, Tengo que ver cómo me las arreglo mientras estemos aquí, en Belén no hay trabajo. María no respondió ni tenía que responder, estaba allí sólo para oír y ya era mucho favor el que el marido le hacía. Miró José al sol, calculando el tiempo de que dispondría para ir y volver, entró en la cueva a recoger el manto y la alforja y al volver anunció, Con Dios me voy y a Dios me confío para que me dé trabajo en su casa, si para tan gran merced halla merecimientos en quien en él pone toda su esperanza y es honrado artesano. Cruzó el vuelo derecho del manto sobre el hombro izquierdo, acomodó en él la alforja, y sin más palabras se lanzó al camino.

En verdad, hay horas felices. Aunque las obras del Templo iban adelantadas, aún sobraba trabajo para nuevos contratados, sobre todo si no eran exigentes a la hora de discutir la soldada. José pasó sin dificultades las pruebas de aptitud a las que le sometió un capataz de carpinteros, resultado inesperado que nos debería hacer pensar si no hemos sido algo injustos en los comentarios peyorativos que, desde el principio de este evangelio, hemos hecho acerca de la aptitud profesional del padre de Jesús. Se fue de allí el novel obrero del Templo dando múltiples gracias a Dios, algunas veces detuvo en el camino a viandantes que con él se cruzaban y les pidió que lo acompañasen en sus alabanzas al Señor y ellos, benévolos, lo satisfacían con grandes sonrisas, que en este pueblo la alegría de uno fue casi siempre la alegría de todos, hablamos, claro está, de gentes del común, como eran éstas. Cuando llegó a la altura de la tumba de Raquel, se le ocurrió a José una idea que más parece subida de las entrañas que salida del cerebro, fue que esta mujer que tanto había deseado otro hijo, acabó muriendo, permítase la expresión, a manos de él y ni tiempo tuvo de conocerlo, ni una palabra, ni una mirada, un cuerpo que se separa del otro cuerpo, tan indiferente a él como un fruto que se desprende del árbol. Después tuvo un pensamiento aún más triste, el de que los hijos mueren siempre por culpa de los padres que los generan y de las madres que los ponen en el mundo, y entonces sintió pena de su propio hijo, condenado a muerte sin culpa. Angustiado, confuso, postrado ante la tumba de la esposa más amada de Jacob, el carpintero José dejó caer los brazos e inclinó la cabeza, todo su cuerpo se inundaba de un frío sudor y por el camino, ahora, no pasaba nadie a quien pudiera pedir auxilio. Comprendió que por primera vez en su vida dudaba del sentido del mundo y, como quien renuncia a una última esperanza, dijo en voz alta, Voy a morir aquí. Tal vez estas palabras, en otros casos, si fuésemos capaces de pronunciarlas con toda fuerza y convicción, como se les supone a los suicidas, estas palabras, digo, podrían, sin dolor ni lágrimas, abrirnos, por sí solas, la puerta por donde se sale del mundo de los vivos, pero el común de los hombres padece de inestabilidad emocional, una alta nube lo distrae, una araña tejiendo su tela, un perro que persigue a una mariposa, una gallina que araña la tierra y cacarea llamando a sus hijos, o algo aún más simple, del propio cuerpo, como sentir un picor en la cara y rascarla y luego preguntarse, En qué estaba pensando. De este modo, de un instante a otro, la tumba de Raquel volvió a ser lo que era, una pequeña construcción encalada, sin ventanas, como un dado partido, olvidado porque no hacía falta para el juego, manchada la piedra que cierra la entrada por el sudor y por la suciedad de las manos de los peregrinos que vienen aquí desde los tiempos antiguos, rodeada de olivos que quizá eran ya viejos cuando Jacob eligió este lugar para última morada de la pobre madre, sacrificando los que fue preciso para despejar el terreno, al fin bien puede afirmarse que el destino existe, el destino de cada uno en manos de los otros está. Luego, José se marchó, pero antes dejó una oración, la que le pareció más apropiada al caso y al lugar, dijo, Bendito seas tú, Señor, nuestro Dios y Dios de nuestros padres, Dios de Abraham, Dios de Isaac y Dios de Jacob, grande, poderoso y admirable Dios, bendito seas. Cuando entró en la cueva, antes incluso de informar a su mujer de que ya tenía trabajo, José fue al comedero a ver al hijo, que dormía. Y se dijo luego, Morirá, tendrá que morir, y el corazón le dolió, pero después pensó que, según el orden natural de las cosas, tendrá que ser él quien primero muera y esa muerte suya, al retirarlo de entre los vivos, al hacer de él ausencia, dará al hijo una especie de, cómo decirlo, de eternidad limitada, valga la contradicción, la eternidad que es continua todavía durante algún tiempo más cuando los que conocemos y amamos ya no existen.

No había advertido José al capataz de su grupo de que sólo iba a permanecer allí unas semanas, sin duda no más de cinco, el tiempo de llevar el hijo al Templo, purificarse la madre y hacer el equipaje. Se lo calló por miedo a que no lo admitieran, detalle que demuestra que no estaba el carpintero nazareno muy al día de las condiciones laborales de su país, probablemente por considerarse y realmente ser trabajador por cuenta propia y distraído, por tanto, de las realidades del mundo obrero, en aquel tiempo compuesto, casi exclusivamente, por jornaleros. Se mantenía atento a la cuenta de los días que faltaban, veinticuatro, veintitrés, veintidós y, para no equivocarse, improvisó un calendario en una de las paredes de la cueva, diecinueve, con unas rayas que iba sucesivamente cortando, dieciséis, ante el pasmo respetuoso de María, catorce, trece, que daba gracias al Señor por haberle dado, nueve, ocho, siete, seis, marido en todo tan mañoso. José le había dicho, Nos iremos inmediatamente después de la presentación en el Templo, que ya echo de menos Nazaret y los clientes que allí dejé, y ella, suavemente, para que no pareciera que lo enmendaba, Pero no podemos irnos de aquí sin darles las gracias a la dueña de la cueva y a la esclava que me atendió, que casi todos los días viene a saber cómo va el niño. José no respondió, nunca confesaría que no se le había ocurrido una cortesía tan elemental, la prueba está en que su primera intención era llevar el burro ya cargado, dejarlo en custodia mientras durase el ritual y, hala, para Nazaret, sin perder tiempo con agradecimientos y adioses. María tenía razón, sería una grosería que se fueran de allí sin decir palabra, pero la verdad, si en todas las cosas la pobrecilla prevaleciese, lo obligaría a confesar que en materia de buena educación estaba bastante falto. Durante una hora, por culpa de su propio yerro, anduvo irritado con su mujer, sentimiento que habitualmente le servía para sofocar recriminaciones de la conciencia. Se quedarían, pues, dos o tres días más, se despedirían en buena y debida forma, con tales reverencias que no quedarán dudas ni deudas, y entonces, sí, podrían partir, dejando en los moradores de Belén el recuerdo feliz de una familia de galileos piadosos, bien educados y cumplidores del deber, excepción notable, si tenemos en cuenta la mala opinión que de las gentes de Galilea tienen en general los habitantes de Jerusalén y sus alrededores.

Llegó, por fin, el memorable día en que el niño Jesús fue llevado al Templo en brazos de su madre, cabalgando ella el paciente asno que desde el principio acompaña y ayuda a esta familia. José lleva el burro del ronzal, tiene prisa por llegar, pues no quiere perder todo un día de trabajo, pese a estar en vísperas de la partida. También por esta razón salieron de mañana, cuando la fresca madrugada está aún empujando con sus manos aurorales la última sombra de la noche. La tumba de Raquel quedó ya atrás. Cuando ellos pasaron, la fachada tenía un color ardiente de granada, no parecía la misma pared que la noche opaca hace lívida y a la que la luna alta da una amenazadora blancura de huesos o cubre de sangre en el amanecer. Poco después, el infante Jesús despertó, pero ahora de verdad, porque antes apenas abrió los ojos cuando su madre lo enfajó para el viaje, y pidió alimento con su voz de llanto, única que hoy tiene. Un día, como cualquiera de nosotros, aprenderá otras voces y gracias a ellas sabrá expresar otras hambres y experimentar otras lágrimas.

Ya cerca de Jerusalén, en la empinada ladera, la familia se confundió con la multitud de peregrinos y vendedores que afluían a la ciudad, parecían todos empeñados en llegar antes que los demás, pero, por cautela, moderaban las prisas y refrenaban su excitación a la vista de los soldados romanos que, a pares, vigilaban las aglomeraciones y, de vez en cuando, también algún pelotón de la tropa mercenaria de Herodes, donde se podía encontrar de todo, reclutas judíos, desde luego, pero también idumeos, gálatas, tracios, germanos y galos y hasta babilonios, con su fama de habilísimos arqueros. José, carpintero y hombre de paz, combatiente con esas pacíficas armas que se llaman garlopa y azuela, mazo y martillo, o clavos y clavijas, tiene, ante estos bravucones, un sentimiento mixto, mucho de temor, algo de desprecio, que no deja de ser natural, aunque sólo sea por su manera de mirar. Por eso va con la cabeza baja y es María, esa mujer que siempre está metida en casa, y en estas semanas más resguardada aún, oculta en una cueva donde sólo es visitada por una esclava, es María quien va mirándolo todo a su alrededor, curiosa, con la barbilla un poco alzada con orgullo comprensible pues lleva ahí a su primogénito, ella, una débil mujer, pero muy capaz, como se ve, de dar hijos a Dios y a su marido. Tan irradiante va en felicidad que unos toscos y cerriles mercenarios galos, rubios, de grandes bigotes colgantes, armas al cinto, pero quizá de blando corazón, se supone, ante este renuevo del mundo que es una joven madre con su primer hijo, estos guerreros endurecidos sonríen al paso de la familia, con podridos dientes sonrieron, es cierto, pero lo que cuenta es la intención.

Ahí está el Templo. Visto así, de cerca, desde el plano inferior en que estamos, es una construcción que da vértigo, una montaña de piedras sobre piedras, algunas que ningún poder del mundo parecería capaz de aparejar, levantar, asentar y ajustar, y con todo están allí, unidas por su propio peso, sin argamasa, tan simplemente como si el mundo fuese, todo él, una construcción de armar, hasta los altísimos cimacios que, vistos desde abajo, parecen rozar el cielo, como otra diferente torre de Babel que la protección de Dios, pese a todo, no logrará salvar, pues un igual destino la espera, ruina, confusión, sangre derramada, voces que mil veces preguntarán, Por qué, imaginando que hay una respuesta, y que más tarde o más temprano acaban callándose, porque sólo el silencio es cierto. José dejó el asno en un caravasar donde las bestias en tiempo de Pascua y otras fiestas no tendrían ni espacio para que un camello se sacudiera las moscas con el rabo, pero que en estos días, pasado el plazo del censo y regresados los viajeros a sus tierras, no tenía más que su ocupación normal, en este momento bastante disminuida en virtud de la hora matutina. Sin embargo, en el Atrio de los Gentiles, que rodeaba, entre el gran cuadrilátero de las arcadas, el recinto del Templo propiamente dicho, había ya una multitud de gente, cambistas, pajareros, tratantes que vendían borregos y cabritos, peregrinos que siempre venían por un motivo u otro y también muchos extranjeros atraídos por la curiosidad de conocer el templo que mandó construir Herodes y del que en todo el mundo se hablaba. Verdad es que siendo el patio lo que era, aquella inmensidad, alguien que se encontrase en el lado opuesto parecería un minúsculo insecto, como si los arquitectos de Herodes, tomando para sí la mirada de Dios, hubieran querido subrayar la insignificancia del hombre ante el Todopoderoso, mayormente tratándose de gentiles. Porque los judíos, si no vienen sólo a pasear como ociosos, tienen en el centro del atrio su objetivo, el centro del mundo, el ombligo de los ombligos, el santo de los santos. Hacia allí van caminando el carpintero y su mujer, hacia allí llevan a Jesús, después de haber comprado el padre dos tórtolas a un comisario del Templo, si la designación es apropiada para quien sirve al monopolio de este religioso negocio. Las pobres tortolillas no saben a qué van, aunque el olor de carne y de plumas quemadas que planea por el patio no debería engañar anadie, sin hablar de olores mucho más fuertes, como el de la sangre, o el de la bosta de los bueyes arrastrados al sacrificio y que de premonitorio miedo se ensucian lastimosamente. José es el que lleva las tórtolas, apretadas en el cuenco de sus gruesas manos de obrero, y ellas, ilusas, le dan, de pura satisfacción, unos picotazos suaves en los dedos, curvados en forma de jaula, como si quisieran decirle al nuevo dueño, Menos mal que nos has comprado, contigo nos queremos quedar. María no repara en nada, ahora sólo tiene ojos para el hijo y la piel de José es demasiado dura para sentir y descifrar el morse amoroso de la pareja de tortolillas.

Van a entrar por la Puerta de la Leña, una de las trece por donde se llega al Templo y que, como todas las otras, tiene en proclama una lápida esculpida en griego y en latín, que así reza, A ningún gentil le está permitido cruzar este umbral y la barrera que rodea el Templo, aquel que se atreva a hacerlo lo pagará con su vida. José y María entran, entra Jesús llevado por ellos y a su tiempo saldrán a salvo, pero las tórtolas, ya lo sabíamos, van a morir, es lo que quiere la ley para reconocer y confirmar

la purificación de María. A un espíritu volteriano, irónico e irrespetuoso, aunque nada original, no le escaparía
la ocasión de observar que, vistas las cosas, parece que es
condición para el mantenimiento de la pureza en el
mundo que existan en él animales inocentes, sean tórtolas o corderos. Suben José y María los catorce peldaños
por los que se accede, al fin, a la plataforma sobre la que
está alzado el Templo. Aquí está el Patio de las Mujeres,
a la izquierda está el almacén del aceite y del vino usados
en las liturgias, a la derecha la cámara de los Nazireos,
que son unos sacerdotes que no pertenecen a la tribu de
Levi y a quienes se les prohíbe cortarse el pelo, beber vino o acercarse a un cadáver. Enfrente, del otro lado, ladeando la puerta frontera a ésta, y también a la izquierda
y a la derecha, respectivamente, la cámara donde los leprosos que se creen curados esperan a que los sacerdotes
vayan a observarlos y el almacén donde se guarda la leña,
todos los días inspeccionada, porque al fuego del altar no
pueden llevarse maderas podres o comidas de bichos.
María ya no tiene muchos más pasos que dar. Subirá todavía los quince peldaños semicirculares que llevan a la
Puerta de Nicanor, también llamada Preciosa, pero se
detendrá allí, porque no les es permitido a las mujeres
entrar en el Patio de los Israelitas, al que da la puerta. A
la entrada están los levitas a la espera de los que llegan a
ofrecer sacrificios, pero en este lugar la atmósfera será
cualquier cosa menos piadosa, a no ser que la piedad fuera entonces entendida de otra manera, no es sólo el olor
y el humo de las grasas quemadas, de la sangre fresca, del
incienso, es también el vocerío de los hombres, los gritos, los balidos, los mugidos de los animales que esperan

su turno en el matadero, el último y áspero graznido de un ave que antes supo cantar. María le dice al levita que los atendió que viene para purificarse y José entrega las tórtolas. Durante un momento, María posa las manos en las avecillas, será el único gesto, y luego el levita y el marido se alejan y desaparecen detrás de la puerta. No se moverá María de allí hasta que José regrese, sólo se aparta a un lado para no obstruir el paso y, con el hijo en brazos, espera.

Dentro, aquello es un degolladero, un macelo, una carnicería. Sobre dos grandes mesas de piedra se preparan las víctimas de mayores dimensiones, los bueyes y los terneros sobre todo, pero también carneros y ovejas, cabras y bodes. Junto a las mesas hay unos altos pilares donde cuelgan, de ganchos emplomados en la piedra, las osamentas de las reses y se ve la frenética actividad del arsenal de los mataderos, los cuchillos, los ganchos, las hachas, los serruchos, la atmósfera está cargada de humos de leña y de los cueros quemados, de vapor de sangre y de sudor, un alma cualquiera, que ni santa tendría que ser, simplemente de las vulgares, tendrá dificultades para entender que Dios se sienta feliz en esta carnicería, siendo, como dicen que es, padre común de los hombres y de las bestias. José tiene que quedarse en la parte de fuera de la balaustrada que separa el Patio de los Israelitas del Patio de los Sacerdotes, pero puede ver a gusto, desde donde está, el Gran Altar, cuatro veces más alto que un hombre, y, allá al fondo, el Templo, por fin hablamos del auténtico, porque esto es como esas cajas abisales que en estos tiempos ya se fabrican en China, unas dentro de otras, miramos a lo lejos y decimos, el Templo, cuando entramos en el Atrio de los Gentiles volvemos a decir, el Templo, y ahora el carpintero José, apoyado en la balaustrada, mira y dice, el Templo, y es él quien tiene razón, allí está la ancha fachada con sus cuatro columnas adosadas al muro, con sus capiteles festoneados de acanto, a la moda griega, y el altísimo vano de la puerta, aunque sin puerta material para llegar adentro, donde Dios habita, Templo de los Templos, sería preciso contrariar todas las prohibiciones, pasar al Lugar Santo, llamado Hereal, y, al fin, entrar en el Debir, que es, final y última caja, el Santo de los Santos, esa terrible cámara de piedra, vacía como el universo, sin ventanas, donde la luz del día no ha entrado nunca ni entrará, salvo cuando suene la hora de la destrucción y de la ruina y todas las piedras se parezcan unas a otras. Dios es tanto más Dios cuanto más inaccesible resulte y José no pasa de ser padre de un niño judío entre los niños judíos, que va a ver morir a dos tórtolas inocentes, el padre, no el hijo, que ése, inocente también, se quedó en el regazo de la madre, imaginando, si tanto puede, que el mundo será siempre así.

Junto al altar, hecho de grandes piedras toscas, que ninguna herramienta metálica tocó desde que fueron arrancadas de la cantera hasta ocupar su lugar en la gigantesca construcción, un sacerdote, descalzo, vestido con una túnica de lino, espera a que el levita le entregue las tórtolas. Recibe la primera, la lleva hasta una esquina del altar y allí, de un solo golpe, le separa la cabeza del tronco. Brota la sangre. El sacerdote salpica con ella la parte inferior del altar y después coloca al ave degollada en un escurridero donde acabará de desangrarse y donde, terminado su turno de servicio, irá a buscarla, pues le pertenece. La otra tórtola gozará de la dignidad de sacrificio completo, lo que significa que será quemada. El sacerdote sube la rampa que lleva a lo alto del altar, donde arde el fuego sagrado y, sobre la cornisa, en la segunda esquina del mismo lado, sudeste ésta, sudoeste la primera, descabeza al ave, riega con la sangre el suelo de la plataforma, en cuyos cantos se yerguen ornamentos como cuernos de carnero, y le arranca las vísceras. Nadie presta atención a lo que pasa, es sólo una pequeña muerte. José, con la cabeza levantada, querría percibir, identificar, entre el humo general y los olores generales, el humo y el olor de su sacrificio, cuando el sacerdote, después de salar la cabeza y el cuerpo del ave, los tira a la hoguera. No puede tener la seguridad de que aquélla sea la suya. Ardiendo entre revueltas llamaradas, atizadas por la grasa de las víctimas, el cuerpecillo desventrado y fláccido de la tórtola no llena la carie de un diente de Dios. Y abajo, donde la rampa empieza, ya están tres sacerdotes a la espera. Un becerro cae fulminado por el hierro de la lanza, Dios mío, Dios mío, qué frágiles nos has hecho y qué fácil es morir. José ya no tiene nada que hacer allí, tiene que retirarse, llevarse a su mujer y a su hijo. María está de nuevo limpia, de verdadera pureza no se habla, evidentemente, que a tanto no podrán aspirar los seres humanos en general y las mujeres en particular, fue el caso que con el tiempo y el recogimiento se le normalizaron los flujos y los humores, todo volvió a lo que era antes, la diferencia es que hay dos tórtolas menos en el mundo y un niño más que las hizo morir. Salieron del Templo por la puerta por la que entraron, José recogió el burro y mientras María, ayudándose en una piedra, se acomodaba sobre el animal, el padre sostuvo al hijo, ya algunas veces había ocurrido, pero ahora, quizá debido a la tórtola a la que le arrancaron las entrañas, tardó en devolverlo a la madre, como si pensase que no habría brazos que lo defendieran mejor que los suyos. Acompañó a la familia hasta la puerta de la ciudad y luego volvió al Templo, a su trabajo. Aún vendrá mañana para completar la semana, pero luego, alabado sea el poder de Dios por toda la eternidad, sin perder un instante más, volverá a Nazaret.

Aquella misma noche el profeta Miqueas dijo lo que hasta entonces había callado. Cuando el rey Herodes, en sus agónicos pero ya resignados sueños, esperaba que la aparición se fuera de una vez, después de sus acostumbrados clamores, inocuos ya por la repetición, dejando en el último instante a flor de labios, una vez más, la amenaza suspensa, creció de súbito la masa formidable y se oyeron palabras nuevas, Pero tú, Belén, tan pequeña entre las familias de Judá, es de ti de quien ha salido ya aquel que gobernará Israel. En este preciso instante despertó el rey. Como el sonido de la cuerda más extensa del arpa, las palabras del profeta continuaban resonando en la sala. Herodes permaneció con los ojos abiertos intentando descubrir el sentido último de la revelación, si es que lo tenía, tan absorto en el pensamiento que apenas sentía las hormigas que lo roían bajo la piel y los gusanos que bababan sobre sus fibras íntimas y las iban pudriendo. La profecía no era novedad. La conocía como cualquier judío, pero nunca perdió el tiempo con anuncios de profetas, a él le bastaban las conspiraciones de puertas adentro. Lo que lo perturbaba ahora era una inquietud indefinida, una sensación de extrañeza angustiadora, como si las palabras oídas fueran, al mismo tiempo, ellas mismas y otras, y escondieran en una breve sílaba, en una simple partícula, en un rápido son, cualquier urgente y temible amenaza. Intentó alejar la obsesión, volver a dormir, pero el cuerpo se negaba y se abría al dolor, herido hasta las entrañas, pensar era una protección. Con los ojos clavados en las vigas del techo, cuyos ornamentos parecían agitar la claridad de dos antorchas odoríferas amortecida por el guardafuegos, el rey Herodes buscaba respuesta y no la hallaba. Llamó entonces a gritos al jefe de los eunucos que velaba su sueño y su vigilia y ordenó que viniese a su presencia, Sin tardar, dijo, un sacerdote del Templo, y que trajese con él el libro de Miqueas.

Entre ir y volver, del palacio al Templo, del Templo al palacio, pasó casi una hora. Empezaba a clarear la mañana cuando entró el sacerdote en la cámara. Lee, dijo el rey, y él comenzó, Palabra del Señor, que fue dirigida a Miqueas de Morasti, en los días Jotam, Ajaz y Ezequías, reyes de Judá. Continuó leyendo hasta que Herodes dijo, Adelante, y el sacerdote, confundido, sin comprender por qué lo habían llamado, saltó a otro pasaje, Ay de los que en sus lechos maquinan la iniquidad, pero en este punto se interrumpió, aterrado con la involuntaria imprudencia y, atropellando las palabras, como si pretendiese hacer que olvidaran lo que había dicho, prosiguió, Al fin de los tiempos el monte de la casa del Señor se alzará a la cabeza de los montes, se elevará sobre los collados, y los pueblos correrán a él, Adelante, gritó Herodes con voz ronca, impaciente por la tardanza en llegar al pasaje que le interesaba, y el sacerdote, al fin, Pero tú, Belén de Efrata, pequeña entre las familias de Judá, de ti saldrá quien señoreará en Israel. Herodes levantó la mano, Repítelo, dijo, y el sacerdote obedeció, Otra vez, y el sacerdote volvió a leer, Basta, dijo el rey después de un largo silencio, retírate. Todo se explicaba ahora, el libro anunciaba un nacimiento futuro, sólo eso, mientras que la aparición de Miqueas le decía que ese nacimiento había ocurrido ya, De ti salió, palabras muy claras como son todas las de los profetas, hasta cuando las interpretamos mal. Herodes pensó, volvió a pensar, se le fue cargando el semblante cada vez más, era aterrador, mandó llamar al comandante de la guardia y le dio una orden para que la ejecutase inmediatamente. Cuando el comandante regresó, Misión cumplida, le dio otra orden, pero ésta para el día siguiente, dentro de pocas horas. No será preciso, sin embargo, esperar mucho más tiempo para saber de qué se trata, siendo cierto que el sacerdote no llegó a vivir ni este poco, porque lo mataron unos brutos soldados antes de que llegase al Templo. Sobran razones para creer que haya sido ésa, precisamente, la primera de las dos órdenes, tan próximas se encontraron la causa probable y el efecto necesario. En cuanto al Libro de Miqueas, desapareció, imagínense, qué pérdida si se tratase de un ejemplar único.

Carpintero entre carpinteros, José acababa de comer de su zurrón, todavía les quedaba tiempo, a él y a sus compañeros, antes de que el capataz diera la señal de reanudar el trabajo, podía continuar sentado, e incluso tumbarse, cerrar los ojos y entregarse a la complacida contemplación de pensamientos gratos, imaginar que iba camino adelante, por el interior profundo de los montes de Samaria, o mejor aún, ver desde un altozano su aldea de Nazaret, por la que tanto suspiraba. Sentía la alegría en el alma, y a sí mismo se decía que era llegado, al fin, el último día de la larga separación, que mañana, a primera hora, cuando se apagaran los últimos centelleos de los astros y quedara brillando sola en el cielo la estrella boreal, se echarían al camino cantando las alabanzas al Señor que nos guarda la casa y guía nuestros pasos. Abrió de pronto los ojos, sobresaltado, creyendo que se había quedado dormido y no oyó la señal, pero fue sólo una breve somnolencia, los compañeros estaban allí todos, unos conversando, dormitando los más, y el capataz tranquilo, como si hubiera decidido dar fiesta a sus obreros y no pensara en arrepentirse de su generosidad. El sol está en el zenit, un viento fuerte, de ráfagas cortas, empuja hacia el otro lado la humareda de los sacrificios, y a este lugar, un terraplén que da a las obras del hipódromo, ni siquiera llega el vocerío de los mercaderes del Templo, es como si la máquina del tiempo se hubiera parado y quedase, también ella, a la espera de las órdenes del gran capataz de las eras y los espacios universales. De pronto, José se sintió inquieto, él que tan feliz estaba unos momentos antes. Paseó los ojos a su alrededor y era la misma y conocida vista del tajo al que se fue habituando durante estas últimas semanas, las piedras y las maderas, la molienda blanca y áspera de las canterías, el serrín que ni al sol llegaba nunca a secarse por completo e, inmerso en la confusión de una repentina y opresiva angustia, queriendo encontrar una explicación para tan decaído estado de ánimo, pensó que podía tratarse del natural sentimiento de quien se verá obligado a dejar mediada la obra, aunque no sea suya y teniendo para partir tan buenos motivos. Se levantó, echando cuentas del tiempo de que podría disponer, el capataz ni siquiera volvió la cabeza hacia él, y decidió dar una vuelta rápida por la parte de la construcción en la que había trabajado, despidiéndose, por así decir, de los tablones que alisó, de las vigas que midió y cortó, si tal identificación era posible, cuál es la abeja que puede decir, Esta miel la he hecho yo.

Al final del breve paseo, cuando estaba ya volviendo al tajo, se detuvo un momento a contemplar la ciudad que se alzaba en la ladera de enfrente, construida toda en escalones, con su color de piedra tostada que era como el color del pan, seguro que el capataz ha llamado ya, pero José ahora no tiene prisa, miraba la ciudad y esperaba no sabía qué. Pasó el tiempo y nada aconteció, José murmuró, en el tono de quien se dice algo, Bien, tengo que irme, y en ese momento oyó voces que venían de un camino que pasaba por debajo del lugar donde se hallaba e, inclinándose sobre el muro de piedra que lo separaba de él, vio que eran tres soldados. Seguro que vinieron andando por aquel camino, pero ahora estaban parados, dos de ellos, con el asta de la lanza apoyada en el suelo, escuchaban al tercero, que era más viejo y probablemente superior jerárquico de los otros, aunque no sea fácil notar la diferencia a quien no tenga información sobre el dibujo, número y disposición de las insignias, en su forma habitual de estrellas, barras y charreteras. Las palabras cuyo sonido llegó a oídos de José de manera confusa podían haber sido una pregunta, por ejemplo, Y a qué hora va a ser eso, y el otro decía, ahora muy claramente, en tono de quien responde, Al inicio de la hora tercia, cuando ya todo el mundo esté recogido, y uno de los dos preguntó, Cuántos vamos a ir, No lo sé todavía, pero seremos los suficientes para rodear la aldea, Y la orden es matarlos a todos, A todos, no, sólo a los que tengan menos de tres años, Entre dos y cuatro años va a ser difícil saber exactamente cuántos años tienen, Y cuántos van a ser, quiso saber el segundo soldado, Por el censo, dijo el jefe, serán unos veinticinco. José escuchaba con los ojos muy abiertos, como si la total comprensión de lo que oía pudiera entrarle por ellos más que por los oídos, el cuerpo se estremecía de horror, estaba claro que aquellos soldados hablaban de ir a matar a alguien, a personas, Personas, qué personas, se interrogaba José, desorientado, afligido, no, no eran personas, o sí, eran personas, pero niños, Los que tengan menos de tres años, había dicho el cabo, o quizá fuera sargento, o brigada, y dónde va a ser eso, José no podía asomarse al muro y preguntar, Dónde es la guerra, oíd, chicos, dónde es esa guerra, ahora está José bañado en sudor, le tiemblan las piernas, entonces volvió a oír la voz del cabo, o lo que fuera, y su tono era al mismo tiempo serio y aliviado, Tenemos suerte, nosotros y nuestros hijos, de no vivir en Belén, Y se sabe ya por qué nos mandan matar a todos los niños de Belén, preguntó un soldado, El jefe no me lo ha dicho, creo que ni él mismo lo sabe, es orden del rey, y basta. El otro soldado, haciendo una raya en el suelo con el hierro de la lanza, como el destino que parte y reparte, dijo, Mira que somos desgraciados los de nuestro oficio, como si no nos bastara con practicar lo malo que la naturaleza nos dio, tenemos encima que ser brazo de la maldad de otros y de su poder. Estas palabras ya no fueron oídas por José, que se había alejado de su providencial palco, primero lentamente, como de puntillas, luego en una loca carrera, saltando las piedras como un cabrito, ansioso, razón por la que, faltando su testimonio, sea lícito dudar de la autenticidad de la filosófica reflexión, tanto en el fondo como en la forma, teniendo en cuenta la más que obvia contradicción entre la notable propiedad de los conceptos y la ínfima condición social de quien los había producido.

Enloquecido, atropellando a quien apareciese ante él, derribando tenderetes de pajareros y hasta la mesa de un cambista, casi sin oír los gritos furiosos de los tratantes del templo, José no tiene otro pensamiento que el de que van a matarle al hijo, y no sabe por qué, dramática situación, este hombre ha dado vida a un niño, otro se la quiere quitar, y tanto vale una voluntad como otra, hacer y deshacer, atar y desatar, crear y suprimir. Se detiene de pronto, se da cuenta del peligro que corre si sigue esta carrera enloquecida, pueden aparecer por ahí los guardias del Templo y detenerlo, gran suerte, inexplicable, es que aún no hayan acudido atraídos por el tumulto. Entonces, disimulando como puede, como piojo que se acoge a la protección de la costura, se fue metiendo entre la multitud, y en un instante volvió a ser anónimo, la diferencia era que caminaba un poco más deprisa, pero eso, en medio de aquel laberinto de gente, apenas se notaba. Sabe que no debe correr hasta que llegue a la puerta de la ciudad, pero le angustia la idea de que los soldados puedan estar ya en camino, armados terriblemente de lanza, puñal y odio sin causa, y si por desgracia van a caballo, trotando camino abajo, quién los alcanzará, cuando yo llegue estará mi hijo muerto, infeliz pequeño, Jesús de mi alma, ahora, en este momento de la más sentida aflicción, entra en la cabeza de José un pensamiento estúpido que es como un insulto, el salario, el salario de la semana, que va a perderlo, y es tanto el poder de estas viles cosas materiales que el acelerado paso, sin llegar al punto de detenerse, se le retarda un tanto, como dando tiempo al espíritu para ponderar las probabilidades de reunir ambos beneficios, por así decir la bolsa y la vida. Fue tan sutil y mezquina la idea, como una luz velocísima que surgiera y desapareciese sin dejar memoria imperativa de una imagen definida, que José ni vergüenza llegó a sentir, ese sentimiento que es, cuántas veces, pero no las suficientes, nuestro más eficaz ángel de la guarda.

José sale al fin de la ciudad, el camino, ante él, está libre de soldados en todo lo que la vista alcanza, y no se notan señales de agitación popular en esta salida, como sin duda ocurriría si hubiera habido allí parada militar, pero el indicio más seguro es el que le dan los chiquillos, jugando a sus juegos inocentes, sin muestra de la excitación bélica que de ellos se apodera cuando bandera, tambor y clarín desfilan, y aquella ancestral costumbre de ir tras la tropa, si los soldados hubieran pasado no se vería un solo niño, por lo menos escoltarían al destacamento hasta la primera curva, acaso uno de ellos, de más fuerte vocación castrense, decidiría acompañarlos hasta el objetivo de su misión y así se enteraría de lo que le espera en el futuro, matar y ser muerto. Ahora, ya puede correr José y corre, corre, aprovecha el declive todo lo que los faldones de la túnica le permiten, la lleva levantada hasta las rodillas, pero, como en un sueño, tiene la sensación angustiosa de que las piernas no son capaces de acompañar el impulso de la parte superior del cuerpo, corazón, cabeza y ojos, manos que quieren proteger y tanto tardan. Hay quien se para en el camino para mirar, escandalizado, la alucinante carrera, chocante en verdad, pues este pueblo cultiva, en general, la dignidad de la expresión y la compostura del porte, la única justificación que José tiene no es la de que va a salvar al hijo, sino la de que es galileo, gente grosera, sin educación, como ha sido dicho más de una vez. Pasa ya ante la tumba de Raquel, nunca esta mujer pensó que pudiera llegar a tener tantas razones para llorar a los hijos, cubrir de gritos y clamores las pardas colinas circundantes, arañarse la cara, o los huesos de ella, arrancarse los cabellos, o herir la desnuda calavera. Ahora, José, antes incluso de llegar a las primeras casas de Belén, deja el camino y ataja campo a través, entre los matojos, Voy por el camino más corto, eso es lo que responderá si quisiéramos saber el motivo de esta novedad, y realmente tal vez lo sea, pero seguro que no es el más cómodo. Evitando encuentros con gente que anda trabajando en los campos, pegándose a las cercas para que no le vean los pastores, José tuvo que dar un rodeo para llegar a la cueva donde la mujer no lo espera a estas horas y el hijo ni a éstas ni a otras, porque está durmiendo. Mediada la cuesta de la última colina, teniendo ante sí la negra hendidura de la gruta, José se ve asaltado por un terrible pensamiento, el de que la mujer pueda estar en la aldea con el hijo, es lo más natural, siendo las mujeres como son, aprovecharía que estaba sola para ir a despedirse tranquilamente de la esclava Zelomi y de algunas de las madres de familia con quienes se había tratado durante esas semanas, a José le correspondería agradecer formalmente a los dueños de la cueva. Durante un instante se vio corriendo por las calles de la aldea, llamando a las puertas, Está aquí mi mujer, sería ridículo decir, Está aquí mi hijo, y ante su aflicción alguien le preguntaría, por ejemplo, una mujer con el hijo en brazos, Hay alguna novedad, y él, No, novedad ninguna, es que salimos mañana temprano y tenemos que hacer las maletas. Vista desde aquí, la aldea, con sus casas iguales, las azoteas rasas, recuerda el tajo del Templo, piedras dispersas a la espera de que vengan los obreros a colocarlas unas sobre otras y alzar con ellas una torre para la vigilancia, un obelisco para el triunfo, un muro para las lamentaciones. Un perro ladró lejos, otros le respondieron, pero el cálido silencio de la última hora de la tarde flota aún sobre la aldea como una bendición olvidada, casi perdida su virtud, como un lienzo de nube que se desvanece.

La parada apenas duró el tiempo de contarla. En una última carrera el carpintero llegó a la entrada de la cueva, llamó, María, estás ahí, y ella le respondió desde dentro, fue en este momento cuando José se dio cuenta de que le temblaban las piernas, por el esfuerzo hecho, sin duda, pero también, ahora, por la emoción de saber que su hijo estaba a salvo. Dentro, María cortaba unas berzas para la cena, el niño dormía en el comedero. Sin fuerzas, José se dejó caer en el suelo, pero se levantó en seguida, diciendo, Vámonos de aquí, rápido, y María lo miró sin entender, Que nos vayamos, preguntó, y él, Sí, ahora mismo, Pero tú habías dicho, Cállate y arregla las cosas, yo voy a sacar el burro, No cenamos primero, Cenaremos de camino, Va a caer la noche, nos vamos a perder, y entonces José gritó, Te he dicho que te calles y haz lo que te mando. Se le saltaron las lágrimas a María, era la primera vez que el marido le levantaba la voz y, sin más, empezó a poner en orden y embalar los pocos haberes de la familia, Deprisa, deprisa, repetía él, mientras le ponía la albarda al burro y apretaba la cincha, luego, aturdido, fue llenando las alforjas con lo que encontraba a mano, mezclándolo todo, ante el asombro de María, que no reconocía a su marido. Estaban ya dispuestos para la marcha, sólo faltaba cubrir de tierra el fuego y salir, cuando José, haciendo una señal a la mujer para que no viniera con él, se acercó a la entrada de la cueva y miró afuera. Un crepúsculo ceniciento confundía el cielo con la tierra. Aún no se había puesto el sol, pero una niebla espesa, lo bastante alta como para no perjudicar la visión de los campos de alrededor, impedía que la luz se difundiera. José aguzó el oído, dio unos pasos y de repente se le erizaron los cabellos, alguien gritaba en la aldea, un grito agudísimo que no parecía voz humana, y luego, inmediatamente, todavía resonaban los ecos de colina en colina, un clamor de nuevos gritos y llantos llenó la atmósfera, no eran los ángeles llorando la desgracia de los hombres, eran los hombres enloqueciendo bajo un cielo vacío. Lentamente, como si temiese que lo pudieran oír, José retrocedió hacia la entrada de la cueva y tropezó con María, que aún no había acatado la orden. Toda ella temblaba, Qué gritos son ésos, preguntó, pero el marido no respondió, la empujó hacia dentro y con movimientos rápidos lanzó tierra sobre la hoguera, Qué gritos eran ésos, volvió a preguntar María, invisible en la oscuridad, y José respondió tras un silencio, Están matando gente. Hizo una pausa y añadió como en secreto, Niños, por orden de Herodes. Se le quebró la voz en un sollozo seco, Por eso quise que nos fuéramos. Se oyó un rumor de paños y de paja movida, María estaba alzando al hijo del comedero y lo apretaba contra su pecho, Jesús, que te quieren matar, con la última palabra afloraron las lágrimas, Cállate, dijo José, no hagas ruido, es posible que los soldados no vengan hasta aquí, la orden es matar a los niños de Belén que tengan menos de tres años, Cómo lo has sabido, Lo oí decir en el Templo, por eso vine corriendo hasta aquí, Y ahora, qué hacemos, Estamos fuera de la aldea, no es lógico que los soldados vengan a rebuscar por estas cuevas, la orden era sólo para las casas, si nadie nos denuncia, nos salvamos. Salió otra vez a mirar, asomándose apenas, habían cesado los gritos, no se oía más que un coro lloroso que iba menguando poco a poco, la matanza de los inocentes estaba consumada. El cielo seguía cubierto, empezaba la noche y la niebla alta hizo desaparecer Belén del horizonte de los habitantes celestes. José dijo, hablando hacia dentro, No salgas, voy hasta el camino a ver si ya se han ido los soldados, Ten cuidado, dijo María, sin darse cuenta de que el marido no corría ningún peligro, la muerte era para los niños de menos de tres años, a no ser que alguien que anduviera por el camino lo denunciase diciendo, Ése es el carpintero José, padre de un niño que aún no tiene dos meses y se llama Jesús, tal vez sea él el de la profecía, que de nuestros hijos nunca leímos ni oímos que estuvieran destinados a realezas y ahora todavía menos, que están muertos.

Dentro de la cueva, el negror podía palparse. María tenía miedo a la oscuridad, se había acostumbrado desde niña a la presencia continua de una luz en la casa, de la hoguera o del candil, o de ambas, y la sensación, ahora más amenazadora, por encontrarse en el interior de la tierra, de que unos dedos de tiniebla venían a cubrirle la boca la aterrorizaba. No quería desobedecer al marido ni exponer al hijo a una muerte posible saliendo de la caverna pero, segundo a segundo, el miedo iba creciendo en su interior y no tardaría en romper las precarias defensas del buen sentido, de nada valía pensar, Si no había cosas en el aire antes de apagar la hoguera, ahora tampoco las hay, en fin, de algo sirvió haberlo pensado, a tientas metió al niño en el comedero y luego, rastreando con

mil cuidados, buscó el sitio de la hoguera, con una tea
apartó la tierra que la cubría, hasta hacer aparecer algunas brasas que no se apagaron del todo, y en ese momento el miedo desapareció de su espíritu, le vino a la memoria la tierra luminosa, la misma luz trémula y
palpitante recorrida por rápidas fulguraciones como una
antorcha que corriera por la cresta de un monte. La imagen del mendigo surgió y desapareció inmediatamente,
alejada por la urgencia mayor de hacer luz suficiente en
la cueva aterradora. María, tanteando, fue al comedero a
buscar un puñado de paja, volvió guiada por el pálido lucero del suelo, y al cabo de un momento, resguardado en
un rincón que lo ocultaba a quien de fuera mirase, el
candil iluminaba las paredes próximas de la caverna con
un aura desmayada, evanescente, pero tranquilizadora.
María se acercó al hijo que seguía durmiendo, indiferente a miedos, agitaciones y muertes violentas y, con él en
brazos, se sentó junto al candil, a la espera. Pasó algún
tiempo, el hijo despertó, aunque sin abrir del todo los
ojos, hizo algunos pucheros que María, madre experta
ya, detuvo con el simple gesto de abrirse la túnica y ofrecer el pecho a la boca ansiosa del niño. Así estaban los
dos cuando se oyeron pasos fuera. De momento, María
tuvo la impresión de que su corazón se detenía, Serán los
soldados, pero eran pasos de una sola persona, si fuesen
soldados vendrían juntos, al menos dos, como es táctica
y costumbre, y siendo en caso de busca con más razón
todavía, uno cubriendo al otro para evitar sorpresas ines-
peradas, Es José, pensó, y temió que se enfadase con ella
por haber encendido el candil. Los pasos, lentos, se
aproximaron más, José entraba ya cuando de pronto un

estremecimiento recorrió el cuerpo de María, éstos no eran, pesados, duros, los pasos de José, quizá sea un vagabundo en busca de cobijo para una noche, antes había ocurrido dos veces y en esas ocasiones María no sintió miedo, porque no imaginaba que un hombre, por amargo e infame de corazón que fuese, pudiera atreverse a hacerle mal a una mujer con el hijo en brazos, no cayó en la cuenta María de que poco antes habían matado a los niños de Belén, algunos, quién sabe, en el mismo regazo de las madres, como en el suyo se encuentra Jesús, aún los inocentes mamaban la leche de la vida y ya el puñal hería su delicada piel y penetraba en la carne tierna, pero eran soldados esos asesinos, no unos vagabundos cualesquiera, que hay su diferencia, y no pequeña. No era José, no era soldado en busca de una acción guerrera cuya gloria no tuviera que compartir, no era un vagabundo sin cobijo ni trabajo, era, sí, de nuevo en figura de pastor, aquel que en figura de mendigo se le había aparecido una y otra vez, aquel que hablando de sí mismo dijo ser un ángel, aunque sin precisar si del cielo o del infierno. María no pensó, al principio, que pudiese ser él, ahora comprendía que no podía ser otro.

Habló el ángel, La paz sea contigo, mujer de José, sea también la paz con tu hijo, él y tú afortunados por tener casa en esta cueva, ya que, de no ser así, estaría ahora uno de vosotros despedazado y muerto, mientras el otro se hallaría vivo pero despedazado. Dijo María, Oí los gritos. Dijo el ángel, Sí, sólo los oíste, pero un día los gritos que no has dado han de gritar por ti, y antes de ese día oirás gritar mil veces a tu lado. Dijo María, Mi marido ha ido al camino a ver si los soldados ya se han retirado, no estaría bien que te encontrara aquí. Dijo el ángel, No te preocupe eso, me iré antes de que él llegue, he venido sólo para decirte que tardarás en verme, todo lo que era necesario que ocurriera ha ocurrido ya, faltaban esas muertes, faltaba, antes de ellas, el crimen de José. Dijo María, Qué crimen de José, mi marido no ha cometido ningún crimen, es un hombre bueno. Dijo el ángel, Un hombre bueno que ha cometido un crimen, no imaginas cuántos hombres buenos lo han hecho antes que él, porque los crímenes de los hombres buenos no tienen número y, al contrario de lo que se piensa, son los únicos que no pueden ser perdonados. Dijo María, Qué crimen ha cometido mi marido. Dijo el ángel, Tú lo sabes, no quieras ser tan criminal como él. Dijo María, Juro. Dijo el ángel, No jures, o, si no, jura si quieres, que un juramento pronunciado ante mí es como un soplo de viento que no sabe adónde va. Dijo María, Qué hemos hecho nosotros. Dijo el ángel, Fue la crueldad de Herodes la que hizo desenvainar los puñales, pero vuestro egoísmo y cobardía fueron las cuerdas que ataron los pies y las manos de las víctimas. Dijo María, Qué podía hacer yo. Dijo el ángel, Tú, nada, que lo supiste demasiado tarde, pero el carpintero podía haberlo hecho todo, avisar a la aldea de que venían de camino los soldados para matar a los niños, había tiempo suficiente para que los padres se los llevaran y huyesen, podían, por ejemplo, ir a esconderse en el desierto, huir a Egipto, a la espera de que muriese Herodes, que poco le falta ya. Dijo María, No se le ocurrió. Dijo el ángel, No, no se le ocurrió, pero eso no es disculpa. Dijo María, llorando, Tú, que eres un ángel, perdónalo. Dijo el ángel, No soy ángel de perdones.

Dijo María, Perdónalo. Dijo el ángel, Ya te he dicho que no hay perdón para este crimen, antes sería perdonado Herodes que tu marido, antes se perdonará a un traidor que a un renegado. Dijo María, Y qué podemos hacer. Dijo el ángel, Viviréis y sufriréis como todas las gentes. Dijo María, Y mi hijo. Dijo el ángel, Sobre la cabeza de los hijos caerá siempre la culpa de los padres, la sombra de la culpa de José oscurece ya la frente de tu hijo. Dijo María, Desgraciados de nosotros. Dijo el ángel, Así es, y no tendréis remedio. María inclinó la cabeza, apretó más al hijo contra sí, como para defenderlo de las prometidas desventuras, y cuando volvió a mirar ya el ángel no estaba. Pero esta vez, y al contrario de lo que antes sucediera, cuando se aproximaba, no se oyeron pasos, Se fue volando, pensó María. Luego se levantó, fue hasta la entrada de la cueva a ver si se notaba rastro aéreo del ángel, o si venía ya José. La niebla se había disipado, lucían metálicas las primeras estrellas, de la aldea seguían llegando lamentos. Y entonces un pensamiento de presunción desmedida, de tal vez pecaminoso orgullo, sobreponiéndose a las negras advertencias del ángel, hizo volver la cabeza a María, si la salvación de su hijo no habría sido un gesto de Dios, debe de tener un significado el que alguien escape a la dura muerte cuando allí al lado otros que tuvieron que morir ya nada pueden hacer sino esperar una ocasión para preguntarle al mismo Dios, Por qué nos mataste, y se contentarán con la respuesta, cualquiera que ésta sea. No duró mucho el delirio de María, al instante siguiente imaginaba que podría estar meciendo a un hijo muerto, como ahora sin duda les ocurría a las madres de Belén, y para beneficio de su espíritu y salvación de su alma, las lágrimas volvieron a sus ojos corriendo como fuentes. Así estaba cuando José llegó, lo oyó llegar, pero no se movió, no le importaba que él se enfadase, María estaba ahora llorando con las otras mujeres, todas sentadas en círculo, con los hijos en el regazo, a la espera de la resurrección. José la vio llorar, comprendió, y se calló.

Dentro de la cueva, José no puso reparo alguno al ver el candil encendido. Las brasas, en el suelo, se habían cubierto de una fina capa de ceniza, pero, en el interior del fuego, entre ellas, palpitaba aún, buscando fuerzas, la raíz de una llama. Mientras iba descargando el burro, dijo José, Ya no hay peligro, se han ido los soldados, lo mejor que podemos hacer nosotros es pasar la noche aquí, partiremos mañana antes de que salga el sol, iremos por un atajo y donde no haya atajo, por donde podamos. María murmuró, Tantos niños muertos, y José, bruscamente, Cómo lo sabes, es que has ido a contarlos, preguntó, y ella, Los recuerdo, recuerdo a algunos, Pues da gracias a Dios porque el tuyo esté vivo, Se las daré, Y no me mires como si hubiera hecho algo malo, No te miraba, No me hables en ese tono que parece de juez, Me quedaré callada, si lo prefieres, Sí, es mejor que te calles. José ató el asno al comedero, aún había en el fondo algo de paja, el hambre del animal no debe de ser grande, realmente este burro se ha dado la gran vida con el comedero lleno y tomando el sol, pero que se vaya preparando, que ya le falta poco para volver a las duras penas de la carga y el trabajo. María acostó al niño y dijo, Voy a espabilar la lumbre, Para qué, La cena, No quiero fuego que atraiga a la gente, puede pasar alguien del pueblo, comeremos de lo que haya y como esté. Así lo hicieron. El candil de aceite iluminaba como un espectro a los cuatro habitantes de la cueva, el burro, inmóvil como una estatua, con el morro sobre la paja, pero sin tocarla, el niño durmiendo, mientras el hombre y la mujer engañaban el hambre con unos higos secos. María dispuso las esteras en el suelo arenoso, lanzó sobre ellas el cobertor y, como todos los días, esperó hasta que se acostó el marido. Antes, José fue a la boca de la cueva, a acechar de nuevo la noche, todo estaba en paz en la tierra y en el cielo, de la aldea ya no venían gritos ni lamentos, ahora las sucumbidas fuerzas de Raquel no llegaban más que para gemir y suspirar, dentro de las casas, con la puerta y el alma cerradas. José se tendió en su estera, agotado de pronto como nunca lo estuvo en su vida, de tanto correr, de temer tanto, no podía decir que gracias a su esfuerzo salvara la vida de su hijo, los soldados cumplieron rigurosamente las órdenes recibidas, matar a los niños de Belén, sin añadir por su parte un mínimo de diligencia en la acción militar, como buscar en las cuevas de alrededor por si algunos fugitivos se hubieran escondido allí, o bien, falta que constituyó un gravísimo error táctico, si en ellas vivieran habitualmente familias completas. En general, a José no le molestaba el hábito de María de acostarse sólo cuando él ya estaba dormido, pero hoy no podía soportar la idea de estar hundido en el sueño, con la cara descubierta, sabiendo que su mujer velaba y que quizá lo miraría sin piedad. Dijo, No quiero que te quedes ahí, acuéstate. María obedeció, fue primero a ver, como hacía siempre, si el burro estaba bien atado y luego, suspirando, se acostó en la estera, cerró fuertemente los ojos, que el sueño viniera cuando pudiese, ella ya había renunciado a ver. Mediada la noche, José tuvo un sueño. Iba cabalgando por un camino que bajaba en dirección a una aldea de la que ya se veían las primeras casas, iba de uniforme y con todos los pertrechos militares encima, armado de espada, lanza y puñal, soldado entre soldados, y el comandante le preguntaba, Tú adónde vas, carpintero, a lo que respondía él, orgulloso de conocer tan bien la misión que le habían encargado, Voy a Belén a matar a mi hijo, y, cuando lo dijo, despertó con un estertor abominable, el cuerpo crispado, torcido de terror, María preguntándole, Qué te pasa, qué ha ocurrido, y él, temblando, sólo sabía repetir, No, no, no, de repente su aflicción se desató en llanto convulsivo, en sollozos que despedazaban su pecho. María se levantó, fue a buscar el candil, iluminó el rostro del marido, Estás enfermo, preguntó, pero él se tapaba la cara con las manos, Llévate eso de aquí, mujer, ahora mismo, y, todavía sollozando, se levantó de la estera y corrió hacia el comedero a ver cómo estaba el hijo, Está bien, señor José, no se preocupe, realmente es un chiquillo que no da ningún trabajo, un buenazo, un panzacontenta, un comeyduerme, aquí reposa, tan tranquilo como si no acabara de escapar por milagro de una muerte horrible, imagínese, acabar a manos del propio padre que le dio el ser, ya sabemos que ése es destino del que nadie se libra, pero hay maneras y maneras. Con el pavor de que se repitiese el sueño, José no volvió a la estera, se enrolló en un cobertor y se sentó a la entrada de la cueva, al abrigo de un roquedal que formaba una especie de cobertizo, y como la luna ya iba alta, lanzaba sobre la abertura una sombra negrísima que la pálida luz del candil, dentro, ni siquiera tocaba. El propio rey Herodes si por allí pasara, sobre las espaldas de los esclavos, rodeado de sus legiones de bárbaros sedientos de sangre, diría tranquilamente, No os molestéis en buscar, seguid adelante, aquello es piedra y sombra de piedra, nosotros buscamos carne fresca y vida apenas iniciada. José se estremeció al pensar en el sueño, se preguntó qué sentido podría tener, la verdad, patente a la faz de los cielos que todo lo ven, es que había venido corriendo como un loco por el camino abajo, vía dolorosa sólo él sabía hasta qué punto, saltando cercas y pedruscos, como buen padre acudió a defender a su hijo, y he aquí que el sueño lo mostraba con figura y apetitos de verdugo, bien cierto es el proverbio que dice que en los sueños no hay firmeza, Esto es cosa del demonio, pensó, e hizo un gesto de conjuro. Como viniendo de la garganta de un ave invisible, un silbido pasó por el aire, también podría haber sido una señal de pastor, pero éstas no son horas, cuando todo el ganado duerme y sólo los perros velan. Sin embargo, la noche, tranquila y distante, alejada de los seres y de las cosas, con esa suprema indiferencia que imaginamos propia del universo, o la otra, absoluta, del vacío que quede, si algo es el vacío, cuando esté cumplido el último fin de todo, la noche ignoraba el sentido y el orden razonable que parecen regir este mundo en las horas en las que todavía creemos que él fue hecho para recibirnos, y a nuestra locura. En la memoria de José, poco a poco, el sueño terrible fue volviéndose irreal, absurdo, lo desmentía esta noche y esta palidez lunar, lo desmentía el niño que dormía en el comedero, sobre todo lo desmentía el hombre despierto que él era, señor de sí y, en lo posible, de sus pensamientos, ahora piadosos y pacíficos, pero también capaces de engendrar un monstruo, como la gratitud a Dios porque los soldados habían dejado con vida a su hijo querido, por ignorancia y dejadez, es verdad, ellos, que a tantos mataron. La misma noche cubre al carpintero José y a las madres de los niños de Belén, de los padres no hablamos, ni de María, que no son aquí llamados, por más que no podamos discernir los motivos de tal exclusión. Pasaron las horas tranquilas y, cuando la madrugada dio su primera señal, José se levantó, cargó el burro, y en poco tiempo, aprovechando el último resplandor de la luna antes de que el cielo se aclarase, la familia completa, Jesús, María y José, se puso en camino, de regreso a Galilea.

Dejando por una hora la casa de los señores, donde dos niños habían sido muertos, la esclava Zelomi fue de madrugada a la cueva, segura de que lo mismo le habría ocurrido al niño que ayudó a nacer. La encontró abandonada, sólo huellas de pasos y de cascos del asno, sobre la ceniza brasas casi apagadas, ningún vestigio de sangre. Ya no está aquí, dijo, se ha salvado de esta primera muerte.

Pasaron ocho meses desde el feliz día en que José llegó a Nazaret con la familia, sanos y salvos los humanos, pese a los muchos peligros, menos bien el burro que cojeaba un poco de la mano derecha, cuando llegaron noticias de que el rey Herodes había muerto en Jericó, en uno de sus palacios, donde se retiró agonizante, caídas las primeras lluvias, para huir de las crueldades del invierno, que en Jerusalén no ahorra rigores a la gente de salud delicada. Decían también los avisos que el reino, huérfano de tan gran señor, se había dividido entre tres de los hijos que le quedaron después de las razias familiares, a saber, Herodes Filipo, que gobernará los territorios que están al este de Galilea, Herodes Antipas, que tendrá vara de mando en Galilea y Perea, y Arquelao, a quien correspondieron Judea, Samaria e Idumea. Un día de éstos, un arriero de paso, de esos con gracia para contar historias, tanto reales como inventadas, hará, a la gente de Nazaret, el relato del funeral de Herodes, del que fue, juraba, testigo presencial, Iba metido en un sarcófago de oro, cuajado de pedrerías, la carroza de la que tiraban dos bueyes blancos era también dorada, cubierta de paños de púrpura, y de Herodes, también envuelto en púrpura, no se distinguía más que el bulto y una corona en el lugar de la cabeza, los músicos iban detrás, tocando pífanos, y las plañideras detrás de los músicos, todos tenían que respirar el hedor que les daba de lleno en las narices, a orilla del camino estaba yo, a punto de salírseme el estómago por la boca, y luego venía la guardia real, a caballo, al frente de la tropa, armada de lanzas, espadas y puñales, como si fuesen a la guerra, pasaban y no acababan de pasar, como una serpiente a la que no le vemos ni la cabeza ni la cola y que al moverse es como si no tuviera fin, y el corazón se nos llena de miedo, así era aquella tropa que marchaba tras un muerto, pero también hacia su propia muerte, la de cada uno, que hasta cuando parece retrasarse siempre acaba llamando a nuestra puerta, Es la hora, dice ella, puntual, sin diferencia, igual con el rey que con el esclavo, uno que iba allá delante, carne muerta y corrompida, en la cabeza del cortejo, otros en la cola de la procesión, comiéndose el polvo de un ejército entero, vivos aún, pero ya en busca, todos ellos, del lugar donde quedarse para siempre. Este arriero, por lo visto, bien podría estar, peripatético, paseando bajo los capiteles corintios de una academia que arreando burros por los caminos de Israel, durmiendo en caravasares hediondos o contando historias a los rústicos de las aldeas como ésta de Nazaret.

Entre los asistentes, en la plaza enfrente de la sinagoga, estaba José, que pasaba por casualidad y se quedó escuchando, no fue mucha la atención que prestó en principio a los pormenores descriptivos del cortejo fúnebre, o sí, alguna había prestado, pero pronto se barrió toda cuando el aedo pasó abiertamente al estilo elegíaco, realmente el carpintero tenía fundadas y cotidianas razones para ser más sensible a esa cuerda del arpa que a cualquier otra. Bastaba mirarlo, que esta cara no engaña, una cosa era su antigua compostura, gravedad y ponderación, con las que intentaba compensar sus pocos años, y otra cosa, muy distinta, peor, es esta expresión de amargura que prematuramente le está cavando arrugas a un lado y otro de la boca, profundas como tajos no cicatrizados. Pero lo que hay de realmente inquietante en el rostro de José es la expresión de su mirada, o mejor sería decir la falta de expresión, pues sus ojos dan idea de estar muertos, cubiertos por una polvareda de ceniza, bajo la cual, como una brasa inextinguible, brillase un fulgor inflamado de insomnio. Es verdad, José casi no duerme. El sueño es su enemigo de todas las noches, con él tiene que luchar como por la propia vida y es una guerra que siempre pierde, aunque en algunos combates venza, pues, infaliblemente, llega un momento en que el cuerpo agotado se entrega y adormece para, de inmediato, ver surgir en el camino un destacamento de soldados, en medio de los cuales va cabalgando José, algunas veces haciendo molinetes con la espada por encima de la cabeza, y es entonces, en el momento en que el horror empieza a enrollarse en las defensas conscientes del desgraciado, cuando el comandante de la expedición le pregunta, Tú adónde vas, carpintero, el pobre no quiere responder, resiste con las pocas fuerzas que le quedan, las del espíritu, que el cuerpo ha sucumbido, pero el sueño es más fuerte, abre con manos de hierro su boca cerrada y él, sollozando ya y a punto de despertarse, tiene que dar la horrible respuesta, la misma, Voy a Belén a matar a mi hijo. No preguntemos a José si recuerda cuántos bueyes tiraban de la carroza de Herodes muerto, si eran blancos o pintados, ahora, al volver a casa, sólo tiene pensamientos para las últimas palabras del arriero, cuando dijo que aquel mar de gente que iba en el funeral, esclavos, soldados, guardias reales, plañideras, tocadores de pífano, gobernadores, príncipes, futuros reyes, y todos nosotros, dondequiera que estemos y quienquiera que seamos, no hacemos más en la vida que ir buscando el lugar donde quedarnos para siempre. No siempre es así, pensaba José, con una amargura tan honda que en ella no entraba la resignación que dulcifica los mayores dolores y sólo podía revestirse del espíritu de renuncia de quien dejó de contar con remedio, no siempre es así, repetía, muchos hubo que nunca salieron del lugar donde nacieron y la muerte fue a buscarlos allá, con lo que queda probado que la única cosa realmente firme, cierta y garantizada es el destino, es tan fácil, santo Dios, basta con quedarse a la espera de que todo lo de la vida se cumpla y ya podremos decir, Era el destino, fue el destino de Herodes morir en Jericó y ser llevado en carroza a su palacio y fortaleza de Herodium, pero a los niños de Belén les ahorró la muerte todos los viajes. Y aquél de José, que al principio, viendo los hechos por el lado optimista, parecía formar parte de un designio transcendente para salvar a las inocentes criaturas, al fin no sirvió de nada, pues nuestro carpintero oyó y calló, fue corriendo a salvar a su hijo y dejó a los de los otros entregados al fatal destino, nunca vino palabra tan a propósito. Por eso José no duerme, o sí, duerme y en ansias despierta, atraído hacia una realidad que no le hace olvidar el sueño, hasta el punto de que puede decirse que despierto sueña el sueño de cuando duerme y, dormido, al mismo tiempo que intenta desesperadamente huir de él, sabe que es para volver a encontrarlo, otra vez y siempre, este sueño es una presencia sentada en el umbral de la puerta que está entre el sueño y la vigilia, al salir y al entrar tiene José que enfrentarse con ella. Entendido queda que la palabra que define exactamente este complicado ovillo es remordimiento, pero la experiencia y la práctica de la comunicación, a lo largo de las edades, ha venido a demostrar que la síntesis no pasa de ser una ilusión, es así, con perdón, como una invalidez del lenguaje, no es querer decir amor y que la lengua no llegue, es tener lengua y no llegar al amor.

María está de nuevo encinta. Ningún ángel en figura de mendigo andrajoso ha venido a llamar a su puerta anunciando la venida de este hijo, ningún súbito viento barrió las alturas de Nazaret, ninguna tierra luminosa acabó enterrada al lado de la otra, María sólo informó a José con las palabras más sencillas, Estoy embarazada, no le dijo, por ejemplo, Mira aquí mis ojos y ve cómo brilla en ellos nuestro segundo hijo, y él no le respondió, No creas que no me había dado cuenta, pero esperaba a que me lo dijeses tú, oyó y calló, sólo dijo, Ah, y continuó dándole a la garlopa, con una fuerza eficaz pero indiferente, que el pensamiento ya sabemos nosotros dónde está. También María lo sabe desde que una noche más atormentada el marido dejó que su secreto, hasta entonces bien guardado, saltase fuera, y ella no se sorprendió, algo así era inevitable, recordemos lo que le dijo el ángel en la cueva, Oirás gritar mil veces a tu lado. Una buena mujer le diría al marido, No te preocupes, lo que has hecho, hecho está, y además tu primer deber era salvar a tu hijo, no tenías otra obligación, pero la verdad es que, en este sentido común, María dejó de ser la buena mujer que antes había demostrado ser, quizá porque oyó del ángel aquellas otras y severas palabras que, por el tono, a nadie parecieron querer excluir, No soy ángel de perdones. Si María estuviese autorizada a hablar con José acerca de estas secretísimas cosas, quizá él, siendo tan versado en las escrituras, pudiera meditar sobre la naturaleza de un ángel que, llegado de no se sabe dónde, viene a decirnos que no es de perdones, declaración al parecer irrelevante, pues sabido es que no tienen las criaturas angélicas poder de perdonar, que éste sólo a Dios pertenece. Que un ángel diga que no es ángel de perdones, o nada significa, o significa demasiado, supongamos que es el ángel de la condenación, es como si exclamase, Perdonar, yo, qué idea tan estúpida, yo no perdono, castigo. Pero los ángeles, por definición, salvo aquellos querubines de espada flameante que fueron puestos por el Señor para guardar el camino del árbol de la vida, a fin de que no volviesen a por sus frutos nuestros primeros padres, o sus descendientes, que somos nosotros, los ángeles, decíamos, no son policías, no se encargan de las sucias pero socialmente necesarias tareas de represión, los ángeles existen para hacernos la vida fácil, nos amparan cuando vamos a caer al pozo, nos guían en el peligroso paso del puente sobre el precipicio, nos cogen del brazo cuando estamos a punto de ser atropellados por una cuádriga desfrenada o por un automóvil. Un ángel realmente merecedor de ese nombre podría haberle ahorrado al pobre José esta agonía, bastaba con que se les apareciera en sueños a los padres de los niños de Belén, diciéndoles uno a uno, Levántate, coge al chiquillo y a su madre, escapa a Egipto y quédate allí hasta que te avise, pues Herodes buscará al niño para matarlo, y de esta manera se salvaban los chiquillos todos, Jesús escondido en la cueva con sus papás y los otros camino de Egipto, de donde no regresarían hasta que el mismo ángel, volviendo a aparecerse a los padres, les dijese, Levántate, coge al niño y a su madre y vuelve a la tierra de Israel, porque han muerto ya los que atentaban contra la vida de tu hijo. Claro que, por medio de este aviso, en apariencia benevolente y protector, el ángel estaría devolviendo a las criaturas a lugares, cualesquiera que ellos fuesen, donde, en el tiempo propio, se encontrarían con la muerte final, pero los ángeles, hasta pudiendo mucho, como se ha visto, llevan consigo ciertas limitaciones de origen, en eso son como Dios, no pueden evitar la muerte. Pensando, pensando, José llegaría a concluir que el ángel de la cueva era, en definitiva, un enviado de los poderes infernales, demonio esta vez en figura de pastor, con lo que quedaría demostrada de nuevo la flaqueza natural de las mujeres y sus viciosas y adquiridas facilidades para caer bajo el asalto de cualquier ángel caído. Si María hablase, si María no fuese un arca cerrada, si María no guardase para sí las peripecias más extraordinarias de su anunciación, otro gallo le cantaría a José, otros argumentos vendrían a reforzar su tesis, siendo sin duda el más importante de todos el hecho de que el supuesto ángel no hubiera proclamado, Soy un ángel del Señor, o Vengo en nombre del Señor, sólo dijo, Soy un ángel, y luego, prudentemente, Pero no se lo digas a nadie, como si tuviese miedo de que se supiera. No faltará ya quien esté proclamando que estas menudencias exegéticas en nada contribuyen a la inteligencia de una historia en definitiva archiconocida, pero al narrador de este evangelio no le parece lo mismo, tanto en lo que toca al pasado como en lo que al futuro ha de tocar, ser anunciado por ángel del cielo o por ángel del infierno, las diferencias no son sólo de forma, son de esencia, sustancia y contenido, verdad es que quien hizo a unos ángeles hizo a los otros, pero después corrigió lo hecho.

María, como su marido, pero ya se sabe que no por las mismas razones, muestra a veces cierto aire absorto, una expresión de ausencia, se le paran las manos en medio de un trabajo, interrumpido el gesto, distante la mirada, realmente nada tiene esto de extraño en una mujer en este estado, de no ser porque los pensamientos que la ocupan se resumen, todos ellos, aunque con infinitas variaciones, en esta pregunta, Por qué se me apareció el ángel anunciándome el nacimiento de Jesús, y ahora de este hijo no. María mira a su primogénito, que por allí anda gateando como hacen todos los hijos de los humanos a su edad, lo mira y busca en él un signo distintivo, una marca, una estrella en la frente, un sexto dedo en la mano, y no ve más que a un niño igual a los otros, se baba, se ensucia y llora como ellos, la única diferencia es que es su hijo, el pelo es negro como el del padre y el de la madre, los iris van perdiendo aquel tono blanquecino al que llamamos color de leche sin serlo, y toman el suyo propio y natural, el de la herencia genética directa, un castaño muy oscuro que adquiere, poco a poco, a medida que se va alejando de la pupila, una tonalidad como de sombra verde, si así podemos definir una cualidad cromática, pero estas características no son únicas, sólo tienen verdadera importancia cuando el hijo es nuestro o, dado que de ella estamos hablando, de María. Dentro de unas semanas, este niño hará sus primeras tentativas de ponerse en pie y caminar, caerá de bruces al suelo incontables veces y se quedará con la mirada clavada en él, la cabeza difícilmente levantada, mientras oye la voz de su madre que le dice, Ven aquí, ven aquí, hijo mío, y no mucho tiempo después sentirá la primera necesidad de hablar, cuando algunos sonidos nuevos empiecen a formarse en su garganta, al principio no sabrá qué hacer con ellos, confundiéndolos con otros que ya conocía y venía practicando, los del grito y los del llanto, pero no tardará en entender que debe articularlos de un modo muy distinto, más compenetrado, imitando y ayudándose con los movimientos de los labios del padre y de la madre, hasta que consiga pronunciar la primera palabra, cuál habrá sido, no lo sabemos, quizá papá, quizá mamá, lo que sí sabemos es que a partir de ahora nunca más el niño Jesús tendrá que hacer aquel gesto con el índice de la mano derecha en la palma de la mano izquierda si la madre y las vecinas vuelven a preguntarle, Dónde pone el huevo la gallina, que es una indignidad a la que se somete al ser humano, tratarlo así, como a un cachorrillo amaestrado que reacciona ante un estímulo sonoro, voz, silbido o restallar de látigo. Ahora Jesús está capacitado para responder que la gallina puede ir a poner el huevo donde le dé la gana, con tal de que no lo haga en la palma de su mano. María mira a su hijo y suspira, siente que el ángel no vuelva, No me verás tan pronto, dijo, si él estuviese aquí ahora no se dejaría intimidar como las otras veces, lo acosaría a preguntas hasta rendirlo, una mujer con un hijo fuera y otro dentro no tiene nada de cordero inocente, ha aprendido, a su propia costa, lo que son dolores, peligros y aflicciones y, con tales pesos colocados en el platillo de su lado, puede hacer que se incline a su favor cualquier fiel de balanza. Al ángel no le bastaría con decirle, El Señor permita que no veas a tu hijo como a mí me ves ahora, que no tengo donde descansar la cabeza, en primer lugar tendría que explicarle quién era el Señor en cuyo nombre parecía hablar, luego, si era realmente verdad que no tenía donde descansar la cabeza, cosa difícil de entender tratándose de un ángel, o si sólo lo decía porque representaba su papel de mendigo, en cuarto lugar qué futuro anunciaban para su hijo las sombrías y amenazadoras palabras que había pronunciado, y, finalmente, qué misterio era aquél de la tierra luminosa, enterrada al lado de la puerta, donde nació, tras el regreso de Belén, una extraña planta, sólo tronco y hojas, que ya desistieron de cortar, tras haber intentado inútilmente arrancarla de raíz, porque cada vez volvía a nacer y con más fuerza. Dos de los ancianos de la sinagoga, Zaquías y Dotaín, vinieron a observar el caso y, aunque poco entendidos en ciencias botánicas, acordaron que aquello debía de ser simiente que viniera con la tierra y que, llegado su tiempo, germinó, Como es ley del Señor de la vida, sentenció Zaquías. María se acostumbró a ver aquella obstinada planta, y encontraba que hasta daba alegría a la entrada de la puerta, mientras que José, no contento con las nuevas y palpables razones para alimento de las sospechas antiguas, trasladó su banco de carpintero a otro lugar del patio fingiendo no hacer caso de la detestada presencia. Luego de usar el hacha y el serrucho, experimentó el agua hirviendo e incluso llegó a poner alrededor del tallo un collar de carbones ardientes, pero no se había atrevido, por una especie de respeto supersticioso, a meter la azada en la tierra y cavar hasta donde debía de hallarse el origen del mal, la escudilla con la tierra luminosa. Y en esto estaban cuando nació el segundo hijo, al que dieron el nombre de Tiago.

Durante unos pocos años no hubo más mudanzas en la familia que la de los varios hijos que fueron naciendo, aparte de dos hijas, y de haber perdido los padres la última lozanía que les quedaba de su juventud. No era extraño en María, pues ya se sabe cómo son los embarazos, y más siendo tantos, acaban por agotar a una mujer, poco a poco se le van la belleza y el frescor, si los tenía, se marchitan tristemente la cara y el cuerpo, basta ver que después de Tiago nació Lisia, después de Lisia nació José, después de José nació Judas, después de Judas nació Simón, después Lidia, después Justo, después Samuel, y si alguno más vino, murió pronto, sin entrar en registro. Los hijos son la alegría de los padres, se dice, y María hacía lo posible para parecer contenta, pero, teniendo que cargar durante meses y meses en su cansado cuerpo con tantos frutos golosos de sus fuerzas, a veces anidaba en su alma una impaciencia, una indignación en busca de su causa, pero, siendo los tiempos así, no pensó siquiera en echarle las culpas a José, y menos aún a aquel Dios supremo que decide la vida y la muerte de sus creaturas, la prueba es que ni siquiera un pelo de nuestra cabeza cae sin que sea su voluntad que ocurra. José entendía poco de los cómos y porqués de que se hagan hijos, es decir, tenía los rudimentos del práctico, empíricos, por así decir, pero era la propia lección social, el espectáculo del mundo, que reducía todos los enigmas a una sola evidencia, la de que uniéndose macho y hembra, conociéndola él a ella, resultaban bastante altas las probabilidades de generar dentro de la mujer un hijo, que al cabo de nueve meses, raramente siete, nacía completo. La simiente del varón, lanzada en el vientre de la mujer, llevaba consigo, en miniatura e invisible, a un nuevo ser elegido por Dios para proseguir el poblamiento del mundo que había creado, pero esto no ocurría siempre, la impenetrabilidad de los designios de Dios, si precisase demostración, la encontraría en el hecho de que no fuera condición suficiente aunque sí necesaria, para generar un hijo, el que la simiente del varón se derramara en el interior natural de la mujer. Dejándola caer al suelo, como hizo el infeliz Onán, castigado a muerte por el Señor por no querer tener hijos en la viuda de su hermano, era seguro que la mujer no quedaba embarazada, pero tantas y tantas veces, como decía el otro, va la fuente al cántaro, y el resultado tres por nueve, veintisiete. Está probado, pues, que fue Dios quien puso a Isaac en la escasa linfa que Abraham era aún capaz de producir y lo empujó dentro del vientre de Sara, que ya ni reglas tenía. Vista la cuestión desde este ángulo, digamos teogenético, puede concluirse, sin abusar de la lógica, que todo lo debe presidir en este mundo y en los otros, que el mismo Dios era quien con tanta asiduidad incitaba y estimulaba a José para frecuentar a María, convirtiéndolo de este modo en instrumento para borrar, por compensación numérica, los remordimientos que andaba sintiendo desde que permitió, o quiso, sin preocuparse de las consecuencias, la muerte de los inocentes pequeños de Belén. Pero lo más curioso, y que muestra hasta qué punto los designios del Señor, aparte de obviamente inescrutables, son también desconcertantes, es que José, aunque de manera difusa, que apenas rozaba el nivel de la conciencia, suponía obrar por cuenta propia y, créalo quien pudiere, con la misma intención de Dios, es decir, restituir al mundo, por un insistente esfuerzo de procreación, si no, en sentido literal, los niños muertos, tal cual habían sido, sí al menos la cuenta cierta, de modo que no se hallaría diferencia en el próximo censo que se estableciera. El remordimiento de Dios y el remordimiento de José eran un solo remordimiento, y si en aquellos antiguos tiempos ya se decía, Dios no duerme, hoy estamos en condiciones de saber por qué, No duerme porque cometió una falta que ni a hombre sería perdonable. Con cada hijo que José iba haciendo, Dios levantaba un poco más la cabeza, pero nunca acabará de levantarla por completo, porque los niños que murieron en Belén fueron veinticinco y José no vivirá años suficientes para generar tan gran cantidad de hijos en una sola mujer, ni María, ya tan cansada, de alma y de cuerpo tan dolorida, podría soportar tanto. El patio y la casa del carpintero estaban llenos de niños, y era como si estuvieran vacíos.

Cuando llegó a los cinco años, el hijo de José empezó a ir a la escuela. Todas las mañanas, en cuanto nacía el día, la madre lo llevaba al encargado de la sinagoga, que siendo de nivel elemental los estudios, bastaba y sobraba con él, y era allí, en la misma sinagoga convertida en aula, donde Jesús y los otros chiquillos de Nazaret realizaban, hasta los diez años, la sentencia del sabio, El niño debe criarse en la Tora como el buey se cría en el corral. La clase acababa a la hora sexta, que es nuestro mediodía, María estaba ya esperando al hijo y, pobrecilla, no podía preguntarle si avanzaba en las clases, ni ese simple derecho tiene, pues ya lo dice terminantemente la máxima del sabio, Mejor sería que la Ley pereciera en las llamas que entregarla a las mujeres, tampoco debe olvidarse la probabilidad de que el hijo, ya razonablemente informado sobre el verdadero lugar de las mujeres en el mundo, incluidas las madres, le diera una respuesta áspera, de esas capaces de reducir a la insignificancia a cualquiera, que cada cual tiene la suya, véase el caso de Herodes, tanto poder, tanto poder, y si fuéramos a verlo ahora ni siquiera podríamos recitar, Yace muerto y pudriéndose, ahora todo es hedor, polvo, huesos sin concierto y trapos sucios. Cuando Jesús entraba en casa, su padre le preguntaba, A ver, qué has aprendido hoy, y el niño, que había tenido la suerte de nacer con una excelente memoria, repetía letra por letra, sin fallo, la lección del maestro, primero los nombres de las letras del alfabeto, luego las palabras principales, y, más adelante, frases completas de la Tora, pasajes completos, que José acompañaba con movimientos rítmicos de la mano derecha, al tiempo que asentía lentamente con la cabeza. Marginada, María se iba dando cuenta de que había cosas que no podía preguntar, se trata de un método antiguo de las mujeres, perfeccionado a lo largo de los siglos y milenios de práctica, cuando no las autorizan a preguntar, escuchan y al poco tiempo lo saben todo, llegando incluso a lo que es el súmmum de la sabiduría, a distinguir lo falso de lo verdadero. Pese a todo, lo que María no conocía, o no conocía bastante, era el extraño lazo que unía al marido con aquel hijo, aunque ni a un extraño pasase inadvertida la expresión, mezcla de dulzura y pena, que pasaba por el rostro de José cuando hablaba con su primogénito, como si estuviese pensando, Este hijo a quien tanto amo es mi dolor. María sabía sólo que las pesadillas de José, como una sarna del alma, no lo dejaban, pero esas aflicciones nocturnas, de tan repetidas, se habían convertido en un hábito, como el de dormir vuelto a la derecha o despertar con sed en medio de la noche. Y si María, como buena y digna esposa, no dejaba de preocuparse con su marido, lo más importante de todo era ver al hijo vivo y sano, señal de que la culpa no fue tan grande, o el Señor ya habría castigado, sin palo ni piedra, como es costumbre en él, véase el caso de Job, arruinado, leproso, pese a que siempre había sido varón íntegro y recto, temeroso de Dios, su mala suerte fue convertirse en involuntario objeto de una disputa entre Satanás y el mismo Dios, agarrado cada uno a sus ideas y prerrogativas. Y luego se admiran de que un hombre se desespere y grite, Mueran el día en que nací y la noche en que fui concebido, conviértase él en tinieblas, no sea mencionado entre los días del año ni se cuente entre los meses, y que la noche sea estéril y no se oiga en ella ningún grito de alegría, verdad es que a Job lo compensó Dios restituyéndole en doble lo que simple le había quitado, pero a los otros hombres, aquellos en nombre de quienes nunca se escribió un libro, todo es quitar y no dar, prometer y no cumplir. En esta casa del carpintero, la vida, pese a todo, era tranquila y en la mesa, aunque sin harturas, no faltó nunca el pan de cada día y lo demás que ayuda al alma a mantenerse agarrada al cuerpo. Entre los bienes de José y los bienes de Job, la única semejanza que puede encontrarse es el número de hijos, siete hijos y tres hijas tuvo Job, siete hijos y dos hijas tenía José, con la ventaja de que el carpintero puso una mujer menos en el mundo. Pero Job, antes de que Dios duplicase sus bienes, ya era propietario de siete mil ovejas, tres mil camellos, quinientas yuntas de bueyes y quinientas yeguas, sin contar los esclavos, en cantidad, y José tiene sólo aquel burro que conocemos. En verdad, una cosa es trabajar para sustentar sólo a dos personas, después a una tercera, pero ésa, en el primer año, por vía indirecta, otra es verse rodeado de niños que, creciendo el cuerpo y las necesidades, reclaman alimentos sólidos y a tiempo. Y como las ganancias de José no daban para admitir personal a su servicio, el recurso natural estaba en los hijos, a mano, por así decir, además también por una simple obligación de padre, pues ya lo dice el Talmud, Del mismo modo que es obligatorio alimentar a los hijos, también es obligatorio enseñarles una profesión manual, porque no hacerlo será lo mismo que convertir al hijo en un bandido. Y si recordamos lo que enseñaban los rabinos, El artesano, en su trabajo, no debe levantarse ante el mayor doctor, podemos imaginar con qué orgullo profesional empezaba José a instruir a sus hijos mayores, uno tras otro, a medida que iban llegando a la edad, primero Jesús, luego Tiago, después José, después Judas, en los secretos y tradiciones del arte de la carpintería, atento él, también, a la antigua sentencia popular que así reza, El trabajo del niño es poco, pero quien lo desdeña es loco, es lo que luego se llamaría trabajo infantil. A José padre, cuando regresaba al trabajo después de la comida de la tarde, le ayudaban sus propios hijos, ejemplo verdadero de una economía familiar que podría haber seguido dando excelentes frutos hasta los días de hoy, incluso una dinastía de carpinteros, si Dios, que sabe lo que quiere, no hubiera querido otra cosa.

Como si a la impía soberbia del Imperio no le bastase la vejación a que venía sometiendo al pueblo hebreo desde hacía más de setenta años, decidió Roma, dando como pretexto la división del antiguo reino de Herodes, poner al día el censo, aunque, esta vez, quedaban dispensados los varones de presentarse en sus tierras de origen, con los conocidos trastornos para la agricultura y el comercio, y algunas consecuencias laterales, como fue el caso del carpintero José y su familia. Por el método nuevo, van los agentes del censo de pueblo en pueblo, de aldea en aldea, de ciudad en ciudad, convocan en la plaza mayor o en un descampado a los hombres del lugar, cabezas de familia o no, y, bajo la protección de la guardia, van registrando, cálamo en mano, en los rollos de las finanzas, nombres, cargos y bienes colectables. Conviene decir que estos procedimientos no son vistos con buenos ojos en esta parte del mundo, y no es sólo de ahora, basta recordar lo que en la Escritura se cuenta sobre la desafortunada idea que tuvo el rey David cuando ordenó a Joab, jefe de su ejército, que hiciera el censo de Israel y Judá, palabras suyas fueron, que las dijo como sigue, Recorre las tribus todas de Israel, desde Dan hasta Bersabea, y haz el censo del pueblo, de manera que sepa yo su número, y como palabra de rey es real, calló Joab sus dudas, llamó al ejército y pusieron los pies en el camino y las manos en el trabajo. Cuando volvieron a Jerusalén habían pasado nueve meses y veinte días, pero Joab traía las cuentas del censo hechas y comprobadas, tenía Israel ochocientos mil hombres de guerra que manejaban la espada y en Judá, quinientos mil. Es sabido, sin embargo, que a Dios no le gusta que nadie cuente en su lugar, en especial a este pueblo que, siendo suyo por elección suya, no podrá tener nunca otro señor ni dueño, mucho menos Roma, regida, como sabemos, por falsos dioses y por falsos hombres, en primer lugar porque tales dioses de hecho no existen y en segundo lugar porque, teniendo, pese a todo, alguna existencia, en cuanto blanco de un culto sin efectivo objeto, es la propia vanidad del culto lo que demostrará la falsedad de los hombres. Dejemos, no obstante, a Roma, por ahora, y volvamos al rey David, a quien, en el preciso instante en que el jefe del ejército hizo lectura del parte, le dio el corazón un respingo, tarde fue, que ya no le servía de nada el remordimiento y haber dicho, Cometí un gran pecado al hacer esto, pero perdona, Señor, la culpa de tu siervo, porque procedí neciamente, ocurrió que un profeta llamado Gad, que era vidente del rey y, por así decir, su intermediario para llegar al Altísimo, se le apareció a la mañana siguiente, al levantarse de la cama, y dijo, El Señor manda preguntar qué es lo que prefieres, tres años de hambre sobre la tierra, tres meses de derrotas ante los enemigos que te persiguen o tres días de peste en toda la tierra. David no preguntó cuánta gente iba a morir caso por caso, calculó que en tres días, hasta de peste, siempre morirán menos personas que en tres meses de guerra o en tres años de hambre, Hágase tu voluntad, Señor, venga la peste, dijo. Y Dios dio orden a la peste y murieron setenta mil hombres del pueblo, sin contar mujeres y niños que, como de costumbre, no fueron registrados. Cuando acababa la cosa, el Señor se mostró de acuerdo en retirar la peste a cambio de un altar, pero los muertos estaban muertos, o porque Dios no pensó en ellos, o porque era inconveniente su resurrección, si, como es de suponer, muchas herencias ya se estaban discutiendo y muchas partijas debatidas, que no por el hecho de que un pueblo pertenezca a Dios va uno a renunciar a los bienes del mundo, legítimos bienes, además, ganados con el sudor del trabajo o de las batallas, qué más da, lo que cuenta, en definitiva, es el resultado.

Pero lo que debe también entrar en cuentas, para afinar los juicios que siempre tendremos que elaborar sobre las acciones humanas y divinas, es que Dios, que con prontitud expedita y mano pesada cobró el yerro de David, parece ahora que asiste ajeno a esta vejación ejercida por Roma sobre sus hijos más dilectos y, suprema perplejidad, se muestra indiferente al desacato cometido contra su nombre y poder. Ahora bien, cuando tal sucede, es decir, cuando resulta patente que Dios no viene ni da señal de venir pronto, el hombre no tiene más remedio que hacer sus veces y salir de casa para ir a poner orden en el mundo ofendido, la casa que es de él y el mundo que a Dios pertenece. Andaban, pues, por ahí los agentes del censo, como queda dicho, paseando la insolencia propia de quien todo lo manda y, además, con la espalda cubierta por la compañía de soldados, expresiva, aunque equívoca metáfora, que sólo quiere decir que los soldados los protegerían de insultos y sevicias, cuando empezó a crecer la protesta en Galilea y en Judea, primero sofocada, como quien quiere sólo experimentar sus propias fuerzas, valorarlas, sopesarlas y luego, muy pronto, en manifestaciones individuales desesperadas, un artesano que se acerca a la mesa del agente y dice, en alta voz, que ni el nombre le van a arrancar, un comerciante que se encierra en su tienda con la familia y amenaza con romper todos los vasos y rasgar todos los paños, un agricultor que quema la cosecha y trae un cesto de cenizas, diciendo, Ésta es la moneda con que Israel paga a quien le ofende. Todos eran detenidos inmediatamente, metidos en las cárceles, apaleados y humillados, pero como la resistencia humana tiene límites breves, pues así de débiles nos hicieron, todo nervios y fragilidad, pronto se desmoronaba tanta valentía, el artesano revelaba sin vergüenza sus secretos más íntimos, el comerciante proponía una hija o dos como adicional impuesto, el agricultor se cubría a sí mismo de cenizas y se ofrecía como esclavo. Estaban también los que no cedían, pocos, y por eso morían, y otros que habiendo aprendido la mejor lección, la de que el ocupante bueno es justamente, y también, el ocupante muerto, tomaron las armas y se echaron al monte. Decimos armas, y ellas eran piedras, hondas, palos, garrotes y cachiporras, algunos arcos y flechas, lo suficiente para iniciar una intifada y, más adelante, unas cuantas espadas y lanzas cogidas en rápidas escaramuzas, pero que, llegada la hora, de poco iban a servir, tan habituados andaban, desde David, a la impedimenta rústica, de benévolos pastores y no de guerreros convictos. Pero un hombre, sea judío o no, se habitúa a la guerra como difícilmente es capaz de habituarse a la paz, sobre todo si encuentra un jefe y, más importante que creer en él, cree en aquello en lo que él cree. Este jefe, el jefe de la revuelta contra losromanos, iniciada cuando el primogénito de José andaba ya por los once años, tenía por nombre Judas y había nacido en Galilea, de ahí que le llamaran, según costumbre de aquel tiempo, Judas Galilea, o Judas de Galilea. Realmente, no debemos asombrarnos de identificaciones tan primitivas, muy comunes por otra parte, es fácil encontrar, por ejemplo, un José de Arimatea, un Simón de Cirene, o Cireneo, una María Magdalena, o de Magdala, y, si el hijo de José vive y prospera, no hay duda de que acabarán llamándole simplemente Jesús de Nazaret, Jesús Nazareno, o incluso, más simplemente, pues nunca se sabe hasta dónde puede llegar la identificación de una persona con el lugar donde nació, o, en este caso, donde se hizo hombre o mujer, Nazareno. Pero esto son elucubraciones, el destino, cuántas veces habrá que decirlo, es un cofre como otro no hay, que al mismo tiempo está abierto y cerrado, miramos dentro y podemos ver lo acontencido, la vida pasada, convertida en destino cumplido, pero de lo que está por ocurrir, sólo alcanzamos unos presentimientos, unas intuiciones, como en el caso de este evangelio, que no estaría siendo escrito de no ser por aquellos avisos extraordinarios, indicadores, tal vez, de un destino mayor que la vida simple. Volviendo al hilo de la madeja, la rebelión, como íbamos diciendo, estaba en la masa de la sangre de la familia de Judas Galileo, pues ya su padre, el viejo Ezequías, anduvo en guerras, con tropa propia, cuando las revueltas populares que estallaron tras la muerte de Herodes contra sus presuntos herederos, antes de que Roma confirmara la legitimidad de las partijas del reino y la autoridad de los nuevos tetrarcas. Son cosas que no se saben explicar, como, siendo las personas hechas de las mismas humanísimas materias, esta carne, estos huesos, esta sangre, esta piel y esta risa, este sudor y esta lágrima, vemos que salen cobardes unos y otros sin miedo, unos de guerra y otros de paz, por ejemplo, lo mismo que sirvió para hacer un José sirvió para hacer un Judas, y mientras que éste, hijo de su padre y padre de sus hijos, siguiendo el ejemplo de uno y dando ejemplo a otros, salió de su tranquilidad para ir a defender en batalla los derechos de Dios, el carpintero José se quedó en casa, con sus nueve hijos pequeños y la madre de todos ellos, agarrado a su banco y a la necesidad de ganar el pan para hoy, que el día de mañana no se sabe a quién pertenece, hay quien dice que a Dios, es una hipótesis tan buena como la otra, la de que no pertenece a nadie, y todo esto, ayer, hoy y mañana, no son más que nombres diferentes de la ilusión.

Pero de esta aldea de Nazaret, algunos hombres, sobre todo de los más jóvenes, fueron a juntarse a las guerrillas de Judas Galileo, en general desaparecían sin avisar, volatilizándose, por así decirlo, de una hora a otra, todo quedaba en el íntimo secreto de las familias, y la regla del sigilo, tácita, era tan imperiosa que a nadie se le ocurría hacer preguntas, Dónde está Natanael, que hace días que no lo veo, si Natanael dejaba de aparecer por la sinagoga o si la fila de segadores, en el campo, se había acortado en un hombre, los demás hacían como si Natanael nunca hubiera existido, aunque no era exactamente así, algunas veces se sabía que Natanael entró en la aldea, solo en la noche oscura, y que volvió a salir con la primera luz de la madrugada, no había otro indicio de esta entrada y salida que la sonrisa de la mujer de Natanael, pero en verdad hay sonrisas que lo dicen todo, una mujer está parada, con los ojos perdidos en el vacío, el horizonte, o sólo la pared de enfrente, y de pronto empieza a sonreír, una sonrisa lenta, reflexiva, como una imagen que emerge del agua y oscila en la superficie inquieta, sólo un ciego, por no poder verla, pensaría que la mujer de Natanael durmió la otra noche sin su marido. Y el corazón humano es de tal modo extraño que algunas mujeres que se beneficiaban de la continua presencia de sus hombres, se ponían a suspirar imaginando aquellos encuentros y, alborozadas, rodeaban a la mujer de Natanael como hacen las abejas con una flor desbordante de polen. No era éste el caso de María, con aquellos nueve hijos y un marido que casi todas las noches se las pasaba gimiendo y gritando de angustia y de pavor, hasta el punto de despertar a los niños, que a su vez se ponían a llorar. Con el paso del tiempo, llegaron más o menos a habituarse, pero el mayor, porque algo, aunque todavía no un sueño, le asustaba en medio de su propio dormir, se despertaba siempre, al principio todavía preguntaba a su madre, Qué le pasa al padre, y ella respondía como quien no le da importancia, Son pesadillas, no podía decirle al hijo, Tu padre está soñando que iba con los soldados de Herodes por el camino de Belén, Qué Herodes, El padre de este que nos gobierna, Y por eso gemía y gritaba, Por eso era, No entiendo que ser soldado de un rey que ya murió traiga pesadillas, Tu padre nunca fue soldado de Herodes, su oficio fue siempre el de carpintero, Entonces por qué sueña eso, Uno no puede elegir los sueños que tiene, Son los sueños los que eligen a las personas, Nunca se lo he oído decir a nadie, pero así debe de ser, Y por qué esos gritos, madre, por qué esos gemidos, Es que tu padre sueña todas las noches que va a matarte. Claro está que María no podía llegar a tales extremos, revelar la causa de la pesadilla de su marido, precisamente a quien tenía en esa pesadilla, como Isaac, hijo de Abraham, el papel de víctima nunca consumada, pero condenada inexorablemente. Un día, Jesús, en una ocasión en que estaba ayudando a su padre a ajustar una puerta, se vio con ánimos suficientes y le hizo la pregunta, y él, tras un silencio demorado, sin levantar los ojos, dijo sólo esto, Hijo mío, ya conoces tus deberes y obligaciones, cúmplelos todos y encontrarás justificación ante Dios, pero cuida también de buscar en tu alma qué deberes y qué obligaciones tendrás además que no te hayan sido enseñados, Ése es tu sueño, padre, No, es sólo su motivo, haber olvidado un día un deber, o todavía peor, Peor, cómo, No pensé, Y el sueño, El sueño es el pensamiento que no fue pensado cuando debía y ahora lo tengo conmigo todas las noches, no puedo olvidarlo, Y qué era lo que debías haber pensado, Ni tú puedes hacerme todas las preguntas, ni yo puedo darte todas las respuestas. Estaban trabajando en el patio, en una sombra, porque el tiempo era de verano y el sol quemaba. Allí cerca jugaban los hermanos de Jesús, excepto el más pequeño, que estaba dentro de casa, mamando en brazos de su madre. Tiago también estuvo ayudando, pero se cansó, o se aburrió, nada extraño, en edades como ésta un año es mucho, y a Jesús ya poco le faltaba para entrar en la madurez del pensamiento religioso, había terminado su instrucción elemental, ahora, aparte de proseguir el estudio de la Tora o ley escrita, se inicia en la ley oral, mucho más ardua y compleja. Así se entenderá mejor que, tan joven, pueda haber mantenido con su padre esta seria conversación, usando con propiedad las palabras y argumentando con ponderación y lógica. Jesús está a punto de cumplir doce años, dentro de poco será ya un hombre y entonces quizá pueda volver al asunto que ahora han dejado en suspenso, si es que José está dispuesto a reconocerse culpable ante su propio hijo, aunque tampoco lo hizo Abraham con su hijo Isaac, aquel día todo fue reconocer y alabar el poder del Señor. Pero bien verdad es que la recta escritura de Dios en poco coincide con las líneas torcidas de los hombres, véase el dicho caso de Abraham, a quien se le apareció un ángel diciendo, en el último momento, No levantes la mano sobre el niño, y véase el caso de José, que poniendo Dios, en lugar del ángel, a un cabo y tres soldados habladores en medio del camino, no aprovechó el tiempo que tenía para salvar de la muerte a los niños de Belén. Pese a todo, si los buenos comienzos de Jesús no se pierden con la mudanza de la edad, quizá acabe sabiendo por qué salvó Dios a Isaac y no hizo nada para salvar a los tristes infantes que, inocentes de pecado como el hijo de Abraham, no encontraron piedad ante el trono del Señor. Y siendo así, Jesús podría decirle a su progenitor, Padre, no tienes por qué cargar con toda la culpa, y en el secreto de su corazón quizá se atreva a preguntar, Cuándo llegará, Señor, el día en que vengas a nosotros para reconocer tus errores ante los hombres.

Mientras de puertas adentro, las de la casa y las del alma, el carpintero José y su hijo Jesús debatían, entre lo que decían y lo que callaban, estas altas cuestiones, seguía la guerra contra los romanos. Ya duraba más de dos años y a veces llegaban hasta Nazaret fúnebres noticias, ha muerto Efraín, ha muerto Abiezer, ha muerto Neftalí, ha muerto Eleazar, pero no se sabía con seguridad dónde estaban sus cuerpos, entre dos rocas de la montaña, en el fondo de un desfiladero, arrastrados por la corriente de un río, o enterrados a la sombra inútil de un árbol. Bien pueden los que se quedaron en Nazaret lavarse las manos y decir, aunque no puedan celebrar el funeral de los que murieron, Nuestras manos no derramaron esta sangre y nuestros ojos no la vieron. Pero también llegaban noticias de grandes victorias, los romanos expulsados de la ciudad de Séforis, allí cerca, apenas a dos horas de Nazaret, andando, extensas partes de Judea y de Galilea donde el ejército enemigo no se atrevía a entrar, y en la misma aldea de José llevan más de un año sin ver un soldado de Roma. Quién sabe, incluso, si no será ésta la causa de que el vecino del carpintero, el curioso y servicial Ananías, de quien no hemos vuelto a hablar, haya entrado uno de estos días en el patio, con aire misterioso, diciendo, Ven conmigo fuera, y con buen motivo lo pide, que en las casas de este pueblo, por ser tan pequeñas, no es posible la privacidad, donde está uno están todos, por la noche cuando duermen, de día sea cual sea la circunstancia y la ocasión, es una ventaja para el Señor Dios, que así con más facilidad podrá reconocer a los que son suyos en el Juicio Final. No le extrañó a José la petición, ni siquiera cuando Ananías añadió sigiloso, Vamos al desierto, pero nosotros sabemos ya que el desierto no es sólo aquello que nuestra mente se acostumbró a mostrarnos cuando leemos u oímos la palabra, una extensión enorme de arena, un mar de dunas ardientes, desiertos, tal como aquí los entienden, los hay hasta en la verde Galilea, son campos sin cultivo, los lugares donde no habitan hombres ni se ven señales asiduas de su trabajo, decir desierto es decir, Dejará de serlo cuando estemos allá. Pero, en este caso, siendo sólo dos los hombres que van caminando a través de los matojos, aún a la vista de Nazaret, en dirección a tres grandes rocas que se levantan en lo alto de la colina, está claro que no se puede hablar de poblamiento, el desierto volverá a ser desierto cuando estos dos se vayan. Se sentó Ananías en el suelo, José a su lado, tienen la diferencia de años que siempre tuvieron, desde luego, que el tiempo pasa igual para todos, pero no así sus efectos, por eso Ananías, que tampoco estaba muy mal para su edad cuando lo conocimos, hoy parece un viejo, y eso a pesar de que tampoco el tiempo ha ahorrado señales en José. Ananías parece vacilar, el aire decidido con que entró en casa del carpintero se le fue apagando por el camino, y ahora va a ser preciso que José lo anime con una pequeña frase que no deberá parecer una pregunta, por ejemplo, Qué lejos estamos, es una buena apertura para que Ananías diga, No era asunto para ser tratado en tu casa o en la mía. A partir de aquí, la conversación podrá seguir sus caminos normales, por extraño que sea el motivo que los trajo a este lugar retirado, como ahora se verá. Dijo Ananías, Un día me pediste que mirara por tu casa durante tu ausencia y así lo hice, Y te quedé agradecido para siempre por ese favor, dijo José, y Ananías continuó, Ahora, ha llegado la ocasión de pedirte que mires tú por mi casa mientras dure mi ausencia, Te vas con tu mujer, No, voy solo, Pero, si ella se queda, Chua se irá a casa de unos parientes pescadores, Quieres decirme que has entregado a tu mujer la carta de divorcio, No me he divorciado de ella, si no lo hice cuando me enteré de que no podía darme hijos, tampoco lo iba a hacer ahora, lo que pasa es que tengo que estar durante un tiempo lejos de casa, y lo mejor para Chua es que se quede con los suyos, Vas a estar fuera mucho tiempo, No lo sé, depende de lo que dure la guerra, Qué tiene que ver la guerra con tu ausencia, dijo José, sorprendido, Voy en busca de Judas Galileo, Y qué es lo que quieres de él, Le quiero preguntar si me acepta en su ejército, Pero tú, Ananías, que fuiste siempre un hombre de paz, vas ahora a meterte en guerras con los romanos, recuerda lo que le ocurrió a Efraín y Abiezer, Y también a Neftalí y a Eliazar, Escucha entonces la voz del buen sentido, Escúchame tú, José, sea cual sea la voz que hable por mi boca, tengo hoy la edad de mi padre cuando murió, y él hizo mucho más en la vida que este hijo suyo que ni hijos puede tener, no soy sabio como tú para acabar siendo un anciano en la sinagoga, de aquí en adelante nada más tendré que hacer que esperar a la muerte todos los días, junto a una mujer a la que ya no quiero, Pues divórciate, La cuestión no está en divorciarme de ella, la cuestión estaría en divorciarme de mí, y eso no es cosa que se pueda hacer,

Y tú, qué se te ha perdido a ti en la guerra, con esas pocas fuerzas, Voy a la guerra como si pensase hacer un hijo, Nunca tal oí, Tampoco yo, pero ésa es la idea que ahora se me ha ocurrido, Cuidaré de tu casa hasta que vuelvas, Si no vuelvo, si te dicen que he muerto, prométeme que avisarás a Chua para que tome posesión de lo que le pertenece, Lo prometo, Vámonos, ahora estoy en paz, En paz cuando decides irte a la guerra, la verdad es que no lo entiendo, Ay, José, José, durante cuántos siglos tendremos aún que ir aumentando la ciencia del Talmud para poder llegar a la comprensión de las cosas más simples, Por qué me has traído para aquí, no era necesario que nos alejáramos tanto, Quería hablarte ante testigos, Bastaría el testigo absoluto que Dios es, este cielo que nos cubre por dondequiera que vayamos, Estas piedras, Las piedras son sordas y mudas, no pueden dar testimonio, Es verdad que lo son, pero mañana, si tú y yo decidiéramos mentir sobre lo que aquí ha sido dicho, nos acusarían y continuarían acusándonos hasta que se transformaran ellas en polvo y nosotros en nada, Vámonos. Durante el camino, Ananías se volvió algunas veces para mirar las piedras, por fin desaparecieron de su vista por detrás de un cerro, en ese momento José preguntó, Lo sabe ya Chua, Sí, se lo dije, Y qué dijo ella, Se quedó callada, luego me dijo que más valía que la repudiase, ahora anda llorando por los rincones, Pobrecilla, Cuando esté con su familia se olvidará de mí, y si muero volverá a olvidarme, es ley de la vida, el olvido. Entraron en la aldea y cuando llegaron a casa del carpintero, que era la primera de las dos para quien venía por este lado, Jesús, que estaba jugando en la calle con Tiago y Judas, dijo que su madre estaba en casa del vecino. Mientras los dos hombres se alejaban, se oyó la voz de Judas, que decía en tono de autoridad, Yo soy Judas el Galileo, entonces Ananías se volvió para verlo y dijo a José, sonriendo, Ahí está mi capitán. No tuvo el carpintero tiempo de responder, porque otra voz sonó, la de Jesús, diciendo, Entonces, tu lugar no está aquí. José sintió una punzada en el corazón, era como si tales palabras le fueran dirigidas, como si el juego infantil fuera el instrumento de otra verdad, se acordó entonces de las tres piedras e intentó, pero sin saber por qué lo hacía, imaginar su vida como si ante ellas debiera, de ahora en adelante, pronunciar todas las palabras y hacer todos los actos, pero, en el instante siguiente, le entró en el corazón un sentimiento de puro terror porque comprendió que se había olvidado de Dios. En casa de Ananías se encontraron con María, que intentaba consolar a la llorosa Chua, pero el llanto se detuvo en cuanto los dos hombres entraron, no es que Chua hubiera dejado de llorar, la cuestión es que las mujeres aprendieron con la dura experiencia a tragarse las lágrimas, por eso decimos, tan pronto lloran como ríen, y no es verdad, en general están llorando por dentro. No para dentro, sino con todas las ansias en el alma y todas las lágrimas de los ojos lloró la mujer de Ananías el día que él partió. Una semana después vinieron a buscarla aquellos parientes suyos que vivían a orillas del mar. María la acompañó hasta la salida de la aldea y allí se despidieron. Chua, entonces, ya no lloraba, pero sus ojos nunca más volverán a estar secos, que ése es el llanto que no tiene remedio, aquel fuego continuo que quema las lágrimas antes de que ellas puedan brotar y rodar por las mejillas.

Así fueron pasando los meses, las noticias de la guerra seguían llegando, unas veces buenas, otras malas, pero mientras que las noticias buenas nunca iban más allá de unas vagas alusiones a victorias que siempre resultaban pequeñas, las malas noticias, ésas, ya empezaban a hablar de pesadas y sangrientas derrotas del ejército guerrillero de Judas el Galileo. Un día trajeron la noticia de que había muerto Baldad en una emboscada de guerrilla, con que los romanos le sorprendieron, volviéndose así el hechizo contra el hechicero, hubo muchos muertos, pero de Nazaret sólo aquél. Y otro día, alguien vino diciendo que había oído decir a alguien que había oído decir que Varo, el gobernador romano de Siria, se acercaba con dos legiones para acabar de una vez con aquella intolerable insurrección que llevaba ya en pie más de tres años. Esta misma manera vaga de anunciar, Ahí viene, por su imprecisión, difundía entre la gente un sentimiento insidioso de temor, como si en cualquier momento fuesen a aparecer en el recodo del camino, alzadas a la cabeza de la columna punitiva, las temibles insignias de la guerra y las siglas con que aquí se homologan y sellan todas las acciones, SPQR, el senado y el pueblo de Roma, en nombre de cosas tales, letras, libros y banderas, andan las personas matándose unas a otras, como será también el caso de otra conocida sigla, INRI, Jesús de Nazaret Rey de los Judíos, y sus secuelas, pero no nos anticipemos, dejemos que el tiempo preciso pase, por ahora, aunque causa una impresión de extrañeza saberlo y poder decirlo, como si de otro mundo estuviésemos hablando, que todavía no ha muerto nadie por su culpa. En todas partes se anuncian grandes batallas, prometiendo los de más robusta fe que no pasará este año sin que sean expulsados los romanos de la sagrada tierra de Israel, aunque tampoco faltan los que oyendo estas abundancias mueven tristemente la cabeza y empiezan a echar cuentas del desastre que se aproxima. Y así fue. Durante algunas semanas después de haber corrido la noticia del avance de las legiones de Varo, nada ocurrió, cosa que aprovecharon los guerrilleros para redoblar las acciones de flagelación de la dispersa tropa con que venían luchando, pero la razón estratégica de esa aparente inactividad no tardó en ser conocida, cuando los espías del Galileo informaron de que una de las legiones se dirigía hacia el sur, en maniobra envolvente, a lo largo del río Jordán, girando después a la derecha a la altura de Jericó, para, igual que una red lanzada al agua y recogida por mano sabia, reanudar el movimiento en dirección norte, como una especie de lanzadera atrapando aquí y allá, mientras la otra legión, siguiendo un método semejante, se movía hacia el sur. Podríamos llamarlo táctica de tenaza si no fuera más bien el movimiento concertado de dos paredes que se van aproximando y arrollando a aquellos que no pueden escapar, y que guardan para el momento final su mayor efecto, el aplastamiento. En los caminos, valles y cabezos de Judea y de Galilea, el avance de las legiones iba quedando marcado por las cruces donde morían, clavados de pies y manos, los combatientes de Judas, a los que, para rematarlos más rápidamente, les partían las tibias a golpes de maza. Los soldados entraban en las aldeas, revisaban casa por casa buscando sospechosos, que para llevar a estos hombres a la cruz no eran precisas más certezas de las que puede ofrecer, queriendo, la simple sospecha. Estos infelices, con perdón de la triste ironía, todavía tenían suerte, porque siendo crucificados por así decir a la puerta de sus casas, acudían inmediatamente los parientes a retirarlos apenas habían expirado, y entonces era un espectáculo lastimoso ver y oír los llantos de las madres, de las esposas y de las novias, los gritos de los pobres niños que se quedaban sin padre, mientras el pobre martirizado era bajado de la cruz con mil cautelas, pues nada hay más horripilante que la caída desamparada de un cuerpo muerto, tanto que hasta a los propios vivos parece dolerles el choque. Después, el crucificado era transportado a la tumba, donde quedaba a la espera del día de su resurrección. Pero otros había que, capturados en combate en las montañas o en otros sitios deshabitados, eran abandonados todavía vivos por los soldados y, ahora sí, en el más absoluto de los desiertos, el de la muerte solitaria, allí se quedaban, cocidos lentamente por el sol, expuestos a las aves carroñeras, y, pasado el tiempo, se les desgarraban las carnes y los huesos, reducidos a un mísero despojo sin forma que la propia alma rechazaba. Gentes curiosas, si no escépticas, ya en otras ocasiones convocadas a contrariar el sentimiento de resignación con que en general son recibidas las informaciones constantes de evangelios como éste, celebrarían saber cómo era posible que los romanos crucificaran a tantos judíos, sobre todo en las extensas áreas desarboladas y desérticas que por aquí abundan, donde, a lo sumo, se encuentran unos matorrales ralos y raquíticos que, decididamente, no aguantarían ni la crucifixión de un espíritu. Olvidan estas personas que el ejército romano es un ejército moderno, para el que logística e intendencia no son palabras vanas, el abastecimiento de cruces, a lo largo de toda la campaña, lo tuvieron ampliamente asegurado, véase la larguísima recua de burros y mulas que sigue a la cola de la legión, transportando las piezas sueltas, la crux y el patibulum, el palo vertical y la viga traviesa, que, llegando al sitio conveniente, es sólo clavar los dos brazos abiertos del condenado a la traviesa, izarlo a lo alto del palo clavado en el suelo, y luego, habiéndole obligado primero a doblar las piernas hacia un lado, fijar, con un único clavo de a palmo, a la cruz, los dos calcáneos sobrepuestos. Cualquier verdugo de la legión dirá que este trabajo, aparentemente complejo, es en definitiva más difícil de explicar que de ejecutar.

Es hora de desastres, tenían razón los pesimistas. Del norte al sur y del sur al norte, hay gente aterrorizada que huye de las legiones, unos porque sobre ellos podrían recaer sospechas de haber ayudado a los guerrilleros, otros movidos por el puro miedo, ya que, como sabemos, no es preciso tener culpa para ser culpable. Uno de estos fugitivos, deteniendo unos instantes la retirada, viene a llamar a la puerta del carpintero José para decirle que su vecino Ananías se hallaba en Séforis, cosido a lanzazos, y que, éste era el recado, La guerra está perdida, y yo no me libro, ya puedes mandar aviso a mi mujer para que venga a recoger lo que le pertenece, Nada más, preguntó José, Otra palabra no dijo, respondió el mensajero, Y tú, por qué no lo has traído contigo, si tenías que pasar por aquí, En el estado en que está, me retrasaría la marcha y yo también tengo familia, a la que debo proteger en primer lugar, En primer lugar, sí, pero no sólo, Qué quieres decir, te veo aquí rodeado de hijos, si no escapas con ellos es porque no estás en peligro, No te entretengas, vete y que el Señor te acompañe, el peligro está donde no esté el Señor, Hombre sin fe, el Señor está en todas partes, Sí, pero a veces no nos mira, y tú no hables de fe, que a ella faltaste al abandonar a mi vecino, Por qué no vas tú a buscarlo, entonces, Iré. Ocurría esto por la tarde, el día era claro, de sol, por el cielo, como barcas que no precisasen gobierno, bogaban unas nubes muy blancas, dispersas. José enjaezó el burro, llamó a la mujer y le dijo, sin más explicaciones, Voy a Séforis, a buscar al vecino Ananías, que no puede andar por su pie. María sólo hizo un gesto de asentimiento con la cabeza, pero Jesús se acercó a su padre, Puedo ir contigo, preguntó. José miró a su hijo, le puso la mano derecha en la cabeza y dijo, Quédate en casa, no tardaré, yendo un poco rápido tal vez llegue incluso con luz del día, y bien pudiera ser, pues, como sabemos, la distancia de Nazaret a Séforis no va más allá de ocho kilómetros, lo mismo que de Jerusalén a Belén, en verdad, digámoslo una vez más, el mundo está lleno de coincidencias. José no montó en el burro, quería que el animal estuviese fresco para la vuelta, recio de patas y firme de manos, suave de lomo, como conviene a quien tendrá que transportar un enfermo, o, mejor dicho, un herido de guerra, que es patología diferente. Al pasar junto a la falda de la colina donde, hace casi un año, Ananías le comunicó su decisión de unirse a los rebeldes de Judas de Galilea, el carpintero alzó los ojos hacia las tres grandes piedras que, desde arriba, juntas como gajos de un fruto, parecían estar esperando a que del cielo o de la tierra les llegase respuesta a las preguntas que hacen todos los seres y cosas, sólo por el hecho de existir, aunque no las pronuncien, Por qué estoy aquí, Qué razón conocida o ignorada me explica, Cómo será el mundo en que yo ya no esté, siendo éste lo que es. A Ananías, si lo preguntase, le podríamos responder que las piedras, al menos, continúan como antes, si el viento, la lluvia y el calor las desgastaron, apenas fue nada, y que pasados veinte siglos probablemente aún estarán allí, y otros veinte siglos después de esos veinte, el mundo se habrá ido transformando a su alrededor, pero para esas dos preguntas primeras sigue sin haber respuesta. Por el camino venían grupos de gente huida, con el mismo aire de miedo que tenía el mensajero de Ananías, miraban a José con sorpresa, uno de los hombres lo retuvo por un brazo y dijo, Adónde vas, y el carpintero respondió, A Séforis, a buscar a un amigo, Si eres amigo de ti mismo, no vayas, Por qué, Los romanos están acercándose, la ciudad no tiene salvación, Tengo que ir, mi vecino es mi hermano, no hay nadie que lo recoja, Pues piénsalo bien, y el prudente consejero siguió su rumbo, dejando a José parado en medio del camino, a vueltas con sus pensamientos, si de hecho sería amigo de sí mismo o si, habiendo razones para que así fuera, se detestaba o despreciaba y, tras pensarlo un poco, concluyó que ni una cosa ni la otra, se miraba a sí mismo con un sentimiento de indiferencia, como se mira el vacío, en el vacío no hay cerca ni lejos donde posar los ojos, verdaderamente no es posible fijar una ausencia. Después pensó que su obligación de padre era volver atrás, al fin y al cabo, tenía que proteger a sus propios hijos, por qué iba a buscar a alguien que sólo era un vecino, ahora ni eso, pues había dejado la casa y enviado a la mujer a otras tierras. Pero los hijos estaban seguros, los romanos no les harían mal, lo que ellos buscaban eran rebeldes. Cuando el hilo del pensamiento lo llevó a esta conclusión, José se encontró diciéndose en voz alta, como si respondiese a una preocupación escondida, Y yo tampoco soy rebelde. Acto continuo dio una palmada en el lomo del animal, exclamó, Arre, burro, y continuó su camino.

Cuando entró en Séforis, caía la tarde. Las anchas sombras de las casas y de los árboles, extendidas primero en el suelo y aún reconocibles, se iban perdiendo poco a poco, como si hubieran llegado al horizonte y desaparecieran allí, igual que el agua oscura cayendo en cascada. Había poca gente en las calles de la ciudad, ninguna mujer, ningún niño, sólo hombres cansados que posaban las frágiles armas y se dejaban caer, jadeantes, no se sabía si por el combate del que venían o por haber huido de él. A uno de esos hombres le preguntó José, Están cerca los romanos. El hombre cerró los ojos, luego lentamente los abrió y dijo, Mañana estarán aquí, y desviando la mirada, Vete, agarra el burro y vete, He venido a buscar a un amigo que fue herido, Si tus amigos son todos los que se encuentran heridos, entonces eres el hombre más rico del mundo, Dónde están, Por ahí, en todas partes, aquí mismo, Pero hay algún lugar en la ciudad, Lo hay, sí, detrás de esas casas, un almacén, ahí hay muchos heridos, quizá encuentres a tu amigo, pero rápido, que ya son más los que son arrojados a la fosa que los que quedan vivos. José conocía la ciudad, estuvo aquí no pocas veces, tanto por razones de oficio, cuando trabajó en obras de considerable amplitud, muy comunes en la rica y próspera Séforis, como en ciertas fiestas religiosas menos importantes, que verdaderamente no tendría sentido andar siempre el camino de Jerusalén, con lo lejos que está y lo que cuesta llegar. Descubrir el almacén fue fácil, bastaba con seguir un olor a sangre y cuerpos sufridores que flotaba en el aire, podía uno imaginar que era hasta un juego como ese de Caliente, caliente, Frío, frío, conforme se acercara o se apartase el buscador, Duele, No duele, pero los dolores eran ya insoportables. José ató el burro a una argolla y entró en la cámara tenebrosa en que transformaron el almacén. En el suelo, entre las esteras, había unas lamparillas encendidas que apenas iluminaban nada, eran como pequeñas estrellas en el cielo negro, sin más luz que la suficiente para señalar su lugar, si de tan lejos las vemos. José recorrió lentamente las filas de hombres tumbados, en busca de Ananías, en el aire había otros hedores fuertes, el del aceite y el del vino con que curaban las heridas, el de sudor, el de las heces y los orines, que algunos de estos desgraciados ni moverse podían, y allí mismo donde estaban dejaban salir lo que el cuerpo, más fuerte que la voluntad, ya no quería guardar.

No está aquí, se dijo José cuando llegó al final de la fila. Volvió a recorrer la sala en sentido contrario, más lentamente, escrutando, buscando señales de semejanza, y realmente todos se parecían entre sí, las barbas, los rostros hundidos, las órbitas profundas, el brillo deslucido y pegajoso del sudor. Algunos de los heridos lo seguían con una mirada ansiosa, hubieran querido creer que este hombre sano venía a por ellos, pero luego se apagaba la breve lucecilla que animara sus ojos y la espera, de quién, para qué, continuaba. Ante un hombre de edad avanzada, de barba y cabellos blancos, se detuvo José, Es él, dijo, y sin embargo, no estaba así cuando lo vio por última vez, canas, sí, tenía muchas, pero no esta especie de nieve sucia, entre la que las cejas, como tizones, conservaban el negro de antes. El hombre tenía los ojos cerrados y respiraba pesadamente. En voz baja, José llamó, Ananías, después más alto y más cerca, Ananías, y, poco a poco, como si se alzase ya de las profundidades de la tierra, el hombre levantó los párpados, y cuando los abrió del todo se vio que era el mismo Ananías, el vecino que dejó casa y mujer para luchar contra los romanos, y ahora aquí está, con heridas abiertas en el vientre y un olor de carne que empieza a pudrirse. Ananías, primero, no reconoció a José, la luz de la enfermería no ayuda, la de sus ojos menos aún, pero sabe definitivamente que es él cuando el carpintero repite, ahora con un tono diferente, casi de amor, Ananías, los ojos del viejo se inundan de lágrimas, dice una vez, dice dos veces, Eres tú, eres tú, qué haces aquí, y quiere levantarse sobre un codo, tender el brazo, pero le fallan las fuerzas, cae el cuerpo, toda la cara se le contrae de dolor. He venido a buscarte, dijo el carpintero, tengo el burro ahí fuera, estaremos en Nazaret en un abrir y cerrar de ojos, No tendrías que haber venido, los romanos no tardarán y yo no puedo salir de aquí, ésta es mi última cama de vivo, y con manos trémulas abrió la túnica desgarrada. Bajo unos paños empapados en vino y en aceite se percibían los feroces labios de dos heridas largas y profundas, en el mismo instante un olor dulzón y nauseabundo de podredumbre hizo que se estremecieran las narices de José, que desvió los ojos. El viejo se tapó, dejó caer los brazos al lado como si el esfuerzo lo hubiera agotado, Ya ves, no me puedes llevar, se me saldrían las tripas de la barriga si me levantaras, Con una faja alrededor del cuerpo y yendo despacio, insistió José, pero ya sin ninguna convicción, era evidente que el viejo, suponiendo que fuera capaz de subir al burro, se quedaría por el camino. Ananías cerró otra vez los ojos y sin abrirlos dijo, Vete, José, vete a tu casa, los romanos no van a tardar, Los romanos no atacarán de noche, descansa, Vete a tu casa, vete a tu casa, suspiró Ananías, y José dijo, Duerme.

Durante toda la noche veló José. Alguna vez, con el espíritu fluctuando en las primeras nieblas de un sueño al que temía y que por esta misma razón resistía ahora, José se preguntó por qué había venido a este lugar, si nunca hubo entre él y el vecino verdadera amistad, por la diferencia de edades, en primer lugar, aunque también por una cierta manera de ser de Ananías y de su mujer, curiosos, fisgones, por un lado serviciales, pero siempre dando la impresión de que todo lo habían hecho a la espera de una compensación cuyo valor sólo a ellos convenía fijar. Es mi vecino, pensó José, y no encontraba mejor respuesta para sus dudas, es mi prójimo, un hombre que se está muriendo, cerró los ojos, no es que no quiera verme, lo que no quiere es perder ningún movimiento de la muerte que se acerca, y yo no puedo dejarlo solo. Estaba sentado en el estrecho espacio entre la estera donde yacía Ananías y otra que ocupaba un muchacho, poco mayor que su hijo Jesús, el pobre muchacho gemía en voz baja, murmuraba palabras incomprensibles, la fiebre le reventó los labios. José le sostuvo la mano para calmarlo, en el mismo momento en que también la mano de Ananías, tanteando a ciegas, parecía buscar algo, un arma para defenderse, otra mano para estrecharla, y fue así como se quedaron los tres, un vivo entre dos moribundos, una vida entre dos muertes, mientras el tranquilo cielo nocturno iba haciendo girar las estrellas y los planetas hacia delante, trayendo del otro lado del mundo una luna blanca, refulgente, que flotaba en el espacio y cubría de inocencia toda la tierra de Galilea. Muy tarde, José salió del torpor en que, sin querer, cayera, despertó con una sensación de alivio porque esta vez no había soñado con el camino de Belén, abrió los ojos y vio, Ananías estaba muerto, con los ojos abiertos también, en el último instante no soportó la visión de la muerte, le apretaba la mano con tanta fuerza que le comprimía los huesos, entonces, para liberarse de aquella angustiosa sensación, soltó la mano que sostenía la del muchacho y, aún en un estado de media conciencia, se dio cuenta de que la fiebre le había bajado, José miró hacia fuera, a la puerta abierta, ya se había puesto la luna, ahora la luz era la de la madrugada, imprecisa y pardusca. En el almacén se movían vagas siluetas, eran los heridos que podían levantarse, iban a contemplar el primer anuncio del día, podrían preguntarse unos a otros o directamente al cielo, Qué verá este sol que va a nacer, alguna vez aprenderemos a no hacer preguntas inútiles, pero mientras llega ese tiempo aprovechemos para preguntarnos, Qué verá este sol que va a nacer. José pensó, Tengo que irme, aquí ya no puedo hacer nada, había también en sus palabras un tono interrogativo, tanto así que prosiguió, Puedo llevarlo a Nazaret, y el recuerdo le pareció tan obvio que creyó que para eso mismo había venido a la ciudad, para encontrar a Ananías vivo y llevárselo muerto. El muchacho pidió agua. José le acercó un cantarillo a la boca, Cómo te encuentras, preguntó, Menos mal, Al menos, parece que te ha bajado la fiebre, Voy a ver si consigo levantarme, dijo el muchacho, Ten cuidado, y José lo retuvo, se le había ocurrido de pronto otra idea, a Ananías no podía hacerle más que el entierro en Nazaret, pero a este muchacho, de dondequiera que fuese, podría salvarle la vida, sacarlo de aquel depósito de cadáveres, un vecino, por así decir, ocupaba el lugar de otro vecino. Ya no sentía pena por Ananías, sólo un cuerpo vacío, el alma cada vez que lo miraba estaba más distante. El muchacho parecía darse cuenta de que algo bueno le podría ocurrir, le brillaron los ojos, pero no llegó a hacer ninguna pregunta, porque José ya había salido, iba a buscar el burro, llevarlo hasta la puerta, bendito sea el Señor que sabe poner en las cabezas de los hombres tan excelentes ideas. El burro no estaba allí. De su presencia no quedaba más que el cabo de una cuerda atada a la argolla, el ladrón no perdió tiempo desatando el nudo, un cuchillo afilado hizo más rápidamente el trabajo.

Las fuerzas de José cedieron de golpe ante el desastre. Como un ternero fulminado, de aquellos que vio sacrificar en el Templo, cayó de rodillas y, con las manos contra el rostro, se le soltaron de una vez todas las lágrimas que desde hacía trece años venía acumulando, a la espera del día en que pudiera perdonarse a sí mismo o tuviera que enfrentarse con su definitiva condena. Dios no perdona los pecados que manda cometer. José no regresó al almacén, había comprendido que el sentido de sus acciones estaba perdido para siempre, ni el mundo, el propio mundo, tenía ya sentido, el sol iba naciendo y para qué, Señor, en el cielo había mil pequeñas nubes, dispersas en todas las direcciones como las piedras del desierto. Viéndolo allí, secándose las lágrimas con la manga de la túnica, cualquiera pensaría que se le había muerto un pariente entre los heridos recogidos en el almacén, y lo cierto es que José estaba llorando sus últimas lágrimas naturales, las del dolor de la vida. Cuando, tras vagar por la ciudad durante más de una hora, aún con una última esperanza de encontrar el animal robado, se disponía a regresar a Nazaret, lo detuvieron los soldados romanos que habían rodeado Séforis. Le preguntaron quién era, Soy José, hijo de Helí, de dónde venía, De Nazaret, para dónde iba, Para Nazaret, qué hacía en Séforis, Alguien me dijo que un vecino mío estaba aquí, quién era ese vecino, Ananías, si lo había encontrado, Sí, dónde lo había encontrado, En un almacén, con otros, otros qué, Heridos, en qué parte de la ciudad, Por ahí. Lo llevaron a una plaza grande donde había ya unos cuantos hombres, doce, quince, sentados en el suelo, algunos de ellos con heridas visibles, y le dijeron, Siéntate con ésos. José, dándose cuenta de que los hombres que estaban allí eran rebeldes, protestó, Soy carpintero y hombre de paz, y uno de los que estaban sentados dijo, No conocemos a este hombre, pero el sargento que mandaba la guardia de los prisioneros, no quiso saber nada, de un empujón hizo caer a José en medio de los otros, De aquí sólo saldrás para morir. En el primer momento, el doble choque, el de la caída y el de la sentencia, dejó a José sin pensamientos. Después, cuando se recuperó, notó dentro de sí una gran tranquilidad, como si todo aquello fuese una pesadilla de la que iba a despertar y por tanto no valía la pena atormentarse con las amenazas, pues se disiparían en cuanto abriera los ojos. Entonces recordó que cuando soñaba con el camino de Belén también tenía la seguridad de despertarse y, sin embargo, empezó a temblar, se había hecho al fin clara la brutal evidencia de su destino, Voy a morir, y voy a morir inocente. Notó que una mano se posaba en su hombro, era el vecino, Cuando venga el comandante de la cohorte, le diremos que nada tienes que ver con nosotros y él te soltará en paz, Y vosotros, Los romanos nos crucifican a todos cuando nos detienen, seguro que esta vez no va a ser diferente, Dios os salvará, Dios salva las almas, no los cuerpos. Trajeron más hombres, dos, tres, luego un grupo numeroso, unos veinte. En torno de la plaza se habían reunido algunos habitantes de Séforis, mujeres y niños mezclados con varones, se les oía el murmullo inquieto, pero de allí no podían salir mientras no lo autorizasen los romanos, ya tenían suerte de no ser sospechosos de colaborar con los rebeldes. Al cabo de algún tiempo, trajeron a otro hombre, los soldados que lo traían dijeron, No hay más por ahora, y el sargento gritó, En pie, todos. Creyeron los presos que se aproximaba el comandante de la cohorte, y el vecino de José le dijo, Prepárate, y quería decir, Prepárate para quedar libre, como si para la libertad fuera necesaria preparación, pero si alguien venía no era el comandante de la cohorte, ni llego a saberse quién era, pues el sargento, sin pausa, dio en latín una orden a los soldados, nos faltaba decir que todo cuanto hasta ahora han dicho los romanos lo decían en latín, que no se rebajan los hijos de la Loba a aprender lenguas bárbaras, para eso están los intérpretes, pero, en este caso, siendo la conversación de los militares unos con otros, no se necesitaba traducción, rápidamente los soldados rodearon a los prisioneros, De frente, y el cortejo, delante los condenados, seguidos por la población, se encaminó hacia fuera de la ciudad. Al verse conducido así, sin tener a quien pedir merced, José alzó los brazos y dio un grito, Salvadme, que yo no soy de éstos, salvadme, que soy inocente, pero vino un soldado y con el extremo de la lanza le dio un varazo que casi lo dejó tendido. Estaba perdido. Desesperado, odió a Ananías, por cuya culpa iba a morir, pero este mismo sentimiento, después de haberlo quemado por dentro, desapareció como vino, dejando su ser como un desierto, ahora era como si pensase, No hay salida, se equivoca, la hay y falta poco para llegar. Aunque cueste creerlo, la certeza de la muerte próxima lo calmó. Miró a su alrededor a los compañeros de martirio, caminaban serenos, algunos, sí, hundidos, pero los otros con la cabeza alta. Eran, la mayoría, fariseos. Entonces, por primera vez, recordó José a sus hijos, también tuvo un pensamiento fugaz para su mujer, pero eran tantos aquellos rostros y nombres que su desvanecida cabeza, sin dormir, sin comer, los fue dejando por el camino uno tras otro, hasta que no le quedó más que Jesús, su hijo primogénito, el primero en nacer, su último castigo. Recordó la conversación sobre el sueño, de cómo le dijo, Ni tú puedes hacerme todas las preguntas, ni yo puedo darte todas las respuestas, ahora llegaba el final del tiempo de responder y preguntar.

Fuera de la ciudad, en una pequeña loma que la dominaba, estaban clavados verticalmente, en filas de ocho, cuarenta grandes palos, suficientemente gruesos como para aguantar a un hombre. Bajo cada uno de ellos, en el suelo, una traviesa larga, lo bastante para recibir a un hombre con los brazos abiertos. A la vista de los instrumentos de suplicio, algunos de los condenados intentaron escaparse, pero los soldados sabían su oficio, espada en mano les cortaron el paso, uno de los rebeldes intentó clavarse en la espada, pero sin resultado, que luego fue arrastrado a la primera cruz. Comenzó entonces el minucioso trabajo de clavar a los condenados cada uno en su travesero, e izarlos a la gran estaca vertical. Se oían por todo el campo gritos y gemidos, la gente de Séforis lloraba ante el triste espectáculo al que, para escarmiento, la obligaban a asistir. Poco a poco se fueron formando las cruces, cada una con su hombre colgado, con las piernas encogidas, como fue dicho ya, nos preguntamos por qué, tal vez por una orden de Roma con vistas a racionalizar el trabajo y economizar material, cualquiera puede observar, hasta sin experiencia de crucifixiones, que la cruz, siendo para hombre completo, no reducido, tendría que ser alta, luego mayor gasto de madera, mayor peso que transportar, mayores dificultades de manejo, añadiéndose además la circunstancia, provechosa para los condenados, de que, quedándoles los pies al ras del suelo, fácilmente podían ser desenclavados, sin necesidad de escaleras de mano, pasando directamente, por así decirlo, de los brazos de la cruz a los de la familia, si la tenían, o de los enterradores de oficio, que no los dejarían allí abandonados. José fue el último en ser crucificado, le tocó así, y tuvo que asistir, uno tras otro, al tormento de sus treinta y nueve desconocidos compañeros y, cuando le llegó la vez, abandonada ya toda esperanza, no tuvo fuerza ni para repetir sus protestas de inocencia, quizá perdió la oportunidad de salvarse cuando el soldado que manejaba el martillo le dijo al sargento, Éste es el que decía que era inocente, el sargento dudó un momento, exactamente el instante en que José podría haber gritado, Soy inocente, pero no, se calló, desistió, entonces el sargento miró, pensaría quizá que la precisión simétrica sufriría si no se usaba la última cruz, que cuarenta es número redondo y perfecto, hizo un gesto, fueron hincados los clavos, José gritó y continuó gritando, luego lo levantaron en peso, colgado de las muñecas atravesadas por los hierros, y luego más gritos, el clavo largo que perforaba sus calcáneos, oh Dios mío, éste es el hombre que creaste, alabado seas, ya que no es lícito maldecirte. De repente, como si alguien hubiera dado la señal, los habitantes de Séforis rompieron en un clamor afligido, pero no era de duelo por los condenados, en toda la ciudad estallaban incendios, las llamas, rugiendo, como un rastro de fuego griego, devoraban las casas de los habitantes, los edificios públicos, los árboles de los patios interiores. Indiferentes al fuego, que otros soldados andaban atizando por la ciudad, cuatro soldados del pelotón de ejecución recorrían las filas de los supliciados, partiéndoles metódicamente las tibias con unas barras de hierro. Séforis ardió por completo, de punta a punta, mientras, uno tras otro, los crucificados iban muriendo. El carpintero llamado José, hijo de Heli, era un hombre joven, en la flor de la vida, acababa de cumplir treinta y tres años.

Cuando acabe esta guerra, y no tardará, que la estamos viendo en sus últimos y fatales estertores, se hará el recuento final de los que en ella perdieron la vida, tantos aquí, tantos allá, unos más cerca, otros más lejos y, si es cierto que con el correr del tiempo, el número de los que fueron muertos en emboscadas o batallas campales acabó perdiendo importancia u olvidándose del todo, los crucificados, unos dos mil según las estadísticas más fiables, permanecerán en la memoria de las gentes de Judea y de Galilea, hasta el punto de que se hablará de ellos bastantes años después, cuando nueva sangre sea derramada en una nueva guerra. Dos mil crucificados es mucho hombre muerto, pero más serían si los imaginamos plantados a intervalos de un kilómetro a lo largo de un camino, o rodeando, es un ejemplo, el país que ha de llamarse Portugal, cuya dimensión, en su periferia, anda más o menos por ahí. Entre el río Jordán y el mar lloran las viudas y los huérfanos, es una antigua costumbre suya, para eso son viudas y huérfanos, para llorar, después todo se reduce a esperar el tiempo de que los niños crezcan y vayan a una guerra nueva, otras viudas y otros huérfanos vendrán a relevarlos, y si mientras tanto han cambiado las modas, si el luto, de blanco, pasó a ser negro, o viceversa, si sobre el pelo, que se arrancaba a manojos, se pone ahora una mantilla bordada, las lágrimas son las mismas, cuando se sienten.

María aún no llora, pero en su alma lleva ya un presentimiento de muerte, pues su marido no ha vuelto a casa y en Nazaret se dice que Séforis fue quemada y que hay hombres crucificados. Acompañada de su hijo primogénito, María repite el camino que José hizo ayer, con toda probabilidad, en un punto o en otro, posa los pies en la huella de las sandalias del marido, no es tiempo de lluvias, el viento es sólo una brisa suave que apenas roza el suelo, pero ya las huellas de José son como vestigios de un antiguo animal que hubiera habitado estos parajes en una extinta era, decimos, Fue ayer, y es lo mismo que si dijéramos, Fue hace mil años, el tiempo no es una cuerda que se pueda medir nudo a nudo, el tiempo es una superficie oblicua y ondulante que sólo la memoria es capaz de hacer que se mueva y aproxime. Con María y Jesús van moradores de Nazaret, algunos impulsados por la caridad, otros son curiosos, van también algunos vagos parientes de Ananías, pero ésos volverán a sus casas con las dudas con que de ellas salieron, como no lo han encontrado muerto, bien puede ser que esté vivo, no se les ocurrió buscar entre los escombros del almacén, aunque de habérseles ocurrido, quién sabe si habrían reconocido a su muerto entre los muertos, todos el mismo carbón. Cuando, en medio del camino, estos nazarenos se cruzaron con una compañía de soldados enviada a su aldea para buscar huidos, algunos se volvieron atrás preocupados por la suerte de sus haberes, que nunca se puede prever lo que harán los soldados una vez que, habiendo llamado a la puerta de una casa, nadie les responde desde dentro. Quiso saber el comandante de la fuerza para qué iba a Séforis aquel tropel de rústicos, le respondieron, A ver el fuego, explicación que satisfizo al militar, pues desde la aurora del mundo siempre los incendios atrajeron a los hombres, hay incluso quien diga que se trata de una especie de llamada interior, inconsciente, una reminiscencia del fuego original, como si las cenizas pudieran tener memoria de lo que quemaron, justificándose así, según la tesis, la expresión fascinada con que contemplamos hasta la simple hoguera que nos calienta o la luz de una vela en la oscuridad del cuarto. Si fuéramos tan imprudentes, o tan osados, como las mariposas, polillas y otros animalillos alados y nos lanzásemos al fuego, todos nosotros, la especie humana en peso, quizá una combustión así de inmensa, una claridad tal, atravesando los párpados cerrados de Dios, lo despertara de su letárgico sueño, demasiado tarde para conocernos, es cierto, pero a tiempo de ver el principio de la nada, ahora que habíamos desaparecido. María, aunque con una casa llena de hijos dejados sin protección, no volvió atrás, va relativamente tranquila, pues no todos los días entran adrede soldados en una aldea para matar niños, sin contar con que estos romanos, por lo general, no sólo les permiten vivir sino que incluso les animan a crecer todo lo que puedan, luego ya veremos, depende de tener dócil el corazón y al día los impuestos. Se quedaron solos en el camino la madre y el hijo, los de la familia de Ananías, por ser media docena y venir de conversación, se fueron rezagando, y como María y Jesús no tendrían para decirse más que palabras de inquietud, el resultado es que cada uno de ellos va callado por no afligir al otro, es extraño el silencio que parece cubrirlo todo, no se oye cantar aves, el viento se detuvo, sólo el rumor de los pasos, y hasta éste se retrae, intimidado, como un intruso de buena fe que entra en una casa desierta. Séforis apareció de repente en el último recodo del camino, todavía están ardiendo algunas casas, tenues columnas de humo aquí y allá, paredes ennegrecidas, árboles quemados de arriba abajo, pero conservando las hojas, ahora con un color de herrumbre. De este lado, a nuestra mano derecha, las cruces.

María echó a correr, pero la distancia es excesiva para que pueda vencerla de una carrera, así que pronto suaviza el paso, con tantos y tan seguidos partos el corazón de esta mujer desfallece fácilmente. Jesús, como hijo respetuoso, querría acompañar a su madre, estar a su lado, ahora y en adelante, para gozar juntos la misma alegría o juntos sufrir la misma pena, pero ella avanza tan lentamente, le cuesta tanto mover las piernas, así no vamos a llegar nunca, madre, ella hace un gesto que significa, Corre tú, si quieres, y él, atajando campo a través, se lanza a una loca carrera, Padre, padre, lo dice con la esperanza de que él no esté allí, lo dice con el dolor de quien lo ha encontrado ya. Llegó a las primeras filas, algunos crucificados están colgados aún, a otros los han retirado, están en el suelo, a la espera, son pocos los que tienen familia rodeándolos, es que estos rebeldes, en su mayor parte, han venido de lejos, pertenecen a una tropa diversa que en este lugar trabó la última y unida batalla, en este momento están definitivamente dispersos, cada uno por sí, en la inexpresable soledad de la muerte. Jesús no ve a su padre, el corazón quiere llenársele de alegría, pero la razón dice, Espera, aún no hemos llegado al final, y realmente el final es ahora, tumbado en el suelo está el padre que yo buscaba, apenas sangró, sólo las grandes bocas de las llagas en las muñecas y en los pies, parece que duermas, padre, pero no, no duermes, no podrías hacerlo con las piernas así torcidas, ya fue caridad el que te bajaran de la cruz, pero los muertos son tantos que las buenas almas que de ti cuidaron no tuvieron tiempo para enderezarte los huesos partidos. Aquel muchachito llamado Jesús está arrodillado al lado del cadáver, llorando, quiere tocarlo, pero no se atreve, mas siempre llega un momento en que el dolor es más fuerte que el temor a la muerte, entonces se abraza al cuerpo inerme, Padre, padre, dice, y otro grito se une al suyo, Ay José, ay mi marido, es María que ha llegado al fin, agotada, venía llorando ya desde lejos, porque ya desde lejos, viendo detenerse al hijo, sabía lo que la esperaba. El llanto de María redobla cuando repara en la cruel torsión de las piernas del marido, es verdad que no se sabe, después de morir, qué ocurre con los dolores sentidos en vida, en especial con los últimos, es posible que en la muerte se acabe realmente todo, pero tampoco nada nos garantiza que, al menos durante unas horas, no se mantenga una memoria del sufrimiento en un cuerpo que decimos muerto, sin que sea de excluir el que la putrefacción sea el último recurso que le queda a la materia viva para, definitivamente, liberarse del dolor. Con una dulzura, con una suavidad que en vida del marido no se atrevería a usar, María intentó reducir los lastimosos ángulos de las piernas de José, que, al quedarle la túnica, cuando lo bajaron de la cruz, un poco arremangada, le daban el aspecto grotesco de una marioneta partida en los goznes. Jesús no tocó a su padre, sólo ayudó a la madre a bajarle el borde de la túnica, e incluso así quedaban a la vista los magros tobillos del hombre, quizá, en el cuerpo humano, la parte que da una impresión más pungente de fragilidad. Los pies, porque las tibias estaban rotas, caían lateralmente, mostrando las heridas de los calcañares, de donde había que ahuyentar continuamente a las moscas que venían al olor de la sangre. Las sandalias de José se cayeron al lado del grueso tronco del que él fuera el fruto final. Gastadas, cubiertas de polvo, podrían haberse quedado allí abandonadas si Jesús no las hubiese recogido, lo hizo sin pensar, como si hubiera recibido una orden alargó el brazo, María ni reparó en el movimiento, y se las prendió al cinto, quizá debiera ser ésta la herencia simbólica más perfecta de los primogénitos, hay cosas que empiezan de una manera tan sencilla como ésta, por eso se dice todavía hoy, Con las botas de mi padre también yo soy hombre, o, según versión más radical, Con las botas de mi padre es cuando soy hombre.

Un poco alejados estaban los soldados romanos de vigilancia, dispuestos a intervenir en el caso de que hubiera actitudes o gritos sediciosos por parte de aquellos que, llorando y lamentándose, cuidaban de los ajusticiados. Pero esta gente no era de fiebre guerrera, o no lo demostraba ahora, lo que hacían era rezar sus oraciones fúnebres, iban de crucificado en crucificado, y en esto tardaron más de dos horas de las nuestras, ninguno de estos muertos quedó sin el bendito viático de las oraciones y de la rasgadura de vestidos, del lado izquierdo siendo parientes, del lado derecho no siéndolo, en la tranquilidad de la tarde se oían voces entonando los versículos, Señor, qué es el hombre para que te intereses por él, qué es el hijo del hombre para que de él te preocupes, el hombre es como un soplo, sus días pasan como la sombra, cuál es el hombre que vive y que no ve la muerte, o que consigue que su alma escape de la sepultura, el hombre nacido de mujer es escaso de días y rico en inquietud, aparece como una flor y como ella es cortado, va como la sombra y no permanece, qué es el hombre para que te acuerdes de él y el hijo del hombre para que lo visites. Con todo, después de este reconocimiento de la irremediable insignificancia del hombre ante Dios, expresado en un tono profundo que más parecía venir de la propia conciencia que de la voz que sirve a las palabras, el coro ascendía y alcanzaba una especie de exultación, para proclamar a la faz del mismo Dios una inesperada grandeza, Pero recuerda que poco menor hiciste al hombre que a los ángeles, de gloria y honra lo coronaste. Cuando llegaron a José, a quien no conocían, como era el último de los cuarenta, no se detuvieron tanto, a pesar de eso el carpintero se llevó para el otro mundo todo cuanto necesitaba, y la prisa se justificaba porque la ley no permite que los crucificados se queden hasta el día siguiente sin sepultura y el sol ya va bajando, no tardará el crepúsculo. Siendo aún tan joven, Jesús no tenía que rasgarse la túnica, estaba dispensado de esa demostración de luto, pero su voz, fina, vibrante, se oyó por encima de las otras cuando entonó, Bendito seas tú, Señor,

Dios nuestro, rey del universo, que con justicia te creó, y con justicia te mantuvo en vida, y con justicia te alimentó, y con justicia te hizo conocer el mundo, y con justicia te hará resucitar, bendito seas tú, Señor, que a los muertos resucitas. Tumbado en el suelo, José, si todavía siente los dolores de los clavos, tal vez pueda también oír estas palabras y sabrá qué lugar ocupó realmente la justicia de Dios en su vida, ahora que ni de una ni de otra puede esperar nada más. Terminadas las preces, era necesario sepultar a los muertos, pero, siendo tantos y viniendo ya tan próxima la noche, no es preciso procurar a cada uno su propio lugar, tumbas verdaderas, que se pudieran tapar con una piedra rodada, en cuanto a envolver los cuerpos con fajas mortuorias, e incluso con simples mortajas, ni pensarlo. Decidieron pues excavar una fosa amplia donde cupiesen todos, no fue ésta la primera vez ni será la última en que los cuerpos bajarán a la tierra vestidos como se encuentran, a Jesús le dieron también un azadón y trabajó valientemente al lado de los adultos, hasta quiso el destino, que en todo es más sabio, que en el terreno por él cavado fuese sepultado su padre, cumpliéndose así la profecía, El hijo del hombre enterrará al hombre, pero él mismo quedará insepulto. Que estas palabras, a primera vista enigmáticas, no os lleven a pensamientos superiores, lo que ahí se dice pertenece a la escala de lo obvio, quise sólo recordar que el último hombre, por ser el último, no tendrá quien le dé sepultura. Pero no será el caso de este muchacho que acaba de enterrar a su padre, con él no se va a acabar el mundo, todavía permaneceremos aquí durante milenios y milenios en constante nacer y morir, y si el hombre ha sido, con igual constancia, lobo y verdugo del hombre, con más razones aún seguirá siendo su enterrador.

Pasó ya el sol al otro lado de la montaña. Hay grandes nubes oscuras alzadas sobre el valle del Jordán, moviéndose lentamente hacia poniente, como atraídas por esa última luz que tiñe de rojo el nítido borde superior. El aire se ha enfriado de repente, es muy posible que esta noche llueva, aunque no es propio de la estación. Los soldados se han retirado ya, aprovechan la última luz del día para regresar al campamento que está cerca, adonde probablemente han regresado ya los compañeros que fueron a Nazaret de investigación, una guerra moderna se hace así, con mucha coordinación, no como la hacía el Galileo, el resultado está a la vista, treinta y nueve guerrilleros crucificados, el cuadragésimo era un pobre inocente que venía por bien y le salió mal. La gente de Séforis todavía buscará por la ciudad quemada un lugar donde pasar la noche y mañana temprano cada familia pasará revista a lo que quede de su casa, si es que algunos bienes escaparon al incendio, y luego, a seguir buscándose la vida, que Séforis no fue sólo quemada y Roma no permitirá que sea reconstruida tan pronto. María y Jesús son dos sombras en medio de un bosque de troncos, la madre atrae al hijo hacia sí, dos miedos en busca de un valor, el cielo negro no ayuda y los muertos bajo el suelo parecen querer retener los pies de los vivos. Jesús le dice a su madre, Dormiremos en la ciudad, y María respondió, No podemos, tus hermanos están solos y tienen hambre. Apenas veían el suelo que pisaban. Al fin, tras mucho tropezar y una vez caer, llegaron al camino, que era como el lecho seco de un río abriendo un pálido rastro en la noche. Cuando ya habían dejado Séforis atrás, empezó a llover, primero unos goterones que hacían en el polvo espeso del camino un ruido blando, si emparejadas tales palabras tienen sentido. Después arreció la lluvia, continua, insistente, en poco tiempo el polvo se convirtió en barro, María y el hijo tuvieron que descalzarse para no perder las sandalias en esta jornada. Van callados, la madre cubriendo la cabeza del hijo con su manto, no tienen nada que decirse uno al otro, quizá piensen incluso, confusamente, que no es cierto que José esté muerto, que al llegar a casa lo encontrarán atendiendo a los hijos lo mejor que puede, le preguntará a la mujer, Cómo se os ha ocurrido ir a la ciudad sin advertirme y sin pedir licencia, pero ya han vuelto a los ojos de María las lágrimas, no es sólo por el dolor del luto, es también este infinito cansancio, el castigo de esta lluvia, implacable, esta noche sin remedio, todo demasiado triste y negro para que José pueda estar vivo. Un día, alguien le dirá a la viuda que ocurrió un prodigio a las puertas de Séforis, que los troncos que sirvieron para el suplicio han echado hojas y que han brotado de ellos raíces nuevas, y decir prodigio no es abusar de la palabra, en primer lugar porque, contra lo que es costumbre, los romanos no se llevaron los troncos consigo cuando se fueron, en segundo lugar porque era imposible que troncos así cortados, en el pie y en la cabeza, tuvieran aún dentro savia y renuevos capaces de convertir palos desbastados y ensangrentados en árboles vivos. Fue la sangre de los mártires, decían los crédulos, fue la lluvia, rebatían los escépticos, pero ni la sangre derramada ni el agua caída del cielo hicieron verdear, antes, tantas cruces abandonadas en los cerros de las montañas o en las llanuras del desierto. Lo que nadie se atrevió a decir fue que era voluntad de Dios, no sólo por ser esa voluntad, cualquiera que sea, inescrutable, sino también por no reconocerles razones y méritos particulares a los crucificados de Séforis para ser beneficiarios de tan singular manifestación de la gracia divina, mucho más propia de dioses paganos. Durante mucho tiempo estarán aquí estos árboles, pero un día llegará en el que se habrá perdido la memoria de lo que ocurrió, entonces, dado que los hombres para todo quieren explicación, falsa o verdadera, se inventarán unas cuantas historias y leyendas, al principio conservando cierta relación con los hechos, después más tenuemente, hasta que todo se transforme en pura fábula. Y otro día llegará en que los árboles morirán de vejez y serán cortados, y otro en el que, a causa de una autopista, o de una escuela, o de un grupo de viviendas, o de un centro comercial, o de un fortín de guerra, las excavadoras revolverán el terreno y harán salir a luz del día, así otra vez nacidos, los esqueletos que allí descansaron durante dos mil años. Vendrán entonces los antropólogos y un profesor de anatomía examinará los restos, para anunciar más tarde al mundo escandalizado que, en aquel tiempo, los hombres eran crucificados con las piernas encogidas. Y como el mundo no podía desautorizarlo en nombre de la ciencia, lo execró en nombre de la estética.

Cuando María y Jesús llegaron a casa, sin un hilo de ropa seca encima del cuerpo, cubiertos de barro y tiritando de frío, los chiquillos estaban más sosegados de lo que se podía imaginar, gracias a la soltura y a la iniciativa de los mayores, Tiago y Lisia, que, viendo que enfriaba la noche, decidieron encender el horno y a él se pegaron todos, intentando compensar las apreturas del hambre de dentro por el bienestar del calor de fuera. Al oír la cancela del patio, Tiago abrió la puerta, la lluvia se había convertido en un diluvio del que venían huyendo la madre y el hermano, y cuando entraron fue como si la casa se inundara de repente. Los niños miraron, comprendieron, cuando volvió a cerrarse la puerta, que su padre ya no vendría, pero se callaron, fue Tiago quien hizo la pregunta, Y el padre. El barro del suelo absorbía lentamente el agua que goteaba de las túnicas empapadas, se oía en el silencio el restallido de la leña húmeda que ardía en la entrada del horno, los niños miraban a su madre. Tiago volvió a preguntar, Y el padre. María abrió la boca para responder, pero la palabra fatal, como un nudo corredizo de la horca, le apretó la garganta, así fue Jesús quien tuvo que decir, Padre murió, y, sin saber bien por qué lo hacía, o porque era ésa una prueba indiscutible de la definitiva ausencia, se quitó del cinto las sandalias mojadas y se las mostró a sus hermanos, Aquí están. Ya las primeras lágrimas habían saltado de los ojos de los más crecidos, pero fue la vista de las sandalias vacías lo que desencadenó el llanto, ahora lloraban todos, la viuda y los nueve hijos, y ella no sabía a cuál acudir, se arrodilló al fin en el suelo, agotada, y los niños se aproximaron y se arrodillaron, un racimo vivo que no necesitaba ser pisado para verter esa blanca sangre que son las lágrimas. Jesús se había mantenido en pie, apretando las sandalias contra el pecho, pensando vagamente que un día las calzará, en este mismo instante lo haría si se atreviera. Poco a poco, los niños fueron dejando a la madre, los mayores, por esa especie de pudor que nos exige sufrir solos, los más pequeños, porque sus hermanos se apartaban y porque ellos mismos no podían alcanzar un sentimiento real de tristeza, sólo lloraban, en esto los niños son como los viejos, que lloran por nada, hasta cuando dejan de sentir, o porque han dejado de sentir. Durante algún tiempo permaneció allí María, de rodillas en medio de la casa, como si esperase alguna decisión o una sentencia, le dio la señal un prolongado estremecimiento, la ropa mojada en el cuerpo, entonces se levantó, abrió el arca y sacó una túnica vieja y remendada que había sido del marido, se la entregó a Jesús, diciendo, Quítate lo que llevas, ponte esto, y siéntate junto al fuego. Después llamó a las dos hijas, Lisia y Lidia, las hizo levantar y sostener una estera haciendo de biombo, y tras ella se cambió también de ropa. Luego, con lo poco de comer que se guardaba en casa, empezó a preparar la cena. Jesús, junto al horno, se calentaba con la túnica del padre, que le quedaba sobrada de mangas y de falda, ya se sabe que en otra ocasión los hermanos se habrían reído de él, un espantajo debía de parecer, pero hoy no se atrevían, no sólo por la tristeza, sino también por aquel aire de adulta majestad que se desprendía del muchacho, como si de una hora a otra hubiera crecido hasta su máxima altura, y esta impresión se hizo aún más fuerte cuando él, con movimientos lentos y medidos, colocó las húmedas sandalias del padre de manera que recibieran el calor de la boca del horno, gesto que no servía a ningún fin práctico, si ya no era de este mundo el dueño de ellas. Tiago, el hermano que venía detrás de él, se sentó a su lado y preguntó en voz baja, Qué le ha ocurrido a nuestro padre, Lo crucificaron con los guerrilleros, respondió Jesús también susurrando, Por qué, No lo sé, había allí cuarenta y él era uno de ellos, Tal vez fuera un guerrillero, Quién, Nuestro padre, No lo era, siempre estaba aquí, trabajando, Y el burro, lo encontrasteis, Ni vivo ni muerto. La madre acababa de preparar la cena, se sentaron todos alrededor del caldero común y comieron de lo que había. Terminaban cuando los más pequeños empezaban a dar cabezadas de sueño, cierto es que el espíritu aún estaba agitado, pero el cuerpo cansado reclamaba descanso. Tendieron las esteras de los niños a lo largo de la pared del fondo, María les había dicho a las niñas, Acostaos aquí conmigo, y lo hicieron, una a cada lado de ella, para que no hubiera celos. Por la rendija de la puerta entraba un aire frío, pero la casa se mantenía caliente, estaba el calor remanente del horno, el de los cuerpos próximos, la familia, poco a poco, pese a la tristeza y a los suspiros, fue cayendo en el sueño, María daba ejemplo, aguantaba las lágrimas, quería que los hijos se quedaran dormidos pronto, por ellos, pero también para quedarse sola con su tristeza, con los ojos muy abiertos a su futura vida sin marido y con nueve hijos que criar. Pero también a ella, en medio de un pensamiento, se le fue el dolor del alma, el cuerpo indiferente recibió el sueño sin resistirse, y ahora todos duermen.

Mediada la noche, un gemido hizo que María se despertase. Pensó que había sido ella misma, soñando, pero no estaba soñando y el gemido se repetía ahora, más fuerte. Se incorporó con cuidado, para no despertar a las hijas, miró alrededor pero la luz del candil no alcanzaba hasta el fondo de la casa, Cuál de ellos será, pensó, pero en su corazón sabía que era Jesús quien gemía. Se levantó sin ruido, tomó el candil del clavo de la puerta y, alzándolo por encima de la cabeza para alumbrarse mejor, pasó revista a los hijos dormidos, Jesús, es él quien se agita y murmura, como si estuviese luchando en una pesadilla, seguro que está soñando con su padre, un niño de esta edad que ha visto lo que vio, muerte, sangre y tortura. Pensó María que debía despertarlo, interrumpir esta otra forma de agonía, pero no lo hizo, no quería que el hijo le contara su sueño, pero esta misma razón se le olvidó cuando vio que Jesús tenía calzadas las sandalias del padre. Lo insólito del caso desconcertó a María, qué estúpida idea, sin justificación, y también, qué falta de respeto, usar las sandalias del padre el mismo día de su muerte. Regresó a la estera, sin saber ya qué pensar, tal vez el hijo estuviera repitiendo en sueños, por obra de las sandalias y de la túnica, la mortal aventura del padre desde que salió de casa y, siendo así, había pasado al mundo de los hombres, al que ya pertenecía por la ley de Dios, pero en el que se instalaba ahora por un nuevo derecho, el de suceder al padre en los bienes, aunque sólo fuesen éstos una túnica vieja y unas sandalias zambas, y en los sueños, aunque sólo fuera para revivir los últimos pasos de él en la tierra. No pensó María que el sueño pudiera ser otro.

El día amaneció límpido, sin nubes, el sol vino caliente y luminoso, no había que temer un retorno de la lluvia. María salió de casa temprano, con todos sus hijos varones en edad de ir a la escuela, y también Jesús, que, como fue dicho en su momento, tenía acabada ya su instrucción. Iba a la sinagoga a informar de la muerte de

José y de las presumibles circunstancias que en ella habrían concurrido, añadiendo que, pese a todo, a él como a los otros infelices, punto nada despreciable, se le habían oficiado las honras fúnebres que la prisa y el lugar permitían, en todo caso suficientes, en tenor y número, para poder afirmar que, en general, el rito se había cumplido. De vuelta a casa, al fin a solas con el hijo mayor, pensó María que la ocasión era buena para preguntarle por qué calzaba las sandalias del padre, pero en el último momento la contuvo un escrúpulo, lo más probable es que Jesús no supiera qué explicación darle y, así humillado, ver, ante los ojos de la madre, confundido su acto, sin duda excesivo, con la falta trivialísima que es que un niño se levante de noche para ir, a escondidas, a comer un pastelillo, pudiendo siempre, si lo atrapan, alegar como disculpa el hambre, lo que de este episodio de las sandalias no puede decirse, salvo que se trate de otra especie de hambre que no sabríamos, nosotros, explicar. En la cabeza de María surgió después otra idea, la de que el hijo era ahora el jefe de familia, y, siendo así, estaba bien que ella, su madre y subordinada, pusiese todo su empeño en mostrarle el respeto y la atención convenientes, como sería, por ejemplo, interesarse por aquel mal de espíritu que lo atribuló en el sueño, Has soñado con tu padre, preguntó, y Jesús hizo como si no la hubiera oído, volvió la cara para el otro lado, pero la madre, firme en su propósito, insistió, Has soñado, no esperaba que el hijo le respondiera primero, Sí, y luego, No, y que se le cargara la expresión de aquel modo, que parecía como si tuviera otra vez ante sus ojos al padre muerto. Prosiguieron callados el camino y al llegar a casa María se puso a cardar lana, pensando ya que, por necesidad del sustento de la familia, tendría que empezar a hacerlo para la calle, aprovechando la buena mano que tenía para aquel menester. A su vez, Jesús, que mirara al cielo confirmando las buenas disposiciones del tiempo, se acercó al banco de carpintero que fuera de su padre y que estaba en el cobertizo, empezando a verificar, uno por uno, los trabajos interrumpidos y luego el estado de las herramientas, con lo que María se alegró mucho en su corazón, al ver que el hijo se tomaba tan en serio, desde este primer día, sus nuevas responsabilidades. Cuando los más pequeños volvieron de la sinagoga y se juntaron todos para comer, sólo un observador atentísimo se daría cuenta de que esta familia sufrió hace pocas horas la pérdida de su jefe natural, marido y padre, pues salvo Jesús, cuyas negras cejas, fruncidas, siguen un pensamiento escondido, los demás, incluida María, parecen tranquilos, con una serenidad compuesta, porque está escrito, Llora amargamente y rompe en gritos de dolor, observa el luto según la dignidad del muerto, un día o dos por causa de la opinión pública, después consuélate de tu tristeza, y escrito está también, No debes entregar tu corazón a la tristeza, sino que debes apartarla de ti, recuerda tu fin, no te olvides de él, porque no habrá retorno, en nada beneficiarás al muerto y sólo te causarás daño a ti mismo. Aún es pronto para risas, que a su tiempo vendrán, como los días vienen tras los días y las estaciones tras las estaciones, pero la mejor lección es la del Eclesiastés, que dice, Por eso alabé la alegría, porque para el hombre no hay nada mejor bajo el sol que comer, beber y divertirse, esto es lo que lo acompaña en sus trabajos durante los días que

Dios le conceda bajo el sol. Por la tarde, Jesús y Tiago subieron a la azotea de la casa para tapar con paja amasada en barro las hendiduras del tejado, por las que, durante toda la noche, estuvo goteando el agua, a nadie le sorprenderá que entonces no se hablara de tan humildes pormenores de nuestra vida cotidiana, la muerte de un hombre, inocente o no, siempre deberá prevalecer sobre todas las cosas.

Otra noche llegó, otro día comenzaba, cenó la familia como pudo y se acostó en las esteras. De madrugada María despertó despavorida, no era ella quien soñaba, no, sino el hijo, y ahora con llanto y con gemidos que cortaban el corazón, de tal modo que despertaron también a los hermanos mayores, a los otros sería preciso mucho más para arrancarlos del sueño profundo que es el de la inocencia a estas edades. María corrió en auxilio del hijo que se debatía, con los brazos alzados, como si intentara defenderse de golpes de espada o de lanza, poco a poco se fue calmando, o porque se retiraron los salteadores o porque se le estaba acabando la vida. Jesús abrió los ojos, se agarró con fuerza a la madre como si no fuera el hombrecito que es, cabeza de familia, que hasta un hombre adulto, si llora, se transforma en criatura, no lo quieren confesar, pobres tontos, pero el dolorido corazón se mece en las lágrimas. Qué tienes, hijo mío, qué tienes, le preguntó María, inquieta, y Jesús no podía responder, o no quería, una crispación, en la que nada había de niño, sellaba sus labios, Dime qué has soñado, insistió María, y, como intentando abrirle un camino, Has visto a tu padre, el muchacho hizo un brusco gesto negativo, luego se soltó de sus brazos y se dejó caer en la estera,

Vete a dormir, dijo, y dirigiéndose a los hermanos, No es nada, dormid, estoy bien. María regresó junto a las hijas, pero se quedó, casi hasta el amanecer, con los ojos abiertos, atenta, esperando a cada momento que el sueño de Jesús se repitiese, qué sueño habría sido ése para tan gran abatimiento, pero no ocurrió nada. No pensó María que su hijo podría estar despierto sólo para no volver a soñar, en lo que sí pensó fue en la coincidencia, en verdad singular, de que Jesús, que siempre había tenido el sueño tranquilo, hubiera empezado con las pesadillas al morir el padre, Señor, Dios mío, que no sea el mismo sueño, imploró, el sentido común le decía, para su tranquilidad, que los sueños no se legan ni se heredan, muy engañada está, que no ha sido necesario que los hombres se comunicaran unos a otros los sueños que sueñan para que los anden soñando iguales de padres a hijos y a las mismas horas. Al fin amaneció, se iluminó la rendija de la puerta. Cuando despertó, María vio que el lugar del hijo mayor estaba vacío, Adónde habrá ido, pensó, se levantó rápidamente, abrió la puerta y miró afuera, Jesús estaba sentado debajo del alpendre, en la paja del suelo, con la cabeza en los brazos y los brazos sobre las rodillas, inmóvil. Estremecida por el aire frío de la mañana y también, aunque de esto apenas se diera cuenta, por la visión de la soledad del hijo, la madre se aproximó a él, Estás enfermo, preguntó, y el muchacho levantó la cabeza, No, no estoy enfermo, Entonces, qué te pasa, Son mis sueños, Sueños, dices, Un sueño solo, el mismo esta noche y la otra, Has soñado con tu padre en la cruz, Ya te dije que no, sueño con mi padre, pero no lo veo, Me habías dicho que no soñaste con él, Porque no lo veo, pero estoy seguro de que está en el sueño, Y qué sueño es ese que te atormenta. Jesús no respondió de inmediato, miró a la madre con una expresión desamparada y María sintió como si un dedo le tocase el corazón, allí estaba su hijo, con aquella cara aún de niño, la mirada mortecina de no haber dormido y el primer bozo de hombre, tiernamente ridículo, era su hijo primogénito, a él se confiaba y entregaba para el resto de sus días, Cuéntamelo todo, le pidió, y Jesús dijo al fin, Sueño que estoy en una aldea que no es Nazaret y que tú estás conmigo, pero no eres tú porque la mujer que en el sueño es mi madre tiene una cara diferente, hay otros niños de mi edad, no sé cuántos, y mujeres que son las madres, pero no sé si las verdaderas, alguien nos reunió a todos en la plaza, estamos esperando a unos soldados que vienen a matarnos, los oímos en el camino, se acercan pero no los vemos, en ese momento aún no tengo miedo, sé que es un sueño malo, nada más, pero de repente tengo la seguridad de que mi padre viene con los soldados, me vuelvo hacia ti para que me defiendas, aunque no estoy tan seguro de que seas tú, pero tú te has ido, todas las madres se han ido, sólo quedamos nosotros, que ya no somos muchachos, sino niños muy pequeños, yo estoy tumbado en el suelo y empiezo a llorar, y los otros lloran todos, pero yo soy el único que tiene un padre que viene con los soldados, miramos a la entrada de la plaza, sabemos que vendrán por allí, y no entran, estamos a la espera de que entren, pero no entran, y es todavía peor, los pasos se aproximan, es ahora y no es, no llega a ser, entonces me veo a mí mismo como soy ahora, dentro del niño pequeño que también soy, y empiezo a hacer un gran esfuerzo para salir de él, es como si estuviese atado de pies y manos, te llamo pero te has ido, llamo a mi padre, que viene a matarme, y en ese momento me desperté, esta noche y la otra. María estaba horrorizada, tras las primeras palabras, apenas percibió el sentido del sueño, bajó los ojos doloridos, estaba ocurriendo lo que tanto temiera, contra toda lógica y razón Jesús había heredado el sueño del padre, no exactamente de la misma manera, sino como si padre e hijo, cada uno en su lugar, lo estuviesen soñando al mismo tiempo. Y tembló de auténtico pavor cuando oyó que el hijo le preguntaba, Qué sueño era aquel que mi padre tenía todas las noches, Bueno, una pesadilla, como tanta gente, Pero esa pesadilla, qué era, No lo sé, nunca me lo dijo, Madre, no debes ocultar la verdad a tu hijo, No sería bueno para ti saberlo, Qué puedes tú saber de lo que es bueno o malo para mí, Respeta a tu madre, Soy tu hijo, tienes mi respeto, pero ahora estás ocultándome algo que es de mi vida, No me obligues a hablar, Un día le pregunté a mi padre cuál era su sueño y me dijo que ni yo podía hacerle todas las preguntas, ni él darme todas las respuestas, Ya ves, acepta las palabras de tu padre, Las acepté mientras vivió, pero ahora soy el jefe de la familia, he heredado de él una túnica, unas sandalias y un sueño, con esto podría irme ya por el mundo, pero tengo que saber qué sueño llevaría conmigo, Hijo mío, tal vez no vuelvas a soñarlo. Jesús miró a los ojos de su madre, la forzó a mirarlo también, y dijo, Renunciaré a saberlo si la próxima noche no vuelve, si no vuelve nunca más, pero, si se repite, júrame que me lo dirás todo, Lo juro, respondió María, que ya no sabía cómo defenderse de la insistencia y la autoridad del hijo. En el silencio de su angustiado corazón, ascendió una llamada a Dios, sin palabras, o, si las tuviera, podrían ser, Pásame, Señor, a mí, este sueño, que hasta el día de mi muerte tenga que sufrirlo yo en todos los instantes, pero mi hijo, no, mi hijo, no. Dijo Jesús, Recordarás lo que me prometiste, Lo recordaré, respondió María, pero se iba repitiendo para sí, Mi hijo, no, mi hijo, no.

Mi hijo, sí. Vino la noche, de madrugada cantó un gallo negro y el sueño se repitió, el morro del primer caballo apareció en la esquina. María oyó los gemidos de su hijo, pero no fue a consolarlo. Y Jesús, temblando, bañado en el sudor del miedo, no necesitó preguntar para saber que también su madre se había despertado, Qué me dirá ahora, pensó, mientras María, por su parte, pensaba, Cómo voy a contárselo, y buscaba maneras de no decírselo todo. Por la mañana, cuando se levantaron, Jesús le dijo a su madre, Voy contigo a llevar a mis hermanos a la sinagoga, después vendrás tú conmigo al desierto, pues tenemos que hablar. A la pobre María, mientras preparaba la comida de los hijos, se le caían las cosas de las manos, pero el vino de la agonía estaba servido y ahora había que beberlo. Los más pequeños estaban ya en la escuela, madre e hijo salieron de la aldea y allí, en el descampado, se sentaron debajo de un olivo, nadie, a no ser Dios, si anda por estos sitios, podrá oír lo que dijeron, las piedras no hablan, lo sabemos, ni siquiera batiéndolas unas contra otras, y en cuanto a la tierra profunda, ella es el lugar donde todas las palabras se convierten en silencio. Jesús dijo, Cumple lo que juraste, y María respondió sin rodeos, Tu padre soñaba que iba de soldado, con otros soldados, a matarte, A matarme, Sí, Ése es mi sueño, Sí, confirmó ella aliviada, no ha sido tan complicado, pensó, y en voz alta, Ahora ya lo sabes, volvámonos a casa, los sueños son como las nubes, vienen y van, por querer tanto a tu padre heredaste su sueño, pero él no te mató, ni te mataría nunca, aunque recibiera una orden del Señor, en el último momento el ángel le detendría la mano, como hizo con Abraham cuando iba a sacrificar a su hijo Isaac, No hables de lo que no sabes, cortó secamente Jesús, y María vio que el vino amargo tendría que ser bebido hasta el fin, Consiente que al menos yo sepa que nada se puede oponer a la voluntad del Señor, cualquiera que ella sea, y que si la voluntad del Señor es ahora una, y luego es otra, contraria, ni tú ni yo somos parte en la contradicción, respondió María, y, cruzando las manos en el regazo, se quedó a la espera. Jesús dijo, Responderás a todas las preguntas que yo te haga, Responderé, dijo María, Desde cuándo empezó mi padre a tener ese sueño, Hace muchos años, Cuántos, Desde que naciste, Todas las noches lo soñó, Sí, creo que todas las noches, en los últimos tiempos ya ni me despertaba, una se acostumbra, Nací en Belén de Judea, Así es, Qué ocurrió en mi nacimiento para que mi padre soñase que me iba a matar, No fue en tu nacimiento, Pero tú has dicho, El sueño apareció unas semanas después, Y qué pasó entonces, Herodes mandó matar a los niños de Belén que tuvieran menos de tres años, Por qué, No lo sé, Mi padre lo sabía, No, Pero a mí no me mataron, Vivíamos en una cueva fuera de la aldea, Quieres decir que los soldados no me mataron porque no llegaron a verme, Sí, Mi padre era soldado, Nunca fue soldado, Qué hacía entonces, Trabajaba en las obras del Templo, No lo entiendo, Estoy respondiendo a tus preguntas, Si los soldados no llegaron a verme, si vivíamos fuera de la aldea, si mi padre no era soldado, si no tenía responsabilidad alguna, si ni siquiera sabía por qué mandó Herodes matar a los niños, Sí, tu padre no sabía por qué mandó matar Herodes a los niños, Entonces, Nada, si no tienes otras preguntas que hacerme, yo no tengo más respuestas que darte, Me ocultas algo, O tú no eres capaz de ver. Jesús se quedó callado, sentía que se sumía, como agua en suelo seco, la autoridad con que había hablado a su madre, mientras que en un rincón cualquiera de su alma, le parecía ver desenroscarse una idea innoble, de líneas que se movían aún, pero monstruosa desde el mismo momento de nacer. Por la ladera de una colina cercana pasaba un rebaño de ovejas, tanto ellas como el pastor tenían color de tierra, eran tierra moviéndose sobre la tierra. El rostro tenso de María se abrió en una expresión de sorpresa, aquel pastor alto, aquella manera de andar, tantos años después y en este justo momento, qué señal será, clavó en él los ojos y dudó, ahora era un vulgar vecino de Nazaret que llevaba unas pocas ovejas a los pastos, tan sucias ellas como él. En el espíritu de Jesús acabó de formarse la idea, quería salir fuera del cuerpo, pero la lengua se le trababa, por fin, con una voz temerosa de sí misma dijo, Mi padre sabía que los niños iban a ser muertos. No era una pregunta y por eso María no tuvo que responder, Cómo lo supo, ahora sí era una pregunta, Estaba trabajando en las obras del Templo, en Jerusalén, cuando oyó que unos soldados hablaban de lo que iban a hacer, Y después, Vino corriendo para salvarte, Y después, Pensó que sería mejor que no huyéramos y nos quedamos en la cueva, Y después, Nada más, los soldados hicieron lo que les habían mandado y se marcharon, Y después, Después nos volvimos a Nazaret, Y empezó el sueño, La primera vez fue en la cueva. Las manos de Jesús se alzaron de repente hasta el rostro como si quisieran desgarrarlo, su voz se soltó en un grito irremediable, Mi padre mató a los niños de Belén, Qué locura estás diciendo, los mataron los soldados de Herodes, No, los mató mi padre, los mató José, hijo de Helí, que sabiendo que los niños iban a ser muertos no avisó a los padres, y cuando estas palabras fueron dichas, quedó también perdida toda esperanza de consuelo. Jesús se tiró al suelo, llorando, Los inocentes, los inocentes, decía, parece mentira que un simple muchacho de trece años, edad en la que el egoísmo fácilmente se explica y se disculpa, pueda haber sufrido tan fuerte conmoción a causa de una noticia que, si tenemos en cuenta lo que sabemos de nuestro mundo contemporáneo, dejaría indiferente a la mayor parte de la gente. Pero las personas no son todas iguales, hay excepciones para el bien y para el mal y ésta es sin duda de las mejores, un muchachito llorando por un antiguo error cometido por su padre, tal vez esté llorando también por sí mismo, si, como parece, amaba a ese padre dos veces culpado. María tendió la mano al hijo, quiso tocarle, pero él esquivó el cuerpo, No me toques, mi alma tiene una herida, Jesús, hijo mío, No me llames hijo tuyo, tú también tienes la culpa. Son así los juicios de la adolescencia, radicales, verdaderamente María era tan inocente como los niños asesinados, los hombres, hermana mía, son quienes lo deciden todo, llegó mi marido y dijo, Vámonos de aquí en seguida, luego enmendó,

No nos vamos, sin más explicaciones, fue necesario que le preguntase, Qué gritos son ésos. María no respondió al hijo, sería tan fácil demostrarle que no era culpable, pero pensó en su marido crucificado, también él muerto inocente, y sintió, con lágrimas y vergüenza, que lo amaba ahora mucho más que de vivo, y por eso se calló, la culpa que llevó uno puede llevarla el otro. Dijo María, Vámonos a casa, ya no tenemos nada que decirnos aquí, y el hijo le respondió, Vete tú, yo me quedo. Parecía que se había perdido el rastro de las ovejas y el pastor, el desierto era realmente un desierto y hasta las casas lejanas, dispersas como al azar por la ladera abajo, parecían grandes piedras talladas de una cantera abandonada que poco a poco se fueran enterrando en el suelo. Cuando María desapareció en la hondura cenicienta de una vaguada, Jesús, de rodillas, gritó, y todo el cuerpo le ardía como si estuviese sudando sangre, Padre, padre mío, por qué me has abandonado, porque eso era lo que el pobre muchacho sentía, abandono, desesperación, la soledad infinita de otro desierto, ni padre, ni madre, ni hermanos, un camino de muertos iniciado. De lejos, sentado en medio de las ovejas y confundido con ellas, el pastor lo miraba.

Pasados dos días, Jesús se fue de casa. Durante este tiempo, se podrían contar las palabras que pronunció y las noches las pasó en claro, porque no podía dormir. Imaginaba la horrible matanza, los soldados entrando en las casas y rebuscando en las cunas, las espadas golpeando o clavándose en los tiernos cuerpos descubiertos, las madres en locos gritos, los padres bramando como toros encadenados, se imaginaba a sí mismo también, en una cueva que nunca había visto, y en esos momentos, como densas y lentas olas que lo sumergieran, sentía el deseo inexplicable de estar muerto, al menos de no estar vivo. Le obsesionaba una pregunta que no hizo a su madre, cuántos fueron los niños muertos, él imaginaba que habrían sido muchos, unos sobre otros amontonados, como corderos degollados y arrojados al monte, a la espera de la gran hoguera que los iría consumiendo y llevando al cielo convertidos en humo. Pero, no habiendo hecho la pregunta en su momento, le parecía ahora de mal gusto, si entonces esta expresión se usaba, ir a su madre y decirle, Madre, el otro día me olvidé de preguntarte cuántos habían sido los niños que pasaron de ésta a mejor vida en Belén, y ella respondería, Ay, hijo, no pienses en eso, que ni a treinta llegaron, y si murieron fue porque el Señor así lo quiso, que en su poder estaba evitarlo si conviniese. Jesús se preguntaba a sí mismo, incesantemente, Cuántos, miraba a sus hermanos y preguntaba, Cuántos, quería saber qué cantidad de cuerpos muertos fue necesario poner en el otro platillo para que el fiel de la balanza declarase equilibrada su vida salvada. En la mañana del segundo día, Jesús le dijo a su madre, No tengo paz ni descanso en esta casa, quédate tú con mis hermanos, yo me voy. María alzó las manos al cielo, llorosa y escandalizada, Qué es esto, qué es esto, abandonar un hijo primogénito a su madre viuda, dónde se ha visto, adiós mundo, cada vez peor, por qué, por qué si ésta es tu casa y tu familia, cómo vamos a vivir nosotros si tú no estás, y dijo Jesús, Tiago sólo tiene un año menos que yo, él se encargará de todo, como lo habría hecho yo al faltar tu marido, Mi marido era tu padre, No quiero hablar de él, no quiero hablar de nada más, dame tu bendición para el viaje si quieres, de todas formas me voy, Y adónde irás, hijo mío, No lo sé, tal vez a Jerusalén, tal vez a Belén, a ver la tierra donde nací, Pero allí nadie te conoce, Mejor para mí, dime, madre, qué crees que me harían si supieran quién soy, Cállate, que te oyen tus hermanos, Un día también ellos sabrán la verdad, Y ahora, por esos caminos, con los romanos que andan buscando guerrilleros de Judas, vas al encuentro del peligro, Los romanos no son peores que los soldados del otro Herodes, seguro que no caerán sobre mí espada en mano para matarme ni me clavarán en una cruz, no he hecho nada, soy inocente, También lo era tu padre y ya ves lo que le ocurrió, Tu marido murió inocente, pero no vivió inocente, Jesús, el demonio está hablando por tu boca, Cómo puedes tú saber que no es Dios quien habla por mi boca, No pronunciarás el nombre de Dios en vano, Nadie puede saber cuándo es pronunciado en vano el nombre del Señor, no lo sabes tú, no lo sé yo, sólo el Señor hará la distinción y nosotros no comprendemos sus razones, Hijo mío, Di, No sé adónde has ido a buscar esas ideas, esa ciencia, tan joven, Y yo no sabría decírtelo, tal vez los hombres nazcan con la verdad dentro de sí y si no la dicen es porque no creen que sea la verdad, Realmente te quieres ir, Sí, quiero irme, Y volverás, No lo sé, Si quieres, si esto te atormenta, vete a Belén, a Jerusalén, al Templo, habla con los doctores, pregúntales, ellos te iluminarán y tú volverás con tu madre y tus hermanos que te necesitan, No prometo volver, Y de qué vivirás, tu padre no duró lo bastante para enseñarte el oficio todo, Trabajaré en el campo, seré pastor, pediré a los pescadores que me dejen ir con ellos al mar, No quieras ser pastor, Por qué, No lo sé, es un sentir mío, Seré lo que tenga que ser y ahora, madre, No puedes irte así, tengo que prepararte comida para el camino, dinero hay poco, pero algo habrá, llévate la alforja de tu padre, suerte que él la dejó aquí, Me llevaré la comida, pero la alforja no, Es la única que tenemos en casa, tu padre no tenía lepra ni sarna que se te peguen, No puedo, Un día llorarás por tu padre y no lo tendrás, Ya he llorado, Llorarás más y entonces no querrás saber qué culpas tuvo, a estas palabras de su madre ya no respondió Jesús. Los hermanos mayores se le acercaron preguntando, Te vas de verdad, nada sabían de las razones secretas de la conversación entre la madre y él, Tiago dijo, Me gustaría ir contigo, a éste le gustaba la aventura, el riesgo, los viajes, un horizonte diferente, Tienes que quedarte, respondió Jesús, alguien tendrá que cuidar de nuestra madre viuda, le salió la palabra sin querer, incluso se mordió el labio como para retenerla, pero lo que no pudo retener fueron las lágrimas, el recuerdo vivo de su padre, inesperado, lo alcanzó como un chorro de luz insoportable.

Jesús partió después de haber comido con toda la familia reunida. Se despidió de los hermanos, uno por uno, se despidió de la madre que lloraba, le dijo, sin entender por qué, De un modo u otro, siempre volveré, y echándose la alforja al hombro, atravesó el patio y abrió la cancela que daba al camino. Allí se detuvo, como si reflexionase sobre lo que estaba a punto de hacer, dejar la casa, la madre, los hermanos, cuántas y cuántas veces, en el umbral de una puerta o de una decisión, un súbito y nuevo argumento, o que como tal ha sido configurado por la ansiedad del momento, nos hace enmendar la mano, dar lo dicho por no dicho. Así lo pensó también María, ya una jubilosa sorpresa empezaba a reflejarse en su cara, pero fue sol de poca duración, porque el hijo, antes de volverse atrás, posó la alforja en el suelo, al cabo de una larga pausa durante la cual pareció debatir en su intimidad un problema de solución difícil. Jesús pasó entre los suyos sin mirarlos y entró en la casa. Cuando volvió a salir, instantes después, llevaba en la mano las sandalias del padre. Callado, manteniendo los ojos bajos, como si el pudor o una oculta vergüenza no le dejasen enfrentarse con otra mirada, metió las sandalias en la alforja y, sin más palabras o gestos, salió. María corrió hacia la puerta, fueron con ella todos los hijos, los mayores haciendo como que no le daban mucha importancia al caso, pero no hubo gestos de despedida, porque Jesús no se volvió ni una vez. Una vecina que pasaba y presenció la escena, preguntó, Adónde va tu hijo, María, y María respondió, Ha encontrado trabajo en Jerusalén, va a quedarse allí durante un tiempo, es una descarada mentira, como sabemos, pero en esto de mentir y decir la verdad hay mucho que opinar, lo mejor es no arriesgar juicios morales perentorios porque, si damos tiempo al tiempo, siempre llega un día en el que la verdad se vuelve mentira y la mentira verdad. Aquella noche, cuando todos en la casa estaban durmiendo, menos María, que pensaba en cómo y dónde estaría a aquella hora su hijo, si a salvo en un caravasar, si a cubierto de un árbol, si entre las piedras de un berrocal tenebroso, si en poder de los romanos, que no lo permita el Señor, oyó ella que rechinaba la cancela del camino y el corazón le dio un salto, Es Jesús que vuelve, pensó, y la alegría la dejó, en el primer momento, paralizada y confusa, Qué debo hacer, no quería ir a abrirle la puerta así, con modos de triunfadora, Al fin, ya ves, tanta crudeza contra tu madre y ni una noche has aguantado fuera, sería una humillación para él, lo más apropiado sería quedarse quieta y callada, fingir que estaba durmiendo, dejarlo entrar, si él quería acostarse silencioso en la estera sin decir, Aquí estoy, mañana fingiré asombro ante el regreso del hijo pródigo, que no será menor la alegría por ser breve la ausencia, la ausencia es también una muerte, la única e importante diferencia es la esperanza. Pero él tarda tanto en llegar a la puerta, quién sabe si en los últimos pasos se detuvo y vaciló, este pensamiento no puede María soportarlo, allí está la grieta de la puerta desde donde podrá mirar sin ser vista, tendrá tiempo de volver a la estera si el hijo se decide a entrar, estará a tiempo de correr a detenerlo si se arrepiente y vuelve atrás. De puntillas, descalza, María se aproximó y miró. Estaba de luna la noche, el suelo del patio refulgía como agua. Una silueta alta y negra se movía lentamente, avanzando en dirección a la puerta, y María, apenas la vio, se llevó las manos a la boca para no gritar. No era su hijo, era, enorme, gigantesco, inmenso, el mendigo cubierto de andrajos como la primera vez y también como la primera vez, ahora quizá por efecto de la luna, súbitamente vestido de trajes suntuosos que un soplo poderoso agitaba. María, temerosa, permanecía agarrada a la puerta, Qué quiere, qué quiere, murmuraban sus labios trémulos, y de pronto no supo qué pensar, el hombre que dijo ser un ángel se desvió hacia un lado, estaba junto a la puerta, pero no entraba, lo que sí se oía era su respiración y luego un ruido como de algo que se desgarrara, como si una herida inicial de la tierra estuviera abriéndose cruelmente hasta convertirse en boca abisal. María no necesitó abrir ni preguntar para saber lo que ocurría tras de la puerta. La silueta maciza del ángel volvió a aparecer, durante un instante tapó con su gran cuerpo el campo de visión de María y luego, sin mirar a la casa, se alejó hacia la cancela, llevándose consigo, entera, de la raíz a la hoja más extrema, la planta enigmática nacida, trece años antes, en el mismo lugar donde enterraron la escudilla. La cancela se abrió y se cerró, entre un movimiento y otro el ángel se transformó y apareció el mendigo, desapareció quienquiera que fuese al otro lado del muro, arrastrando las largas hojas como una serpiente emplumada, ahora sin sombra de ruido, como si lo que sucedió no hubiese sido más que sueño e imaginación. María abrió la puerta lentamente y, temerosa, se asomó. El mundo, desde el alto e inaccesible cielo, era todo claridad. Allí cerca, junto a la pared de la casa, estaba el negro agujero de donde la planta fue arrancada y, a partir del borde hasta la cancela, un rastro de luz mayor centelleaba como una vía láctea, si ese nombre tenía entonces, que el de Camino de Santiago no puede ser, pues quien ha de darle el nombre es por ahora un muchachito de Galilea, más o menos de la edad de Jesús, sabe Dios dónde estarán, uno y otro, a estas horas. María pensó en su hijo, pero sin que esta vez sintiera el corazón oprimido por el miedo, nada malo podría ocurrirle bajo un cielo así, bello, sereno, insondable, y esta luna, como un pan hecho de luz, alimentando las fuentes y las savias de la tierra. Con el alma tranquila, María atravesó el patio, pisando sin temor las estrellas del suelo, y abrió la cancela. Miró fuera, vio que el rastro acababa poco más allá, como si la potencia iridiscente de las hojas se hubiera extinguido o, delirio nuevo de la fantasía de esta mujer que ya no podrá invocar la disculpa de estar grávida, como si el mendigo hubiera recobrado su figura de ángel, usando al fin, por tratarse de ocasión muy especial, sus alas. María ponderó íntimamente estos raros sucesos y los encontró sencillos, naturales y justificados, tanto como estar viendo sus propias manos a la luz de la luna. Regresó entonces a casa, tomó del gancho de la pared el candil y fue a iluminar la amplia boca que en la tierra había dejado la planta arrancada. En el fondo estaba la escudilla vacía. Metió la mano en el agujero y la sacó fuera, era la escudilla común que recordaba, sólo con un poquito de tierra dentro, pero apagadas sus lumbres, un prosaico utensilio doméstico que regresaba a sus originales funciones, de ahora en adelante volverá a servir la leche, el agua y el vino, de acuerdo con el apetito y lo que haya para echarle, muy cierto es lo que se ha dicho, que cada persona tiene su hora y cada cosa su tiempo.

Jesús gozó del abrigo de un techo en esta su primera noche de viajero. El crepúsculo le salió al camino a la vista de una aldehuela que se alza poco antes de la ciudad de Jenin, y su suerte, que tan malos anuncios le viene prometiendo y cumpliendo desde que nació, quiso, por esta vez, que los moradores de la casa, donde, sin mucha esperanza, se presentó pidiendo posada, fuesen gente compasiva, de la que pasaría el resto de su vida presa de remordimientos si dejara a un muchacho como éste a la intemperie toda la noche, más en una época tan perturbada de guerras y asaltos, cuando por nada se crucifican almas y se acuchilla a niños inocentes. Jesús declaró a sus bondadosos alojadores que venía de Nazaret y que iba a Jerusalén, pero no repitió la mentira avergonzada que alcanzó a oír en boca de su madre, que iba a trabajar en un oficio, sólo dijo que llevaba recado de interrogar a los doctores del Templo sobre un punto de la Ley que mucho importaba a su familia. Se sorprendió el dueño de la casa de que misión de tanta importancia hubiera sido encomendada a mancebo tan joven, aunque, como claramente se veía, ya entrado en la madurez religiosa, y Jesús explicó que tuvo que ser así, dado que él era el varón mayor de la familia, pero sobre el padre no dijo una palabra. Cenó con los de la casa y luego durmió en el cobertizo del patio, porque no había allí mejor acomodo para huéspedes de paso. Mediada la noche, el sueño volvió a acometerlo, pero con una diferencia del que venía soñando, y era que el padre y los soldados no se aproximaban tanto, ni siquiera el morro del caballo apareció tras la esquina, pero no se engañe quien juzgue que por esto fueron menores la agonía y el pavor, pongámonos en el lugar de Jesús, soñar que nuestro propio padre, aquel que nos dio el ser, viene ahí con la espada desenvainada para matarnos. Nadie en la casa se enteró de la pasión que a pocos pasos se representaba, Jesús, incluso durmiendo, había aprendido ya a dominar el miedo, la conciencia acosada le ponía, como último recurso, la mano en la boca y los gritos vibraban terriblemente, pero en silencio, sólo en el interior de su cabeza. A la mañana siguiente, Jesús compartió la primera comida del día, agradeciendo y alabando luego a sus bienhechores con una compostura tan seria y palabras tan apropiadas que toda la familia, sin excepción, se sintió por unos momentos como participando de la inefable paz del Señor, aunque no pasaban ellos de ser unos desconsiderados samaritanos. Se despidió Jesús y partió, llevando en sus oídos la última oración pronunciada por el dueño de la casa, fue ésta, Bendito seas tú, Señor nuestro Dios, rey del universo, que diriges los pasos del hombre, a lo que respondió él rezando a aquel mismo Señor, Dios y Rey que provee todas las necesidades, demostración que la experiencia de la vida viene haciendo todos los días persuasivamente, conforme a la justísima regla de la proporción directa, que manda dar más a quien más tiene.

Lo que faltaba del camino para llegar a Jerusalén no fue tan fácil. En primer lugar, hay samaritanos y samaritanos, lo que quiere decir que ya en este tiempo no bastaba una golondrina para hacer primavera y que, cuando menos, se precisan dos, de las golondrinas hablamos, no de las primaveras, con la condición de que sean macho y hembra fértiles y que tengan descendencia. Las puertas a las que Jesús fue llamando no volvieron a abrirse, y el remedio del viajero fue dormir por ahí, solo, una vez bajo una higuera, de ésas de ancha copa y un poco rastreras como una saya rodada, otra vez protegido por una caravana a la que se unió y que, estando lleno el caravasar próximo, tuvo, felizmente para Jesús, que armar campamento en campo abierto. Dijimos felizmente porque, cuando solo y sin compañía viajaba Jesús por los desiertos montes, el pobre joven fue asaltado por dos maleantes, cobardes y sin perdón, que le robaron el poco dinero que tenía, siendo ésta la causa de que no pudiera acogerse Jesús a albergues y hospedajes que, según las leyes de un sano comercio, no dan techo sin pago ni albergue sin dinero. Lástima fue que allí no hubiera alguien para apiadarse, para mirar el desamparo del pobrecillo cuando los ladrones se fueron, para colmo riéndose de él, con todo aquel cielo encima y las montañas rodeándolo, el infinito universo desprovisto de significación moral, poblado de estrellas, ladrones y crucificadores. Y no nos contraponga, por favor, el argumento de que un chiquillo de trece años nunca tendría la sapiencia científica o el prurito filosófico, ni siquiera la mera experiencia de la vida que tales reflexiones presupondrían, y que éste, en especial, pese a venir informado por sus estudios en la sinagoga y una declarada agilidad mental, sobre todo en los diálogos en que tomó parte, no habrá justificado, en dichos y en hechos, la particular atención de que le hacemos objeto. Hijos de carpinteros no faltan en estas tierras, tampoco faltan hijos de crucificados, pero, suponiendo que otro de ellos hubiera sido elegido, no dudemos que, quienquiera que fuese, tanta abundancia de materias aprovechables nos hubiera dado ése como éste nos está dando. En primer lugar porque, como ya no es secreto para nadie, todo hombre es un mundo, bien por las vías de lo transcendente, bien por las vías de lo inmanente, y en segundo lugar porque esta tierra siempre fue distinta de las otras, basta ver la cantidad de gente de alta, media o baja condición que por aquí anduvo predicando o profetizando, empezando por Isaías y acabando por Malaquías, nobles, sacerdotes, pastores, de todo ha habido un poco, por eso conviene que seamos prudentes en nuestras opiniones, los humildes comienzos del hijo de un carpintero no nos dan derecho a pronunciar juicios prematuros que, al parecer definitivos, pueden comprometer una carrera. Este muchacho que va camino de Jerusalén, cuando la mayoría de los de su edad aún no arriesgan un pie fuera de la puerta, quizá no sea exactamente un águila de perspicacia, un portento de inteligencia, pero es merecedor de nuestro respeto, tiene, como él mismo declaró, una herida en el alma y, no permitiéndole su naturaleza esperar que la sane el simple hábito de vivir con ella, hasta llegar a cerrarse esa cicatriz benévola que es el no pensar, se fue a buscar por el mundo, quién sabe si para multiplicar sus heridas y hacer con todas ellas juntas un único y definitivo dolor.

Es posible que estas suposiciones parezcan inadecuadas, no sólo a la persona sino también al tiempo y al lugar, osando imaginar sentimientos modernos y complejos en la cabeza de un aldeano palestino nacido tantos años antes de que Freud, Jung, Groddeck y Lacan vinieran al mundo, pero nuestro error, permítasenos la presunción, no es ni craso ni escandaloso, si tenemos en cuenta el hecho de que abundan, en los escritos que a estos judíos sirven de alimento espiritual, ejemplos tales y tantos que nos autorizan a pensar que un hombre, sea cual sea la época en que viva o haya vivido, es mentalmente contemporáneo de otro hombre de otra época cualquiera. Las únicas e indudables excepciones conocidas fueron Adán y Eva, y no por haber sido el primer hombre y la primera mujer, sino porque no tuvieron infancia. Y que no vengan la biología y la psicología a protestar de que en la mentalidad de un hombre de Cromagnon, para nosotros inimaginable, ya estaban iniciados los caminos que habían de llevar a la cabeza que hoy cargamos sobre los hombros. Es un debate que nunca podría caber aquí, porque de aquel hombre de Cromagnon no se habla en el libro del Génesis, que es la única lección sobre los inicios del mundo por donde Jesús aprendió.

Distraídos por estas reflexiones, no del todo desdeñables en relación a las esencialidades del evangelio que venimos explicando, nos olvidamos de acompañar, como sería nuestro deber, lo que aún faltaba del viaje del hijo de José a Jerusalén, a cuya vista ahora mismo acaba de llegar, sin dinero, pero a salvo, con los pies castigados por la larga jornada, pero tan firme de corazón como cuando salió por la puerta de su casa, hace tres días. No es ésta la primera vez que viene, por eso no se le exalta el corazón más de lo que es de esperar de un devoto para quien su dios ya se le ha hecho familiar, o de eso va en camino. Desde este monte, llamado Getsemaní, que es lo mismo que decir de los Olivos, se ve, desdoblado magníficamente, el discurso arquitectónico de Jerusalén, templo, torres, palacios, casas de vivir, y tan próxima parece estar la ciudad de nosotros que tenemos la impresión de poder alcanzarla con los dedos, a condición de haber subido la fiebre mística tan alto que el creyente y padeciente de ella acabe por confundir las flacas fuerzas de su cuerpo con la potencia inagotable del espíritu universal. La tarde va a su fin, el sol cae por el lado del mar distante. Jesús comenzó a descender hacia el valle, preguntándose a sí mismo dónde dormirá esta noche, si dentro, si fuera de la ciudad, las otras veces que vino con el padre y la madre, en tiempo de Pascua, se quedó con la familia en tiendas fuera de los muros, mandadas armar benévolamente por las autoridades civiles y militares para acogida de peregrinos, separados todos, no sería preciso decirlo, los hombres con los hombres, las mujeres con las mujeres, los menores igualmente separados por sexos. Cuando Jesús llegó a las murallas, ya con el primer aire de la noche, estaban las puertas a punto de cerrarse pero los guardianes le permitieron entrar, tras él retumbaron las trancas de los grandes maderos, si Jesús tuviera alguna afligida culpa en la conciencia, de esas que en todo van encontrando indirectas alusiones a los errores cometidos, tal vez le viniera la idea de una trampa en el momento de cerrarse, unos dientes de hierro clavándose en la pierna de la presa, un capullo de baba envolviendo la mosca. Pero, a los trece años, los pecados no pueden ser ni muchos ni terribles, todavía no es el momento de matar ni robar, de levantar falso testimonio, de desear a la mujer del prójimo, ni su casa, ni sus campos, ni su esclavo, ni su esclava, ni su buey, ni su jumento, ni nada que le pertenezca, y siendo así, este muchacho va puro y sin mancha de error propio, aunque lleve ya perdida la inocencia, que no es posible ver la muerte y continuar como antes. Las calles se van quedando desiertas, es la hora de la cena en las familias, sólo quedan fuera los mendigos y los vagabundos, pero incluso ésos ya se van recogiendo a los cobijos de sus gremios respectivos, a sus refugios corporativos, pronto empezarán a recorrer la ciudad las patrullas de soldados romanos en busca de los fautores de desórdenes que hasta en la propia capital del reino de Herodes Antipas vienen a cometer sus protervias e iniquidades, pese a los suplicios que les esperan si son sorprendidos, como en Séforis se vio. En el fondo de la calle aparece una de esas rondas de noche iluminándose con hachones, desfilando entre un tintineo de escudos y de espadas, al compás de los pies calzados con sandalias de guerra. Oculto en un tabuco, el muchacho esperó a que la tropa desapareciera, luego buscó un sitio para dormir. Lo encontró, como calculaba, en las sempiternas obras del Templo, un espacio entre dos grandes piedras ya aparejadas, sobre las cuales había una losa que hacía las veces de techo. Allí comió el último bocado de pan duro y mohoso que le quedaba, acompañándolo con unos pocos higos que sacó del fondo de la alforja. Tenía sed, pero se resignó a pasar sin beber. Al fin, tendió la estera, se tapó con el pequeño cobertor que formaba parte de su equipaje de viajero y, enroscado para protegerse del frío que entraba por un lado y otro del precario abrigo, pudo quedarse dormido. Estar en Jerusalén no le impidió soñar, pero no fue ganancia de poca monta el que, tal vez por la tan próxima presencia de Dios, el sueño se limitase a la repetición de las conocidas escenas, confundidas con el desfile de la ronda que había encontrado. Despertó cuando el sol acababa de nacer. Se arrastró fuera de su agujero, frío como una tumba, y, enrollado en la manta, miró ante él el caserío de Jerusalén, casas bajas, de piedra, tocadas por la luz rosada. Entonces, con una solemnidad mayor, por ser pronunciadas por boca del chiquillo que todavía es, dijo su oración, Gracias te doy, Señor, nuestro Dios, rey del universo, que, por el poder de tu misericordia, así me has restituido, viva y constante, mi alma. Ciertos momentos hay en la vida que deberían quedar fijados, protegidos del tiempo, no sólo consignados, por ejemplo, en este evangelio, o en pintura, o modernamente en foto, cine y vídeo, lo que realmente interesaba era que el propio que los vivió o hizo vivir pudiese permanecer para siempre jamás a la vista de sus venideros, como sería, en este día de hoy, que fuéramos hasta Jerusalén para ver, con nuestros ojos visto, a este muchachito, Jesús hijo de José, enrollado en la corta manta de pobre, mirando las casas de Jerusalén y dando gracias al Señor por no haber perdido el alma aún esta vez. Estando su vida en el principio, qué son trece años, es de prever que el futuro le haya reservado horas más alegres o tristes que ésta, más felices o desgraciadas, más amenas o trágicas, pero éste es el instante que recogeríamos para nosotros, la ciudad dormida, el sol parado, la luz intangible, un muchachito mirando las casas, enrollado en una manta, con una alforja a sus pies y el mundo todo, el de cerca y el de lejos, suspenso, a la espera. No es posible, se ha movido ya, el instante vino y pasó, el tiempo nos lleva hasta donde una memoria se inventa, fue así, no fue así, todo es lo que digamos que fue. Jesús camina ahora por las estrechas calles que se van llenando de gente, porque todavía es temprano para ir al Templo, los doctores, como en todas las épocas y lugares, no aparecen hasta más tarde. Ya no nota el frío, pero el estómago da señales, dos higos que le quedaban sirvieron sólo para abrir el flujo de saliva, el hijo de José tiene hambre. Ahora sí le hace falta el dinero que le robaron aquellos malvados, pues la vida en la ciudad no es como la holganza de andar silbando por los campos a ver lo que dejaron los labradores que cumplen las leyes del Señor, verbi gratia, Cuando procedas a la siega de tu campo y te olvides algún haz, no vuelvas atrás para llevártelo, cuando varees tus olivos, no vuelvas para recoger lo que quedó en las ramas, cuando vendimies tu viña, no la repases para llevarte los racimos que quedaron, todo esto lo deberás dejar para que lo recojan los extranjeros, el huérfano y la viuda, recuerda que has sido esclavo en tierras de Egipto. Pues bien, a esta gran ciudad, a pesar de que en ella Dios mandó edificar su morada terrestre, a Jerusalén no llegaron estos humanitarios reglamentos, razón por la que, para quien no traiga dineros en la bolsa, ni treinta ni tres, el remedio será siempre pedir, con el riesgo probable de verse rechazado por importuno, o robar, con el ciertísimo peligro de acabar sufriendo castigo de flagelación y cárcel, si no punición peor. Robar, este muchacho no puede, pedir, este muchacho no quiere, va posando los ojos aguados en las pilas de panes, en las pirámides de frutas, en los alimentos cocinados expuestos en tenderetes a lo largo de las calles y a punto está de desmayarse, como si todas las insuficiencias nutritivas de estos tres días, descontando la mesa del samaritano, se hubieran reunido en esta hora dolorosa, verdad es que su destino está en el Templo, pero el cuerpo, aunque defiendan lo contrario los partidarios del ayuno místico, recibirá mejor la palabra de Dios si el alimento ha fortalecido en él las facultades del entendimiento. Tuvo suerte, un fariseo que venía de paso dio con el desfallecido mozo y de él se apiadó, el injusto futuro se encargará de difundir la pésima reputación de esta gente, pero en el fondo eran buenas personas, como se probó en este caso, Quién eres, le preguntó, y Jesús respondió, Soy de Nazaret de Galilea, Tienes hambre, el muchacho bajó los ojos, no necesitaba hablar, se le leía en la cara, No tienes familia, Sí, pero he venido solo, Te has escapado de casa, No, y realmente no se había escapado, recordemos que la madre y los hermanos le despidieron, con mucho amor, a la puerta de la casa, el que no se hubiera vuelto ni una sola vez no era señal de que huyera, así son nuestras palabras, decir un Sí o un No es, de todo, lo más simple y, en principio, lo más convincente, pero la pura verdad mandaría que se empezase dando una respuesta así medio dubitativa, Bueno, huir, huir, lo que se llama huir, no he huido, pero, y en este punto tendríamos que volver a oír toda la historia, lo que, tranquilicémonos, no sucederá, en primer lugar porque el fariseo, no teniendo que volver a aparecer, no necesita conocerla, en segundo lugar porque nosotros la conocemos mejor que nadie, basta pensar en lo poco que saben unas de otras las personas más importantes de este evangelio, véase que Jesús no lo sabe todo de su madre y de su padre, María no lo sabe todo del marido, y del hijo y José, estando muerto, no sabe nada de nada. Nosotros, al contrario, conocemos todo cuanto hasta hoy fue hecho, dicho y pensado, bien por ellos bien por otros, aunque tengamos que proceder como si lo ignorásemos, en cierto modo somos el fariseo que preguntó, Tienes hambre, cuando la pálida y enflaquecida cara de Jesús, por sí sola, significaba, No me preguntes, dame de comer. Fue lo que hizo el compasivo hombre, compró dos panes, que todavía venían calientes del horno, un cuenco de leche y sin decir palabra se los entregó a Jesús, mas ocurrió que al pasar de uno al otro, se les derramó un poco de líquido sobre las manos, entonces, en un gesto igual y simultáneo, que venía sin duda de la distancia de los tiempos naturales, ambos se llevaron la mano mojada a la boca para sorber la leche, gesto como el de besar el pan cuando cae al suelo, qué pena que no vuelvan a encontrarse más estos dos, que tan hermoso y simbólico pacto parecían haber firmado. Volvió el fariseo a sus quehaceres, pero antes sacó de la bolsa dos monedas diciendo, Toma este dinero y vuelve a tu casa, el mundo es aún demasiado grande para ti. El hijo del carpintero sostenía en las manos el cuenco y el pan, de pronto había dejado de tener hambre, o la tenía, pero no la sentía, miraba al fariseo que se alejaba y sólo entonces dio las gracias, pero en voz tan baja que el otro no podría haberle oído, si fuera hombre que esperase gratitud pensaría que hizo el bien a un muchacho ingrato y sin educación. Allí mismo, en medio de la calle, Jesús, cuyo apetito regresó de un salto, comió su pan y bebió su leche y luego fue a entregar el cuenco vacío al vendedor, que le dijo, Está pagado, quédate con él, Es costumbre en Jerusalén comprar la leche con el cuenco, No, pero este fariseo lo ha querido así, nunca se sabe lo que un fariseo tiene en la cabeza, Entonces puedo llevármelo, Te lo he dicho ya, está pagado. Jesús envolvió el cuenco en la manta y lo metió en la alforja mientras pensaba que tenía que tener cuidado en adelante, que estos barros son frágiles, quebradizos, no pasan de ser un poco de tierra a la que la suerte ha dado precaria consistencia, como al hombre en definitiva. Alimentado el cuerpo, despierto el espíritu, Jesús orientó sus pasos hacia el Templo.

Había ya mucha gente en la explanada de la que partía la difícil escalera de acceso. A los dos lados, a lo largo de los muros, se encontraban los tenderetes de los buhoneros, otros donde se vendían los animales para el sacrificio, aquí y allá, dispersos, los cambistas con sus bancas, grupos que conversaban, gesticulantes mercaderes, guardias romanos a pie y a caballo vigilando, literas a hombros de esclavos y también los dromedarios, los asnos aplastados por la carga, por todas partes un griterío frenético, ahora los débiles balidos de corderos y cabritos, algunos iban transportados en brazos o en la espalda, como niños cansados, otros arrastrados por una cuerda atada al cuello, pero todos camino de la muerte a cuchilladas y de la consumición por el fuego. Jesús pasó por el baño de purificación, subió luego la escalinata y, sin detenerse, atravesó el Atrio de los Gentiles. Entró en el Patio de las Mujeres por la puerta entre la Sala de los Óleos y la Sala de los Nazarenos y encontró lo que venía buscando, los ancianos y los escribas que según la antigua costumbre disertaban allí sobre la Ley, respondían a cuestiones y daban consejos. Había algunos grupos, el muchacho se acercó al menos numeroso en el preciso momento en que un hombre levantaba la mano para hacer una pregunta. El escriba asintió con una señal y el hombre dijo, Explícame, te lo ruego, si debemos entender, palabra por palabra, sentido por sentido, tal como está escrito, las leyes que el Señor dio a Moisés en el Monte Sinaí, cuando prometió hacer reinar la paz en nuestra tierra y que nadie perturbaría nuestro sueño, cuando anunció que haría desaparecer de entre nosotros a los animales nocivos y que la espada no pasaría por nuestra tierra, y también que persiguiendo nosotros a nuestros enemigos, caerían ellos bajo nuestra espada, cinco de los vuestros perseguirán a un centenar, y cien de los vuestros perseguirán a diez mil, dijo el Señor, y vuestros enemigos caerán bajo vuestra espada. El escriba miró con expresión desconfiada a quien preguntaba, pensando si sería un entrometido rebelde, enviado por Judas de Galilea para alborotar los espíritus con malévolas insinuaciones sobre la pasividad del Templo ante el poder de Roma, y respondió, brusco y breve, Esas palabras las dijo el Señor cuando nuestros padres estaban en el desierto y eran perseguidos por los egipcios. El hombre volvió a levantar la mano, señal de otra pregunta, Debo entender que las palabras pronunciadas por el Señor en el Monte Sinaí sólo valían para aquellos tiempos, cuando nuestros padres buscaban la tierra de promisión, Si así lo has entendido, no eres un buen israelita, la palabra del Señor valió, vale y valdrá para todos los tiempos, pasados y futuros, la palabra del Señor estaba en la mente del Señor desde antes de que hablase y en ella continúa después de haber callado, Fuiste tú quien dijo lo que a mí me prohíbes pensar, Qué piensas tú, Que el Señor consiente que nuestras espadas no se levanten contra la fuerza que nos está oprimiendo, que cien de los nuestros no se atreven contra cinco de ellos, que diez mil judíos tienen que encogerse ante cien romanos, Estás en el Templo del Señor y no en un campo de batalla, El Señor es el dios de los ejércitos, Pero recuerda que el Señor impuso sus condiciones, Cuáles, Si cumplís mis leyes, si guardáis mis preceptos, dijo el Señor, Y qué leyes no cumplimos, y qué preceptos no guardamos para tener que aceptar por justa y necesaria, como castigo de pecados, la dominación de Roma, El Señor lo sabrá, Sí, el Señor lo sabrá, cuántas veces el hombre peca sin saberlo, pero explícame por qué se sirve el Señor del poder de Roma para castigarnos, en vez de hacerlo directamente, cara a cara con aquellos a quienes eligió para formar su pueblo, El Señor conoce sus fines, el Señor elige sus medios, Quieres decir entonces que es voluntad del Señor que los romanos manden en Israel, Sí, Si es como dices, tendremos que concluir que los rebeldes que andan luchando contra los romanos están también luchando contra el Señor y su voluntad, Concluyes mal, Y tú te contradices, escriba, El querer de Dios puede ser un no querer y su no querer, su voluntad, Sólo el querer del hombre es verdadero querer y no tiene importancia ante Dios, Así es, Entonces, el hombre es libre, Sí, para poder ser castigado. Corrió un murmullo entre los circunstantes, algunos miraron a quien hizo las preguntas, sin duda pertinentes a la pura luz de los textos, pero políticamente inconvenientes, lo miraron como si él, precisamente, debiera asumir los pecados todos de Israel y por ellos pagar, aliviados los sospechosos, en cierto modo, por el triunfo del escriba, que recibía con sonrisa complacida las felicitaciones y las alabanzas. Seguro de sí, el maestro miró a su alrededor, solicitando otra interpelación, como el gladiador que, habiéndole correspondido en suerte un adversario de poca monta, reclama otro de mayor porte y que le dé mayor gloria. Otro hombre levantó la mano, otra pregunta se presentaba, El Señor habló a Moisés y le dijo, El extranjero que reside con vosotros será tratado como uno de vuestros compatriotas y lo amarás como a ti mismo, porque también vosotros fuisteis extranjeros en tierras de Egipto, eso dijo el Señor a Moisés. No acabó, porque el escriba, animado por su primera victoria, lo interrumpió con ironía, Supongo que no es tu idea preguntarme por qué no tratamos nosotros a los romanos como compatriotas, dado que son extranjeros, Te lo preguntaría si los romanos nos tratasen a nosotros como compatriotas suyos, sin preocuparnos, ni nosotros ni ellos, de otras leyes y otros dioses, También tú vienes aquí a provocar la ira del Señor con interpretaciones diabólicas de su palabra, interrumpió el escriba, No, sólo quiero que me digas si de verdad piensas que cumplimos la palabra santa cuando los extranjeros lo sean, no con relación a la tierra donde vivimos, sino a la religión que profesamos, A quién te refieres en particular, A algunos hoy, a muchos en el pasado, quizá a muchos más mañana, Sé claro, por favor, que no puedo perder el tiempo con enigmas ni parábolas, Cuando vinimos de Egipto, vivían en la tierra que llamamos Israel otras naciones a las que tuvimos que combatir, en aquellos días los extranjeros éramos nosotros, y el Señor nos dio orden de que matásemos y aniquilásemos a quienes se oponían a su voluntad, La tierra nos fue prometida, pero tenía que ser conquistada, no la compramos, ni nos fue ofrecida, Y hoy está bajo un dominio extranjero que estamos soportando, la tierra que habíamos hecho nuestra dejó de serlo, La idea de Israel mora eternamente en el espíritu del Señor, por eso dondequiera que esté su pueblo, reunido o disperso, ahí estará la Israel terrenal, De ahí se deduce, supongo, que en todas partes donde estemos nosotros, los judíos, siempre los otros hombres serán extranjeros, A los ojos del Señor, sin duda, Pero el extranjero que viva con nosotros será, según la palabra del Señor, nuestro compatriota y debemos amarlo como a nosotros mismos porque fuimos extranjeros en Egipto, El Señor lo dijo, Concluyo, entonces, que el extranjero a quien debemos amar es aquel que, viviendo entre nosotros, no sea tan poderoso que nos oprima, como ocurre, en los tiempos de hoy, con los romanos, Concluyes bien, Pues ahora vas a decirme, según lo que tus luces te aconsejen, si llegáramos un día nosotros a ser poderosos, permitirá el Señor que oprimamos a los extranjeros a quienes el mismo Señor mandó amar, Israel no podrá querer sino lo que el Señor quiere, y el Señor, por el hecho de haber elegido a este pueblo, querrá todo cuanto sea bueno para Israel, Aunque sea no amar a quien se debería amar, Sí, si ésa fuera finalmente su voluntad, De Israel o del Señor, De ambos, porque son uno, No violarás el derecho del extranjero, palabra del Señor, Cuando el extranjero lo tenga y se lo reconozcamos, dijo el escriba. De nuevo se oyeron murmullos de aprobación que hicieron brillar los ojos del escriba como los del vencedor de pancracio, o los de un discóbolo, un reciario, un conductor de carros.

La mano de Jesús se levantó. A ninguno de los presentes le sorprendió que un muchacho de esta edad se presentase a interrogar a un escriba o a un doctor del Templo, pues siempre ha habido adolescentes con dudas, desde Caín y Abel, en general hacen preguntas que los adultos reciben con una sonrisa de condescendencia y una palmadita en la espalda, Crece, crece y verás cómo esto no tiene importancia, y los más comprensivos dirán, Cuando yo tenía tu edad también pensaba así. Algunos de los presentes se alejaron, otros se disponían a hacerlo, ante la apenas oculta contrariedad del escriba que veía escapársele un público hasta entonces atento, pero la pregunta de Jesús hizo que se volvieran algunos que pudieron oírla, Quiero saber sobre la culpa, Hablas de una culpa tuya, Hablo de la culpa en general, pero también de la culpa que yo pueda tener incluso sin haber pecado directamente, Explícate mejor, Dijo el Señor que los padres no morirán por los hijos ni los hijos por los padres, y que cada uno será condenado a la muerte por su propio delito, Así es, pero debes saber que se trataba de un precepto para aquellos antiguos tiempos en los que la culpa de un miembro de la familia debía ser pagada por toda la familia, incluyendo los inocentes, Pero, siendo la palabra del Señor eterna y no estando a la vista el fin de las culpas, recuerda lo que tú mismo dijiste hace poco, que el hombre es libre para poder ser castigado, creo que es legítimo pensar que el delito del padre, incluso siendo castigado, no queda extinto con el castigo y forma parte de la herencia que transmite al hijo, como los vivos de hoy heredamos la culpa de Adán y Eva, nuestros primeros padres, Asombrado estoy de que un muchacho de tu edad y de tu condición parezca saber tanto de las Escrituras y sea capaz de discurrir sobre ellas de manera tan fluida, Sólo sé lo que aprendí, De dónde vienes, De Nazaret de Galilea, Ya me parecía, por tu modo de hablar, Responde a lo que te he preguntado, por favor, Podemos admitir que la principal culpa de Adán y Eva, cuando desobedecieron al Señor, no haya sido tanto la de probar el fruto del árbol del conocimiento del bien y del mal como la consecuencia que de ahí fatalmente tendría que resultar, es decir, impedir, con su pecado, que el Señor cumpliera el plan que tenía en su mente al crear al hombre y luego a la mujer, Quieres decir que todo acto humano, la desobediencia en el paraíso o cualquier otro, interfiere la voluntad de Dios siempre y que, en definitiva, podríamos comparar la voluntad de Dios con una isla en el mar, rodeada y asaltada por las revueltas aguas de las voluntades de los hombres, esta pregunta la lanzó el segundo de los cuestionadores, que a tal osadía no se hubiera atrevido el hijo del carpintero, No será tanto así, respondió cautelosamente el escriba, la voluntad del Señor no se contenta con prevalecer sobre todas las cosas, ella hace que todo sea lo que es, Pero tú mismo has dicho que la desobediencia de Adán es la causa de que no conozcamos el proyecto que Dios había concebido para él, Así es, según la razón, pero en la voluntad de Dios, creador y regidor del universo, están contenidas todas las voluntades posibles, la suya, pero también las de todos los hombres nacidos y por nacer, Si fuera como dices, intervino Jesús, súbitamente iluminado, cada uno de los hombres sería una parte de Dios, Probablemente, pero la parte representada por todos los hombres juntos sería como un grano de arena en el desierto infinito que Dios es. El hombre presuntuoso que hasta entonces había sido el escriba desapareció. Está sentado en el suelo, como antes, a su alrededor los asistentes lo miran con tanto respeto como temor, como quien está ante un mago que, involuntariamente, hubiera convocado y hecho aparecer fuerzas de las que, a partir de este momento, sólo podría ser súbdito. Decaídos los hombros, tenso el rostro, las manos abandonadas sobre las rodillas, todo su cuerpo parecía pedir que le dejaran entregado a su angustia. Los circunstantes empezaron a levantarse, algunos se dirigieron hacia el Atrio de los Israelitas, otros se acercaban a los grupos donde proseguían los debates. Jesús dijo, No has respondido a mi pregunta. El escriba enderezó lentamente la cabeza, lo miró con la expresión de quien acabara de salir de un sueño y, tras un largo, casi insoportable silencio, dijo, La culpa es un lobo que se come al hijo después de haber devorado al padre, Ese lobo de que hablas ya se comió a mi padre, Entonces sólo falta que te devore a ti, Y tú, en tu vida, fuiste comido o devorado, No sólo comido y devorado, sino también vomitado.

Jesús se levantó y salió. Camino de la puerta por donde había entrado, se detuvo y miró atrás. La columna de humo de los sacrificios subía recta al cielo e iba a disiparse y desaparecer en las alturas, como si la aspirasen los gigantescos fuelles del pulmón de Dios. La mañana estaba mediada, crecía la multitud y en el interior del Templo quedaba un hombre roto y dilacerado por el vacío, a la espera de sentir que se le reconstituía el hueso de la costumbre, la piel del hábito, para poder responder, dentro de un rato o mañana, tranquilamente, a alguien que venga con la idea de querer saber, por ejemplo, si la sal en que la mujer de Lot se transformó era sal gema o sal marina, o si la embriaguez de Noé fue de vino blanco o de vino tinto. Fuera ya del Templo, Jesús preguntó cuál era el camino hacia Belén, su segundo destino, dos veces se perdió en la confusión de las calles y de la gente, hasta que encontró la puerta por donde, en el vientre de su madre, pasó trece años atrás, presto ya a venir al mundo. No se suponga, sin embargo, que Jesús piensa este pensamiento, bien sabido es que las evidencias de la obviedad cortan las alas al pájaro inquieto de la imaginación, un ejemplo daremos y basta, mire el lector de este evangelio un retrato de su madre, que la represente grávida de él, y díganos si es capaz de imaginarse dentro. Baja Jesús en dirección a Belén, podría ahora reflexionar sobre las respuestas dadas por el escriba, no sólo a su pregunta, sino también a otras antes que a la suya, pero lo que le perturba es la embarazosa impresión de que todas las preguntas eran, en definitiva, una sola y la respuesta dada a cada una a todas servía, principalmente la última, que lo resumía todo, el hambre eterna del lobo de la culpa, que eternamente come, devora y vomita. Muchas veces, gracias a las debilidades de la memoria, no sabemos, o sabemos como quien deseara olvidarlo, la causa, el motivo, la raíz de la culpa o, para hablar de manera figurada al modo del escriba, el cubil de donde el lobo sale para cazarnos. Jesús lo sabe y hacia allí camina. No tiene la menor idea de lo que hará, pero haber venido es como ir avisando, a un lado y otro del camino, Aquí estoy, a la espera de que alguien salga en un recodo, qué quieres, castigo, perdón, olvido. Como el padre y la madre hicieron en su tiempo, se detuvo ante la tumba de Raquel para orar. Luego, sintiendo que se le aceleraban los latidos del corazón, siguió hacia delante. Las primeras casas de Belén estaban a la vista, ésta era la entrada de la aldea por donde todas las noches irrumpían, en sueños, el padre asesino y los soldados de la compañía, en verdad esto no parece sitio para aquellos horrores, no es sólo el cielo el que lo niega, este cielo por donde pasan nubes blancas y tranquilas como benévolos gestos de Dios, la propia tierra parece dormir al sol, tal vez sería mejor decir, Dejemos las cosas como están, no removamos los huesos del pasado y, antes de que una mujer, con un niño en brazos, aparezca en una de estas puertas preguntando, A quién buscas, volverse atrás, borrar el rastro de los pasos que aquí nos trajeron y rogar que el movimiento perpetuo del cedazo del tiempo cubra con una rápida e insondable polvareda hasta la más tenue memoria de estos acontecimientos. Demasiado tarde. Hay un momento, rozando ya casi la telaraña, en el que la mosca estaría a tiempo de escapar de la trampa, pero, si la ha tocado ya, si el flujo viscoso rozó el ala en adelante inútil, cualquier movimiento servirá sólo para que el insecto se enmalle más y se paralice, irremediablemente condenado, aunque la araña despreciase, por insignificante, esta pieza de caza. Para Jesús el momento ha pasado. En el centro de una plaza, donde en una esquina hay una higuera frondosa, se ve una pequeña construcción cúbica que no necesita ser mirada por segunda vez para saber que es un túmulo. Se aproximó Jesús, le dio una vagarosa vuelta, se detuvo a leer las inscripciones medio borradas que había en uno de sus lados y, hecho esto, comprendió que acababa de encontrar lo que buscaba. Una mujer que atravesaba la plaza llevando de la mano a un niño de cinco años se detuvo, miró con curiosidad al forastero y preguntó, De dónde vienes, y como si creyera necesario justificar la pregunta, No eres de aquí, Soy de Nazaret de Galilea, Tienes familia en estos lugares, No, vine a Jerusalén y, como estaba cerca, decidí ver Belén, Estás de paso, Sí, vuelvo a Jerusalén en cuanto empiece a refrescar la tarde. La mujer levantó al niño, lo sentó en el brazo izquierdo diciendo, Que el Señor quede contigo, e hizo un movimiento para retirarse, pero Jesús la retuvo preguntando, Este túmulo de quién es. La mujer apretó al niño contra el pecho, como si quisiera protegerlo de una amenaza, y respondió, Son veinticinco niños que fueron muertos hace muchos años, Cuántos, Veinticinco, ya te lo he dicho, Hablo de los años, Ah, unos catorce, Son muchos, Deben de serlo, calculo que más o menos los que tú tienes, Así es, pero yo estoy hablando de los niños, Ah, uno de ellos era hermano mío, Un hermano tuyo está ahí dentro, Sí, Y ese que llevas en brazos, es tu hijo, Es mi primogénito, Por qué fueron muertos los niños, No se sabe, entonces yo tenía sólo siete años, Pero sin duda se lo habrás oído contar a tus padres y a los otros mayores, No era necesario, yo misma vi cómo mataban a algunos, A tu hermano, También a mi hermano, Y quién los mató, Aparecieron unos soldados del rey en busca de niños varones hasta los tres años y los mataron a todos, Y dices que no se sabe por qué, Nunca se ha sabido hasta el día de hoy, Y después de la muerte de Herodes, no intentó nadie averiguarlo, no fue nadie al

Templo a pedir a los sacerdotes que indagasen, No lo sé, Si los soldados hubieran sido romanos, todavía se comprendería, pero así, que nuestro propio rey mande matar a sus súbditos, niños de tres años, alguna razón tendría que haber, La voluntad de los reyes no es para nuestro entendimiento, quede el Señor contigo y te proteja, Ya no tengo tres años, A la hora de la muerte, los hombres tienen siempre tres años, dijo la mujer, y se alejó. Cuando se quedó solo, Jesús se arrodilló en el suelo, al lado de la piedra que cerraba la entrada de la tumba, sacó de la alforja un mendrugo de pan que le quedaba, duro ya, deshizo un trozo entre las palmas de las manos y lo desmigó luego junto a la puerta, como una ofrenda a las invisibles bocas de los inocentes. En el instante en que lo estaba haciendo apareció, procedente de la esquina más cercana, otra mujer, pero ésta era muy vieja, curvada, caminaba ayudándose con un bastón. Confusamente, porque no le daba la vista mayores alcances, se dio cuenta del gesto del muchacho. Se detuvo atenta, lo vio luego levantarse, inclinar la cabeza, como si recitase una oración por el descanso de los infortunados infantes, que, aunque ésa sea la costumbre, no nos atreveremos a desear eterno, por habernos fallado la imaginación cuando, una sola vez, intentamos representarnos lo que podría ser eso de descansar eternamente. Jesús acabó su responsorio y miró alrededor, muros ciegos, puertas cerradas, sólo se veía, allí parada, una vieja muy vieja, vestida con una túnica de esclava y apoyada en su bastón, demostración viva de la tercera parte del famoso enigma de la esfinge, cuál es el animal que anda a cuatro patas por la mañana, dos por la tarde y tres al anochecer, es el hombre, respondió el expertísimo Edipo, no se le ocurrió entonces que algunos ni al mediodía consiguen llegar, nada más en Belén, de una sentada, fueron veinticinco. La vieja se fue acercando, acercando, y ahora está delante de Jesús, agacha el cuello para verlo mejor y pregunta, Buscas a alguien. El muchacho no respondió en seguida, en verdad no andaba buscando a persona alguna, las personas que había encontrado estaban muertas, aquí, a dos pasos, ni se podría decir que fueran personas, unas criaturas de pañales y chupete, llorones y babeantes, de pronto la muerte llegó y los convirtió en gigantescas presencias que no caben en nichos ni osarios y, todas las noches, si hay justicia, salen al mundo mostrando las heridas mortales, las puertas por donde se les fue la vida, abiertas a tajos de espada, No, dijo Jesús, no busco a nadie. La vieja no se retiró, parecía esperar a que él continuase, y esa actitud sacó de la boca de Jesús palabras que no había pensado decir, Nací en esta aldea, en una cueva, me gustaría ver el sitio. La vieja retrocedió un difícil paso, afirmó la mirada cuanto pudo y, temblándole la voz, preguntó, Tú, cómo te llamas, de dónde vienes, quiénes son tus padres. A una esclava sólo responde quien quiera hacerlo, pero el prestigio de la última edad, incluso siendo de inferior condición, tiene mucha fuerza, a los viejos, a todos, se les debe responder siempre, porque siendo ya tan poco el tiempo que tienen para hacer preguntas, extrema crueldad sería dejarlos privados de respuestas, recordemos que una de ellas bien pudiera ser la que esperaban. Me llamo Jesús, vengo de Nazaret de Galilea, dijo el muchacho, que no anda diciendo otra cosa desde que salió de casa. La vieja avanzó el paso que había retrocedido, Y tus padres, cómo se llaman, Mi padre se llamaba José, mi madre es María, Cuántos años tienes, Voy por los catorce. La mujer miró a su alrededor como si buscara donde sentarse, pero una plaza de Belén de Judea no es lo mismo que el jardín de San Pedro de Alcántara, con bancos y vista apacible al castillo, aquí nos sentamos en el polvo del suelo o, en el mejor de los casos, en el umbral de las puertas o, si hay una tumba, en la piedra que se deja al lado de la entrada para el reposo y desahogo de los vivos que vienen a llorar a sus seres queridos, o incluso, quién sabe, de los fantasmas que salen de sus tumbas para llorar las lágrimas que sobraron de la vida, como es el caso de Raquel, aquí tan cerca, en verdad está escrito, Es Raquel quien llora a sus hijos y no quiere ser consolada porque ya no existen, no es preciso tener la astucia de Edipo para ver que el sitio coincide con la situación y el llanto con la causa. La vieja se sentó trabajosamente en la piedra, el muchacho hizo un gesto para ayudarla pero no llegó a tiempo, los gestos no totalmente sinceros llegan siempre con retraso. Te conozco, dijo la vieja, Te equivocas, respondió Jesús, yo nunca estuve aquí y tú nunca me viste en Nazaret, Las primeras manos que te tocaron no fueron las de tu madre, sino las mías, Cómo es posible esto, mujer, Mi nombre es Zelomi y fui tu comadrona. En el impulso de un instante, demostrándose así la autenticidad caracteriológica de los movimientos hechos a tiempo, Jesús se arrodilló a los pies de la esclava, vacilando inconscientemente entre una curiosidad que parecía a punto de recibir satisfacción y un simple deber de cortesía, el deber de manifestar reconocimiento a alguien que, sin más responsabilidad que haber estado presente en la ocasión, nos extrajo de un limbo sin memoria para lanzarnos a una vida que nada sería sin ella. Mi madre nunca me habló de ti, dijo Jesús, No tenía por qué hablar, tus padres aparecieron por casa de mi amo pidiendo ayuda y como yo tenía experiencia, Fue en el tiempo de la matanza de los inocentes que están en la tumba, Sí, y tú tuviste suerte, no te encontraron, Porque vivíamos en la cueva, Sí, o quizá porque os habíais marchado antes, eso no llegué a saberlo, cuando fui a ver si os había pasado algo, encontré la cueva vacía, Te acuerdas de mi padre, Sí, me acuerdo, era entonces un hombre joven, de buena figura, buena persona, Ha muerto ya, Pobre hombre, qué corta le salió la vida, y tú, siendo primogénito, por qué has dejado a tu madre, supongo que todavía estará viva, He venido para conocer el lugar donde nací y también para saber más de los niños que fueron asesinados, Sólo Dios sabrá por qué murieron, el ángel de la muerte, tomando figura de unos soldados de Herodes, bajó a Belén y los condenó, Crees que fue voluntad de Dios, Sólo soy una esclava vieja, pero, desde que nací, oigo decir que todo cuanto ocurre en el mundo, incluso el sufrimiento y la muerte, sólo puede suceder porque Dios antes lo quiso, Así está escrito, Comprendo que Dios quiera mi muerte uno de estos días, pero no la de unos niños inocentes, Tu muerte la decidirá Dios a su tiempo, la muerte de los niños la decidió la voluntad de un hombre, Poco puede la mano de Dios si no basta para interponerse entre el cuchillo y el sentenciado, No ofendas al Señor, mujer, Quien como yo nada sabe no puede ofender, Hoy, en el Templo, oí decir que todo acto humano, por insignificante que sea, interfiere la voluntad de Dios, y que el hombre sólo es libre para poder ser castigado, No es de ser libre de donde viene mi castigo, sino de ser esclava, dijo la mujer. Jesús se calló. Apenas había oído las palabras de Zelomi porque el pensamiento, como una súbita hendidura, se abrió hacia la ofuscadora evidencia de que el hombre es un simple juguete en manos de Dios, eternamente sujeto a hacer sólo lo que a Dios plazca, tanto cuando cree obedecerle en todo, como cuando en todo supone contrariarlo.

Caía el sol, la sombra maléfica de la higuera se acercaba. Jesús retrocedió un poco y llamó a la mujer, Zelomi, ella alzó con dificultad la cabeza, Qué quieres, preguntó, Llévame a la cueva donde nací, o dime dónde está, si no puedes andar, Me cuesta caminar, sí, pero tú no la encontrarías si yo no te llevase, Está lejos, No, pero hay otras cuevas y todas parecen iguales, Vamos, Pues sí, vamos, dijo la mujer. En Belén, las personas que aquel día vieron pasar a Zelomi y al muchacho desconocido se preguntaron unas a otras de dónde se conocerían. Nunca llegarían a saberlo, porque la esclava guardó silencio los dos años que aún tuvo de vida y Jesús no volvió nunca a la tierra donde nació. Al día siguiente, Zelomi regresó a la cueva donde dejó al muchacho. No lo encontró. Contaba con que iba a ser así. Nada tendrían que decirse si todavía estuviera allí.

Mucho se ha hablado de las coincidencias de las que la vida está hecha, tejida y compuesta, pero casi nada de los encuentros que, día a día, van aconteciendo en ella, y eso a pesar de que son estos encuentros, casi siempre, los que orientan y determinan la misma vida, aunque en defensa de aquella concepción parcial de las contingencias vitales sea posible argumentar que un encuentro es, en su más riguroso sentido, una coincidencia, lo que no significa, claro está, que todas las coincidencias tengan que ser encuentros. En los casos generales de este evangelio, ha habido coincidencias bastantes y, en cuanto a los particulares de la vida de Jesús propiamente dicha, sobre todo desde que, habiendo él salido de casa, pasamos a prestarle una atención exclusiva, puede observarse que no han faltado los encuentros. Dejando de lado la infortunada peripecia de los ladrones camineros, por no ser futuribles los efectos que en el porvenir próximo y distante puedan acabar teniendo, este primer viaje independiente de Jesús se ha mostrado bastante rico en encuentros, como la aparición providencial del fariseo filántropo, gracias al cual no sólo el afortunado muchacho pudo sacarse el hambre de la barriga, como, por emplear en comer el tiempo que empleó, llegó al Templo a la hora de oír las preguntas y escuchar las respuestas que, por así decirlo, harían de colchón a la cuestión que trajo de Nazaret, acerca de responsabilidades y culpas, si todavía nos acordamos. Dicen los entendidos en las reglas del bien contar cuentos que los encuentros decisivos, tal como sucede en la vida, deberán ir entremezclados y entrecruzarse con otros mil de poca o nula importancia, a fin de que el héroe de la historia no se vea transformado en un ser de excepción a quien todo le puede ocurrir en la vida, salvo vulgaridades. Y también dicen que es éste el proceso narrativo que mejor sirve al siempre deseado efecto de la verosimilitud, pues si el episodio imaginado y descrito no es ni podrá convertirse nunca en hecho, en dato de la realidad, y ocupar lugar en ella, al menos ha de procurarse que pueda parecerlo, no como en el relato presente, en el que de modo tan manifiesto se ha abusado de la confianza del lector, llevando a Jesús a Belén para, de buenas a primeras, darse de bruces, nada más llegar, con la mujer que hizo de partera en su nacimiento, como si ya no pasara de la raya el encuentro y los puntos de partida adelantados por la otra que venía con el hijo en brazos, colocada adrede para las primeras informaciones. Pero lo más difícil de creer está por venir, después de que la esclava Zelomi hubiera acompañado a Jesús a la cueva y lo dejara allí, porque así se lo pidió él, sin contemplaciones, Déjame solo, entre estas oscuras paredes, quiero, en este gran silencio, escuchar mi primer grito, si los ecos pueden durar tanto, éstas fueron las palabras que la mujer creyó haber oído y por eso aquí se registran, aunque sean, en todo, una ofensa más a la verosimilitud, debiendo nosotros imputarlas, por precaución lógica, a la evidente senilidad de la anciana. Se fue pues Zelomi con su vacilante andar de vieja, paso a paso tanteando la firmeza del suelo con el cayado sostenido con ambas manos, aunque más hermosa acción habría sido la del muchacho si hubiera ayudado a la pobre y sacrificada mujer a regresar a casa, pero la juventud es así, egoísta, presuntuosa, y Jesús, que él sepa, no tiene motivos para ser diferente de los de su edad.

Está sentado en una piedra, al lado, sobre otra piedra, el candil encendido ilumina débilmente las paredes rugosas, la mancha más oscura de los carbones en el sitio de la hoguera, las manos caídas, flojas, el rostro serio, Nací aquí, pensaba, dormí en aquel comedero, en esta piedra en la que ahora estoy sentado se sentaron mi padre y mi madre, aquí estuvimos escondidos mientras los soldados de Herodes andaban matando niños, por más que haga no conseguiré oír el grito de vida que di al nacer, tampoco oigo los gritos de muerte de los niños y de los padres que los veían morir, nada viene a romper el silencio de esta cueva donde se juntaron un principio y un fin, pagan los padres por las culpas que tuvieron, los hijos por las que acabaron teniendo, así me lo explicaron en el Templo, pero si la vida es una sentencia y la muerte una justicia, entonces nunca hubo en el mundo gente más inocente que aquella de Belén, los niños que murieron sin culpa y los padres que esa culpa no tuvieron, ni gente más culpada habrá habido que mi padre, que calló cuando debería haber hablado, y ahora este que soy, a quien le fue perdonada la vida para que conociese el crimen que le perdonó la vida, aunque no tenga otra culpa, ésta me matará. En la penumbra de la cueva Jesús se levantó, parecía como si quisiera huir pero no dio más de dos pasos inciertos, se le doblaron de pronto las piernas, sus manos acudieron a los ojos para sostener las lágrimas que rompían, pobre muchacho, allí enroscado y revolcándose en el polvo como si sintiese un dolor infinito, he aquí que lo vemos sufriendo el remordimiento de aquello que no hizo, pero de lo que, mientras viva, será, oh incurable contradicción, el primer culpable. Este río de agónicas lágrimas, digámoslo ya, dejará para siempre en los ojos de Jesús una marca de tristeza, un continuo, húmedo y desolado brillo, como si, en cada momento, hubiera acabado de llorar. Pasó el tiempo, fuera fue poniéndose el sol, se hicieron más largas las sombras de la tierra, preanunciando la gran sombra que de lo alto descenderá con la noche, y la mudanza del cielo hasta en el interior de la cueva podía notarse, las tinieblas ya cercan y sofocan la mínima almendra luminosa del candil, cierto es que se le está acabando el aceite, así también será cuando el sol esté apagándose, entonces los hombres se dirán los unos a los otros, Estamos perdiendo la vista, y no saben que los ojos ya no les sirven de nada. Jesús duerme ahora, lo rindió el misericordioso cansancio de estos días, la muerte terrible del padre, la herencia de la pesadilla, la confirmación resignada de la madre y, luego, el penoso viaje a Jerusalén, el Templo aterrador, las palabras sin consuelo proferidas por el escriba, el descenso a Belén, el destino, la esclava Zelomi llegada desde el fondo del tiempo para traerle el conocimiento final, no es sorprendente que el cuerpo extenuado hubiera hecho que el mísero espíritu cayera con él, ambos parecían reposar, pero ya el espíritu se mueve y en sueños hace que el cuerpo se levante para ir ambos a Belén, y allí, en medio de la plaza, confesar la tremenda culpa, Yo soy, dirá el espíritu con la voz del cuerpo, aquel que trajo la muerte a vuestros hijos, juzgadme, condenad este cuerpo que os traigo, el cuerpo del que soy ánimo y alma, para que lo podáis atormentar y torturar, pues sabido es que sólo por el castigo y por el sacrificio de la carne se podrá alcanzar la absolución y el premio del espíritu. En el sueño están las madres de Belén con los hijos muertos en los brazos, sólo uno de ellos está vivo y la madre es aquella mujer que encontró Jesús con el niño en brazos, es ella quien responde, Si no puedes restituirles la vida, cállate, ante la muerte no hay palabras. El espíritu, humillándose, se recogió en sí mismo como una túnica doblada tres veces, entregando el cuerpo inerme a la justicia de las madres de Belén, pero Jesús no llegará a saber que podría sacar de allí el cuerpo salvo, era lo que la mujer que todavía llevaba en brazos al niño vivo se disponía a anunciarle, Tú no tienes la culpa, vete, cuando lo que a él le pareció un repentino y ofuscante resplandor inundó la cueva y lo despertó de golpe, Dónde estoy, fue su primer pensamiento, y levantándose con dificultad del suelo, los ojos lagrimosos, vio a un hombre alto, gigantesco, con una cabeza de fuego, pero pronto se dio cuenta de que lo que le pareció cabeza era una antorcha alzada en la mano derecha casi hasta el techo de la cueva, la cabeza verdadera estaba un poco más abajo, por el tamaño podía ser la de Goliat, pero la expresión del rostro no tenía nada de furor guerrero, más bien era la sonrisa complacida de quien, habiendo buscado, halló. Jesús se levantó y retrocedió hasta la pared de la cueva, ahora podía ver mejor la cara del gigante, que al fin no lo era tanto, sólo un palmo más alto que los hombres más altos de Nazaret, las ilusiones ópticas, sin las que no hay prodigios ni milagros, no son un descubrimiento de nuestra época, basta ver que el propio Goliat no acabó jugando al baloncesto sólo porque nació antes de tiempo. Quién eres, preguntó el hombre, pero se notaba que era sólo para iniciar la charla. Colocó la antorcha en una grieta de la roca, dejó contra la pared dos palos que llevaba, uno pulido por el uso, de gruesos nudos, otro que parecía acabado de desgajar del árbol, aún con la corteza, y luego se sentó en la piedra mayor, componiendo sobre los hombros el amplio manto en que se envolvía. Soy Jesús de Nazaret, respondió el muchacho, Y qué has venido a hacer aquí, si eres de Nazaret, Soy de Nazaret pero he nacido en esta cueva, he venido para ver el sitio donde nací, Donde naciste fue en la barriga de tu madre y ahí no podrás volver jamás. Por no oídas antes, así tan crudas, las palabras hicieron ruborizarse a Jesús que se calló, Te has escapado de casa, preguntó el hombre. El muchacho vaciló como si estuviese reflexionando en su interior si realmente podría llamarse fuga su marcha y acabó por responder, Sí, No te entendías con tus padres, Mi padre ha muerto ya, Ah, dijo el hombre, pero Jesús experimentó una extraña e indefinible sensación, la de que él ya lo sabía, y no sólo esto, sino que sabía también todo lo demás, lo que había sido dicho y lo que aún estaba por decir. No has respondido a mi pregunta, insistió el hombre, A cuál, Si no te entendías con tus padres, Eso es cosa mía, Háblame con respeto, muchacho, o tomo el lugar de tu padre para castigarte, aquí no te oiría ni Dios, Dios es ojo, oreja y lengua, lo ve todo, lo oye todo, y si no lo dice todo es porque no quiere, Qué sabes tú de Dios, chiquillo, Sé lo que he aprendido en la sinagoga, En la sinagoga no habrás oído decir nunca que Dios es un ojo, una oreja y una lengua, La conclusión es mía, si Dios no fuese eso no sería Dios, Y por qué crees tú que Dios es un ojo y una oreja y no dos ojos y dos orejas como tú y como yo, Para que un ojo no pudiera engañar al otro ojo y una oreja a la otra oreja, para la lengua no es necesario, es una sola, La lengua de los hombres también es doble, tanto sirve para la verdad como para la mentira, A Dios no le es permitido mentir, Quién se lo impide, El mismo Dios, o se negaría a sí mismo, Ya lo has visto, A quién, A Dios, Algunos lo han visto y lo anunciaron. El hombre se mantuvo en silencio mirando al muchacho como si buscara en él unos rasgos conocidos, luego dijo, Sí, es cierto, algunos creyeron haberlo visto. Hizo una pausa y prosiguió ahora con una sonrisa de malicia, No has llegado a responderme, Responderte a qué, A si te llevabas bien con tus padres, Salí de casa porque quería conocer mundo, Tu lengua conoce el arte de mentir, muchacho, pero sé bien quién eres, eres hijo de un carpintero de obra basta llamado José y de una cardadora de lana llamada María, Cómo lo sabes, Lo supe un día y no lo he olvidado, Explícate mejor, Soy pastor, hace muchos años que ando por ahí con mis ovejas, mis cabras y el bode y el carnero para cubrirlas, estaba por estos sitios cuando viniste al mundo y seguía aquí cuando vinieron a matar a los niños de Belén, te conozco desde siempre, como ves. Jesús miró al hombre con temor y preguntó, Cómo te llamas, Para mis ovejas no tengo nombre, Yo no soy una oveja tuya, Quién sabe, Dime cómo te llamas, Si te empeñas en darme un nombre, llámame Pastor, con eso basta para que venga, si me llamas, Quieres llevarme contigo de ayudante, Estaba esperando que me lo pidieras, Y qué, Te recibo en mi rebaño. El hombre se levantó, tomó la antorcha y salió al aire libre. Jesús lo siguió. Era noche cerrada, todavía no había salido la luna. Juntas, a la entrada de la cueva, sin más ruido que el leve tintineo de las campanillas de algunas, las ovejas y las cabras, tranquilas, parecían haber estado a la espera de la conclusión de la charla entre su pastor y el ayudante nuevo. El hombre levantó el hachón para mostrar las cabezas negras de las cabras, los hocicos blancuzcos de las ovejas, los lomos secos y escurridos de unas, las redondas y felpudas grupas de otras, y dijo, Éste es mi rebaño, procura no perder ni uno solo de estos animales. Sentados a la boca de la cueva, bajo la luz inestable de la antorcha, Jesús y el pastor comieron del queso y del pan duro que llevaba en las alforjas. Luego el pastor fue adentro y trajo el palo nuevo, el que tenía aún la corteza. Encendió una hoguera y, en poco tiempo, moviendo hábilmente el palo entre las llamas, le fue quemando la corteza hasta hacerla saltar en largas tiras, después alisó toscamente los nudos. Lo dejó enfriar un poco y volvió a meterlo en la lumbre, ahora moviéndolo más deprisa, sin dar tiempo a que las llamas lo quemasen, oscureciendo de este modo y fortaleciendo la epidermis de la madera, como si sobre la joven vara se hubiesen anticipado los años. Cuando llegó al final de su trabajo, dijo, Aquí tienes, fuerte y derecho, tu cayado de pastor, es tu tercer brazo. Pese a no ser de manos delicadas, Jesús tuvo que soltar el palo, que cayó al suelo, tan caliente estaba. Cómo lo puede aguantar él, pensó, y no encontró respuesta. Cuando nació la luna, entraron en la cueva para dormir. Unas pocas ovejas y cabras entraron también y se acostaron al lado de ellos. Alboreaba el primer lucero de la mañana cuando el pastor sacudió a Jesús, diciéndole, Levántate, basta ya de dormir, el ganado está hambriento, de aquí en adelante tu trabajo será llevarlo a los pastos, nunca en tu vida harás nada más importante. Lentamente, porque la marcha iba regulada por el paso trabado y menudo del rebaño, yendo el pastor delante y el ayudante detrás, se fueron todos, humanos y animales, en una fresca y transparente madrugada que parecía no tener prisa de hacer nacer el sol, celosa de una claridad que era como la de un mundo recién comenzado. Mucho más tarde, una mujer mayor, que apenas podía andar ayudándose de un bordón como una tercera pierna, vino de las escondidas casas de Belén y entró en la caverna. No se quedó muy sorprendida al no hallar allí a Jesús, probablemente ya nada tendrían que decirse el uno al otro. En la media oscuridad habitual de la cueva brillaba la almendra luminosa del candil que el pastor había cargado nuevamente de aceite.

Dentro de cuatro años Jesús encontrará a Dios. Al hacer esta inesperada revelación, quizá prematura a la luz de las reglas del buen narrar antes mencionadas, lo que se pretende es tan sólo disponer convenientemente al lector de este evangelio a dejarse entretener con algunos vulgares episodios de la vida pastoril, aunque éstos, lo adelantamos ya para que tenga disculpa quien sienta la tentación de saltárselos, nada sustancial aportan a la materia principal. No obstante, cuatro años siempre son cuatro años, sobre todo en una edad de tan grandes mudanzas físicas y mentales, ellas son el cuerpo que crece de esta desatinada manera, ellas son la barba que empieza a sombrear una piel ya de sí morena, ellas son la voz que se vuelve profunda y gruesa como una piedra rodando por la falda de una montaña, ellas son la tendencia al devaneo y al soñar despierto, cosas siempre censurables, especialmente cuando hay deberes de vigilancia que cumplir, es el caso de los centinelas en cuarteles, castillos y campamentos, por ejemplo, o, por no salirnos de la historia, de este novel ayudante de pastor a quien fue dicho que no podía perder de vista las cabras y ovejas del patrón. Que, a decir verdad, no se sabe quién es. Pastorear, en este tiempo y en estos lugares, es trabajo para siervo o esclavo torpe, obligado, bajo pena de castigo, a dar constante y puntual cuenta de la leche, del queso y de la lana, sin hablar ya del número de cabezas de ganado, que siempre deberá estar en aumento, para que puedan decir los vecinos que los ojos del Señor contemplan con benignidad al piadoso propietario de bienes tan profusos, el cual, si quiere estar conforme con las reglas del mundo, más deberá fiarse de la benevolencia del Señor que de la fuerza genesíaca de los cubridores de su rebaño. Extraño es, sin embargo, que Pastor, que así quiso él que lo llamáramos, no parezca tener amo que lo gobierne, pues en estos cuatro años no vendrá nadie al desierto a recoger la lana, la leche o el queso, ni el mayoral dejará el ganado para ir a dar cuenta de su obligación. Todo estaría bien si el pastor fuese, en el sentido conocido y acostumbrado de la palabra, el dueño de estas cabras y de estas ovejas, pero es muy difícil creer que realmente lo sea quien, como él, desperdicia cantidades de lana que superan todo lo imaginable y, por lo visto, sólo trasquila para que no se ahoguen de calor las ovejas, o quien aprovecha la leche, si la aprovecha, sólo para fabricar el queso de cada día y cambiar la que sobra por higos, támaras y pan, o quien, finalmente, enigma de los enigmas, no vende cordero o cabrito de su rebaño, ni siquiera en tiempos de Pascua, cuando, por el aumento de la demanda, alcanzan muy buen precio. No es de admirar, pues, que el rebaño crezca y crezca sin parar, como si, con el entusiasmo de quien sabe garantizada una duración justa de vida, cumpliese aquella famosa orden que el Señor dio, quizá poco seguro de la eficacia de los dulces instintos naturales, Creced y multiplicaos. En esta grey insólita y vagabunda se muere de vejez y es el propio Pastor, en persona, quien, serenamente, ayuda a morir, matándolos, a los animales que por dolencia o senilidad ya no pueden acompañar al rebaño. Jesús, la primera vez que tal cosa aconteció después de que empezase a trabajar para el pastor, protestó contra aquella fría crueldad, pero él respondió simplemente, O los mato, como siempre he hecho, o los dejo abandonados para que mueran solos por estos desiertos, o retengo el rebaño y me quedo aquí a la espera de que mueran, sabiendo que si tardan días en morir, se acabarán los pastos, que no son suficientes para los que todavía están vivos, dime cómo procederías tú si estuvieses en mi lugar y si, como yo, fueses señor de la vida y de la muerte de tu rebaño. Jesús no supo qué responder y, para cambiar de tema, preguntó, Si no vendes la lana, si tenemos más leche y más queso de lo que necesitamos para vivir, si no haces comercio de corderos y cabritos, para qué quieres el rebaño y lo dejas crecer así, hasta el punto de que un día, si continúas, acabará cubriendo todos estos montes, llenando la tierra entera, y Pastor respondió, El rebaño estaba aquí, alguien tenía que cuidar de él y defenderlo de la codicia ajena, y me tocó a mí, Aquí, dónde, Aquí, allí, en todas partes, Quieres decir, si no me engaño, que el rebaño siempre estuvo, siempre fue, Más o menos, Fuiste tú quien compró la primera oveja y la primera cabra, No, Quién fue, Las encontré, no sé si fueron compradas, y ya eran rebaño cuando las encontré, Te las dieron, Nadie me las dio, las encontré, me encontraron ellas, Entonces, eres el dueño, No soy el dueño, nada de lo que existe en el mundo me pertenece, Porque todo pertenece al Señor, debías saberlo, Tú lo dices, Cuánto tiempo hace que eres pastor, Ya lo era cuando naciste tú, Desde cuándo, No lo sé, tal vez cincuenta veces la edad que tienes, Sólo los patriarcas de antes del diluvio vivieron tantos años o más, ningún hombre de los de ahora puede esperar tan larga vida, Lo sé muy bien, Si lo sabes, pero insistes en que has vivido todo ese tiempo, admitirás que yo piense que no eres hombre, Lo admito. Aunque Jesús, que tan bien encaminado venía en el orden y secuencia del interrogatorio, como si en la cartilla socrática hubiese aprendido las artes de la mayéutica analítica, aunque Jesús preguntase, Qué eres, entonces, ya que hombre no eres, es muy probable que Pastor condescendiese a responderle con aire de quien no quiere dar extrema importancia al asunto, Soy un ángel, pero no se lo digas a nadie. Ocurre esto muchas veces, no hacemos las preguntas porque aún no estábamos preparados para oír las respuestas, o, simplemente, por tener miedo de ellas. Y, cuando encontramos valor suficiente para hacerlas, es frecuente que no nos respondan, como hará Jesús cuando un día le pregunten, Qué es la verdad. Entonces, se callará hasta hoy.

Sea quien sea, Jesús ya sabe, sin necesidad de preguntar, que su enigmático compañero no es un ángel del Señor, pues los ángeles cantan a todas horas del día y de la noche las glorias del Señor, no son como los hombres, que sólo lo hacen por obligación y en las ocasiones reglamentadas, también es cierto que los ángeles tienen razones más próximas y justificadas para cantar tanto, pues con el dicho Señor viven ellos en el cielo, por así decir, a pan y manteles. Lo que primero extrañó a Jesús fue que, al salir de la cueva de madrugada, no hubiera Pastor procedido como él procedió, agradeciendo a Dios aquellas cosas que sabemos, haberle restituido el alma, haber dado inteligencia al gallo y, como tuviese necesidad de ir tras unos matojos para aliviar urgencias, agradecerle los orificios y los vasos existentes en el organismo humano, providenciales en el sentido absoluto de la palabra, pues qué sin ellos. Pastor miró al cielo y a la tierra como hace cualquiera tras saltar de la cama, murmuró algunas palabras sobre el buen tiempo que los aires prometían y, llevándose dos dedos a la boca, soltó un silbido estridente que puso a todo el rebaño en pie como un solo hombre. Nada más. Pensó Jesús que habría sido un caso de olvido, siempre posible cuando una persona anda con el espíritu ocupado, por ejemplo, que estuviera Pastor pensando en la mejor manera de enseñarle el rudo oficio a un mozo habituado a las comodidades de un taller de carpintero. Sabemos nosotros que, en una situación normal, entre gente común, Jesús no tendría que esperar mucho para enterarse del grado efectivo de religiosidad de su mayoral, pues los judíos de aquel tiempo emitían oraciones unas treinta veces al día, por un quítame ahí esas pajas, como ya se ha visto ampliamente a lo largo de este evangelio sin necesidad ahora de mejor demostración. Pasó el día, y nada de oraciones, vino la noche, dormida al relente, en un descampado, y ni la majestad del cielo de Dios fue capaz de despertar en el alma y en la boca de Pastor una sola palabrita de alabanza y gratitud, que el tiempo podía estar de lluvias y no lo estaba, cosa que era, a todo título, tanto humano como divino, señal indudable de que el Señor velaba por sus creaturas. A la mañana siguiente, después de comer, cuando el mayoral se disponía para dar una vuelta al rebaño, a modo de reconocimiento, para ver si alguna inquieta cabra había decidido salir a la ventura por los alrededores, Jesús anunció con voz firme, Me voy. Pastor se detuvo, lo miró sin cambiar de expresión, sólo dijo, Buen viaje, no hace falta decirte que no eres mi esclavo ni hay contrato legal entre nosotros, puedes marcharte cuando quieras, Y no quieres saber por qué me voy, Mi curiosidad no es tan fuerte que me obligue a preguntártelo, Me voy porque no debo vivir al lado de alguien que no cumple sus obligaciones con el Señor, Qué obligaciones, Las más elementales, las que se expresan por medio de oraciones y acción de gracias. Pastor se quedó callado, con una media sonrisa que se revelaba más en los ojos que en la boca, luego dijo, No soy judío, no tengo que cumplir obligaciones que no son mías. Jesús retrocedió un paso, escandalizado. Que la tierra de Israel estuviese llena de extranjeros y seguidores de dioses falsos era algo sabido, pero nunca había dormido junto a uno de ellos, comido de su pan y bebido de su leche. Por eso, como si sostuviera ante sí una lanza y un escudo protector, exclamó, Sólo el Señor es Dios. La sonrisa de Pastor se extinguió, la boca se contrajo en una mueca amarga, Sí, si existe Dios tendrá que ser un único Señor, pero mejor sería que hubiese dos, así habría un dios para el lobo y otro para la oveja, uno para el que muere y otro para el que mata, un dios para el condenado y otro para el verdugo, Dios es uno, completo e indivisible, clamó Jesús, a punto de echarse a llorar de piadosa indignación, a lo que el otro respondió, No sé cómo puede Dios vivir, la frase no pasó de aquí porque Jesús cortó con la autoridad de un maestro de la sinagoga, Dios no vive, es, En esas diferencias no soy entendido, pero lo que sí te puedo decir es que no me gustaría verme en la piel de un dios que al mismo tiempo guía la mano del puñal asesino y ofrece el cuello que va a ser cortado, Ofendes a Dios con esos sentimientos impíos, No valgo tanto, Dios no duerme, un día te castigará, Menos mal que no duerme, de esa manera se evita las pesadillas del remordimiento, Por qué me hablas tú de pesadillas y remordimiento, Porque estamos hablando de tu dios, Y el tuyo, quién es, No tengo dios, soy como una de mis ovejas, Ellas al menos dan hijos para los altares del Señor, Y yo te digo que como los lobos aullarían esas madres si lo supieran. Jesús se quedó pálido, sin respuesta. El rebaño los rodeaba, atento, en un gran silencio. El sol había nacido ya y su luz tocaba como una pincelada de rojo rubí el vellón de las ovejas y los cuernos de las cabras. Jesús dijo, Me voy, pero no se movió. Apoyado en su bordón, tan tranquilo como si supiera que todo el tiempo futuro estaba a su disposición, Pastor esperaba. Al fin, Jesús dio algunos pasos, abriéndose camino entre las ovejas, pero se paró de repente y preguntó, Qué sabes tú de remordimientos y pesadillas, Que eres el heredero de tu padre. Estas palabras no las pudo soportar Jesús. En el mismo instante se doblaron sus rodillas, le resbaló del hombro la alforja, de donde, por obra del azar o de la necesidad, se cayeron las sandalias del padre, al tiempo que se oía el ruido de la escudilla del fariseo al romperse. Jesús se echó a llorar como un niño abandonado, pero Pastor no se acercó, sólo dijo desde donde estaba, Recuerda siempre que lo sé todo sobre ti desde que fuiste concebido, y ahora decídete de una vez, o te vas, o te quedas, Dime primero quién eres, Todavía no ha llegado el tiempo de que lo sepas, Y cuando lo sepa, Si te quedas, te arrepentirás de no haber marchado, y si te vas, te arrepentirás de no haberte quedado, Pero si me fuera ahora nunca llegaría a saber quién eres, Te equivocas, tu hora ha de llegar y en ese momento estaré presente para decírtelo, y basta ya de charla, el rebaño no puede quedarse aquí todo el día a la espera de lo que tú decidas. Jesús recogió los trozos de la escudilla, los miró como si le costara separarse de ellos, realmente no había motivo para eso, ayer, a esta hora, aún no había encontrado al fariseo, además las escudillas de barro son así, se rompen con mucha facilidad. Tiró los fragmentos al suelo como si los sembrase, y entonces Pastor dijo, Tendrás otra escudilla, pero ésa no se romperá mientras vivas. Jesús no lo oyó, tenía las sandalias de José en la mano y pensaba si debería ponérselas, es cierto que en tan poco tiempo pasado los pies no podían haberle crecido hasta la medida, pero el tiempo, bien lo sabemos, es relativo, parecía que Jesús hubiera andado con las sandalias del padre en la alforja durante una eternidad, qué sorpresa si todavía le quedaran grandes. Se las puso y, sin saber por qué lo hacía, guardó las suyas. Dijo Pastor, Pies que crecieron no vuelven a encoger y tú no tendrás hijos que de ti hereden la túnica, el manto y las sandalias, pero Jesús no las tiró, el peso ayudaba a que la alforja casi vacía se aguantara en el hombro. No fue preciso dar la respuesta que Pastor había pedido, Jesús ocupó su lugar detrás del rebaño, divididos sus sentimientos entre una indefinible sensación de terror, como si su alma estuviese en peligro, y otra aún más indefinible, de sombría fascinación. Tengo que saber quién eres, murmuraba Jesús mientras, en medio del polvo levantado por el rebaño, hacía avanzar a una oveja retrasada y, de este modo, creía explicarse el motivo por el que al fin decidió quedarse con el enigmático pastor.

Éste fue el primer día. De asuntos de creencia e impiedad, de vida, muerte y propiedad, no se volvió a hablar, pero Jesús, que se dedicó a observar los más sencillos movimientos y actitudes de Pastor, notó que, coincidiendo casi siempre con las veces en que él mismo rezaba al Señor, su compañero se inclinaba, asentaba suavemente las palmas de las dos manos en la tierra, bajando la cabeza y cerrando los ojos, sin decir una palabra. Un día, cuando era muy niño, Jesús había oído contar a unos viejos viajeros que pasaron por Nazaret que en el interior del mundo existían enormísimas cuevas donde se encontraban, como en la superficie, ciudades, campos, ríos, bosques y desiertos, y que ese mundo inferior, en todo copia y reflejo de este en que vivimos, fue creado por el Diablo después de que Dios lo arrojara desde las alturas del cielo, en castigo a su revuelta. Y como el Diablo, de quien Dios al principio había sido amigo, y él favorito de Dios, hasta el punto de que se comentaba en el universo que desde los tiempos infinitos nunca se vio una amistad semejante, como el Diablo, decían los viejos, estuvo presente en el acto del nacimiento de Adán y Eva y pudo aprender cómo se hacía, repitió en su mundo subterráneo la creación de un hombre y una mujer, con la diferencia, al contrario de Dios, de que no les prohibió nada, razón por la que en el mundo del Diablo no habría pecado original. Uno de los viejos se atrevió incluso a decir, Y como no hubo pecado original, tampoco hubo ningún otro. Después de que los viejos se fueran, expulsados, con ayuda de algunas pedradas persuasivas, por nazarenos furiosos que finalmente percibieron adónde querían llegar los impíos con su insidiosa conversación, hubo una rápida conmoción sísmica, cosa ligera, sólo una señal confirmadora nacida de las entrañas profundísimas de la tierra, fue lo que se le ocurrió a Jesús entonces, ya muy capaz este pequeño de unir un efecto a su causa, pese a su poca edad. Y ahora, ante el pastor arrodillado, con la cabeza baja, las manos así posadas en el suelo, levemente, como para hacer más sensible el contacto de cada grano de arena, de cada piedrecita, de cada retícula ascendida a la superficie, el recuerdo de la antigua historia despertó en la memoria de Jesús y creyó, durante un momento, que este hombre era un habitante del oculto mundo creado por el Diablo a semejanza del mundo visible, Qué habrá venido a hacer aquí, pensó, pero su imaginación no tuvo ánimo para ir más lejos. Cuando Pastor se levantó, le preguntó, Por qué haces eso, Me aseguro de que la tierra continúa estando debajo de mí, Y no te bastan los pies para tener la certeza, Los pies no perciben nada, el conocimiento es propio de las manos, cuando tú adoras a Dios no levantas los pies hacia él, sino las manos, aunque podrías levantar cualquier parte del cuerpo, hasta lo que tienes entre las piernas, si no eres un eunuco. Jesús se ruborizó violentamente, la vergüenza y una especie de temor lo sofocaron, No ofendas al Dios que no conoces, exclamó por fin, y Pastor, acto seguido, Quién ha creado tu cuerpo, Dios fue quien me creó, Tal como es y con todo lo que tiene, Sí, Hay alguna parte de tu cuerpo que haya sido creada por el Diablo, No, no, el cuerpo es obra de Dios, Luego todas las partes de tu cuerpo son iguales ante Dios, Sí, Podría Dios rechazar como obra no suya, por ejemplo, lo que tienes entre las piernas, Supongo que no, pero el Señor, que creó a Adán, lo expulsó del paraíso y Adán era obra suya, Respóndeme derecho, muchacho, no me hables como un doctor de la sinagoga, Quieres obligarme a darte las respuestas que te convienen, pero yo, si es preciso, puedo recitarte todos los casos en los que el hombre, porque así lo ordenó el Señor, no puede, bajo pena de contaminación y muerte, descubrir una desnudez ajena o la suya propia, prueba de que esta parte del cuerpo es, por sí misma, maldita, No más maldita que la boca cuando miente y calumnia, y ella te sirve para alabar a tu Dios antes de la mentira y después de la calumnia, No te quiero oír, Tienes que oírme, aunque sólo sea para responder a la pregunta que te he hecho, Qué pregunta, Si Dios podrá rechazar como obra no suya lo que llevas entre las piernas, dime sí o no, No puede, Por qué, Porque el Señor no puede no querer lo que antes quiso. Pastor movió lentamente la cabeza y dijo, En otras palabras, tu Dios es el único guardián de una prisión donde el único preso es tu Dios. Todavía el último eco de la terrible afirmación vibraba en los oídos de Jesús cuando Pastor, ahora en tono de falsa naturalidad, volvió a hablar, Escoge una oveja, dijo, Qué, preguntó Jesús desorientado, Te digo que escojas una oveja, a no ser que prefieras una cabra, Para qué, Vas a necesitarla, si realmente no eres un eunuco. La comprensión alcanzó al muchacho con la fuerza de un puñetazo. Peor, sin embargo, fue el vértigo de una horrible voluptuosidad que del ahogo de la vergüenza y de la repugnancia en un instante emergió y prevaleció. Se tapó la cara con las manos y dijo con voz ronca, Ésta es la palabra del Señor Si un hombre se une a un animal, será castigado con la muerte y mataréis al animal, también dijo Maldito el que peca con un animal cualquiera, Dijo todo eso tu Señor, Sí, y yo te digo que te apartes de mí, abominación, criatura que no eres de Dios, sino del Diablo. Pastor oyó y no se movió, como si diera tiempo a que las airadas palabras de Jesús causaran todo su efecto, fuese el que fuese, terror de rayo, corrosión de lepra, muerte súbita del cuerpo y del alma. Nada aconteció. Un viento sopló entre las piedras, levantó una nube de polvo que atravesó el desierto y después nada, el silencio, el universo callado contemplando a los hombres y a los animales, tal vez a la espera, él mismo, de saber qué sentido le atribuyen, o le encuentran, o le reconocen unos y otros, y en esa espera consumiéndose, ya rodeado de cenizas el fuego primordial, mientras la respuesta se busca y tarda. De pronto, Pastor levantó los brazos y clamó, con estentórea voz, dirigiéndose al rebaño, Oíd, oíd, ovejas que ahí estáis, oíd lo que nos viene a enseñar este sabio muchacho, que no es lícito fornicaros, Dios no lo permite, podéis estar tranquilas, pero trasquilaros, sí, maltrataros, sí, mataros, sí, y comeros, pues para eso os crió su ley y os mantiene su providencia. Después dio tres largos silbidos, agitó sobre su cabeza el cayado, Andad, andad, gritó, y el rebaño se puso en movimiento hacia el lugar por donde había desaparecido la columna de polvo. Jesús se quedó allí, parado, mirando, hasta que se perdió en la distancia la alta figura de Pastor y se confundieron con el color de la tierra los dorsos resignados de los animales. No voy con él, dijo, pero fue. Se ajustó la alforja al hombro, se ciñó las correas de las sandalias que fueron de su padre y siguió de lejos al rebaño. Se unió a él cuando cayó la noche, apareció de la oscuridad hacia la luz de la hoguera diciendo, Aquí estoy.

Tras el tiempo, tiempo viene, es sentencia conocida y de mucha aplicación, pero no tan obvia como pueda parecer a quien se satisfaga con el significado próximo de las palabras, bien vengan ellas sueltas, una por una, bien juntas y articuladas, pues todo depende de la manera de decir y ésta cambia con el sentimiento de quien las exprese, no es lo mismo que las pronuncie alguien que, viniéndole la vida mal, espere días mejores, o que las diga otro como amenaza o como prometida venganza que el futuro tendrá que cumplir. El caso más extremo sería el de alguien que, sin fuertes y objetivas razones de queja en cuanto a su salud y bienestar, suspirase melancólicamente, Tras el tiempo, tiempo viene, sólo porque es de naturaleza pesimista y siempre prevé lo peor. No sería del todo creíble que Jesús, a su edad, anduviese con estas palabras en la boca, cualquiera que fuese el sentido con que las usara, pero nosotros sí, que como Dios todo lo sabemos del tiempo que fue, es y ha de ser, nosotros podemos pronunciarlas, murmurarlas o suspirarlas mientras lo vamos viendo entregado a su trabajo de pastor, por esas montañas de Judá, o descendiendo, a su tiempo, al valle del Jordán. Y no tanto por tratarse de Jesús, sino porque todo ser humano tiene por delante, en cada momento de su vida, cosas buenas y cosas malas, tras de unas, otras, tras tiempo, tiempo. Siendo Jesús el evidente héroe de este evangelio, que nunca tuvo el propósito desconsiderado de contrariar los que escribieron otros, y en consecuencia no osará decir que no ocurrió lo que ocurrió, poniendo en lugar de un Sí un No, siendo Jesús ese héroe y conocidas sus hazañas, nos será mucho más fácil llegar junto a él y anunciarle el futuro, lo buena y maravillosa que será su vida, milagros que darán de comer, otros que restituirán la salud, uno que vencerá la muerte, pero no sería sensato hacerlo, pues el mozo, aunque dotado para la religión y entendido en patriarcas y profetas, goza del robusto escepticismo propio de su edad y nos mandaría a paseo. Cambiará de ideas, claro está, cuando se encuentre con Dios, pero ese decisivo acontecimiento no es para mañana, de aquí hasta entonces Jesús va a tener que subir y bajar muchos montes, ordeñar muchas cabras y muchas ovejas, ayudar a fabricar el queso, ir a cambiarlo por productos de las aldeas. También matará animales enfermos o dañados y llorará por ellos. Pero lo que nunca le ocurrirá, sosiéguense los espíritus sensibles, es que caiga en la horrible tentación de usar, como le propuso el malvado y pervertido Pastor, una cabra o una oveja, o las dos, para descarga y satisfacción del sucio cuerpo con el que la límpida alma tiene que vivir. Olvidemos, por no ser ahora lugar para análisis íntimos, sólo posibles en tiempos futuros a éste, cuántas y cuántas veces, para poder exhibir y presumir de un cuerpo limpio, el alma a sí misma se cargó de tristeza, envidia e inmundicia.

Pastor y Jesús, pasados aquellos enfrentamientos éticos y teológicos de los primeros días, que por algún tiempo aún se repitieron, llevaron siempre, mientras estuvieron juntos, una vida buena, el hombre enseñando sin impaciencias de veterano las artes del pastoreo, el muchacho aprendiéndolas como si su vida fuera a depender máximamente de ellas. Jesús aprendió a lanzar el cayado, remolinando y zumbando en el aire hasta caer en los lomos de unas ovejas que, por distracción u osadía, se apartaban del rebaño, pero ése fue un dolorido aprendizaje porque un día, no estando aún seguro en la técnica, tiró el palo demasiado bajo, con el trágico resultado de que en su trayectoria diera de lleno con el tierno cuello de un cabrito de pocos días, que murió en el mismo instante. Accidentes como éste pueden ocurrirle a cualquiera, hasta un pastor veterano y diplomado no está libre de que le ocurra algo así, pero el pobre Jesús, que ya tantos dolores transporta consigo, parecía una estatua de amargura cuando alzó del suelo al cabritillo, todavía caliente. No había nada que hacer, la propia madre cabra, tras olfatear por un momento al hijo, se alejó y continuó pastando a dentelladas la hierba rasa y dura que arrancaba con secos movimientos de cabeza, aquí debemos citar el conocido refrán, Cabra que bala, bocado que pierde, o lo que es lo mismo, No se puede llorar y comer a un tiempo. Pastor fue a ver qué había pasado, Peor para él, que murió, tú no te pongas triste, Lo he matado, se lamentó Jesús, y era tan pequeño, Sí, si fuese un carnero feo y hediondo no tendrías pena, o no sería tanta, déjalo en el suelo, que yo me encargaré de él, tú sigue, que hay allí una oveja a punto de parir, Qué vas a hacer, Desollarlo, qué creías, vida no le puedo dar, no soy hábil en milagros, Pues yo juro que de esa carne no como, Comer al animal que matamos es la única manera de respetarlo, lo malo es que se coman unos lo que otros tuvieron que matar, No lo comeré, Pues no lo comas, más para mí, Pastor sacó el cuchillo del cinturón, miró a Jesús y dijo, Tarde o temprano, también esto tendrás que aprenderlo, ver cómo son por dentro aquellos que fueron creados para servirnos y alimentarnos. Jesús volvió la cara hacia un lado y dio un paso para retirarse de allí, pero Pastor, que había detenido el movimiento del cuchillo, dijo, Los esclavos viven para servirnos, quizá deberíamos abrirlos para saber si llevan esclavos dentro y después abrir un rey para ver si tiene otro rey en la barriga y, ya ves, si encontrásemos al Diablo y él se dejase abrir, tal vez nos lleváramos la sorpresa de ver saltar a Dios de allí dentro. Antes hablamos de repeticiones de los choques de ideas y convicciones entre Jesús y Pastor y éste es un ejemplo. Pero Jesús, con el tiempo, aprenderá que la mejor respuesta es callar, no darse por enterado de las provocaciones, aunque fuesen brutales, como ésta, e incluso así ha tenido suerte, podría haber sido peor, imaginemos el escándalo si Pastor decidiera abrir a Dios para ver si el Diablo estaba dentro. Jesús fue en busca de la oveja parturienta, al menos allí no le esperaban sorpresas, aparecería un corderillo igual a todos, verdaderamente a imagen y semejanza de la madre, a su vez retrato fiel de sus hermanas, hay seres así, no llevan dentro nada más que eso, la seguridad de una pacífica y no interrogativa continuidad. La oveja había parido ya, en el suelo el corderillo parecía hecho sólo de piernas, y la madre intentaba ayudarle a alzarse dándole empellones con el hocico, pero el pobre, aturdido, apenas sabía hacer movimientos bruscos con la cabeza como si buscase el mejor ángulo de visión para entender el mundo donde había nacido. Jesús le ayudó a afirmarse sobre sus patas, las manos se le quedaron húmedas de los humores de la matriz de la oveja, pero a él no le importó nada, es lo que hace el vivir en el campo con animales, saliva y baba es todo lo mismo, este corderillo viene en buen momento, tan bonito, con el pelo rizado, ya su boca rosada y frenética buscaba la leche donde estaba, en aquellas tetas que nunca había visto antes, con las que no podía haber soñado en el útero de la madre, en verdad ninguna creatura puede quejarse de Dios, si acabada de nacer ya sabe tantas cosas útiles. A lo lejos, Pastor levantaba la piel del cabrito tensada en un armazón de palos en forma de estrella, el cuerpo desollado, ahora dentro de la alforja envuelto en un paño, será salado cuando el rebaño se pare a pasar la noche, menos la parte que Pastor entienda que va a ser su cena, que Jesús ya ha dicho que no comerá de una carne a la que, sin querer, quitó la vida. Para la religión que cultiva y las costumbres a las que obedece, estos escrúpulos de Jesús son subversivos, reparemos en la matanza de esos otros inocentes todos los días sacrificados en los altares del Señor, sobre todo en Jerusalén, donde las víctimas se cuentan por hecatombes. En el fondo, el caso de Jesús, a primera vista incomprensible en las circunstancias de tiempo y de lugar, tal vez sea sólo una cuestión de sensibilidad, por así decir, en carne viva, recordemos cuán próxima está la trágica muerte de José, cuán próximas las revelaciones insoportables de lo que aconteció en Belén hace casi quince años, admirable es que este muchacho mantenga su juicio entero, que no haya sido tocado en las poleas y engranajes del cerebro, pese a esos sueños que no lo dejan, últimamente no hemos hablado de ellos, pero continúan. Cuando el sufrimiento pasa a más, llegando al punto de transmitirse al propio rebaño que despierta, en plena noche, creyendo que vienen a matarlo, Pastor lo despierta suavemente, Qué es eso, qué es eso, dice, y Jesús pasa de la pesadilla a sus brazos, como si de su desgraciado padre se tratase. Un día, muy al principio, Jesús le contó a Pastor lo que soñaba, intentando, no obstante, esconder las raíces y las causas de su nocturna y cotidiana agonía, pero Pastor dijo, Déjalo, no vale la pena que me lo cuentes, lo sé todo, hasta lo que estás intentando ocultarme. Ocurrió esto en aquellos días en los que andaba Jesús recriminándole a Pastor por su falta de fe y por los defectos y maldades que se deducían y reconocían en su comportamiento, incluyendo, y perdónesenos que volvamos al asunto, el sexual. Pero Jesús, bien mirado, no tenía en el mundo a nadie, salvo la familia, de la que se había alejado y de la que anda olvidado, excepto de su madre, que para eso es siempre la madre, la que nos dio el ser y a la que algunas veces en la vida nos hemos visto tentados a decir, Ojalá no me la hubieras dado, aparte de la madre, sólo su hermana Lisia, no se sabe por qué, la memoria tiene esto, sus propias razones para recordar y olvidar. Siendo estas cosas lo que son, Jesús acabó por sentirse a gusto en compañía de Pastor, imaginémoslo nosotros mismos, el consuelo que será no vivir solos con nuestra culpa, tener al lado a alguien que la conozca y que no tenga que fingir que perdona lo que perdón no puede tener, suponiendo que estuviera en su poder hacerlo, procediese con nosotros con rectitud, usando de bondad y de severidad según la justicia de que sea merecedora aquella parte nuestra que, cercada de culpas, conservó una inocencia. Se nos ocurre explicar esto ahora, aprovechando la ocasión, para que con mayor facilidad se puedan entender las razones, y darlas por buenas, por las que Jesús, en todo diferente a su rudo hospedero, acabará quedándose con él hasta su anunciado encuentro con Dios, del que tanto hay que esperar, pues no va Dios a aparecerse a un simple mortal sin tener para ello fuertes razones.

Antes, sin embargo, querrán las circunstancias, el azar y las coincidencias de que tanto se ha hablado, que Jesús se encuentre con su madre y con algunos de sus hermanos en Jerusalén, con motivo de esta primera Pascua que él creía que iba a vivir lejos de la familia. Que Jesús quisiera celebrar la Pascua en Jerusalén podría haber sido, para Pastor, causa de extrañeza y motivo de radical negativa, estando ellos en el desierto y precisando el rebaño de abundancia de asistencia y cuidados, sin contar, claro está, con que no siendo Pastor judío ni teniendo otro Dios para honrar, podía, aunque sólo fuese por antipática tozudez, decir, Pues no vas, no señor, éste es tu lugar, el patrón soy yo y no me voy de vacaciones. Pero hay que reconocer que no fue así. Pastor se limitó a preguntar, Vas a volver, aunque, por el tono de voz, parecía convencido de que Jesús volvería, y fue lo que el muchacho respondió, sin vacilar, pero sorprendido, él sí, por haberle salido tan pronta la palabra, Vuelvo, Elige entonces un corderillo limpio y sano y llévalo para el sacrificio, ya que vosotros sois dados a esos usos y costumbres, pero esto lo dijo Pastor para probar, quería ver si Jesús era capaz de llevar a la muerte a un cordero de aquel rebaño que tanto trabajo le daba guardar y defender. A Jesús nadie le avisó, no llegó mansamente un ángel, de los otros, pequeños y casi invisibles, para susurrarle al oído, Cuidado, cuidado, que es una trampa, no te fíes, este tío es capaz de todo. Su simple sensibilidad le dio la buena respuesta, o quizá fue, quién sabe, el recuerdo del cabrito muerto y del cordero nacido, No quiero cordero de este rebaño, dijo, Por qué, No llevaría a la muerte algo que he ayudado a criar, Me parece muy bien, pero supongo que has pensado que lo tendrás que buscar en otro rebaño, No puedo evitarlo, los corderos no caen del cielo, Cuándo quieres salir, Mañana temprano, Y volverás, Volveré. Sobre este asunto no dijeron más palabras, pese a que nos quede la duda de cómo Jesús, que no es rico y que trabaja por la comida, va a comprar el cordero pascual. Estando él tan libre de tentaciones que cuesten dinero, es de suponer que aún lleve consigo aquellas pocas monedas que le dio el fariseo hace casi un año, pero este poco es muy poco, visto, como quedó dicho, que en esta época del año los precios del ganado en general, y especialmente de los corderos, se disparan a alturas tan especulativas que es, realmente, un Dios nos valga. Pese a todo lo malo que le ha ocurrido, apetecería decir que a este muchacho lo cuida y defiende una buena estrella, si no fuera sospechosísima debilidad, sobre todo en boca de evangelista, este u otro cualquiera, creer que cuerpos celestes tan alejados de nuestro planeta puedan producir efectos decisivos en la existencia de un ser humano, por mucho que a esos astros hayan invocado, estudiado y relacionado los solemnes magos que, si es verdad lo que se dice, habrían andado por estos páramos hace unos años, sin más consecuencia que ver lo que vieron y seguir su vida. Lo que en definitiva pretende decir este discurso largo y trabajoso es que nuestro Jesús encontrará, seguro, manera de presentarse dignamente en el Templo con su borreguito, cumpliendo lo que se espera del buen judío que ha demostrado ser, aun en tan difíciles condiciones como fueron los valientes enfrentamientos que sostuvo con Pastor.

Gozaba el rebaño por estos tiempos de los pastos abundantes del valle de Ayalón, que está entre las ciudades de Gezer y Emaús. En Emaús intentó Jesús ganar algún dinero con el que comprar el cordero que precisaba, pero pronto llegó a la conclusión de que un año de pastor lo había especializado de tal modo que resultaba inepto para otros oficios, incluyendo el de carpintero, en el que, por otra parte, no había llegado a avanzar gran cosa por falta de tiempo. Se echó al camino que sube de Emaús a Jerusalén, haciendo cuentas sobre su difícil vida, comprar ya sabemos que no puede, robar ya sabíamos que no quiere, y más milagro que suerte sería encontrar un cordero que en el camino de Emaús se hubiera perdido. No faltan aquí los inocentes, van con una cuerda al cuello tras las familias, o en brazos si les correspondió en suerte el consuelo de un amo compasivo, pero, como en sus juveniles cabezas se les metió la idea de que los llevan de paseo, van excitados, nerviosos, quieren saberlo todo, y como no pueden hacer preguntas, utilizan los ojos, como si ellos les bastaran para entender un mundo hecho de palabras. Jesús se sentó en una piedra, a la orilla del camino, pensando en la manera de resolver el problema material que le impide cumplir un deber espiritual, vana esperanza, por ejemplo, sería la de que apareciese aquí otro fariseo, o el mismo, si de tales actos hace práctica cotidiana, preguntando, él sí, con palabras, Necesitas un cordero, como antes le había preguntado, Tienes hambre. La primera vez, no necesitó Jesús pedir limosna para que le fuese dado, ahora, sin la seguridad de que le darán, se verá obligado a pedir. Tiene ya la mano tendida, postura que de tan elocuente dispensa explicaciones, y tan fuerte en expresión que lo más común es que desviemos de ella los ojos como los desviamos de una llaga o de una obscenidad. Algunas monedas fueron dejadas caer por viandantes menos distraídos en el cuenco de la mano de Jesús, pero tan pocas que no será por este andar por el que el camino de Emaús llegue a las puertas de Jerusalén. Sumados el dinero que ya tenía y el que le dieron, no alcanza ni para medio cordero, y es de sobra sabido que el Señor no acepta en sus altares nada que no esté perfecto y completo, por eso se rechaza al animal ciego, lisiado o mutilado, sarnoso o con verrugas, imagínense el escándalo en el Templo si nos presentásemos con los cuartos traseros de un animal, aunque cumpliera la condición de no tener los testículos pisados, aplastados, quebrantados o cortados, caso en el que sería igualmente segura la exclusión. A nadie se le ocurre preguntar a este muchacho para qué quiere el dinero, esto se empezó a escribir en el preciso momento en que un hombre de mucha edad, con una larga barba blanca, se aproximaba a Jesús, dejando a su numerosa familia, que, por deferencia para con el patriarca, se detuvo en medio del camino, a la espera. Pensó Jesús que allí venía otra moneda, pero se engañó. El viejo le preguntó, Tú quién eres, y el muchacho se levantó para responder, Soy Jesús de Nazaret, No tienes familia, Sí, Y por qué no estás con ella, He venido a trabajar de pastor en Judea, y ésta fue una manera mentirosa de decir la verdad o de poner la verdad al servicio de la mentira. El viejo lo miró con una expresión de curiosidad insatisfecha y preguntó al fin, Por qué pides limosna, si tienes un oficio, Trabajo por la comida, y no tengo dinero suficiente para comprar el cordero de Pascua, Y por eso pides, Sí. El viejo hizo una señal a uno de los hombres del grupo, Dale un cordero a este chico, compraremos otro cuando lleguemos al Templo. Los corderos eran seis, atados a una misma cuerda, el hombre soltó el último y se lo llevó al viejo, que dijo, Aquí tienes tu cordero, así no hallará falta el Señor en los sacrificios de esta Pascua, y sin esperar las expresiones de gratitud, fue a unirse a su familia, que lo recibió sonriente y con aplauso. Jesús les dio las gracias cuando ya no podían oírlas y, no se sabe cómo ni por qué, el camino quedó desierto en aquel instante, entre una curva y otra curva no estaban más que estos dos, el muchacho y el corderillo encontrados por fin en el camino de Emaús por la bondad de un judío viejo. Jesús sostiene la punta de la cuerda que había unido el cordero a la reata, el animal miró a su nuevo amo y baló, hizo me-e-e-e de aquella manera tímida y trémula de los corderos que van a morir jóvenes por amarlos tanto los dioses. Este sonido, oído sabe Dios cuántas veces a lo largo de su novel actividad de pastor, conmovió el corazón de Jesús hasta el punto de hacerle sentir que se le disolvían de pena los miembros, allí estaba, como nunca antes de esta manera absoluta, señor de la vida y de la muerte de otro ser, este cordero blanco, inmaculado, sin voluntad ni deseos, que alzaba hacia él un hocico interrogador y confiado, se le veía la lengua rosada cuando balaba, y era rosado bajo los mechones de lana el interior de las orejas, y rosadas también las uñas, que nunca llegarán a endurecerse y transformarse en cascos, todavía tienen un nombre común con el hombre. Jesús acarició la cabeza del cordero, que correspondió levantándola y rozándole la palma de la mano con el hocico húmedo, haciéndolo estremecerse. El encanto se deshizo como había empezado, al fondo del camino, del lado de Emaús, aparecían ya otros peregrinos en tropel, un revuelo de túnicas, alforjas y bordones, con otros corderos y otras alabanzas al Señor. Jesús tomó su cordero en brazos, como a un niño, y empezó a caminar.

No había vuelto a Jerusalén desde aquel distante día en que aquí lo trajo la necesidad de saber cuánto valen culpas y remordimientos, y cómo se han de soportar en vida, si divididos, como los bienes de la herencia, o por entero guardados, como cada uno su propia muerte. La multitud de las calles parecía un río de barro pardusco que iba a desaguar en la gran explanada frontera a la escalinata del Templo. Con el corderillo en brazos, Jesús asistía al desfile de la gente, unos que iban, otros que venían, aquéllos llevando los animales al sacrificio, éstos ya sin ellos, con rostro alegre y gritando Aleluia, Hosanna, Amén, o sin decirlo, por no ser propio de la ocasión, como tampoco será propio que saliera alguien gritando

Evoé o Hip hip hurra, aunque en el fondo, las diferencias entre estas expresiones no sean tan grandes como parecen, las empleamos como si fuesen quintaesencia de lo sublime y luego, con el paso del tiempo y del uso, al repetirlas, nos preguntamos, Para qué sirve esto, y no sabemos responder. Sobre el Templo, la alta columna de humo, enroscada, continua, mostraba a toda la tierra de alrededor que cuantos allí habían ido a sacrificar eran directos y legítimos descendientes de Abel, aquel hijo de Adán y Eva que al Señor, en aquel tiempo, ofreció los primogénitos de su rebaño y las grasas de ellos, con favorable recepción, mientras su hermano Caín, que no tenía para presentar más que simples frutos de la tierra, vio que el Señor, sin que hasta hoy se haya sabido el porqué, desvió de ellos los ojos y a él no lo miró. Si ésta fue la causa de que Caín matara a Abel, podemos hoy vivir descansados, que no se matarán estos hombres unos a otros, pues todos sacrifican, por igual, lo mismo, es cosa de ver cómo crepitan las grasas y cómo rechinan las carnes, Dios, en sus empíreas alturas, respira complacido los olores de aquella carnicería. Jesús apretó el corderillo contra su pecho, no comprende por qué no acepta Dios que en su altar se derrame un cuenco de leche, zumo de la existencia que pasa de un ser a otro, o que en él se esparza, con gesto de sembrador, un puñado de trigo, materia entre todas sustantiva del pan inmortal. Su cordero, que hace poco fue oferta admirable de un viejo a un muchacho, no verá ponerse el sol este día, ya es tiempo de subir las escaleras del Templo, tiempo de conducirlo al cuchillo y al fuego, como si no fuese merecedor de vivir o hubiera cometido, contra el eterno guardián de los pastos y de las fábulas, el crimen de beber del río de la vida. Entonces Jesús, como si una luz hubiera nacido dentro de él, decidió, contra el respeto y la obediencia, contra la ley de la sinagoga y la palabra de Dios, que este cordero no morirá, que lo que le había sido dado para morir seguirá vivo, y que, habiendo venido a Jerusalén para sacrificar, de Jerusalén partirá más pecador de lo que entró, como si no le bastasen las faltas antiguas, ahora cae en otra más, el día llegará, porque Dios no olvida, en que tendrá que pagar por todas ellas. Durante un momento, el temor del castigo lo hizo dudar, pero la mente, en una rapidísima imagen, le representó la visión aterradora de un mar de sangre infinito, la sangre de los innumerables corderos y otros animales sacrificados desde la creación del hombre, que para eso mismo fue puesta la humanidad en este mundo, para adorar y sacrificar. Hasta tal punto lo perturbaron estas imaginaciones que le pareció ver la escalinata del Templo inundada de rojo, corriendo la sangre en cascadas de peldaño en peldaño, y él mismo allí, con los pies en la sangre, levantando al cielo, degollado, muerto, a su cordero. Abstraído, parecía que Jesús estuviese en el interior de una burbuja de silencio, pero de repente estalló la burbuja, se rompió en pedazos y se encontró de nuevo sumergido en medio del barullo de gritos, de oraciones, de llamadas, de cánticos, de las voces patéticas de los corderos y, en un instante que hizo que todo callase, el mugido profundo, tres veces repetido, del chofar, el largo y retorcido cuerno de carnero hecho trompeta. Envolviendo al cordero en la alforja, como para defenderlo de una amenaza ahora inminente, Jesús corrió fuera de la explanada, se perdió en las calles más estrechas, sin preocuparse de en qué dirección iba. Cuando se recuperó, estaba en el campo, había salido de la ciudad por la puerta del norte, la de Ramalá, la misma por donde entró cuando venía de Nazaret. Se sentó bajo un olivo, al borde del camino, y sacó al cordero de la alforja, nadie se sorprendería al verlo allí, pensarían, Está descansando de la caminata, ganando fuerzas para ir al Templo a llevar el cordero, qué bonito es, no sabremos, nosotros, si en la idea de quien lo pensó el bonito es el cordero o es Jesús. Tenemos nuestra propia opinión, que los dos lo son, pero, si tuviéramos que votar, así, a primera vista, daríamos el voto al cordero, aunque con una condición, que no crezca. Jesús está tumbado de espaldas, sostiene la punta de la cuerda para que el cordero no huya, innecesaria precaución, que las fuerzas del pobrecillo están agotadas, no es sólo la poca edad, es también la agitación, el ir y venir, este continuo traer y llevar, sin hablar ya del poco alimento que le dieron esta mañana, que no conviene ni es decente que vaya a morir alguien, sea borrego o mártir, con la barriga llena. Tumbado está Jesús, poco a poco se le fue calmando la respiración, y mira al cielo entre las ramas del olivo que el viento mueve suavemente, haciendo danzar sobre sus ojos los rayos del sol que pasan por los intersticios de las hojas, debe de ser más o menos la hora sexta, la luz cenital reduce las sombras, nadie diría que la noche vendrá a apagar, con su lento soplo, este deslumbramiento de ahora. Jesús ya descansó, ahora le habla al cordero, Te voy a llevar al rebaño, dice, y empieza a levantarse. Por el camino pasa gente, otras personas vienen atrás, y cuando Jesús posa los ojos en éstas se lleva un sobresalto, su primer movimiento es huir, pero no lo hará, cómo iba a atreverse, si quien se aproxima es su madre y algunos de sus hermanos, los mayores, Tiago, José y Judas, también viene Lisia, pero ésa es mujer, lleva mención aparte, no la que le correspondería si siguiéramos el orden de nacimientos, entre Tiago y José. No lo han visto aún. Jesús baja al camino, lleva otra vez el cordero en brazos, quizá para tenerlos ocupados. Quien primero repara en él es Tiago, alza un brazo, después habla precipitadamente con la madre y María mira, ahora apresuran todos el paso, por eso Jesús se siente obligado a hacer también su parte de camino, aunque transportando al cordero no puede correr, cuesta tanto tiempo explicarlo que parece como si no quisiéramos que éstos se encuentren, pero no es eso, el amor maternal, fraternal y filial les daría alas, sin embargo hay reservas, cierta contención incómoda, sabemos cómo se separaron, no sabemos qué efectos han causado tantos meses de alejamiento y falta de noticias. Andando, siempre se acaba por llegar, ahí están ellos, frente a frente, Jesús dice, Tu bendición, madre, y la madre dice, El Señor te bendiga, hijo. Se abrazaron, luego les tocó el turno a los hermanos, Lisia la última, luego, tal como habíamos previsto, nadie supo qué decir, no iba María a preguntarle al hijo, Qué sorpresa, tú por aquí, ni él a la madre, Esto es lo último que se me hubiera ocurrido pensar, tú en la ciudad, a qué has venido, el cordero de uno y el cordero de los otros, que lo traían, hablaban por ellos, es la Pascua del Señor, la diferencia es que uno va a morir y el otro ya se ha salvado. Nunca tuvimos noticias tuyas, dijo por fin María, y en este momento se le abrieron las fuentes de los ojos, era su primogénito el que allí estaba, tan alto, la cara ya de hombre, con unos inicios de barba, y la piel oscura de quien lleva una vida bajo el sol, cara al viento y al polvo del desierto. No llores, madre, tengo un trabajo, soy pastor, Pastor, Sí, Creía que habrías seguido el oficio que te enseñó tu padre, Pues acabé de pastor, eso es lo que soy, Cuándo volverás a casa, Ah, eso no lo sé, un día, Al menos, ven con tu madre y tus hermanos, vamos al Templo, No voy al Templo, madre, Por qué, aún tienes ahí tu cordero, Este cordero no va al Templo, Tiene algún defecto, Ningún defecto, pero este cordero morirá cuando le llegue su hora natural, No te entiendo, No necesitas entenderme, si salvo a este cordero es para que alguien me salve a mí, Entonces, no vienes con la familia, Estaba ya de vuelta, Adónde vas, Voy al lugar al que pertenezco, al rebaño, Y por dónde anda, Está ahora en el valle de Ayalón, Por dónde queda ese valle de Ayalón, Del otro lado, Del otro lado de qué, De Belén. María retrocedió un paso, se quedó pálida, se podía ver cómo había envejecido, pese a tener sólo treinta años, Por qué hablas de Belén, preguntó, Porque fue allí donde encontré al pastor, mi patrón, Quién es, y antes de que el hijo tuviera tiempo de responder, dijo a los otros, Seguid, esperadme a la puerta, luego cogió a Jesús de la mano, lo condujo a la orilla del camino, Quién es, preguntó de nuevo, No lo sé, respondió Jesús, Tiene nombre, Si lo tiene, no me lo ha dicho, le llamo Pastor, nada más, Cómo es, Muy alto, Dónde estabas cuando lo encontraste, En la cueva donde nací, Quién te llevó hasta allí, Una esclava llamada Zelomi que estuvo en mi nacimiento, Y él, Él, qué, Qué te dijo, Nada que tú no sepas. María se dejó caer al suelo como si una mano poderosa la hubiera empujado, Ese hombre es un demonio, Cómo lo sabes, te lo dijo él, No, la primera vez que lo vi me dijo que era un ángel, pero que no se lo dijera a nadie, Cuándo lo viste, El día en que tu padre supo que estaba embarazada de ti, apareció en nuestra puerta como un mendigo y dijo que era un ángel, Lo volviste a ver, En el camino, cuando tu padre y yo fuimos a Belén a censarnos, en la cueva donde naciste y la noche después del día en que te fuiste de casa, entró en el patio, yo pensé que serías tú, pero era él, lo vi por la rendija de la puerta arrancando el árbol que estaba al lado de la entrada, recuerdas, el árbol que nació en el sitio donde se enterró el cuenco con la tierra que brillaba, Qué cuenco, qué tierra, Nunca lo has sabido, fue el cuenco que el mendigo me dio antes de irse, una tierra que brillaba dentro del cuenco donde comió lo que le di, Si de la tierra hizo luz, sería realmente un ángel, Al principio creí que lo sería, pero también el diablo tiene sus artes. Jesús se había sentado al lado de su madre dejando libre al cordero, Sí, ya he comprendido que, cuando uno y otro están de acuerdo, no se puede distinguir a un ángel del Señor de un ángel de Satán, dijo, Quédate con nosotros, no vuelvas con ese hombre, te lo pide tu madre, Le he prometido que volvería, cumpliré mi palabra, Promesas al diablo, sólo para engañarlo, Ese hombre, que no es hombre, lo sé, ese ángel o ese demonio, me acompaña desde que nací y quiero saber por qué, Jesús, hijo mío, ven al Templo con tu madre y tus hermanos, lleva ese cordero al altar como es tu obligación y su destino y pídele al Señor que te libre de posesiones y de malos pensamientos, Este cordero morirá en su día, Éste es su día de morir, Madre, los corderos que de ti nacieron tendrán que morir, pero tú no querrás que mueran antes de su tiempo, Los corderos no son hombres, mucho menos si esos hombres son hijos, Cuando el Señor mandó a Abraham que matase a su hijo Isaac, no se notaba la diferencia, Soy una simple mujer, no sé responderte, sólo te pido que abandones esos malos pensamientos, Madre, los pensamientos son lo que son, sombras que pasan, no son ni buenos ni malos en sí, sólo las acciones cuentan, Alabado sea el Señor que me dio un hijo sabio, a mí, que soy una pobre ignorante, pero sigo diciéndote que ésa no es ciencia de Dios, También se aprende con el Diablo, Y tú estás en su poder, Si por su poder se salva este cordero, algo se habrá ganado hoy en el mundo. María no respondió. Volviendo de la puerta de la ciudad, Tiago se acercaba. Entonces María se levantó, Encontré a mi hijo y volví a perderlo, dijo, y Jesús respondió, Si no lo tenías perdido, no lo has perdido ahora. Metió la mano en la alforja, sacó el dinero que había reunido, de limosnas todo, Es cuanto tengo, Tantos meses para tan poco, Trabajo por la comida, Mucho debes de querer a ese hombre que te gobierna para que con tan poco te contentes, El Señor es mi pastor, No ofendas a Dios, tú, que vives con un demonio, Quién sabe, madre, quién sabe, quizá sea un ángel servidor de otro dios que vive en otro cielo, El Señor dijo Yo soy el Señor, no tendrás a otro más que a mí, Amén, remató Jesús. Tomó al cordero en brazos y dijo, Ahí viene Tiago, adiós, madre, y María dijo, Hasta parece que quieras más a ese cordero que a tu familia, En este momento, sí, respondió Jesús. Sofocada de dolor y de indignación,

María lo dejó y corrió al encuentro del otro hijo. No se volvió nunca hacia atrás.

Por el lado de fuera de las murallas, ahora por otro camino, atravesando los campos, Jesús empezó la larga bajada hacia el valle de Ayalón. Se detuvo en una aldea, compró, con el dinero que la madre no quiso aceptar, algún alimento, pan e higos, leche para él y para el cordero, era leche de oveja, diferencias, si las había, no se notaban, al menos en este caso es posible aceptar que una madre bien valga por otra. A quien le extrañase verlo por allí a aquellas horas, gastando dinero con un cordero que ya tendría que estar muerto, podríamos responderle que este muchacho, antes, era dueño de dos corderos, que uno de ellos fue sacrificado y está en la gloria del Señor, y que a éste lo rechazó el mismo Señor por sufrir un defecto, una oreja rasgada, Mire, Pero la oreja está entera, dijeron, Pues si lo está, yo mismo la desgarraré, diría Jesús, y, poniéndose el cordero sobre los hombros, seguiría su camino. Avistó el rebaño cuando ya la última luz de la tarde declinaba, más deprisa ahora porque el cielo se había ensombrecido con oscuras nubes bajas. Se respiraba en la atmósfera la tensión que anuncia las tormentas y, para confirmarlo, el primer relámpago desgarró los aires en el momento preciso en que el rebaño apareció ante los ojos de Jesús. No llovió, era una de aquellas tormentas que llamamos secas, que asustan más que las otras porque ante ellas nos sentimos realmente sin defensa, sin la cortina, por decirlo de alguna forma, y que nunca imaginaríamos protectora, de la lluvia y del viento, en verdad esta batalla es un enfrentamiento directo entre un cielo que se rasga y atruena y una tierra que se estremece y se crispa, impotente para responder a los golpes. A cien pasos de Jesús, una luz deslumbrante, insoportable, hendió de arriba abajo un olivo, que se incendió de inmediato, ardiendo con fuerza, como una antorcha de nafta. El choque y el estruendo de la tormenta, como si el cielo se hubiese rasgado de una vez, de horizonte a horizonte, tiraron a Jesús al suelo, sin conocimiento. Cayeron otros dos rayos, uno aquí, otro allá, como dos decisivas palabras, y después, poco a poco, los truenos empezaron a oírse más distantes, hasta perderse en un murmullo amable, una conversación de amigos entre el cielo y la tierra. El cordero, que había salido ileso de la caída, se acercó, pasado el susto, y vino a tocar con la boca la boca de Jesús, no gruñó ni olfateó, fue sólo un roce y fue, quién somos nosotros para dudarlo, suficiente. Jesús abrió los ojos, vio al cordero, luego el cielo oscurísimo, como una mano negra que sofocara lo que quedaba del día. El olivo todavía estaba ardiendo. Al moverse, Jesús sintió dolores, pero se dio cuenta de que era señor de su cuerpo, si tal se puede decir de quien, con tanta facilidad, puede ser destruido y lanzado a tierra. Con dificultad, consiguió sentarse y, más por el presentimiento del tacto que por la certificación de los ojos, comprobó que no estaba quemado ni tullido, que no tenía roto ningún miembro y que, exceptuando un zumbido fortísimo en la cabeza, que parecía un interminable sonido de chofar, estaba vivo y sano. Cogió al cordero en brazos y yendo a buscar palabras donde no sabía que las tenía, dijo, No tengas miedo, sólo ha querido mostrarte que podría haberte matado, si quisiera, y a mí vino a decirme que no fui yo quien te salvó la vida, sino él. Un lento y último trueno se arrastró por el espacio como un suspiro, allí abajo la mancha blanquecina del rebaño era un oasis a la espera. Luchando todavía contra sus miembros entorpecidos, Jesús empezó a descender la ladera. El cordero, sólo por cautela sujeto por la cuerda, trotaba a su lado como un perrito. Tras ellos, el olivo seguía ardiendo. Y a la luz que él proyectaba más que a la del crepúsculo que se extinguía, Jesús vio alzarse a su frente, como una aparición, la alta figura de Pastor, envuelto en aquel manto que parecía no tener fin, sosteniendo el cayado con el que podría, si lo levantase, tocar las nubes. Dijo Pastor, Sabía que la tormenta estaba esperándote, Y yo debía saberlo, dijo Jesús, Qué cordero es ése, El dinero que tenía no bastaba para comprar el cordero de Pascua, por eso me puse a pedir a orillas del camino y vino un viejo que me dio este que aquí ves, Y por qué no lo has sacrificado, No pude, no fui capaz. Pastor sonrió, Ahora lo entiendo mejor, te esperó, te dejó venir en paz hasta el rebaño para mostrar, ante mi vista, su fuerza. Jesús no respondió, le había dicho más o menos lo mismo al cordero, pero no quería, recién llegado, sostener una discusión más sobre las razones de Dios y de sus actos. Y ahora, este cordero, qué vas a hacer con él, Nada, lo he traído para que se quede con el rebaño, Los corderos blancos son todos iguales, mañana ya no lo reconocerás en medio de los otros, Él me conoce, Llegará el día en que empezará a olvidarte, además llegará a cansarse de ser él quien siempre te busque, el remedio sería marcarlo, darle un tajo en una oreja, por ejemplo, Pobre animalillo, No sé por qué, también tú estás marcado, te han cortado el prepucio para que se sepa a quién perteneces, No es lo mismo, No debería serlo, pero lo es. Mientras hablaban, Pastor había juntado alguna leña y se ocupaba ahora de encender una hoguera, sacando chispas con el eslabón. Dijo Jesús, Sería más fácil ir a buscar una rama de aquel olivo que está ardiendo, y Pastor respondió, Al fuego del cielo hay que dejarlo consumirse por sí mismo. El tronco del olivo era ahora una sola brasa que refulgía en la oscuridad, el viento arrancaba de él chispas, pedazos incandescentes de corteza, ramillas que volaban ardiendo y luego se apagaban. El cielo se mantenía pesado, insólitamente presente. Con lo que era en ellos habitual, hicieron Pastor y Jesús su cena, lo que llevó a Pastor a comentar, irónico, Este año no comes cordero pascual. Jesús oyó y calló, pero en el fondo no estaba contento, su problema, a partir de ahora, sería la insoluble contradicción entre comer cordero y no matar a los corderos. Bueno, qué hacemos, preguntó Pastor, y continuó, Marcamos o no marcamos al cordero, No soy capaz, dijo Jesús, Dámelo, yo me encargo de eso. Con un movimiento rápido y firme del cuchillo, Pastor seccionó la punta de una de las orejas, luego, sosteniendo el trocito cortado, preguntó, Qué quieres que haga con esto, lo entierro, lo tiro, y Jesús, sin pensarlo, respondió, Dámelo, y lo dejó caer en el fuego. Como hicieron con tu prepucio, dijo Pastor. De la oreja del cordero goteaba una sangre lenta, pálida, que en poco tiempo se estancaría. De las llamas, con el humo, se expandía el olor embriagador de tierna carne quemada. Así, al cabo del largo día, después de pasadas tantas horas en demostraciones pueriles y presuntuosas de un querer contrario, el Señor recibía, al fin, lo que le era debido, quién sabe si gracias a aquel majestuoso y atronador aviso de truenos y centellas que, por la vía irresistible de las casualidades profundas, habría encontrado camino para hacerse obedecer por los renitentes pastores. Cayó la última gota de sangre del cordero y la tierra la embebió, porque no estaría bien, de tan disputado sacrificio, perder lo más precioso.

Ahora bien, fue éste, precisamente, el animal, transformado ya por el tiempo en una oveja vulgarísima, sólo diferente de las otras en que le faltaba la punta de una oreja, el que, pasados unos tres años, vino a perderse en unos agrestes parajes al sur de Jericó, lindando con el desierto. En un tan grande rebaño, una oveja más o menos parece que da igual, pero este ganado, si todavía es necesario que lo recordemos, no es como los otros, tampoco los pastores se parecen a los que conocemos de vista o de oídas, por lo que no es de extrañar que Pastor, mirando desde una elevación del terreno, descubriera la falta de una cabeza de ganado sin que, para ello, hubiera tenido que contarlas todas. Llamó a Jesús y le dijo, Tu oveja no está en el rebaño, búscala, y como Jesús, en respuesta, no preguntó, Y cómo sabes tú que es la mía, tampoco lo preguntaremos nosotros. Lo que sí importa es ver cómo va a orientarse Jesús, entregado ahora a su poca ciencia de los lugares y a la falible intuición de los caminos por donde antes nadie había pasado en esta completa redondez del horizonte. Procedentes ellos de la parte fértil de Jericó, donde no quisieron entretenerse por estimar más la tranquilidad de un vagabundeo continuo que el fácil trato de las gentes, lo más probable sería que se perdiera la persona, o la oveja, sobre todo si adrede lo habían hecho, en sitios donde la fatiga de buscar alimento, por excesiva, no fuese agravante de la buscada soledad. Según esta lógica, estaba claro que la oveja de Jesús, disimulando, como quien no quiere la cosa, se había quedado atrás y debía de estar ahora retozando en los verdes de las márgenes frescas del Jordán, a la vista de Jericó, para mayor seguridad. No obstante, la lógica no lo es todo en la vida, y no es raro que justamente lo previsible, que lo es por ser el remate más plausible de una secuencia, o porque simplemente había sido anunciado antes, no es raro, decíamos, que lo previsible, guiado por razones que sólo son suyas, acabe escogiendo, para revelarse, una conclusión que podríamos llamar aberrante, tanto al lugar, como a la circunstancia. Si es éste el caso, entonces deberá nuestro Jesús buscar su extraviada oveja, no en aquellos lozanos prados de la retaguardia, sino en la árida y requemada sequedad del desierto que tiene ante él, de nada sirve aquí la fácil objeción de que la oveja no habría decidido perderse para ir a morirse de hambre y de sed, primero, porque nadie sabe lo que pasa realmente en el cerebro de una oveja, segundo, considerando la ya referida imprevisibilidad a que lo previsible recurre algunas veces. Al desierto irá Jesús, hacia allí se encamina ya, sin que a Pastor le haya sorprendido la resolución, antes bien, callado, la aprobó, con un lento y solemne movimiento de cabeza que, extraña idea, podía ser tomado también como un gesto de despedida.

Este desierto no es una de aquellas amplias, largas y conocidas extensiones de arena que el mismo nombre usan. Este desierto es más bien un mar de secas y duras colinas arenosas, encabalgadas unas en las otras, formando un laberinto inextricable de valles, en el fondo de los cuales apenas sobreviven unas raras plantas que parecen hechas sólo de espinos y cerdas, con las que tal vez pudieran atreverse las sólidas encías de una cabra, pero que, al primer contacto, desgarrarían los labios sensibles de una oveja. Este desierto es más amedrentador que los formados sólo de lisas arenas y de aquellas dunas inestables que mudan constantemente de forma y de hechura, en este desierto cada colina oculta y anuncia la amenaza que nos espera en la colina siguiente, y, cuando a ésta llegamos, temblando, sentimos de inmediato que la amenaza, la misma, pasó para detrás de nuestras espaldas. Aquí, el grito que demos no responderá, por el eco, a la voz que lo gritó, lo que oiremos, sí, en respuesta, son las propias colinas gritando, o lo desconocido, lo no sabido, que en ellas se obstina en esconderse. He aquí, pues, que provisto sólo de su cayado y de su alforja, Jesús entró en el desierto. Pocos pasos más allá, apenas acababa de cruzar los límites del mundo, notó, de súbito, que las viejas sandalias que fueron de su padre se deshacían bajo sus pies. Mucho habían durado, pese a todo, por la virtud remendera de las piezas asiduamente recosidas, a veces in extremis, pero ahora las artes de zapatero remendón de Jesús ya no podían auxiliar a sandalias que tantos y tantos caminos habían andado y tanto sudor amasado en polvo. Como si obedecieran a una orden, se desengarzaban los últimos hilos, se soltaban, flojas, las tiras, se partían sin remedio los atadijos, en menos tiempo del que lleva contarlo, quedaron descalzos los pies de Jesús sobre los restos de las sandalias. Recordó el muchacho, le llamamos así por hábito adquirido, que a los dieciocho años, siendo judío, más es hombre hecho y derecho que mocito adolescente, recordó Jesús sus antiguas sandalias, guardadas durante todo este tiempo en la alforja como reliquia sentimental del pasado y, movido por una vana esperanza, intentó ponérselas. Razón tuvo Pastor cuando le dijo, Pies que crecieron no vuelven a encoger, a Jesús le costaba trabajo entender que alguna vez sus pies hubieran podido caber en estas sandalias minúsculas. Estaba descalzo ante el desierto, como Adán cuando lo expulsaron del paraíso y, como él, vaciló antes de dar el primero y doloroso paso sobre el torturado suelo que lo llamaba. Pero luego, sin haberse preguntado por qué lo hacía, quizá sólo porque se acordó de Adán, dejó caer la alforja y el cayado y, levantándose la túnica por el orillo, se la quitó por la cabeza en un solo gesto, quedando, como Adán, desnudo. Aquí, donde está, ya no lo ve Pastor, ningún borrego curioso lo siguió, desde el aire lo ven los pocos pájaros que por estas fronteras se atreven, y los bichos de la tierra, que son hormigas, alguna escolopendra, un escorpión que, de susto, alza el aguijón venenoso, éstos no tienen memoria de hombre desnudo por estos sitios, ni saben para qué sirve. Si se lo preguntasen a Jesús, Por qué te has desnudado, tal vez respondería de una manera incomprensible para el entendimiento de los himenópteros, miriápodos y arácnidos, Al desierto sólo es posible ir desnudo. Desnudo, decimos nosotros, pese a los espinos que desgarran la piel y erizan los pelos del pubis, desnudos pese a las aristas que cortan y las arenas que desuellan, desnudo pese al sol que quema, reverbera y deslumbra, desnudo, en fin, para buscar la oveja perdida, aquella que nos pertenece porque con nuestra marca la marcamos. El desierto se abre a los pasos de

Jesús para luego cerrarse, como cortándole el camino de retirada. El silencio resuena en los oídos como un sonido de caracola, de esas caracolas que llegan muertas y vacías a la playa y se quedan allí, llenándose del vasto rumor de las olas, hasta que alguien pasa y las encuentra y, acercándolas lentamente al oído, se pone a escuchar y dice, El desierto. Los pies de Jesús están sangrando, el sol aparta a las nubes para herirlo como una espada en los hombros, los espinos le cortan la piel de las piernas como uñas ávidas, las cerdas lo azotan, Oveja, dónde estás, grita él, y las colinas se pasan la consigna, Dónde estás, dónde estás, si se dijeran sólo esto sabríamos, por fin, qué es el eco perfecto, pero el largo y remoto son de la caracola se sobrepone, murmurando, Diiiiiiooos, Diiiiiiooos, Diiiiiiooos. Entonces, como si de pronto las colinas se hubiesen detenido en su camino, Jesús salió del laberinto de los valles hasta un espacio circular liso y arenoso donde, en el centro exacto, vio a la oveja. Corrió hacia ella todo lo que le permitían sus pies heridos, pero una voz lo detuvo, Espera. Una nube de la altura de dos hombres, que era como una columna de humo girando lentamente sobre sí misma, estaba ante él, y la voz llegó de la nube. Quién me habla, preguntó Jesús estremecido, pero adivinando ya la respuesta. La voz dijo, Yo soy el Señor, y Jesús supo entonces por qué tuvo que desnudarse en el umbral del desierto. Me has traído aquí, qué quieres de mí, preguntó, Por ahora, nada, pero un día lo querré todo, Qué es todo, La vida, Tú eres el Señor, siempre estás llevándote de nosotros las vidas que nos das, No tengo otro remedio, no puedo dejar que el mundo se detenga, Y mi vida, para qué la quieres, Todavía no es tiempo de que lo sepas, aún tendrás que vivir mucho, pero vengo a anunciártelo, para que vayas disponiendo el espíritu y el cuerpo, porque es de ventura suprema el destino que estoy preparando para ti, Señor, Señor, no comprendo ni lo que me dices ni lo que quieres de mí, Tendrás el poder y la gloria, Qué poder, qué gloria, Lo sabrás cuando llegue la hora de que te llame otra vez, Cuándo será, No tengas prisa, vive tu vida como puedas, Señor, aquí estoy, si desnudo me has traído ante ti, no tardes, dame hoy lo que tienes guardado para darme mañana, Quién te ha dicho que intento darte algo, Lo prometiste, Es un cambio, nada más que un cambio, Mi vida por no sé qué pago, El poder, Y la gloria, no se me olvida, pero si no me dices qué poder y sobre qué, qué gloria, y ante quién, será como una promesa hecha demasiado pronto, Volverás a encontrarme cuando estés preparado, pero mis señales te acompañarán desde ahora, Señor, dime, Calla, no preguntes más, la hora llegará, ni antes ni después, y entonces sabrás qué quiero de ti, Oírte, Señor, es obedecer, pero tengo que hacerte una pregunta más, No me aburras, Señor, es preciso, Habla, Puedo llevarme mi oveja, Ah, era eso, Sí, era sólo eso, puedo, No, Por qué, Porque la vas a sacrificar como prenda de la alianza que acabo de establecer contigo, Esta oveja, Sí, Te sacrificaré otra, voy hasta donde está el rebaño y vuelvo en seguida, No me contraríes, quiero ésta, Pero, Señor, ésta tiene un defecto, tiene la oreja cortada, Te equivocas, la oreja está intacta, fíjate bien, Cómo es posible, Yo soy el Señor y al Señor nada es imposible, Pero ésta es mi oveja, Te engañas de nuevo, el cordero era mío y tú me lo quitaste, ahora paga la oveja aquella deuda, Sea como quieres, el mundo todo te pertenece y yo soy tu siervo, Sacrifícala o no habrá alianza, Pero, mira Señor, que estoy desnudo, no tengo cuchillo ni puñal, estas palabras las dijo Jesús lleno de esperanza de poder salvar aún la vida de la oveja, y Dios le respondió, No sería yo el Señor si no pudiera resolverte esa dificultad, ahí tienes. Apenas dichas estas palabras, apareció a los pies de Jesús un cuchillo nuevo, Rápido, empieza, tengo otras cosas que hacer, dijo Dios, no puedo quedarme aquí eternamente. Jesús empuñó el cuchillo, avanzó hacia la oveja, que había alzado la cabeza, vacilante, como si no lo reconociera, pues nunca lo había visto desnudo, y, como se sabe, el olfato de estos animales no vale gran cosa. Estás llorando, preguntó Dios, Siempre tengo los ojos así, dijo Jesús. El cuchillo se alzó, buscó el ángulo del golpe, y cayó velozmente como el hacha de las ejecuciones o la guillotina que todavía no se ha inventado. La oveja no soltó ni un balido, sólo se oyó, Aaaah, era Dios, suspirando de satisfacción. Jesús preguntó, Y ahora, puedo irme ya, Puedes irte, y no olvides que a partir de hoy me perteneces por la sangre, Cómo debo alejarme de ti, En principio, da igual, para mí no hay delante y detrás, pero la costumbre es retroceder haciendo reverencias, Señor, Qué pesado eres, hombre, a ver, qué te pasa ahora, El pastor del rebaño, Qué pastor, El que anda conmigo, Qué, Es un ángel o un demonio, Es alguien a quien yo conozco, Pero dime, es ángel o demonio, Ya te lo he dicho, para Dios no hay delante ni detrás, que te diviertas. La columna de humo estaba y dejó de estar, la oveja había desaparecido, sólo la sangre se percibía aún, pero procuraba esconderse en la tierra.

Cuando Jesús llegó al campamento, Pastor lo miró fijamente y preguntó, La oveja, y él respondió, He encontrado a Dios, No te he preguntado si has encontrado a Dios, te he preguntado si encontraste la oveja, La he sacrificado, Por qué, Dios estaba allí, tuve que hacerlo. Con la punta del cayado, Pastor hizo una raya en el suelo, profunda como el surco del arado, imposible de cruzar como una cerca de fuego, luego dijo, No has aprendido nada, vete.

Cómo voy a irme, con los pies así, pensó Jesús viendo alejarse a Pastor hacia el otro lado del rebaño. Dios, que tan limpiamente había hecho desaparecer a la oveja, no lo había beneficiado, desde dentro de la nube, con la gracia de su divina saliva, para que el mortificado Jesús pudiera, con ella, untar y sanar las heridas por las que seguía manando la sangre que brillaba sobre las piedras. Pastor no lo ayudará, lanzó aquellas palabras conminatorias y se retiró como quien espera que la sentencia se cumpla y no intenta estar presente en los preparativos de la partida, y mucho menos despedirse. Trabajosamente, arrastrándose sobre las rodillas y las manos, Jesús llegó hasta la tienda, donde, en cada parada, se ordenaban los utensilios de gobierno del rebaño, los cántaros para la leche, las tablas para la prensadura, y también las pieles de oveja y de cabra que se iban curtiendo y con las que, por trueque, adquirían las cosas que necesitaban, una túnica, un manto, alimentos más variados. Pensó Jesús que no podrían culparlo si se cobrase el salario por su mano, cortando de las pieles de oveja una especie de sandalias o coturnos para envolver los pies, empleando después para atarlas unas tiras de piel de cabra, más manejable porque tienen menos pelo. Al ajustárselas dudó si la lana debería quedar por la parte de dentro o de fuera, y decidió al fin usarla como forro, por dentro, visto el mísero estado en que tenía los pies. Lo malo será que se le pegarán las heridas a los pelos, pero, como ya ha decidido que su camino va a ser la orilla del Jordán, bastará que meta los pies calzados en el agua y poco a poco se disolverá la sangre seca. El propio peso de las botazas, que eso es lo que parecen, metidas en el agua y empapadas, ayudará a despegar suavemente los pies del lanoso guateado, sin llevarse consigo las costras benevolentes y protectoras que se están formando. Algo de sangre que arrastra la corriente es señal, por su buen color, de que las heridas aún no se habían infectado, por mucho que cueste creerlo. Jesús, en su divagante caminata hacia el norte, se tomaba largos descansos, se quedaba sentado a la orilla del río, con los pies metidos en el agua, gozando del frescor y de la medicina. Le dolía haber sido expulsado de aquella manera, después de haberse encontrado con Dios, acontecimiento inaudito en el pleno sentido de la palabra, pues, que él supiera, no había hoy un solo hombre en toda Israel que pudiera envanecerse de haber visto a Dios y sobrevivir. Cierto es que, lo que se dice ver, no vio, pero si se nos presenta una nube en el desierto, en forma de columna de humo, y dice, Yo soy el Señor, y mantiene después una conversación, no sólo lógica y sensata, sino con una expresión de autoridad sin réplica que sólo divina podía ser, cualquier duda, por pequeña que fuese, sería una ofensa. Que el Señor era el Señor, quedó demostrado con la respuesta dada cuando le preguntó acerca de Pastor, aquellas palabras despreocupadas, en las que era patente un poco de desprecio, pero también de intimidad, y luego reforzado por la negativa a responder si era ángel o diablo. Pero lo más interesante era que las palabras de Pastor, duras y aparentemente ajenas a la cuestión central, no hacían más que confirmar la verdad sobrenatural del encuentro, No te he preguntado si has encontrado a Dios, como si estuviera diciendo, Hasta ahí ya lo sé, como si el anuncio no lo hubiera sorprendido, como si lo supiera de antemano. Lo cierto era que no le había perdonado la muerte de la oveja, otro sentido no podían tener sus palabras finales, No has aprendido nada, vete, y después se retiró ostensiblemente hacia el otro lado del rebaño, y se mantuvo allí, de espaldas, hasta que él se hubo ido. Ahora bien, en una de estas ocasiones en que Jesús dejaba su imaginación explayarse en previsiones de lo que podría querer el Señor cuando volvieran a encontrarse, las palabras de Pastor le sonaron repentinamente en sus oídos, tan claras y distintas como si estuviese a su lado, No has aprendido nada, y en ese instante el sentimiento de ausencia, de falta, de soledad, fue tan fuerte que su corazón gimió, allí estaba él, solo, sentado a la orilla del Jordán, mirando sus pies en la transparencia del río y viendo manar de uno de sus calcañares un leve hilo de sangre, y lentamente moverse entre dos aguas, de pronto no le pertenecían la sangre ni los pies, era su padre que llegaba, cojeando con sus calcañares agujereados, a gozar del fresco del Jordán, y le decía igual que Pastor, Tienes que volver al principio, no has aprendido nada. Jesús, como si alzase del suelo una pesada y larga cadena de hierro, recordaba su vida, eslabón por eslabón, el anuncio misterioso de su concepción, la tierra iluminada, el nacimiento en la cueva, los niños muertos de Belén, la crucifixión del padre, la herencia de las pesadillas, la huida de casa, el debate en el Templo, la revelación de Zelomi, la aparición del pastor, la vida con el rebaño, el cordero salvado, el desierto, la oveja muerta, Dios. Y como esta última palabra era excesiva para que su espíritu pudiera ocuparse de ella, se fijó obsesivamente en un pensamiento, por qué un cordero que había sido salvado de la muerte acabó muriendo oveja, cuestión tan estúpida como cualquiera puede ver, pero que se comprenderá mejor si la traducimos así, Ninguna salvación es suficiente, cualquier condena es definitiva. El último eslabón de la cadena es éste, estar a la orilla del río Jordán, oyendo el doliente canto de una mujer que desde allí no se puede ver, oculta entre los juncos, tal vez lavando la ropa, tal vez bañándose, y Jesús quiere entender cómo esto es todo lo mismo, el cordero vivo que se transforma en oveja muerta, sus pies sangrando de la sangre de su padre y la mujer que canta, desnuda, tumbada boca arriba en el agua, los pechos duros sobresaliendo, el pubis negro soalzado en la ondulación de la brisa, no es verdad que Jesús hubiese visto, hasta hoy, una mujer desnuda, pero si un hombre, partiendo sólo de una columna de humo, puede ponerse a vaticinar lo que será estar con Dios cuando les llegue el día al uno y al otro, se comprenderá que las minucias de una mujer desnuda, suponiendo que sea apropiada la palabra, puedan ser imaginadas y creadas desde una música que se la oye cantar, incluso sin saber si las palabras nos son dirigidas. José ya no está aquí, ha regresado a la fosa común de Séforis, de Pastor no asoma ni la punta del cayado, y

Dios, que está en todas partes, como se dice, no eligió una columna de humo para mostrarse, tal vez esté en aquella agua que corre, la misma donde se baña la mujer. El cuerpo de Jesús dio una señal, se hinchó lo que tenía entre las piernas, como les sucede a todos los hombres y a todos los animales, la sangre corrió veloz a un mismo sitio hasta el punto de que se le secaron súbitamente las heridas, Señor, qué fuerte es este cuerpo, pero Jesús no fue en busca de la mujer, y sus manos rechazaron las manos de la tentación violenta de la carne, No eres nadie si no te quieres a ti mismo, no llegas a Dios si no llegas primero a tu cuerpo. No se sabe quién dijo estas palabras, pero Dios no las diría, no son cuentas de su rosario, de Pastor, sí, podrían ser, si no estuviese tan lejos de aquí, quizá, a fin de cuentas, fuesen las palabras de la canción que la mujer cantaba, en ese momento pensó qué agradable podría ser ir allí y pedirle que se las explicase, pero la voz ya no se oía, tal vez se la había llevado la corriente, o la mujer, simplemente, salió del agua para secarse y vestirse, acallando así su cuerpo. Jesús se calzó las zapatillas empapadas y se puso en pie, haciendo que el agua saliera de entre los lados, como si apretara una esponja. Mucho se reiría la mujer, si aquí viniera, al encontrarse con estas grotescas zapatillas, pero bien podría ser que esta risa de burla no durase mucho, cuando los ojos de ella subieran por el cuerpo de Jesús, adivinando las formas que la túnica esconde, y se detuvieran a mirar los ojos de él, doloridos por causas antiguas y ahora, por una razón nueva, ansiosos. Con pocas o ninguna palabra, el cuerpo de ella volverá a desnudarse y cuando haya sucedido lo que de estos casos siempre hay que esperar, ella le quitará las sandalias con gran cuidado, curará las heridas poniendo en cada pie un beso y envolviéndolos después, como un capullo de seda, en sus propios cabellos húmedos. No viene nadie por el camino, Jesús mira alrededor, suspira, busca un rincón escondido y hacia allí se encamina, pero se detiene de súbito, ha recordado a tiempo que el Señor le quitó la vida a Onán por derramar su semen en el suelo. Es verdad que si hubiera dado Jesús otra vuelta más analítica al episodio clásico, cosa que concordaba con sus procesos mentales, tal vez no lo detuviera la implacable severidad del Señor, y esto por dos razones, siendo la primera porque no había allí cuñada con quien debiera, por ley, dar posteridad a un hermano muerto, y la segunda, acaso más fuerte que la otra, porque el Señor tiene, tal como le hizo saber en el desierto, algunas firmes aunque no reveladas ideas en cuanto a su futuro, luego no es creíble ni lógico que se olvidara de las promesas hechas, estropeándolo todo porque una mano sin gobierno hubiese osado llegar a donde no debía, sabiendo el Señor lo que son las necesidades del cuerpo, no es sólo lo trivial de comer y de beber, trivial, decimos, habiendo otros ayunos no menos costosos de soportar. Estas y otras semejantes reflexiones, que deberían ayudar a Jesús a llevar adelante el humanísimo movimiento de buscar, para cierto fin, un refugio lejos de vistas ajenas, acabaron por tener efecto contraproducente, que el pensamiento se distrajo de lo que tenía en mente, se encontró envuelto en los meandros de su propio pensar, y el resultado fue írsele la voluntad de lo que quería, de deseo ni hablemos, que, siendo pecaminoso, un simple nada le hace vacilar y retraerse. Resignado con su propia virtud, se echó Jesús la alforja al hombro, empuñó el cayado y se lanzó al camino.

En el primer día de este viaje a lo largo de la orilla del río Jordán, el hábito de cuatro años de aislamiento llevó a Jesús a apartarse de los lugares poblados que por allí había. Pero, a medida que se aproximaba al lago de Genesaret, se fue haciendo cada vez más difícil, para él, bordear las aldeas, rodeadas como estaban de campos cultivados, no siempre cómodos de atravesar, tanto por los desvíos que se veía obligado a hacer como por la desconfianza que su aire vagabundo despertaba en los labradores. De modo que se decidió Jesús a ir al mundo, y la verdad es que no le disgustó lo que vio, sólo le importunaba mucho el ruido, del que casi se había olvidado. En la primera de estas aldeas en que entró, una traviesa banda de chiquillos lo siguió riéndose de sus botas, buena cosa fue, porque Jesús tenía dinero suficiente para comprarse unas sandalias nuevas, recordemos que no toca el dinero que lleva, desde aquel que le dio el fariseo, vivir cuatro años con tan poco y no tener necesidad de gastarlo es la máxima riqueza, no hay que pedirle más al Señor. Ahora, compradas las sandalias, quedó su tesoro reducido a dos monedas de exiguo valor, pero la penuria no lo aflige, ya poco le falta para llegar a su destino, Nazaret, su casa, a la que regresará porque un día, al dejarla, y parecía que para siempre la dejaba, dijo, De una manera u otra siempre volveré. Viene sin prisa, bordeando las mil curvas del Jordán, también es verdad que el estado en que llevaba los pies no le permitía grandes hazañas de andarín, pero la razón principal de su vagar consistía en su propia certeza de llegar, como si pensase, Es como si ya estuviese allí, pero otro sentimiento, ése menos consciente, retardaba sus pasos, algo que podría expresarse con palabras como éstas, Cuanto antes llegue, antes vuelvo a marcharme. Subía a lo largo de la orilla del lago en dirección al norte, está ya a la altura de Nazaret, si quisiera llegar rápidamente a casa no tendría más que mover las piernas hacia el sol poniente, pero las aguas del lago lo retienen, azules, anchas, tranquilas. Le gusta sentarse a la orilla y seguir con la mirada las maniobras de los pescadores, alguna vez, de pequeño, vino a estos parajes acompañado de sus padres, pero nunca se detuvo a mirar con atención el trabajo de estos hombres que dejaban tras de sí todos los olores del pescado, como si también ellos fuesen habitantes del mar. Mientras anduvo por aquí, Jesús se ganó el sustento ayudando en lo que sabía, que era nada, y en lo que podía, que era poco, arrastrar una barca a tierra o empujarla al agua, echar una mano para arrastrar una red que se desbordaba, los pescadores le veían la necesidad en la cara y le daban dos o tres peces espinosos, llamados tilapias, como salario. Al principio, tímido, Jesús los asaba y comía aparte, pero habiéndose demorado por allí tres días, al segundo lo llamaron los pescadores para que formase rancho con ellos. Y al tercero, Jesús fue al mar, en la barca de dos hermanos que se llamaban Simón y Andrés, mayores que él, ninguno de los dos con menos de treinta años. En medio de las aguas, Jesús, sin experiencia del oficio, riéndose él mismo de su torpeza, se atrevió, incitado por sus nuevos amigos, a lanzar la red, con aquel gesto abierto que, mirado de lejos, parece una bendición o un desafío, sin otro resultado que caerse al agua una de las veces que lo intentó. Simón y Andrés se rieron mucho, ya sabían que Jesús sólo entendía de cabras y ovejas, y Simón dijo, Mejor vida sería la nuestra si este otro ganado se dejara traer y llevar, y Jesús respondió, Por lo menos no se pierden, no se extravían, están aquí todos en el cuenco del lago, todos los días huyendo de la red, todos los días cayendo en ella. La pesca no había sido abundante, el fondo de la barca estaba poco menos que vacío, y Andrés dijo, Hermano, vámonos a casa, que este día ya dio de sí todo lo que podía. Simón asintió, Tienes razón, hermano, vámonos. Metió los remos en los toletes e iba a dar la primera de las remadas que los llevarían a la orilla, cuando Jesús, no pensemos que por inspiración o presentimiento mayor, fue sólo una manera, aunque inexplicable, de demostrar su gratitud, propuso que hicieran tres últimas tentativas, Quién sabe si el rebaño de los peces, conducido por su pastor, habrá venido hacia nuestro lado. Simón se rió, Ésa es otra ventaja que tienen las ovejas, que se ven, y volviéndose a Andrés, Lanza la red, si no ganamos nada, tampoco perdemos, y Andrés lanzó la red y la red vino llena. Quedaron desorbitados de asombro los ojos de los pescadores, pero el asombro se transformó en portento y maravilla cuando la red, lanzada otra vez más, y una más aún, volvió llena las dos veces. De un mar que les parecía antes tan desierto de pescado como el agua recogida en un cántaro de una fuente límpida, salían, con nunca vista profusión, torrentes brillantísimos de agallas, escamas y aletas en las que la vista se confundía. Le preguntaron Simón y Andrés cómo supo que los peces habían llegado allí inesperadamente, qué mirada de lince descubrió el movimiento profundo de las aguas, y

Jesús respondió que no, que no lo sabía, que fue apenas una idea, probar suerte una última vez antes de regresar. No tenían los dos hermanos motivos para dudarlo, el azar hace estos y otros milagros, pero Jesús, dentro de sí, se estremeció y se preguntó en el silencio de su alma, Quién hizo esto. Dijo Simón, Ayuda a escoger, ahora bien, es ésta una buena oportunidad para explicar que no nació en este mar de Genesaret la ecuménica sentencia, Todo lo que viene a la red es pescado, aquí los criterios son diferentes, pez será lo que la red trajo, pero la ley es clarísima en este punto, como en todos, He aquí lo que podéis comer de los diferentes animales acuáticos, podéis comer todo lo que, en las aguas, mares o ríos, tiene escamas y aletas, pero todo lo que no tiene aletas y escamas, en los mares o en los ríos, ya sea lo que pulula en el agua o los animales que en ella viven, es abominable para vosotros, y abominable seguirá siendo, no comáis su carne y considerad que sus cadáveres son abominables, todo lo que, en las aguas, no tiene escamas y aletas, será para vosotros abominable. Los peces réprobos de piel lisa, aquellos que no pueden ir a la mesa del pueblo del Señor, fueron así restituidos al mar, muchos de ellos incluso se habían acostumbrado ya y no se preocupaban cuando se los llevaba la red, sabían que pronto volverían al agua, sin peligro de morir sofocados. En su cabeza de peces creían beneficiarse de una benevolencia especial del Creador, e incluso de un amor particular, lo que los llevó, al cabo del tiempo, a considerarse superiores a los otros peces, los que dejaban en las barcas, que muchas y graves faltas debían de haber cometido bajo las oscuras aguas para que Dios, así, sin piedad, los dejase morir.

Cuando llegaron a la orilla, con mil artes y cuidados para no irse a pique, pues la superficie del lago lamía la borda como si quisiera engullir la barca, la sorpresa de la gente no tuvo explicación. Quisieron noticia de cómo había ocurrido aquello, sabiéndose que los otros pescadores regresaron con el fondo seco, pero, de tácito y común acuerdo, ninguno de los tres afortunados habló de las circunstancias de la pesca prodigiosa, Simón y Andrés, para no ver públicamente disminuidos sus méritos de expertos, Jesús porque no quería que los otros pescadores lo metieran como reclamo en sus respectivas compañías, lo que, decimos nosotros, sería de entera justicia, para que acabasen de una vez las diferencias entre hijos y entenados que tanto mal han traído al mundo. Este pensamiento hizo que Jesús anunciara esa noche que a la mañana siguiente partiría para Nazaret, donde lo esperaba la familia, después de cuatro años de ausencias y de andanzas que podían decirse del diablo, tan cargadas de fatigas estuvieron. Lamentaron mucho Simón y Andrés una decisión que los privaba del mejor ojeador de ganado acuático del que había memoria en los anales de Genesaret, lo lamentaron también los otros dos pescadores, Tiago y Juan, hijos de Zebedeo, muchachos un poco simplones, a los que, por broma, solían preguntar, Quién es el padre de los hijos de Zebedeo, y los pobres se quedaban boquiabiertos, perdidos de sí, y ni el hecho de saber la respuesta, que claro que la sabían, siendo ellos los hijos, ni esto les ahorraba un instante de perplejidad y de angustia. La pena que sentían por la marcha de Jesús no era sólo porque así se les escapaba la oportunidad de una pesca famosa, sino porque, siendo mozos, Juan era incluso más joven que Jesús, les hubiera gustado formar con él una tripulación de juveniles para competir con la generación más vieja. Su simplicidad de espíritu no era necedad ni retraso mental, lo que les pasaba es que iban por la vida como si siempre estuviesen pensando en otra cosa, por eso dudaban cuando les preguntaban cómo se llamaba el padre de los hijos de Zebedeo y no entendían por qué se reía la gente tan divertida, cuando, triunfalmente, respondían, Zebedeo. Juan hizo aún una tentativa, se acercó a Jesús y le dijo, Quédate con nosotros, nuestra barca es mayor que la de Simón, cogeremos más pesca, y Jesús, sabio y piadoso, le respondió, La medida del Señor no es la medida del hombre, sino la de su justicia. Enmudeció Juan, se fue con la cabeza baja, y sin diligencias de otros interesados transcurrió la velada. Al día siguiente, Jesús se despidió de los primeros amigos que había encontrado en sus dieciocho años de vida y, con el fardel lleno, dando la espalda a este mar de Genesaret, donde, o mucho se engañaba o le hizo Dios una señal, orientó al fin sus pasos hacia las montañas, camino de Nazaret. Sin embargo, quiso el destino que, al atravesar la ciudad de Magdala, se le reventase una herida del pie que tardaba en curarse, y de tal modo que parecía que la sangre no quería parar. También quiso el destino que el peligroso accidente ocurriera a la salida de Magdala, casi enfrente de la puerta de una casa que estaba alejada de las otras, como si no quisiera aproximarse a ellas, o ellas la rechazaran. Viendo que la sangre no daba muestras de restañarse, Jesús llamó, Eh, los de dentro, dijo, y acto seguido apareció una mujer en la puerta, era como si estuviera esperando que la llamasen, aunque, por un leve aire de sorpresa que se insinuó en su cara, podríamos pensar que estaba habituada a que entrasen en su casa sin llamar, lo que, si bien consideramos las cosas, tendría menos razón de ser que en cualquier otro caso, pues esta mujer es una prostituta y el respeto que debe a su profesión le manda que cierre la puerta de la casa cuando recibe a un cliente. Jesús, que estaba sentado en el suelo, comprimiendo la desatada herida, echó una mirada rápida a la mujer que se acercaba, Ayúdame, dijo, y auxiliándose de la mano que ella le tendía, consiguió ponerse de pie y dar unos pasos, cojeando. No estás en situación de andar, dijo ella, entra, que te curo la herida. Jesús no dijo ni sí ni no, el olor de la mujer lo aturdía, hasta el punto de desaparecerle, de un momento a otro, el dolor que le provocara la llaga al abrirse, y ahora, con un brazo sobre los hombros de ella, sintiendo su propia cintura ceñida por otro que evidentemente no podía ser suyo, percibió el tumulto que le traspasaba el cuerpo en todas direcciones, si no es más exacto decir sentidos, porque en ellos, o en uno que tiene ese nombre, pero que no es la vista ni el oído ni el gusto ni el olfato ni el tacto, aunque pueda llevar una parte de cada uno, ahí es donde todo iba a dar, con perdón. La mujer le ayudó a entrar en el patio, cerró la puerta y lo hizo sentarse, Espera, dijo. Entró y volvió con una bacía de barro y un paño blanco, llenó de agua la bacía, mojó el paño y, arrodillándose a los pies de Jesús, sosteniendo en la palma de la mano izquierda el pie herido, lo lavó cuidadosamente, limpiándolo de tierra, ablandando la costra rota de la que salía, con la sangre, una materia amarilla, purulenta, de mal aspecto. Dijo la mujer, No va a ser el agua lo que te cure, y Jesús dijo, Sólo te pido que me ates la herida para poder llegar a Nazaret, allí la trataré, iba a decir, Mi madre me la tratará, pero se corrigió, pues no quería aparecer ante los ojos de la mujer como un chiquillo que, por un tropezón con una piedra, se echa a llorar, Mamá, mamaíta, a la espera de la caricia, un soplo suave en el dedo ofendido, un toque dulcificante de los dedos, No es nada, hijo mío, hala, ya pasó. De aquí a Nazaret todavía tienes mucho que andar, pero, si así lo quieres, espera al menos hasta que te ponga un ungüento, dijo la mujer, y entró en casa, donde tardó un poco más que antes. Jesús dio una vuelta alrededor del patio, sorprendido porque nunca había visto nada tan limpio y ordenado. Empieza a pensar que la mujer es una prostituta, no porque tenga una especial habilidad para adivinar profesiones a primera vista, aún no hace muchos días él mismo podría haber sido identificado por el olor que trasudaba a ganado caprino, y ahora todos dirán, Es pescador, se le fue aquel olor, vino otro que no trasuda menos. La mujer huele a perfume, pero Jesús, pese a su inocencia, que no es ignorancia, pues no le habían faltado ocasiones de ver cómo procedían carneros y machos cabríos, tiene sentido de sobra para considerar que el buen olor del cuerpo no es razón suficiente para afirmar que una mujer es prostituta. Realmente, una prostituta debería oler a lo que más frecuenta, a hombre, como el cabrero huele a cabra y el pescador a pescado, aunque, tal vez, quién sabe, esas mujeres se perfuman tanto justamente porque quieren esconder, disimular o incluso olvidar el olor a hombre. La mujer reapareció con un tarrito y venía sonriendo como si alguien, dentro de la casa, le hubiera contado una historia divertida. Jesús la veía acercarse, pero, si no lo engañaban sus ojos, ella venía muy lentamente, como ocurre a veces en sueños, la túnica se movía, ondeaba, modelando al andar el balanceo rítmico de los muslos, y el cabello negro de la mujer, suelto, danzaba sobre sus hombros como el viento hace que dancen las espigas en el trigal. No había duda, la túnica, incluso para un lego, era de prostituta, el cuerpo de bailarina, la risa de mujer liviana. Jesús, en estado de aflicción, pidió a su memoria que lo socorriese con alguna de las apropiadas máximas de su célebre homónimo y autor, Jesús, hijo de Sira, y la memoria le respondió, susurrándole discretamente, desde el otro lado del oído, Huye del encuentro con una mujer liviana para no caer en sus celadas, y después, No andes mucho con una bailarina, no sea que perezcas en sus encantos, y finalmente, Nunca te entregues a las prostitutas si no quieres perder tus haberes y perderte tú mismo, que se pierda este Jesús de ahora bien pudiera acontecer, siendo hombre y tan joven, pero, en cuanto a haberes, ésos ya sabemos que no corren peligro porque no los tiene, por lo que él mismo se hallará a salvo, llegada la hora, cuando la mujer, antes de cerrar el trato, le pregunte, Cuánto tienes. Preparado para todo está Jesús, por eso no le sorprende la pregunta que ella le hace mientras, colocado ahora el pie de él sobre la rodilla de ella, le cubría de ungüento la herida, Cómo te llamas, Jesús, fue la respuesta, y no dijo de Nazaret porque antes ya lo había declarado, como ella, por ser aquí donde vivía, no dijo de Magdala, cuando, al preguntarle él a su vez el nombre, respondió que María. Con tantos movimientos y observaciones, acabó María de Magdala de vendar el dolorido pie de Jesús, rematando con una sólida y pertinente atadura, Ya está, dijo ella, Cómo puedo agradecértelo, preguntó Jesús, y por primera vez sus ojos tocaron los ojos de ella, negros, brillantes como azabache, de donde fluía, como agua que sobre agua corriera, una especie de voluptuosa veladura que alcanzó de lleno el cuerpo secreto de Jesús. La mujer no respondió de inmediato, lo miraba, a su vez, como valorándolo, comprobando qué clase de hombre era, que de dineros ya se veía que no andaba bien provisto el pobre mozo, al fin dijo, Guárdame en tu recuerdo, nada más, y Jesús, No olvidaré tu bondad, y luego, llenándose de ánimo, No te olvidaré, Por qué, sonrió la mujer, Porque eres hermosa, Pues no me conociste en los tiempos de mi belleza, Te conozco en la belleza de ahora. Se apagó la sonrisa de ella, Sabes quién soy, qué hago, de qué vivo, Lo sé, Sólo tuviste que mirarme y ya lo supiste todo, No sé nada, Que soy prostituta, Eso sí lo sé, Que me acuesto con los hombres por dinero, Sí, Eso es lo que te decía, que lo sabes todo de mí, Sólo sé eso. La mujer se sentó a su lado, le pasó suavemente la mano por la cabeza, le tocó la boca con la punta de los dedos, Si quieres agradecérmelo, quédate este día conmigo, No puedo, Por qué, No tengo con qué pagarte, Gran novedad ésa, No te rías de mí, Tal vez no lo creas, pero más fácilmente me reiría de un hombre que llevara bien llena la bolsa, No es sólo cuestión de dinero, Qué es, entonces. Jesús se calló y volvió la cara hacia el otro lado. Ella no lo ayudó, podía haberle preguntado, Eres virgen, pero se mantuvo callada, a la espera. Se hizo un silencio tan denso y profundo que parecía que sólo los dos corazones sonaban, más fuerte y rápido el de él, el de ella inquieto con su propia agitación. Jesús dijo, Tus cabellos son como un rebaño de cabras bajando por las laderas de las montañas de Galad. La mujer sonrió y permaneció callada. Después Jesús dijo, Tus ojos son como las fuentes de Hesebon, junto a la puerta de Bat-Rabín. La mujer sonrió de nuevo, pero no habló. Entonces volvió Jesús lentamente el rostro hacia ella y le dijo, No conozco mujer. María le tomó las manos, Así tenemos que empezar todos, hombres que no conocían mujer, mujeres que no conocían hombre, un día el que sabía enseñó, el que no sabía aprendió, Quieres enseñarme tú, Para que tengas otro motivo de gratitud, Así nunca acabaré de agradecerte, Y yo nunca acabaré de enseñarte. María se levantó, fue a cerrar la puerta del patio, pero primero colgó cualquier cosa por el lado de fuera, señal que sería de entendimiento para los clientes que vinieran por ella, de que había cerrado su puerta porque llegó la hora de cantar, Levántate, viento del norte, ven tú, viento del mediodía, sopla en mi jardín para que se dispersen sus aromas, entre mi amado en su jardín y coma de sus deliciosos frutos. Luego, juntos, Jesús amparado, como antes hiciera, en el hombro de María, prostituta de Magdala que lo curó y lo va a recibir en su cama, entraron en la casa, en la penumbra propicia de un cuarto fresco y limpio. La cama no es aquella rústica estera tendida en el suelo, con un cobertor pardo encima que Jesús siempre vio en casa de sus padres mientras allí vivió, éste es un verdadero lecho como aquel del que alguien dijo, Adorné mi cama con cobertores, con colchas bordadas de lino de Egipto, perfumé mi lecho con mirra, aloes y cinamomo. María de Magdala llevó a Jesús hasta un lugar junto al horno, donde era el suelo de ladrillo, y allí, rechazando el auxilio de él, con sus manos lo desnudó y lavó, a veces tocándole el cuerpo, aquí y aquí, y aquí, con las puntas de los dedos, besándolo levemente en el pecho y en los muslos, de un lado y del otro. Estos roces delicados hacían estremecer a Jesús, las uñas de la mujer le causaban escalofríos cuando le recorrían la piel, No tengas miedo, dijo María de Magdala. Lo secó y lo llevó de la mano hasta la cama, Acuéstate, vuelvo en seguida. Hizo correr un paño en una cuerda, nuevos rumores de agua se oyeron, después una pausa, el aire de repente pareció perfumado y María de Magdala apareció, desnuda. Desnudo estaba también Jesús, como ella lo dejó, el muchacho pensó que así era justo, tapar el cuerpo que ella descubriera habría sido como una ofensa. María se detuvo al lado de la cama, lo miró con una expresión que era, al mismo tiempo, ardiente y suave, y dijo, Eres hermoso, pero para ser perfecto tienes que abrir los ojos. Dudando los abrió Jesús, e inmediatamente los cerró, deslumbrado, volvió a abrirlos y en ese instante supo lo que en verdad querían decir aquellas palabras del rey Salomón, Las curvas de tus caderas son como joyas, tu ombligo es una copa redondeada llena de vino perfumado, tu vientre es un monte de trigo cercado de lirios, tus dos senos son como dos hijos gemelos de una gacela, pero lo supo aún mejor, y definitivamente, cuando María se acostó a su lado y, tomándole las manos, acercándoselas, las pasó lentamente por todo su cuerpo, cabellos y rostro, el cuello, los hombros, los senos, que dulcemente comprimió, el vientre, el ombligo, el pubis, donde se demoró, enredando y desenredando los dedos, la redondez de los muslos suaves, y mientras esto hacía, iba diciendo en voz baja, casi en un susurro, Aprende, aprende mi cuerpo. Jesús miraba sus propias manos, que María sostenía, y deseaba tenerlas sueltas para que pudieran ir a buscar, libres, cada una de aquellas partes, pero ella continuaba, una vez más, otra aún, y decía, Aprende mi cuerpo, aprende mi cuerpo, Jesús respiraba precipitadamente, pero hubo un momento en que pareció sofocarse, eso fue cuando las manos de ella, la izquierda colocada sobre la frente, la derecha en los tobillos, iniciaron una lenta caricia, una en dirección a la otra, ambas atraídas hacia el mismo punto central, donde, una vez llegadas, no se detuvieron más que un instante, para regresar con la misma lentitud al punto de partida, desde donde iniciaron de nuevo el movimiento. No has aprendido nada, vete, dijo Pastor, y quizá quisiese decir que no aprendió a defender la vida. Ahora María de Magdala le enseñaba, Aprende mi cuerpo, y repetía, pero de otra manera, cambiándole una palabra, Aprende tu cuerpo, y él lo tenía ahí, su cuerpo, tenso, duro, erecto, y sobre él estaba, desnuda y magnífica, María de Magdala, que decía, Calma, no te preocupes, no te muevas, déjame a mí, entonces sintió que una parte de su cuerpo, ésa, se había hundido en el cuerpo de ella, que un anillo de fuego lo envolvía, yendo y viniendo, que un estremecimiento lo sacudía por dentro, como un pez agitándose, y que de súbito se escapaba gritando, imposible, no puede ser, los peces no gritan, él, sí, era él quien gritaba, al mismo tiempo que María, gimiendo, dejaba caer su cuerpo sobre el de él, yendo a beberle en la boca el grito, en un ávido y ansioso beso que desencadenó en el cuerpo de Jesús un segundo e interminable estremecimiento.

Durante todo el día nadie llamó a la puerta de María de Magdala. Durante todo el día, María de Magdala sirvió y enseñó al muchacho de Nazaret que, sin conocerla ni para bien ni para mal, llegó hasta su puerta pidiéndole que lo aliviara de los dolores y curase de las llagas que, pero eso no lo sabía ella, nacieron de otro encuentro, en el desierto, con Dios. Dios le dijo a Jesús, A partir de hoy me perteneces por la sangre, el Demonio, si lo era, lo despreció, No aprendiste nada, vete, y María de Magdala, con los senos cubiertos de sudor, el pelo suelto que parecía echar humo, la boca túmida, ojos como de agua negra, No te unirás a mí por lo que te enseñé, pero quédate esta noche conmigo. Y Jesús, sobre ella, respondió, Lo que me enseñas no es prisión, es libertad. Durmieron juntos, pero no sólo aquella noche. Cuando despertaron alta ya la mañana, y después de que, una vez más, sus cuerpos se buscaran y se hallaran, María miró la herida del pie de Jesús, Tiene mejor aspecto, pero todavía no deberías irte a tu tierra, te va a dañar el camino con ese polvo, No puedo quedarme, y si tú misma dices que estoy mejor, Puedes quedarte, el caso es que quieras, en cuanto a la puerta del patio, va a estar cerrada todo el tiempo que lo deseemos, Tu vida, Mi vida, ahora, eres tú, Por qué, Te responderé con palabras del rey Salomón, mi amado metió su mano en la abertura de la puerta y mi corazón se estremeció, Y cómo puedo ser yo tu amado si no me conoces, si soy sólo alguien que vino a pedirte ayuda y de quien tuviste pena, pena de mis dolores y de mi ignorancia, Por eso te amo, porque te he ayudado y te he enseñado, pero tú no podrás amarme a mí, pues no me enseñaste ni me ayudaste, No tienes ninguna herida, La encontrarás si la buscas, Qué herida es, Esa puerta abierta por donde entraban otros y mi amado no, Dijiste que soy tu amado, Por eso se cerró la puerta después de que tú entraras, No sé qué puedo enseñarte, a no ser lo que de ti he aprendido, Enséñame también eso, para saber cómo es aprenderlo de ti, No podemos vivir juntos, Quieres decir que no puedes vivir con una prostituta, Sí, Mientras estés conmigo, no seré una prostituta, no lo soy desde que aquí entraste, en tus manos está el que siga siéndolo o no, Me pides demasiado, Nada que no puedas darme por un día, dos días, el tiempo que tu pie tarde en curarse, para que después se abra otra vez mi herida, He tardado dieciocho años en llegar aquí, Algunos días más no te harán diferente, eres joven aún, Tú también eres joven, Mayor que tú, más joven que tu madre, Conoces a mi madre, No, Entonces por qué lo has dicho, Porque yo no podría tener un hijo que tuviera hoy tu edad, Qué estúpido soy, No eres estúpido, sólo inocente, Ya no soy inocente, Por haber conocido mujer, No lo era ya cuando me acosté contigo, Háblame de tu vida, pero ahora no, ahora sólo quiero que tu mano izquierda descanse sobre mi cabeza y tu derecha me abrace.

Jesús se quedó una semana en casa de María de Magdala, el tiempo necesario para que bajo la costra de la herida se formara una nueva piel. La puerta del patio estuvo siempre cerrada. Algunos hombres impacientes, picados de celo o de despecho, llamaron, ignorando deliberadamente la señal que debería mantenerlos apartados. Querían saber quién era ese que se demoraba tanto, y alguno más gracioso soltó un zurriagazo, O será porque no puede, o será porque no sabe, ábreme, María, que le explicaré a ése cómo se hace, y María de Magdala salió al patio a responder, Quienquiera que seas, lo que pudiste no volverás a poder, lo que hiciste no volverás a hacerlo jamás, Maldita mujer, Vete, que bien equivocado vas, no encontrarás en el mundo mujer más bendita de lo que yo soy. Fuese por este incidente, o porque así tenía que ser, nadie más llamó a su puerta, en todo caso lo más probable es que ninguno de aquellos hombres, moradores de Magdala o transeúntes informados, hubiera querido arriesgarse a que una maldición los condenara a la impotencia, pues es general convicción que las prostitutas, sobre todo las de alto coturno, diplomadas o de amplio curriculum, sabiéndolo todo de las artes de alegrar el sexo de un hombre, también son muy competentes para reducirlo a una soturnidad irremediable, cabizbajo, sin ánimo ni apetitos. Gozaron, pues, María y Jesús de tranquilidad durante aquellos ocho días, durante los cuales las lecciones dadas y recibidas acabaron por ser un discurso solo, compuesto de gestos, descubrimientos, sorpresas, murmullos, invenciones, como un mosaico de teselas que no son nada una por una y todo acaban siendo después de juntas y puestas en sus lugares. Más de una vez, María de Magdala quiso volver a aquella curiosidad de saber de la vida del amado, pero Jesús cambiaba de charla, respondía, por ejemplo, Entro en mi jardín, hermana mía, esposa, a coger de mi mirra y de mi bálsamo, a comer la miel virgen del panal, a beber de mi vino y de mi leche, y, habiendo dicho todo esto con tanta pasión, pasaba en seguida de la recitación del versículo al acto poético, en verdad, en verdad te digo, querido Jesús, así no se puede conversar. Pero un día decidió Jesús hablar de su padre carpintero y de su madre cardadora de lana, de sus ocho hermanos, y que, según costumbre, comenzó aprendiendo el oficio paterno, pero después fue pastor durante cuatro años, que estaba ahora de regreso a casa, anduvo unos días con pescadores, pero no el tiempo suficiente para aprender de ellos su arte. Cuando Jesús contó esto, era la caída de la tarde, estaban en el patio comiendo, de vez en cuando alzaban la cabeza para ver el rápido vuelo de las golondrinas que pasaban soltando sus gritos estridentes, el silencio que se hizo entre los dos parecía indicar que todo estaba dicho, el hombre se había confesado a la mujer, pero la mujer, como si nada fuese aquello, preguntó, Sólo eso, él hizo una señal afirmativa, Sí, sólo esto. El silencio ahora era completo, los círculos de las golondrinas rodaban sobre otros parajes, y Jesús dijo, Mi padre fue crucificado hace cuatro años en Séforis, se llamaba José, Si no me equivoco, eres el primogénito, Sí, soy el primogénito, Entonces no entiendo cómo no te has quedado con tu familia, era tu deber, Hubo diferencias entre nosotros, no me preguntes más, Nada sobre tu familia, pero esos años de pastor, háblame de ese tiempo, No hay nada que decir, siempre es lo mismo, son las cabras, son las ovejas, son los cabritos, son los borregos, y la leche, mucha leche, leche por todas partes, Te gustaba ser pastor, Me gustaba, sí, Y por qué lo dejaste, Me aburría, tenía nostalgia de la familia, Nostalgia, qué es eso, Pena de estar lejos, Estás mintiendo, Por qué dices que estoy mintiendo, Porque he visto miedo y remordimiento en tus ojos. Jesús no respondió. Se levantó, dio una vuelta por el patio, después se detuvo ante María, Un día, cuando volvamos a encontrarnos, tal vez te cuente el resto, si entonces me prometes que no le dirás nada a nadie, Ahorrabas tiempo si me lo dijeras ahora, Te lo diré, sí, pero sólo si nos volvemos a encontrar, Piensas que entonces ya no seré prostituta, que no puedes tener ahora confianza en mí, piensas que sería capaz de vender tus secretos por dinero o dárselos a cualquiera que llegase, por diversión, a cambio de una noche de amor más gloriosa que las que yo te di y tú me has dado, No es ésa la razón por la que prefiero callarme, Pues yo te digo que María de Magdala estará junto a ti, prostituta o no, cuando la necesites, Quién soy yo para merecer esto, Tú no sabes quién eres. Aquella noche regresó la antigua pesadilla, después de haber sido, en los últimos tiempos, sólo una angustia vaga que se infiltraba en los intersticios de los sueños comunes, al fin habitual y soportable. Pero esta noche, quizá por ser la última que Jesús dormía en aquella cama, quizá porque él había hablado de Séforis y de los crucificados, la pesadilla, como una serpiente gigantesca que estuviera despertando de la hibernación, empezó a desenrollar lentamente sus anillos, a levantar su horrible cabeza, y Jesús despertó entre gritos, cubierto de sudores fríos. Qué te pasa, qué te pasa, le preguntaba María, afligida, Un sueño, sólo un sueño, se defendió él, Cuéntamelo, y esta simple palabra fue dicha con tanto amor, con tanta ternura, que Jesús no pudo contener las lágrimas y, después de las lágrimas, las palabras que había querido esconder, Sueño que viene mi padre a matarme, Tu padre está muerto, tú estás vivo, aquí, Yo soy un niño, estoy en Belén de Judea y mi padre viene a matarme, Por qué en Belén, Porque allí nací, Quizá pienses que tu padre no quería que hubieses nacido, eso es lo que el sueño está diciendo, Tú no sabes nada, No, no sé nada, Hubo niños de Belén que murieron por culpa de mi padre, Los mató él, Los mató porque no los salvó, no fue su mano la que manejó el puñal, Y en tu sueño, eres uno de esos niños, He muerto mil muertes, Pobre de ti, pobre Jesús, Por esto me fui de casa, Al fin comprendo, Crees que comprendes, Qué más falta, Lo que aún no te puedo decir, Lo que me dirás cuando volvamos a encontrarnos, Sí. Jesús se quedó dormido con la cabeza en el hombro de María, respirando sobre su seno. Ella permaneció despierta todo lo que quedaba de noche. Le dolía el corazón porque la mañana no iba a tardar en separarlos, pero su alma estaba serena. El hombre que descansaba a su lado era, lo sabía, aquel por quien había esperado toda la vida, el cuerpo que le pertenecía y a quien su cuerpo pertenecía, virgen el de él, usado y manchado el suyo, pero hay que tener en cuenta que el mundo comenzó, lo que se dice comenzar, hace apenas ocho días, y sólo esta noche se halló confirmado, ocho días no es nada si lo comparamos con un futuro intacto, por decirlo de alguna manera, además, siendo tan joven este Jesús que apareció ante mí, y yo, María de Magdala, yo estoy aquí, acostada con un hombre, como tantas veces, pero ahora perdida de amor y sin edad.

Gastaron la mañana preparando el viaje, que parecía que el muchacho fuera al fin del mundo, cuando ni doscientos estadios va a tener que andar, nada que un hombre de constitución normal no pueda hacer entre el sol del mediodía y el crepúsculo de la tarde, incluso teniendo en cuenta que de Magdala a Nazaret no todo es camino llano, por allí no faltan cuestas escarpadas y descampados pedregosos. Ten cuidado, que por ahí andan bandas de guerra alzadas contra los romanos, dijo María, Todavía, preguntó Jesús, Has vivido lejos, esto es Galilea, Y yo soy galileo, no me harían mal, No eres galileo si naciste en Belén de Judea, Mis padres me concibieron en Nazaret, y yo, realmente, ni en Belén nací, nací en una cueva, en el interior de la tierra, y ahora me parece que he vuelto a nacer aquí en Magdala, De una prostituta, Para mí no eres prostituta, dijo Jesús con violencia, Es lo que fui. Hubo un largo silencio después de estas palabras, María a la espera de que Jesús hablase, Jesús dándole vueltas a una inquietud que no lograba dominar. Al fin preguntó, Aquello que colgaste en la puerta para que ningún hombre entrase, vas a retirarlo, María de Magdala lo miró con expresión seria, luego sonrió con malicia, No podría tener dentro de casa dos hombres al mismo tiempo, Qué quiere decir eso, Que tú te vas, pero continúas aquí. Hizo una pausa, y terminó, La señal que está colgada en la puerta continuará allí, Pensarán que estás con un hombre, Si lo piensan, pensarán bien, porque estaré contigo, Nadie más entrará aquí, Tú lo has dicho, esta mujer a quien llaman María de Magdala dejó de ser prostituta cuando aquí entraste, De qué vas a vivir, Sólo los lirios del campo crecen sin trabajar y sin hilar, Jesús tomó sus manos y dijo, Nazaret no está lejos de Magdala, uno de estos días vendré a verte, Si me buscas, aquí me encontrarás, Mi deseo será encontrarte siempre, Me encontrarías incluso después de morir, Quieres decir que voy a morir antes que tú, Soy mayor, seguro que moriré primero, pero, si lo hicieras tú antes que yo, seguiría viviendo para que me puedas encontrar, Y si eres tú la primera en morir, Bendito sea quien te trajo a este mundo cuando yo estaba todavía en él. Después de esto, María de Magdala sirvió de comer a Jesús, y él no necesitó decirle, Siéntate conmigo, porque desde el primer día, en la casa cerrada, este hombre y esta mujer habían dividido y multiplicado entre sí los sentimientos y los gestos, los espacios y las sensaciones, sin excesivos respetos de regla, norma o ley. Cierto es que no sabrían cómo respondernos si ahora les preguntásemos de qué modo se comportarían si no se encontraran protegidos y libres entre estas cuatro paredes, entre las cuales pudieron, por unos días, tallar un mundo a la simple imagen y semejanza de hombre y mujer, más a la de ella que a la de él, digámoslo de paso, pero, habiendo sido ambos tan perentorios en cuanto a sus futuros encuentros, basta que tengamos la paciencia de esperar el lugar y la hora en que, juntos, se enfrenten con el mundo de fuera de la puerta, ese que ya se pregunta con inquietud, Qué pasa ahí dentro, y no es en jadeos de alcoba y cama en lo que piensan. Después de haber comido, María le calzó las sandalias a Jesús y dijo, Tienes que irte si quieres llegar a Nazaret antes de que anochezca, Adiós, dijo Jesús, y tomando la alforja y el cayado, salió al patio. El cielo estaba nublado por igual, como un forro de lana sucia, al Señor no le sería fácil ver, desde lo alto, lo que estaban haciendo sus ovejas. Jesús y María de Magdala se despidieron con un abrazo que parecía no tener fin, también se besaron, pero con menos demora, nada raro si tenemos en cuenta que ésa no era costumbre de aquellos tiempos.

Acababa de ponerse el sol cuando Jesús volvió a pisar el suelo de Nazaret, cuatro largos años contados, semana más semana menos, desde aquel día en que de aquí huyó, todavía niño, apesadumbrado por una desesperación mortal, para ir por el mundo adelante en busca de alguien que pudiera ayudarle a entender la primera verdad insoportable de su vida. Cuatro años, incluso arrastrados, pueden no bastar para curar un dolor, pero, generalmente, lo adormecen. Preguntó en el Templo, rehízo los caminos de la montaña con el rebaño del Diablo, encontró a Dios, durmió con María de Magdala, este hombre que aquí viene no parece ya sufrir, salvo aquella humedad de los ojos de la que hemos hablado, pero que, si ponderamos bien sus causas posibles, también podría ser efecto tardío del humo de los sacrificios, o un arrebato del alma producido por los horizontes de los altos pastizales, o el miedo de quien, solo, en el desierto, oyó decir Yo soy el Señor, o, en fin, quizá lo más probable porque está más próximo, el ansia y el recuerdo de un cuerpo dejado hace tan pocas horas, Confortadme con uvas pasas, fortalecedme con manzanas, porque desfallezco de amor, esta dulce verdad podría decirla Jesús a su madre y a sus hermanos, pero sus pasos se cortaron en el umbral de la puerta, Quiénes son mi madre y mis hermanos, pregunta, no es que él no lo sepa, la cuestión es si saben ellos quién es él, aquel que preguntó en el Templo, aquel que contempló los horizontes, aquel que encontró a Dios, aquel que conoció el amor de la carne y en él se reconoció hombre. En este mismo lugar, frente a esta puerta, hubo en tiempos un mendigo que dijo ser un ángel y que, pudiendo, si ángel era, irrumpir casa adentro, llevando consigo el tifón de sus revueltas alas, prefirió llamar y con palabras de mendigo pedir limosna. La puerta está cerrada sólo con el pestillo. Jesús no necesitará llamar como hizo en Magdala, entrará tranquilamente en esta casa que es suya, véase cómo trae curada la llaga del pie, cierto es que son las más fáciles de curar, las de sangre y de pus. No necesitaba llamar, pero llamó. Oyó voces tras el muro, reconoció, más distante, la de la madre, pero no tuvo ánimo para empujar simplemente la puerta y anunciar, Aquí estoy, como alguien que, sabiéndose deseado, quiere dar una sorpresa que a todos hará felices. Quien abrió la puerta fue una niña pequeña, de unos ocho o nueve años, que no reconoció al visitante, la voz de la sangre no le anunció, Este hombre es tu hermano, no lo recuerdas, Jesús, el primogénito, fue él quien dijo, pese a los cuatro años añadidos a la edad de uno y otro y a la penumbra de la hora, Te llamas Lidia, y ella respondió, Sí, maravillándose de que un desconocido sepa su nombre, pero él quebró todo el encanto diciendo, Soy tu hermano Jesús, déjame pasar. En el patio, junto a la casa y debajo del cobertizo vio bultos que eran como sombras, serían sus hermanos, ahora miraban hacia la puerta, dos de ellos, los varones mayores, Tiago y José, se acercaban, no oyeron lo que Jesús habló, pero no valía la pena ir a identificar al visitante, Lidia gritaba, entusiasmada, Es Jesús, es nuestro hermano, entonces todas las sombras se movieron y en la puerta de la casa apareció María, estaba Lisia con ella, la otra hija, casi tan alta como la madre, y ambas exclamaron, que parece que lo dijeran con la misma voz, Ay, mi hijo, Ay, mi hermano, en el instante siguiente estaban todos abrazados en medio del patio, era, realmente, la alegría de las familias reencontradas, acontecimiento en general notable, sobre todo, como es el caso, cuando el propio primogénito es quien regresa a nuestros cariños y cuidados. Jesús saludó a la madre, saludó a cada uno de los hermanos, por todos ellos fue saludado con calurosas expresiones de bienvenida, Hermano Jesús, qué alegría, Hermano Jesús, creíamos que te habías olvidado de nosotros, un pensamiento que no se oyó, Hermano Jesús, no parece que vengas rico. Entraron en la casa y se sentaron a cenar, que a eso se disponía la familia cuando él llamó a la puerta, aquí se diría, viniendo Jesús de donde viene, de excesos de la carne pecadora y mala frecuentación moral, aquí se diría, con la ruda franqueza de la gente sencilla que vio su ración reducida de repente, Siempre, a la hora de comer, el diablo trae uno más. No lo dijeron éstos, y mal parecería si lo dijesen, que al coro de las masticaciones sólo una boca se añadió, ni se nota la diferencia, donde comerían nueve, comen diez, y éste tiene más derecho. Mientras cenaban quisieron los hermanos más jóvenes saber de sus aventuras, que los tres mayores y la madre pronto se dieron cuenta de que no hubo mudanza en la profesión desde el encuentro de Jerusalén, pues del pescado se había perdido antes el olor y de los aromas pecaminosos de María de Magdala dio cuenta el viento, las horas de caminata y el polvo, salvo si acercamos bien la nariz a la túnica de Jesús, pero si a tanto no se atreve ni la familia, qué haríamos nosotros. Jesús contó que anduvo de pastor en el mayor de los rebaños que el mundo ha visto, que en los últimos tiempos había estado en el mar pescando y ayudó a sacar de él grandes y maravillosas redadas, y también que le sucedió la más extraordinaria aventura que podía caber en la imaginación y en la esperanza de los hombres, pero que de ella sólo hablaría en otra ocasión, y no a todos. En esto estaban, los más pequeños insistiendo, Cuéntalo, cuéntalo, cuando el del medio, Judas llamado, preguntó, pero no lo hizo con mala intención, Después de tanto tiempo, cuánto dinero traes, y Jesús respondió, Ni tres monedas, ni dos, ni una, nada, y para demostrarlo, porque a todos debería de parecerles imposible tal penuria tras cuatro años de continuo trabajo, allí mismo vació la alforja, en verdad nunca se vio mayor pobreza de bienes y pertrechos, un cuchillo de hoja mellada y torcida, un cabo de cuerda, un mendrugo de pan durísimo, dos pares de sandalias hechas pedazos, lo que quedaba de los desgarrones de una túnica vieja, Es la de tu padre, dijo María, tocándola, y tocando las sandalias mayores, Eran de vuestro padre. Se inclinaron las cabezas de los hermanos, un movimiento de añoranza trajo a la memoria la triste muerte del progenitor, despúes Jesús devolvió a la alforja el mísero contenido, cuando de pronto vio que una punta de la túnica formaba un nudo voluminoso y pesado, y al pensarlo se le subió la sangre a la cara, sólo podía contener dinero, ese que él negaba poseer, que había sido puesto allí por María de Magdala, ganado, no con el sudor de la frente, como manda la dignidad, sino con gemidos falsos y sudores sospechosos. La madre y los hermanos miraron la denunciadora punta de la túnica y luego, como si hubieran concertado el movimiento, lo miraron a él, y Jesús, entre disimular y ocultar la prueba de su mentira, y exhibirla sin poder dar una explicación que la moralidad de la familia condescendiese en aceptar, tomó partido por lo más difícil, desató el nudo e hizo salir el tesoro, veinte monedas como nunca las vieron en esta casa, y dijo, No sabía que tenía este dinero. La reprobación silenciosa de la familia pasó por el aire como un soplo ardiente del desierto, qué vergüenza, un primogénito mentiroso. Jesús rebuscaba en su corazón y no encontraba en él ninguna irritación contra María de Magdala, sólo una infinita gratitud por su generosidad, por aquella delicadeza de querer darle un dinero que sabía que él no aceptaría directamente de su mano, pues una cosa es haber dicho, Tu mano izquierda está debajo de mi cabeza y tu derecha me abraza, y otra sería no pensar que otras manos izquierdas y otras manos derechas te abrazaron, sin querer saber si alguna vez tu cabeza deseó un simple amparo. Ahora es Jesús quien mira a la familia, desafiándola a aceptar su palabra, No sabía que tenía ese dinero, verdad sin duda, pero que es, al mismo tiempo, entera e incompleta, desafiándola también, en silencio, a hacerle la pregunta irreplicable, Si no sabías que lo tenías, cómo explicas que lo tengas, a esto no puede responder él, Lo puso aquí una prostituta con la que dormí estos últimos ocho días, y ella lo ganó de los hombres con quienes antes durmió. Sobre la túnica sucia y desgarrada del hombre que murió crucificado hace cuatro años, y cuyos huesos conocieron la ignominia de una fosa común, brillan las veinte monedas, como la tierra luminosa que una noche los asombró en esta misma casa, pero no vendrán hoy los ancianos de la sinagoga a decir, Enterradlas, como tampoco nadie preguntará, De dónde han venido, para que la respuesta no nos obligue a rechazarlas contra voluntad y necesidad. Jesús recoge las monedas en la concha de las dos manos, vuelve a decir, No sabía que tenía este dinero, como quien ofrece aún una última oportunidad, y luego, mirando a la madre, No es dinero del Diablo. Se estremecieron de horror los hermanos, pero María respondió sin alterarse, Tampoco ha venido de Dios. Jesús hizo saltar las monedas, una, dos veces, jugando, y dijo, de tan sencilla manera como si anunciase que al día siguiente volvería al banco de carpintero, Madre, de Dios hablaremos mañana, y a sus hermanos Tiago y José, También con vosotros hablaré, añadió, ahora bien, no ha sido una deferencia de primogénito el decirlo, aquellos dos ya han entrado en la mayoría de edad religiosa, tienen, por derecho propio, acceso a los asuntos reservados. Entendió Tiago que, teniendo en cuenta la superior importancia del tema, algo de los motivos de la prometida charla debía ser adelantado, no es cosa de llegar aquí un hermano, por muy primogénito que sea, y decir, Tenemos que hablar acerca de Dios, por eso, con una sonrisa insinuante, dijo, Si, como nos has dicho, anduviste cuatro años de pastor por montes y valles, no habrá sido mucho el tiempo que te sobró para frecuentar sinagogas y aprender en ellas, hasta el punto de, nada más llegar a casa, decirnos que quieres hablarnos del Señor. Jesús sintió la hostilidad bajo la blandura de maneras y respondió Ay, Tiago, qué poco sabes tú de Dios si ignoras que no necesitamos buscarlo si él está decidido a encontrarnos, Si no te entiendo mal, te refieres a ti mismo, No me hagas preguntas hasta mañana, mañana hablaré de lo que tengo que hablar. Murmuró Tiago palabras que no se oyeron, pero que serían un comentario ácido sobre quienes creen que lo saben todo. María dijo con aire cansado, volviéndose a Jesús, Mañana lo dirás, o pasado mañana, o cuando quieras, pero ahora dime a mí y a tus hermanos qué pretendes hacer con ese dinero, que aquí estamos pasando mucha necesidad, No quieres saber de dónde ha venido, Dijiste que no sabías que lo tenías, Es verdad, pero lo he pensado, y ya sé de dónde viene, Si no está mal en tus manos, tampoco lo estará en las de tu familia, Es todo cuanto tienes que decir de ese dinero, Sí, Entonces lo gastaremos, como es justo, en el gobierno de la casa. Se oyó un murmullo general de aprobación, el propio Tiago hizo una señal de congratulación amistosa, y María dijo, Si no te importa, guardaremos una parte para la dote de tu hermana, No me habíais dicho que Lisia tuviera boda fijada, Sí, será en primavera, Me dirás cuánto necesitas, No sé cuánto valen esas monedas. Jesús sonrió y dijo, Tampoco yo sé cuánto valen, sólo sé el valor que tienen. Se echó a reír, alto y destemplado, como si les encontrara gracia a sus palabras, y toda la familia lo miró, confundida. Sólo Lisia bajó los ojos, tiene quince años y el pudor intacto, todas las misteriosas intuiciones de la edad, y es, de cuantos aquí están, la que se siente más intensamente perturbada ante este dinero que nadie quiere saber a quién perteneció, de dónde vino ni cómo fue ganado. Jesús entregó una moneda a la madre y dijo, Mañana la cambiarás, entonces sabremos su valor, Seguro que me preguntan cómo ha entrado tanta riqueza en casa, pues quien una moneda de éstas puede mostrar, otras más tendrá guardadas, Di sólo que tu hijo Jesús ha vuelto de viaje, y que no hay riqueza mayor que el regreso del hijo pródigo.

Aquella noche Jesús soñó con su padre. Se acostó en el patio, bajo el alpendre, porque, al acercarse la hora de ir a la cama, sintió que no podría soportar la promiscuidad de la casa, aquellas diez personas tumbadas por los rincones en busca de un recogimiento imposible, no era como en el tiempo en que no se notaba gran diferencia entre esto y un rebaño de corderillos, ahora sobran piernas, brazos, contactos e incompatibilidades. Antes de quedarse dormido, Jesús pensó en María de Magdala y en todas las cosas que habían hecho juntos y, si es cierto que tales pensamientos lo alteraron hasta el punto de tener que levantarse dos veces de la paja para dar una vuelta por el patio y refrescar la sangre, también es cierto que, entrado en el sueño, el dormir acabó llegándole liso y manso, de niño inocente, como un cuerpo que fuera río abajo, abandonado a la corriente vagarosa, viendo pasar por encima de la cabeza las ramas y las nubes, y un pájaro sin voz que aparecía y desaparecía. El sueño de Jesús comenzó cuando imaginó que sentía un leve choque, como si su cuerpo, bogando, hubiera rozado a otro cuerpo. Pensó que era María de Magdala y sonrió, volvió la cabeza hacia ella, pero quien iba allí, arrastrado como él por la misma agua, bajo el mismo cielo y las mismas ramas, bajo el revoloteo del ave silenciosa, era su padre. El antiguo grito de pavor empezó a formársele en la garganta, pero se cortó de inmediato, el sueño no era el sueño de costumbre, él no estaba, niño, en una plaza de Belén con otros niños a la espera de la muerte, no se oían pasos ni relinchos de caballos ni tintineo y rechinar de armas, sólo el sedoso deslizarse del agua, los dos cuerpos como si fuesen una balsa, el padre, el hijo, llevados por el mismo río. En ese momento, el miedo desapareció del alma de Jesús y, en su lugar, estalló, irreprimible, como un arrebato patético, un sentimiento de exaltación, Padre, padre, dijo soñando, Padre, repitió, ya despierto, pero ahora estaba llorando porque se dio cuenta de que estaba solo. Quiso regresar al sueño, repetirlo desde el primer momento, para volver a sentir, esperándola ya, la sorpresa de aquel choque, ver otra vez al padre dejándose ir con él, en la corriente, hasta el fin de las aguas y de los tiempos. No lo consiguió esta noche, pero la antigua pesadilla no volverá más, de aquí en adelante, en vez del miedo le vendrá la exultación, en vez de la soledad tendrá la compañía, en vez de la muerte aplazada, la vida prometida, expliquen ahora, si es que pueden, los sabios de la Escritura, qué sueño fue el que Jesús tuvo, qué significan el río y la corriente, y las ramas colgadas, y las nubes bogando, y el ave callada, y por qué, gracias a todo esto, reunido y puesto en orden, se pudieron juntar padre e hijo, pese a que la culpa de uno no tenía perdón y el dolor del otro no tenía remedio.

Al día siguiente, Jesús quiso ayudar a Tiago en el trabajo de la carpintería, pero pronto quedó demostrado que sus buenos propósitos no bastarían para suplir la ciencia que le faltaba y que, hasta en los últimos tiempos de aprendizaje, en vida del padre, nunca llegó a merecer nota de suficiente. Para las necesidades de la clientela, Tiago se había convertido en un carpintero soportable, y el propio José, pese a no tener más que catorce años, conocía ya de estas artes de la madera lo bastante como para poder dar lecciones al hermano mayor, si tal atentado a las precedencias de la edad fuera consentido en la rígida jerarquía familiar. Tiago se reía de la torpeza de Jesús y le decía, Quien te hizo pastor, te perdió, palabras estas simples, de simpática ironía, que no se podía imaginar que encubriesen un pensamiento reservado o que sugirieran un segundo sentido, pero que hicieron que Jesús se apartase de un modo brusco del banco y que María le dijera a su segundo hijo, No hables de perdición, no llames al diablo y al mal a nuestra casa. Y Tiago, estupefacto, Yo no he llamado a nadie, madre, sólo he dicho, Sabemos lo que has dicho, cortó Jesús, madre y yo sabemos lo que has dicho, quien unió en su cabeza pastor y perdición fue ella, no tú, y tú no sabes las razones pero ella sí, Yo te avisé, dijo María, con fuerza, Me avisaste cuando el mal ya estaba hecho, si mal fue, que yo me miro y no lo encuentro, respondió Jesús, No hay peor ciego que quien no quiere ver, dijo María. Estas palabras enfadaron mucho a Jesús, que respondió, represivo, Cállate, mujer, si los ojos de tu hijo vieron el mal, lo vieron después de ti, pero estos mismos ojos, que a ti te parecen ciegos, vieron también lo que tú nunca viste y seguro que no verás jamás. La autoridad del hijo primogénito y la dureza de su tono, aparte de las enigmáticas palabras finales, hicieron ceder a María, pero su respuesta llevaba todavía una última advertencia, Perdóname, no fue mi intención ofenderte, quiera el Señor guardarte siempre la luz de los ojos y la luz del alma, dijo. Tiago observaba a la madre, miraba al hermano, notaba que había allí un conflicto, pero no imaginaba qué antiguas causas podrían explicarlo, ya que para causas nuevas no parecía que hubiera dado tiempo. Jesús se dirigió a la casa, pero, en el umbral, se volvió atrás y dijo a la madre, Manda a tus hijos que salgan y se distraigan fuera, tengo que hablar a solas contigo, con Tiago y José. Salieron los hermanos y la casa, un minuto antes abarrotada, quedó vacía de repente, sólo cuatro personas sentadas en el suelo, María entre Tiago y José, Jesús ante ellos. Hubo un largo silencio, como si todos, de común acuerdo, estuvieran dando tiempo a que los indeseados o no merecedores se alejasen hasta donde ni el eco de un grito pudiera llegar, al fin Jesús dijo, dejando caer las palabras, He visto a Dios. El primer sentimiento legible en los rostros de la madre y de los hermanos fue de temor reverencial, el segundo de incredulidad cautelosa, luego, entre uno y otro, cruzó algo como una expresión de desconfianza malévola en Tiago, un asomo de excitación deslumbrada en José, un rasgo de amargura resignada en María. Ninguno habló, y Jesús repitió, He visto a Dios. Si un súbito instante de silencio es, en el decir popular, consecuencia de que ha pasado un ángel, aquí no acababa de pasar, Jesús ya lo había dicho todo, los presentes no sabían qué decir, no tardarán en levantarse e ir cada uno a su vida, preguntándose si realmente habrían soñado un sueño así, tan imposible de creer. Sin embargo, el silencio tiene, si le damos tiempo, una virtud que aparentemente lo niega, la de obligar a hablar. Por eso, cuando ya no se podía aguantar más la tensión de la espera, Tiago hizo una pregunta, la más inocua de todas, pura y gratuita retórica, Estás seguro. Jesús no respondió, simplemente lo miró como probablemente Dios lo hubiera mirado a él desde dentro de la nube, y por tercera vez dijo, He visto a Dios. María no hizo preguntas, sólo dijo, Habrá sido una ilusión tuya, Madre, las ilusiones existen, pero las ilusiones no hablan, y Dios me habló, respondió Jesús. Tiago había recobrado la presencia de espíritu, el caso le parecía una historia de locos, un hermano suyo hablando con Dios, qué disparate, Quién sabe si no fue el Señor quien te puso el dinero en la alforja, y sonrió cuando lo dijo, irónicamente. Jesús enrojeció, pero respondió secamente, Del Señor nos viene todo, siempre él encuentra y abre los caminos para llegar hasta nosotros, ese dinero, que en verdad no vino de él, por él vino, Y qué fue lo que te dijo el Señor, dónde estabas cuando lo viste, velabas o estabas durmiendo, Estaba en el desierto, buscaba una oveja perdida, y él me llamó, Qué te dijo, si te es permitido repetirlo, Que un día me pedirá mi vida, Todas las vidas pertenecen al Señor, Eso le dije, Y él, Que a cambio de la vida que le he de dar, tendré poder y gloria, Tendrás poder y gloria después de morir, preguntó María, que creía haber oído mal, Sí, madre, Qué gloria puede ser dada a alguien que ya ha muerto, No lo sé, Estabas soñando, Estaba despierto y buscaba a mi oveja en el desierto, Y cuándo te va a pedir el Señor tu vida, No lo sé, pero me dijo que volveré a encontrarlo cuando esté preparado. Tiago miró a su hermano con expresión inquieta, luego expuso una duda, El sol del desierto te hizo daño en la cabeza, eso fue, y María, inesperadamente, Y la oveja, qué fue de la oveja, El Señor me mandó que la sacrificara como señal de alianza. Estas palabras indignaron a Tiago, que protestó, Ofendes al Señor, el Señor hizo una alianza con su pueblo, no la iba a hacer ahora con un simple hombre como tú, hijo de carpintero, pastor y quién sabe qué más. María, por la expresión de su rostro, parecía que estuviera siguiendo, con mucho cuidado, el hilo de un pensamiento, como si temiera verlo quebrarse ante sus ojos, pero al final encontró la pregunta que tenía que hacer, Qué oveja era ésa, Era el cordero que llevaba en brazos cuando nos encontramos en Jerusalén, en la puerta de Ramalá, lo que yo quise negarle al Señor, el Señor lo tomó al fin de mis manos, Y Dios, cómo era Dios cuando lo viste, Una nube, Cerrada o abierta, preguntó Tiago, Una columna de humo, Estás loco, hermano, Si estoy loco, el Señor me enloqueció, Estás en poder del Diablo, dijo María, y su decir era un grito, En el desierto no encontré al Diablo, sino al Señor, y si es verdad que en poder del Diablo estoy, el Señor lo ha querido, El Diablo está contigo desde que naciste, Tú lo sabes, Sí, lo sé, viviste con él y sin Dios durante cuatro años, Y después de cuatro años con el Diablo, encontré a Dios, Estás diciendo horrores y falsedades, Soy el hijo que tú pusiste en el mundo, cree en mí o repúdiame, No creo en ti, Y tú, Tiago, No creo en ti, Y tú, José, que llevas el nombre de nuestro padre, Yo creo en ti, pero no en lo que dices. Jesús se levantó, los miró desde lo alto, y dijo, Cuando en mí se cumpla la promesa que el Señor hizo, os veréis obligados a creer lo que entonces de mí se diga. Fue a buscar la alforja y el cayado, se calzó las sandalias. Ya en la puerta, dividió el dinero en dos partes y dijo, Ésta es la dote de Lisia, para su vida de casada, y lo dejó en el suelo, moneda sobre moneda, en el umbral, el resto volverá a las manos de donde vino, tal vez se convierta también en dote. Se volvió hacia la puerta, iba a salir sin despedirse, y María dijo, He visto que no llevas en tu alforja una escudilla para comer, La tenía, pero se rompió, Hay cuatro ahí, coge una y llévatela. Jesús vaciló, quería irse con las manos vacías, pero fue al horno, donde, colocadas una sobre otra, estaban las cuatro escudillas. Coge una, repitió María. Jesús miró, eligió, Me llevo ésta, que es la más vieja, Has elegido como te convenía, dijo María, Por qué, Tiene color de tierra negra, no se parte ni se gasta. Jesús metió la escudilla en la alforja, batió con el cayado en el suelo, Decid otra vez que no me creéis, No te creemos, dijo la madre, y ahora menos que antes, porque has elegido la señal del Diablo, De qué señal me hablas, Esa escudilla. En aquel momento, desde lo profundo de la memoria, llegaron a los oídos de Jesús las palabras de Pastor, Tendrás otra escudilla, pero ésa no se romperá mientras vivas. Era como si una cuerda hubiese sido tendida y estirada a su alrededor, y al fin lo que tenemos es un círculo cerrado, con un nudo recién hecho. Por segunda vez, Jesús salía de su casa, pero ahora no dijo, De un modo u otro, siempre volveré. Lo que pensaba, mientras, de espaldas a Nazaret, iba descendiendo la ladera, era mucho más simple y melancólico, si tampoco creería en él María de Magdala.

Este hombre, que lleva en sí una promesa de Dios, no tiene otro sitio adonde ir sino a casa de una prostituta.

No puede regresar al rebaño, Vete, le dijo Pastor, ni volver a su casa, No te creemos, le dijo la familia, y ahora dudan sus pasos, tiene miedo de ir, tiene miedo de llegar, es como si estuviera de nuevo en medio del desierto, Quién soy yo, los montes y los valles no le responden, ni el cielo que todo lo cubre y todo lo debía saber, si ahora volviese a casa y repitiera la pregunta, su madre le diría, Eres mi hijo, pero no te creo, y siendo así, es tiempo de que Jesús se siente en esta piedra que está esperándolo desde que el mundo es mundo, y en ella sentado llore lágrimas de abandono y de soledad, quién sabe si el Señor decidirá aparecérsele otra vez, aunque sea en figura de humo y de nube, el caso es que le diga, No te preocupes, hombre, que no es para tanto, lágrimas, sollozos, qué es eso, todos pasamos por momentos difíciles, pero hay un punto importante del que nunca hemos hablado, te lo digo ahora, en la vida, ya te habrás dado cuenta, todo es relativo, una cosa mala puede incluso convertirse en soportable si la comparamos con una cosa peor, seca esas lágrimas y pórtate como un hombre, ya has hecho las paces con tu padre, qué más quieres, y esa tozuda de tu madre, ya me encargaré de eso cuando llegue el momento, lo que no me ha gustado mucho es la historia con María de Magdala, una puta, pero en fin, estás en la edad, aprovéchate, una cosa no impide la otra, hay un tiempo para comer y otro para ayunar, un tiempo para pecar y un tiempo para tener miedo, tiempo para vivir y tiempo para morir. Jesús se secó las lágrimas con el dorso de la mano, se sonó sabe Dios con qué, realmente no valía la pena quedarse allí el día entero, el desierto es como se ve, nos rodea, nos cerca, de algún modo nos protege, pero dar, no da nada, sólo mira, y si el sol se cubre de repente y por eso decimos, El cielo acompaña a mi dolor, locos somos, que el cielo, en eso, es de una perfecta imparcialidad, ni se alegra con nuestras alegrías ni se entristece con nuestras tristezas. Viene gente hacia aquí, camino de Nazaret, y Jesús no quiere ser motivo de risas, un hombre entero y de barba en la cara llorando como un chiquillo que pide que lo lleven en brazos. Se cruzan en el camino los escasos viajeros, unos que suben, otros que bajan, se saludan con la conocida exuberancia, pero sólo después de convencidos de la bondad de sus intenciones, porque, en estos parajes, cuando se habla de bandidos, tanto puede ser de unos como ser de otros. Los hay de especie ratera y salteadora, como aquellos malvados escarnecedores que robaron a este mismo Jesús va a hacer cinco años, cuando el pobre iba a Jerusalén en busca de alivio para sus penas, y los hay de la digna especie guerrillera que, si bien es cierto que no hacen del camino tránsito habitual, a veces aparecen por ahí camuflados, acechando los continuos desplazamientos de los contingentes militares romanos con vista a la próxima emboscada, o en otros casos, a cara descubierta, para dejar sin oro ni plata, ni valor que aproveche, a los colaboracionistas ricos, a quienes, en general, ni las nutridas escoltas que con ellos llevan les bastan para salir bien librados. No tendría Jesús los dieciocho años que tiene si algunos devaneos de bélica aventura no le pasaran por la imaginación ante estas solemnes montañas en cuyos barrancos, grutas y vaguadas se ocultan los seguidores de las grandes luchas de Judas de Galilea y de sus compañeros, y entonces se puso a pensar qué decisión tomaría si le saliese al camino un destacamento de guerrilleros desafiándolo para que se uniera a ellos, cambiando las amenidades de la paz, aunque menesterosa, por la gloria de las batallas y por el poder del vencedor, pues escrito está que un día la voluntad del Señor suscitará un Mesías, un Enviado, para que, de una vez, quede su pueblo liberado de las opresiones de ahora y fortalecido para los combates del futuro. Sopla una ventolera de loca esperanza y de irresistible orgullo, como una señal del Espíritu, en la frente de Jesús, y el hijo del carpintero se ve, vertiginosamente, convertido en capitán, general y mando supremo, espada en alto, aterrorizando, con su simple aparición, a las legiones romanas, lanzadas a los precipicios como piaras de cerdos posesos de todos los demonios, senatus populusque romanos, toma ya. Ay de nosotros, que en el instante siguiente recordó Jesús que el poder y la gloria le han sido prometidos, sí, pero para después de la muerte, lo mejor será que goce de la vida, y si tiene que ir a la guerra, una condición pondría, que, en habiendo treguas, pudiera salir de la milicia para estar unos días con María de Magdala, salvo si en las huestes de patriotas admitieran vivanderas de un soldado solo, que más de uno ya sería prostitución y María de Magdala dijo que eso se acabó. Esperemos que sí, porque a Jesús le entraron renovadas fuerzas ante el recuerdo de esa mujer que le curó una dolorosa llaga, poniendo en su lugar la insoportable herida del deseo, y la pregunta es ésta, cómo se va a enfrentar a la puerta cerrada y señalada, sin la certeza cierta de que detrás sólo encontrará lo que imagina haber dejado, alguien que alimenta una exclusiva espera, la de su cuerpo y de su alma, que María de Magdala no acepta una cosa sin la otra. La tarde va cayendo, las casas de Magdala se ven ya a lo lejos, juntas como un rebaño, pero la de María es como la oveja apartada, no es posible distinguirla desde aquí, entre las grandes rocas que bordean el camino, curva tras curva. En un momento cualquiera recordó Jesús la oveja, aquella que tuvo que matar para sellar con sangre la alianza que el Señor le impuso, y su espíritu, desligado ahora de batallas y de triunfos, se conmovió con la idea de que estaba buscándola otra vez, a su oveja, no para matarla, no para llevarla de nuevo al rebaño, sino para subir juntos hasta los pastos vírgenes, que los hay aún, si buscamos bien, en el vasto y cruzado mundo, y, en las ovejas que somos, los desfiladeros ocultos, si buscamos mejor. Jesús se detuvo ante la puerta, con mano discreta comprobó que estaba cerrada por dentro. La señal sigue colgada, María de Magdala no recibe. A Jesús le bastaría llamar, decir, Soy yo, y de dentro se oiría el canto jubiloso, Ésta es la voz de mi amado, ahí viene saltando sobre los montes, brincando por los oteros, vedlo ahí, tras nuestros muros, tras esa puerta, sí, pero Jesús preferirá golpear con los nudillos, una vez, dos veces, sin hablar, y esperar a que vengan a abrirle, Quién es y qué quiere, preguntaron desde dentro, fue entonces cuando Jesús tuvo una mala idea, desfigurar la voz y proceder como cliente que llevara dinero y urgencia, decir, por ejemplo, Abre, flor, que no te arrepentirás, ni del pago, ni del servicio, y es cierto que la voz le salió mentirosa, pero las palabras tuvieron que ser las verdaderas, Soy Jesús, de Nazaret. Tardó María de Magdala en abrir, cauta ante una voz que no condecía con el anuncio, pero también porque le parecería imposible que estuviese ya de vuelta, pasada apenas una noche, pasado un día, el hombre que le prometiera, Uno de estos días vendré a verte, Nazaret no está lejos de Magdala, cuántas veces se han dicho cosas así, sólo para complacer a quien nos oye, un día de éstos puede significar de aquí a tres meses, pero nunca mañana. María de Magdala abre la puerta, se lanza a los brazos de Jesús, no quiere creer en tamaña felicidad, y su conmoción es tal que la lleva, absurdamente, a imaginar que él ha vuelto porque de nuevo tiene abierta la llaga del pie, y pensando en esto lo conduce hacia dentro, lo sienta y acerca una luz, Tu pie, muéstrame tu pie, pero Jesús le dice, Mi pie está curado, es que no lo ves. María de Magdala podía haberle respondido, No, no lo veo, porque ésa era la verdad extrema de sus ojos arrasados en lágrimas. Necesitó tocar con sus labios el pie cubierto de polvo, desligar cuidadosamente los atadijos que ceñían la sandalia al tobillo, acariciar con la punta de los dedos la fina piel renovada para confirmar las esperadas virtudes lenitivas del ungüento y, en lo más íntimo de los pensamientos, admitir que su amor tendría alguna parte en la cura.

Mientras cenaban, María no hizo preguntas, apenas quiso saber, y eso, excusado sería decirlo, no era preguntar, si le fue bien el viaje, si tuvo malos encuentros en el camino, trivialidades, cosas así. Terminada la cena se calló, abrió y mantuvo un espacio de silencio, porque ya no era su vez de hablar. Jesús la miró fijamente, como si estuviese en lo alto de una roca midiendo sus fuerzas con el mar, no porque temiera que en la lisa superficie se ocultasen animales devoradores o arrecifes que pudieran desgarrar sus carnes, sino como quien, simplemente, interroga a su propio valor para saltar. Conoce a esta mujer desde hace una semana, tiempo y vida bastantes para saber que si va hacia ella encontrará unos brazos abiertos y un cuerpo ofrecido, pero le amedrenta revelarle, porque ha llegado sin duda el momento, lo que hace sólo unas horas fue objeto de rechazo por aquellos que, siendo de su carne, deberían serlo también de su espíritu. Jesús vacila, busca el camino por donde ha de llevar las palabras y lo que le sale no es la larga explicación necesaria, sino una frase para ganar tiempo, si es que no resulta más exacto decir perderlo, No te sorprende que haya vuelto tan pronto, Empecé a esperarte desde el mismo momento en que partiste, no he contado el tiempo entre tu ida y tu vuelta, como tampoco lo contaría si hubieras tardado diez años, Jesús sonrió, hizo un movimiento con los hombros, debería saber ya que con esta mujer no valían fingimientos ni palabras evasivas. Estaban sentados en el suelo, frente a frente, con una luz en el centro y lo que sobró de la comida. Jesús tomó un pedazo de pan, lo partió en dos y dijo, dándole a María una de las partes, Que sea éste el pan de la verdad, comámoslo para creer y no dudar de cualquier cosa que aquí digamos u oigamos, Así sea, dijo María de Magdala. Jesús acabó de comer el pan, esperó a que ella terminase también, y dijo por cuarta vez las palabras, He visto a Dios. María de Magdala no se alteró, sólo se movieron un poco las manos que tenía cruzadas sobre el regazo, y preguntó, Era eso lo que guardabas para decirme si nos volvíamos a encontrar, Sí, además de todo lo que me ocurrió desde que salí de casa, cuatro años hace, que esas cosas me parece que están todas ligadas unas con otras, aunque no sepa yo cómo explicar por qué ni para qué, Soy como tu boca y tus oídos, respondió María de Magdala, lo que tú digas, estás diciéndotelo a ti mismo, yo sólo soy la que está en ti. Ahora ya puede Jesús empezar a hablar, porque ambos han comido el pan de la verdad, y en verdad no son muchas en la vida las horas como ésta. La noche se ha hecho madrugada, la luz del candil murió dos veces y dos veces resucitó, toda la historia de Jesús, que ya conocemos, fue narrada allí, incluyendo también ciertos pormenores que entonces no creíamos que merecieran atención, y muchos y muchos pensamientos que dejamos escapar, no porque Jesús los ocultase, sino, simplemente, porque no podía este evangelista estar en todas partes. Cuando, con una voz que de repente parecía cansada, iba Jesús a comenzar el relato de lo sucedido tras su regreso a casa, la tristeza lo hizo vacilar, como entonces lo detuvo aquel oscuro presentimiento antes de llamar a la puerta, pero María de Magdala, rompiendo por primera vez el silencio, preguntó, aunque en el tono de quien, anticipadamente, conoce la respuesta, Tu madre no creyó en ti, Así es, respondió Jesús, Y por eso has vuelto a esta otra casa, Sí, Ojalá pudiera mentir diciéndote que tampoco lo creo, Por qué, Porque volverías a hacer lo que has hecho, te irías de aquí como te fuiste de tu casa, y yo, al no creerte, no tendría que seguirte, Eso no es una respuesta a mi pregunta, Tienes razón, no lo es, Qué quieres decir, Si no creyera en ti, no tendría que vivir contigo las cosas terribles que te esperan, Y cómo puedes saber tú que me esperan cosas terribles, No sé nada de Dios, a no ser que tan atroces deben ser sus preferencias como sus desprecios, Adónde has ido a buscar tan extraña idea, Tendrías que ser mujer para saber lo que significa vivir con el desprecio de Dios, y ahora tendrás que ser mucho más que un hombre para vivir y morir como su elegido, Quieres asustarme, Te voy a contar un sueño que tuve, una noche se me apareció en sueños un niño, apareció de repente, venido de ninguna parte, apareció y dijo Dios es pavoroso, lo dijo y desapareció, no sé quién sería aquel niño, de dónde vino y a quién pertenecía, Sueños, Tú menos que nadie puedes decir esa palabra en ese tono, Y luego, qué ocurrió, Después empecé a ser prostituta, Has dejado ya esa vida, Pero el sueño no ha sido desmentido, ni siquiera después de conocerte, Dime otra vez cuáles fueron las palabras, Dios es pavoroso. Jesús vio el desierto, la oveja muerta, la sangre en la arena, oyó el suspiro de satisfacción de la columna de humo y dijo, Tal vez, tal vez, pero una cosa es oírlo en sueños, otra será vivirlo en vida, Quiera Dios que no llegues a saberlo, Cada uno tiene que vivir su destino, Y del tuyo ya recibiste el primer aviso solemne. Sobre Magdala y el mundo gira lentamente la cúpula de un cielo cribado de estrellas. En algún lugar del infinito, o llenándolo infinitamente, Dios hace avanzar y retroceder las piezas de otros juegos que va jugando, es demasiado pronto para preocuparse de éste, ahora sólo tiene que dejar que los acontecimientos sigan naturalmente su curso, sólo de vez en cuando dará con la punta del meñique un toque adrede para que algún acto o pensamiento sueltos no quebranten la implacable armonía de los destinos. Por eso no pone interés en el resto de la conversación que Jesús y María de Magdala sostienen. Y ahora, qué piensas hacer, preguntó ella, Has dicho que irías conmigo a donde quiera que yo fuese, Dije que estaría contigo donde tú estuvieses, Qué diferencia hay, Ninguna, pero puedes quedarte aquí todo el tiempo que quieras, si es que no te importa vivir conmigo en la casa donde fui prostituta. Jesús pensó, ponderó, y al fin dijo, Buscaré trabajo en Magdala y viviremos juntos como marido y mujer, Prometes demasiado, ya es bastante que me dejes estar junto a ti.

Trabajo, Jesús no encontró, pero encontró lo que era de esperar, risas, burlas e insultos, realmente, el caso no era para menos, un hombre, poco más que adolescente, viviendo con María de Magdala, aquella tipa, Dejad que pasen unos días y lo veremos sentado a la puerta de la casa esperando que salga el cliente. Dos semanas aguantó las burlas, al cabo de las cuales Jesús le dijo a María, Me voy, Adónde, A la orilla del mar. Partieron de madrugada y los habitantes de Magdala no llegaron a tiempo de aprovechar nada de la casa que ardía.

Pasados unos meses, una lluviosa y fría noche de invierno, un ángel entró en casa de María de Nazaret y fue como si no hubiera entrado nadie, pues la familia se quedó como estaba, sólo María se enteró de la llegada del visitante, tampoco podría haberse hecho la desentendida, dado que el ángel le dirigió directamente la palabra, y fue así, Debes saber, María, que el Señor puso su simiente mezclada con la simiente de José en la madrugada que concebiste por primera vez, y que, por consiguiente y en consecuencia, de ella, de la del Señor, no de la de tu marido, aunque legítimo, fue engendrado tu hijo Jesús. Se asombró mucho María con la noticia, cuya sustancia, felizmente, no se perdió en la confusa alocución del ángel, y preguntó, Entonces Jesús es hijo mío y del Señor, Mujer, qué falta de educación, a ver si tienes más cuidado con las jerarquías, con las precedencias, del Señor y mío tendrías que haber dicho, Del Señor y tuyo, No, del Señor y tuyo, No me confundas la cabeza, respóndeme a lo que te he preguntado, si Jesús es hijo, Hijo, lo que se dice hijo, es sólo del Señor, tú, para el caso, no pasaste de ser una madre portadora, Entonces, el Señor no me eligió, Bueno, el Señor estaba sólo de paso, quien estuviera mirando lo habría notado sólo por el color del cielo, pero se dio cuenta de que tú y José erais gente robusta y saludable y entonces, si todavía recuerdas cómo estas necesidades se manifestaban, le apeteció, el resultado fue, nueve meses más tarde, Jesús, Y hay certeza, lo que se dice certeza, de que fue realmente la simiente del Señor la que engendró a mi primer hijo, Bueno, la cuestión es delicada, lo que pretendes tú de mí es nada menos que una investigación de paternidad, cuando la verdad es que, en esos connubios mixtos, por muchos análisis, por muchas pruebas, por muchos recuentos de glóbulos que se hagan, la seguridad nunca es absoluta, Pobre de mí, que llegué a imaginar, al oírte, que el Señor me había elegido aquella madrugada para ser su esposa, y, al fin y al cabo, fue todo obra del azar, tanto podrá ser que sí como que no, te digo que mejor sería que no hubieras bajado hasta Nazaret para dejarme con esta duda, por otra parte, si quieres que te hable con franqueza, de un hijo del Señor, hasta teniéndome a mí por madre, notaríamos algo al nacer, y cuando creciera, tendría, del mismo Señor, el porte, la figura y la palabra, pero, aunque se diga que el amor de madre es ciego, mi hijo Jesús no satisface las condiciones, María, tu primer gran error es creer que he venido aquí sólo para hablarte de este antiguo episodio de la vida sexual del Señor, tu segundo gran error es pensar que la belleza y la facundia de los hombres existen a imagen y semejanza del Señor, cuando el sistema del Señor, te lo digo yo que soy de la casa, es ser siempre lo contrario de como los hombres lo imaginan y, aquí entre nosotros, yo creo que el Señor ni sabría vivir de otra manera, la palabra que más veces le sale de la boca no es el

sí, sino el no, Siempre he oído decir que el espíritu que
niega es el Diablo, No, hija mía, el Diablo es el espíritu
que se niega, si en tu corazón no descubres la diferencia,
nunca sabrás a quién perteneces, Pertenezco al Señor,
Bien, dices que perteneces al Señor y has caído en el tercero y mayor de los errores, que es el de no haber creído
en tu hijo, En Jesús, Sí, en Jesús, ninguno de los otros
vio a Dios, ni lo verá, Dime, ángel del Señor, es verdad
que mi hijo Jesús vio a Dios, Sí, y como un niño que encuentra su primer nido, vino corriendo a mostrártelo, y
tú, escéptica, y tú, desconfiada, dijiste que no podía ser
verdad, que si nido había, estaba vacío, que si huevos tenía, estaban malogrados, y que si no los tenía, es que se
los comió la serpiente, Perdóname, ángel mío, por haber
dudado, Ahora no sé si estás hablando conmigo o con tu
hijo, Con él, contigo, con los dos, qué puedo hacer para
enmendar mi error, Qué es lo que tu corazón de madre
te aconseja, Ir a buscarlo, ir a decirle que creo en él, pedirle que me perdone y vuelva a casa, adonde vendrá a
llamarlo el Señor, llegada la hora, Francamente, no sé si
estás a tiempo, no hay nada más sensible que un adolescente, te arriesgas a oír malas palabras y a que te dé con
la puerta en las narices, Si esto ocurre, la culpa la tiene
aquel demonio que lo embrujó y lo perdió, no sé cómo
el Señor, siendo padre, le consintió tales libertades, tanta
rienda suelta, De qué demonios hablas, Del pastor con
quien mi hijo anduvo durante cuatro años, gobernando
un rebaño que nadie sabe para qué sirve, Ah, el pastor,
Lo conoces, Fuimos a la misma escuela, Y el Señor permite que un demonio como él perdure y prospere, Así lo
exige el buen orden del mundo, pero la última palabra

será siempre la del Señor, lo que pasa es que no sabemos cuándo la dirá, pero cualquier día nos levantamos y vemos que no hay mal en el mundo, y ahora tengo que irme, si tienes alguna pregunta más, aprovecha, Sólo una, Muy bien, Para qué quiere el Señor a mi hijo, Tu hijo es una manera de decir, A los ojos del mundo Jesús es mi hijo, Para qué lo quiere, preguntas, pues, mira, es una buena pregunta, sí señor, lo malo es que no sé responderte, la cuestión, en su estado actual, está toda entre ellos dos, y Jesús no creo que sepa más de lo que a ti te haya dicho, Me dijo que tendrá poder y gloria después de morir, De eso también estoy informado, Pero qué va a tener que hacer en vida para merecer las maravillas que le prometió el Señor, Bueno, bueno, tú, ignorante mujer, crees que esa palabra pueda existir a los ojos del Señor, que pueda tener algún valor y significado lo que presuntuosamente llamáis merecimientos, la verdad es que no sé qué os creéis cuando sois sólo míseros esclavos de la voluntad absoluta de Dios, No diré nada más, soy realmente la esclava del Señor, cúmplase en mí según su palabra, dime sólo, después de pasados tantos meses, dónde podré encontrar a mi hijo, Búscalo, que es tu obligación, también él fue en busca de la oveja perdida, Para matarla, Calma, que a ti no te va a matar, pero tú sí lo matarás a él no estando presente en la hora de su muerte, Cómo sabes que no voy a morir yo primero, Estoy bastante próximo a los centros de decisión para saberlo, y ahora adiós, hiciste las preguntas que querías, tal vez no hayas hecho alguna que debías, pero eso es ya un asunto en el que no me meto, Explícame, Explícate tú a ti misma. Con la última palabra el ángel desapareció y

María abrió los ojos. Todos los hijos estaban durmiendo, los chicos en dos grupos de tres, Tiago, José y Judas, los mayores, en un rincón y en el otro los menores, Simón, Justo y Samuel, y con ella, una a cada lado, como de costumbre, Lisia y Lidia, pero los ojos de María, perturbados aún por los anuncios del ángel, se abrieron de pronto, desorbitados, al ver que Lisia estaba destapada, prácticamente desnuda, la túnica subida por encima de los senos, y dormía profundamente, y suspiraba sonriendo, con el brillo de un leve sudor en la frente y sobre el labio superior, que parecía mordido a besos. Si no tuviera la seguridad de que había estado allí sólo un ángel conversador, las señales que Lisia mostraba harían clamar y gritar que un demonio íncubo, de esos que acometen maliciosamente a las mujeres dormidas, anduvo haciendo de las suyas en el desprevenido cuerpo de la doncella mientras la madre se dejaba distraer con la conversación, probablemente fue siempre así y nosotros no lo sabíamos, andan estos ángeles a pares dondequiera que vayan, y mientras uno, para entretener, se pone a contar cuentos chinos, el otro, callado, opera el actus nefandus, manera de decir, que nefando en rigor no es, indicando todo que a la vez siguiente se cambiarán las funciones y las posiciones para que, ni en el soñador ni en lo soñado, se pierda el beneficioso sentido de la dualidad de la carne y el espíritu. María cubrió a la hija como pudo, tirando de la túnica hasta cubrir lo que es impropio tener descubierto, y cuando la tuvo ya decente la despertó y le preguntó en voz baja, por así decir a quemarropa, Qué soñabas. Cogida por sorpresa, Lisia no podía mentir, respondió que soñaba con un ángel, pero que el ángel no le había dicho nada, sólo la miraba, y era una mirada tan tierna y tan dulce que no podrían ser mejores las miradas del paraíso. No te tocó, preguntó María, y Lisia respondió, Madre, los ojos no sirven para eso. Sin saber a ciencia cierta si debía descansar o preocuparse por lo que pasó a su lado, María, en voz aún más baja, dijo, Yo también soñé con un ángel, Y el tuyo habló o estuvo también callado, preguntó Lisia, inocentemente, Habló para decirme que tu hermano Jesús dijo la verdad cuando nos anunció que había visto a Dios, Ay madre, qué mal hicimos entonces al no creer en la palabra de Jesús, y él es tan bueno, que, furioso, hasta podía haberse llevado el dinero de mi dote, y no lo hizo, Ahora vamos a ver cómo lo arreglamos, No sabemos dónde está, noticias no dio, bien podía haber ayudado el ángel, que los ángeles lo saben todo, Pues no, no ayudó, sólo me dijo que buscáramos a tu hermano, que ése era nuestro deber, Pero, madre, si es verdad que mi hermano estuvo con el Señor, entonces nuestra vida, en adelante, va a ser diferente, Diferente quizá, pero peor, Por qué, Si nosotros no creíamos a Jesús ni su palabra, cómo puedes esperar que otros le crean, seguro que no querrás que vayamos por las calles y plazas de Nazaret pregonando Jesús vio al Señor, Jesús vio al Señor, nos correrían a pedradas, Pero el Señor, puesto que lo eligió, nos defendería, que somos la familia, No estés tan segura, cuando el Señor eligió, nosotros no estábamos allí, para el Señor no hay padres ni hijos, recuerda lo de Abraham, acuérdate de Isaac, Ay, madre, qué aflicción, Lo más prudente, hija, es que guardemos todo esto en nuestros corazones y que hablemos lo menos posible de ello, Entonces, qué haremos,

Mañana mandaré a Tiago y a José en busca de Jesús, Pero dónde, si Galilea es inmensa, y Samaria, si está por ahí, y Judea, o Idumea, que está en el fin del mundo, Lo más probable es que tu hermano se haya ido al mar, recuerda lo que nos dijo cuando vino, que estuvo con unos pescadores, Y no habrá vuelto al rebaño, Eso se acabó, Cómo lo sabes, Duerme, que aún está lejos la mañana, Puede que volvamos a soñar con nuestros ángeles, Es posible. Si el ángel de Lisia, huido quizá en compañía de su compinche, vino a habitar otra vez sus sueños, no se notó, pero el ángel del anuncio, aunque se haya olvidado de algún detalle, no pudo volver, porque María estuvo siempre con los ojos abiertos en la penumbra de la casa, lo que sabía era más que suficiente, y lo que adivinaba la llenaba de temores.

Nació el día, se enrollaron las esteras y María, ante la familia reunida, hizo saber que habiendo pensado mucho en los últimos tiempos sobre el modo en que habían procedido con Jesús, Empezando por mí, que siendo su madre, debería haber sido más benévola y comprensiva, he llegado a una conclusión muy clara y justa, la de que debemos ir a buscarlo y pedirle que vuelva a casa, pues en él creemos y, queriéndolo el Señor, creeremos en lo que nos dijo, fueron éstas las palabras de María, que no dio fe de estar repitiendo lo que había dicho su hijo José allí presente, en la hora dramática de la repulsa, quién sabe si Jesús no estaría todavía aquí si aquel murmullo discreto, que lo fue, aunque en aquel momento no lo hicimos notar, se hubiera convertido en voz de todos. María no habló del ángel ni del anuncio del ángel, sólo del simple deber de todos para con el primogénito. No se atrevió Tiago a poner en duda los puntos de vista nuevos, a pesar de que, en lo íntimo, seguía firme en su convicción de que el hermano estaba loco o, en el mejor de los casos, y era una eventualidad digna de ser tomada en cuenta, era objeto de una repugnante mistificación de gente impía. Previendo ya la respuesta, preguntó, Y quién, de los que aquí estamos, irá a buscar a Jesús, Tú irás, que eres el que le sigue en edad, y José irá contigo, juntos iréis más seguros, Por dónde empezaremos a buscar, Por el mar de Galilea, estoy segura de que por allí lo encontraréis, Cuándo partimos, Han pasado meses desde que Jesús se fue, no podemos perder ni un día más, Llueve mucho, madre, no es bueno el tiempo para el viaje, Hijo, la ocasión puede siempre crear una necesidad, pero si la necesidad es fuerte, tendrá que ser ella la que haga la ocasión. Los hijos de María se miraron sorprendidos, realmente no estaban habituados a oír de boca de la madre sentencias tan acabadas, todavía son muy jóvenes para saber que la frecuentación de los ángeles produce estos y otros resultados mejores, la prueba, sin que los demás lo sospechen, está en Lisia y la da en este mismo momento, pues no otra cosa significa su lento, soñador movimiento afirmativo de cabeza. Terminó el consejo de familia, Tiago y José fueron a ver si los meteoros del aire estaban en mejor disposición, que, teniendo ellos que ir en busca del hermano con tiempo tan ruin, pudieran al menos salir al campo en una escampada, como fue el caso, parecía que el cielo los hubiera oído, pues justamente del lado del mar de Galilea se estaba abriendo ahora un azul aguado que parecía prometer una tarde aliviada de lluvias. Hechas las despedidas dentro de la casa, discretamente, por entender María que los vecinos no tenían por qué saber más de lo conveniente, partieron al fin los dos hermanos, no por el camino que lleva a Magdala, pues no tenían motivos para pensar que Jesús había seguido aquella dirección, sino por otro, el que directamente y con mayor comodidad, los llevaría a la nueva ciudad de Tiberíades. Iban descalzos porque, con los caminos convertidos en un barrizal, en poco tiempo se les caerían de los pies deshechas las sandalias, ahora a salvo en las alforjas, a la espera de un tiempo más benigno. Dos buenas razones tuvo Tiago para elegir el camino de Tiberíades, siendo la primera su propia curiosidad de aldeano que oyó hablar de palacios, templos y otras grandezas similares en construcción, y la segunda que la ciudad está situada, según oyera contar, entre los extremos norte y sur de esta margen, más o menos hacia la mitad. Como tendrían que ganarse la vida mientras durara la búsqueda, esperaba Tiago que fuese fácil encontrar un trabajo en las obras de la ciudad, pese a lo que decían los judíos devotos de Nazaret, que el lugar era impuro debido a los aires malsanos y a las aguas sulfurosas que se encontraban por allí cerca. No pudieron llegar a Tiberíades aquel mismo día, porque las promesas del cielo no se cumplieron, no había pasado una hora de camino cuando empezó a llover, mucha suerte tuvieron de encontrar una cueva donde felizmente hallaron cobijo y se abrigaron antes de que la lluvia los hubiera empapado. Durmieron y en la mañana del día siguiente, escarmentados por la experiencia, tardaron en convencerse de que el tiempo había mejorado de verdad y de que podrían llegar a Tiberíades con la ropa del cuerpo más o menos seca.

El trabajo que encontraron en las obras fue el de acarrear piedra, que para más no daba el saber del uno y del otro, afortunadamente, al cabo de unos días decidieron que habían ganado lo suficiente, no porque el rey Herodes Antipas fuese generoso pagador, sino porque, siendo tan pocas y tan poco urgentes las necesidades, con ellas se podría vivir sin tener que satisfacerlas por completo. En Tiberíades preguntaron si estuvo o pasó un tal Jesús de Nazaret, que es hermano nuestro, de aspecto así y así, de modos así y asado, si anda acompañado eso es lo que no sabemos. Les dijeron que en aquella obra no, y ellos dieron la vuelta por todos los astilleros de la ciudad hasta certificar que Jesús no había estado aquí, cosa que no era de extrañar, pues si el hermano hubiese decidido volver a su iniciado oficio de pescador, seguro que no se iba a quedar, teniendo el mar a la vista, penando entre duras piedras y durísimos capataces. Con el dinero ganado, aunque escaso, la cuestión que ahora tenían que resolver era si debían seguir por las márgenes del lago, pueblo por pueblo, obra por obra, barco por barco, hacia el norte o hacia el sur. Tiago acabó eligiendo el sur, porque le pareció más fácil camino, casi sin cuestas, mientras que hacia el norte la orografía era más accidentada. El tiempo estaba seguro, el frío soportable, se fue la lluvia, y cualesquiera sentidos de la naturaleza más experimentados que los de estos dos muchachos, percibirían sin duda, por el olor de los aires y el palpitar del suelo, unos primeros tímidos indicios de primavera. La busca del hermano por los hermanos, por razones superiores ordenada, estaba convirtiéndose en una excursión amable y egoísta, paseo por el campo, vacaciones en la playa, poco faltaba ya para que Tiago y José se olvidaran de lo que habían venido a hacer a esta parte, cuando, de repente, por los primeros pescadores que encontraron, supieron noticias de Jesús, y para colmo de la más extraña manera, pues éstas fueron las palabras de los hombres, Lo hemos visto, sí, y lo conocemos, y si andáis en su busca, decidle, si lo encontráis, que aquí lo estamos esperando como quien espera el pan de cada día. Se asombraron los dos hermanos y no pudieron creer que los pescadores estuvieran hablando de la persona de Jesús, o sería otro Jesús y no el que ellos conocían, Por las señas que nos dais, respondieron los pescadores, es el mismo Jesús, si vino de Nazaret no lo sabemos, él no lo dijo, Y por qué decís que lo esperáis como al pan de cada día, preguntó Tiago, Porque, estando él dentro de una barca, el pescado viene a las redes como jamás se vio, Pero nuestro hermano no tiene arte bastante de pescador, no puede ser el mismo Jesús, Ni nosotros dijimos que tuviera arte de pescador, él no pesca, sólo dice Lanzad la red por este lado, lanzamos la red y la sacamos llena, Siendo así, por qué no está con vosotros, Porque se va al cabo de unos días, dice que tiene que ayudar a otros pescadores y realmente así es, pues con nosotros ya estuvo tres veces y siempre dijo que volvería, Y ahora, dónde está, No lo sabemos, la última vez que estuvo aquí se fue al sur, pero también puede ser que haya ido al norte sin que nos diéramos cuenta, aparece y desaparece cuando le da la gana. Tiago le dijo a José, Vamos hacia el sur, al menos ya sabemos que nuestro hermano anda por esta orilla del mar. Parecía fácil, pero hay que entender que, al pasar, Jesús podía estar en altamar, en una barca, entregado a una de aquellas milagrosas pescas suyas, en general no damos importancia a estos pormenores, pero el destino no es como lo creemos, pensamos que está todo determinado desde un principio cualquiera, cuando la verdad es muy distinta, repárese en que, para que pueda cumplirse el destino de un encuentro de unas personas con otras, como en el caso de ahora, es preciso que ellas consigan reunirse en un mismo punto y a una misma hora, lo que cuesta no poco trabajo, basta con que se retrase uno, por poco que sea, mirando una nube en el cielo, escuchando el cantar de un pájaro, contando las entradas y salidas de un hormiguero o, por el contrario, que por distracción no mirásemos ni oyésemos ni contásemos y siguiésemos adelante, echándose a perder lo que tan bien encaminado parecía, el destino es lo más difícil que hay en el mundo, hermano José, ya lo verás cuando tengas mis años. Puestos así en sobreaviso, los dos hermanos iban mirando con mil ojos, hacían paradas en el camino esperando el regreso de un barco que se demoraba, incluso algunas veces volvieron súbitamente atrás, para sorprender por la espalda la posible aparición de Jesús en un lugar inesperado. Así llegaron al fin del mar. Cruzaron al otro lado del río Jordán y a los primeros pescadores que encontraron les preguntaron por Jesús. Habían oído hablar de él, sí señor, de él y de su magia, pero por allí no andaba. Volvieron Tiago y José sobre sus pasos, rumbo al norte, redoblando la atención, también ellos como pescadores que llevaran una red de arrastre con la esperanza de levantar al rey de los peces. Una noche que durmieron en el camino, hicieron cuartos de centinela, no fuera a aprovechar Jesús la claridad lunar para ir de un sitio a otro, a la callada. Andando y preguntando llegaron a la altura de Tiberíades, y no necesitaron ir al pueblo a pedir trabajo, pues todavía les quedaba dinero, gracias a la hospitalidad de los pescadores, que les daban pescado, lo que hizo decir una vez a José, Hermano Tiago, has pensado que este pez que estamos comiendo puede haber sido pescado por nuestro hermano, y Tiago respondió, No por eso sabe mejor, malas palabras que no se esperarían de un amor fraternal, pero que la irritación de quien anda buscando una aguja en un pajar, con perdón, justifica.

Encontraron a Jesús a una hora de camino, hora de las nuestras, queremos decir, pasado Tiberíades. El primero en avistarlo fue José, que tenía unos ojos finísimos para ver de lejos, Es él, allí, exclamó. Realmente vienen en esta dirección dos personas, pero una es mujer, y Tiago dice, No es él. Un hermano menor nunca debe contradecir al mayor, pero José, de contento, no está dispuesto a respetar normas ni conveniencias, Te digo que es él, Pero viene una mujer, Viene una mujer, y viene un hombre, y el hombre es Jesús. Por el sendero que bordea el camino, en un campo que aquí era llano, entre dos colinas cuyos pies casi tocaban el agua, venían andando Jesús y María de Magdala. Tiago se detuvo, a la espera, y le dijo a José que se quedara con él. El mozo obedeció contrariado, porque su deseo era correr hacia el hermano al fin hallado, abrazarlo, saltarle al cuello. A Tiago le perturbaba la mujer que venía con Jesús, quién sería, no quería creer que el hermano conociera mujer, pues sentía que esa simple probabilidad le colocaba, a él, a una distancia infinita del primogénito, como si Jesús, que se gloriara de haber visto a Dios, sólo por esta razón, la de conocer mujer, perteneciese a un mundo definitivamente otro. De una reflexión se pasa a la siguiente y muchas veces se llega a ella sin conocer el camino que unió las dos, es como ir de una margen del río a la otra por un puente cubierto, veníamos andando y no veíamos por dónde, pasamos un río que no sabíamos que existiera, así fue como Tiago, sin saber cómo, se encontró pensando que no era apropiado haberse quedado allí parado como si él fuera el primogénito a quien su hermano tendría que venir a saludar. Su movimiento liberó a José, que corrió hacia Jesús con los brazos abiertos, con gritos de alegría, alzando una bandada de pájaros que, ocultos entre los matojos de la orilla, cataban en el lodo su sustento. Tiago apresuró el paso para impedir que José tomase como cosa suya recados que sólo a él pertenecían, en poco tiempo estaba ante Jesús y decía, Gracias doy al Señor por haber querido que encontrásemos al hermano que buscábamos, y Jesús respondió, Gracias doy por veros con buena salud. María de Magdala se había detenido, un poco atrás. Jesús preguntó, Qué hacéis en estos lugares, hermanos, y Tiago dijo, Vamos a apartarnos un poco y hablaremos con más tranquilidad, Tranquilos ya estamos, dijo Jesús, y si lo dices por esta mujer, has de saber que todo cuanto tengas que decirme y yo quiera oír de ti puede oírlo ella también como si fuera yo mismo. Hubo un silencio tan denso, tan alto, tan profundo, que parecía que era un silencio del mar y de los montes concertados y no el de cuatro simples personas frente a frente, recuperando fuerzas. Jesús parecía aún más hombre que antes, más oscuro de piel aunque se le había quebrado la fiebre de la mirada, y el rostro, bajo la espesa barba negra, se mostraba apaciguado, tranquilo, pese a la visible crispación causada por el inesperado encuentro. Quién es esa mujer, preguntó Tiago, Se llama María y está conmigo, respondió Jesús, Te has casado, Sí, bueno, no, no, bueno, sí, No entiendo, Ni yo contaba con que entendieses, Tengo que hablarte, Pues habla, Traigo recado de nuestra madre, Te oigo, Preferiría dártelo a solas, Ya has oído lo que he dicho. María de Magdala dio dos pasos, Puedo retirarme hacia donde no os oiga, dijo, No hay en mi alma un pensamiento que no conozcas, es justo que sepas qué pensamientos tuvo mi madre sobre mí, así me ahorrarás el trabajo de contártelo luego, respondió Jesús. La irritación hizo subir la sangre a la cara de Tiago, que dio un paso atrás, como para retirarse, al tiempo que lanzaba a María de Magdala una mirada de cólera, y en esta mirada se percibía también un sentimiento confuso, de deseo y rencor. En medio de los dos, José tendía las manos para retenerlos, era todo cuanto podía hacer. Al fin, Tiago se calmó y, tras una pausa de concentración mental, para recordar, recitó, Nos ha enviado nuestra madre para buscarte y decirte que vuelvas a casa, pues en ti creemos y, si el Señor quiere, creeremos lo que dijiste, Sólo eso, Éstas fueron sus palabras, Quieres decir entonces que no haréis nada por vosotros mismos para creer en lo que os conté, que os quedaréis esperando que el Señor mude vuestro entendimiento, Entender o no entender, todo está en manos del Señor, Te engañas, el Señor nos dio piernas para que andemos y andamos, que yo sepa, nunca hombre alguno esperó a que el Señor le ordenara Anda, y con el entendimiento pasa lo mismo, si el Señor nos lo dio, fue para que lo usáramos según nuestro deseo y nuestra voluntad, No discuto contigo, Haces bien, no ganarías la discusión, Qué respuesta debo llevarle a nuestra madre, Dile que las palabras de su recado han llegado demasiado tarde, que esas mismas palabras supo decirlas a tiempo José, y ella no las tomó para sí, y que aunque un ángel del Señor se le aparezca para confirmar todo cuanto os conté, convenciéndola de la voluntad del Señor, no volveré a casa, Has caído en pecado de orgullo, Un árbol gime si lo cortan, un perro gruñe si lo golpean, un hombre se crece si lo ofenden, Es tu madre, somos tus hermanos, Quién es mi madre, quiénes son mis hermanos, mis hermanos y mi madre son aquellos que creyeron en mí y en mi palabra en la misma hora en que yo la proferí, mis hermanos y mi madre son aquellos que en mí confían cuando vamos al mar para de lo que pescan comer con más abundancia de la que comían, mi madre y mis hermanos son aquellos que no necesitan esperar a la hora de mi muerte para apiadarse de mi vida, No tienes otro recado que dar, Otro recado no tengo, pero oiréis hablar de mí, respondió Jesús, y volviéndose hacia María de Magdala, dijo, Vámonos, María, los barcos deben de estar ya a punto de salir para la pesca, los cardúmenes se reúnen, es tiempo de recoger la cosecha. Ya se apartaban cuando Tiago gritó, Jesús, tengo que decirle a nuestra madre quién es esa mujer, Dile que está conmigo y que se llama María, y la palabra resonó entre las colinas y sobre el mar. Tendido en el suelo, José lloraba desconsolado.

Cuando Jesús va al mar con los pescadores, María de Magdala se queda esperándole, sentada en una roca a la orilla del agua, o en un altozano, si los hay, desde donde pueda seguir la ruta y acompañar la navegación. Las pescas, ahora, no se demoran, nunca hubo en este mar tal acopio de peces, dirían los inadvertidos, es como pescar a mano con un cubo, pero pronto ven que las facilidades no son iguales para todos, el cubo está como siempre, poco menos que vacío, si Jesús anda por otros lugares, y las manos y los brazos se cansan de lanzar la red y se desalientan al verla volver sólo con un pez allí y otro allá presos en las mallas. Por eso todo el mundo pescador de la margen occidental del mar de Galilea anda pidiendo por Jesús, reclamando a Jesús, exigiendo a Jesús, y ya en algunos lugares ha ocurrido que lo reciben con fiestas, palmas y flores, como si en domingo de Ramos estuviéramos. Pero, siendo el pan de los hombres lo que es, una mezcla de envidia y maldad, y alguna caridad a veces, donde fermenta un miedo que hace crecer lo que es malo y ocultarse lo que es bueno, también ocurrió que riñeran pescadores con pescadores, aldeas con aldeas, porque todos querían tener a Jesús sólo para ellos, los otros que se gobernasen como pudieran. Cuando tal cosa sucedía, Jesús se retiraba al desierto y sólo volvía cuando los díscolos arrepentidos iban a rogarle que perdonara sus excesos, que todo era consecuencia de lo mucho que le querían. Lo que para siempre quedará por explicar es por qué razón los pescadores de la margen oriental nunca despacharon delegados para este lado de acá dispuestos a discutir y establecer un pacto justo que a todos beneficiase por igual, excepto a los gentiles de mal origen y peor creencia que por allí no faltan. También podría ocurrir que los de la otra banda, en flotilla de batalla naval, armados con redes y picas y a cubierto de una noche sin luna, vinieran a robar a Jesús, dejando al occidente otra vez condenado a un mal pasar lleno de necesidades, cuando estaba habituado a una pitanza harta.

Éste es aún el día en que Tiago y José vinieron a pedir a Jesús que volviera a la casa que era suya, dándole la espalda a aquella vida de vagabundeo, por mucho que de ella se estuviera beneficiando la industria de la pesca y derivados. A estas horas, los dos hermanos, cada cual con su sentimiento, un Tiago furioso, un lloroso José, van con paso acelerado por esos montes y valles, camino de Nazaret, donde la madre se pregunta por centésima vez si habiendo visto de allí salir dos hijos verá entrar tres, aunque lo duda. El camino de regreso que los hermanos tuvieron que tomar, por ser el que más próximo estaba del punto de la costa donde habían encontrado a Jesús, los hizo pasar por Magdala, ciudad de la que Tiago conocía poco y José nada, pero que, a juzgar por las apariencias, no merecía mayor detención ni disfrute. Tomaron un refrigerio de paso los dos hermanos y siguieron adelante. Al salir del poblado, palabra que aquí usamos sólo porque expresa una oposición lógica y clara al desierto que todo lo rodea, vieron delante, a mano izquierda, una casa con señales de incendio, mostrando sólo las cuatro paredes al aire. La puerta del patio, sin duda medio destrozada por un forzamiento, no ardió, el fuego, que todo lo arrasa, fue todo dentro. En casos como éste, el viandante, quienquiera que sea, siempre piensa que debajo de los escombros puede haber quedado algún tesoro y, si cree que no hay peligro de que le caiga una viga encima, entra para tentar suerte, avanza cautelosamente, remueve con la punta del pie unas cenizas, unos tizones a medio quemar, unos carbones mal ardidos, con la idea de ver surgir de pronto, reluciente, la moneda de oro, el incorruptible diamante, la diadema de esmeraldas. A Tiago y a José sólo la curiosidad los hizo entrar, no son ingenuos hasta el punto de imaginar que los vecinos codiciosos no hayan venido antes en busca de lo que los habitantes de la casa no hubieran podido salvar, aunque lo más probable, siendo la casa tan pequeña, es que los dueños se llevaran los bienes valiosos, quedando sólo las paredes, que en cualquier lugar se pueden levantar otras nuevas. La bóveda del horno, dentro de lo que fue casa, se había hundido, los ladrillos del suelo, en el incendio, se soltaron del cemento y se quebraban ahora bajo los pies, No hay nada, vámonos, dijo Tiago, pero José preguntó, Y eso, qué es. Eso era una especie de estrado de madera del que ardieron las patas, medio carbonizado todo él, recordando un trono ancho y largo, aún con unos restos de trapos quemados, Es una cama, dijo Tiago, hay quien duerme encima de eso, los ricos, los señores, También nuestra madre duerme en una, Sí, duerme, pero la suya no tiene comparación con lo que ésta debe de haber sido, No parece de ricos una casa así, Las apariencias engañan, dijo Tiago, ingenioso. Al salir, José vio que en la puerta del patio estaba colgada, por la parte de fuera, una caña de las que se usan para coger los higos de las higueras, seguro que habría sido más larga en el tiempo en que la utilizaron, pero debieron cortarla. Qué hace esto aquí, preguntó sin esperar respuesta, suya o del hermano, descolgó la ahora inútil caña y se la llevó, recuerdo del incendio, de una casa quemada, de gente desconocida. Nadie los vio entrar, nadie los vio salir, son dos hermanos que vuelven a su casa con las túnicas manchadas de hollín y una negra noticia. A uno de ellos, para distraerlo, le propuso el pensamiento, y él lo aceptó, el recuerdo de María de Magdala, el pensamiento del otro es más activo y menos frustrador, espera encontrar una manera de emplear la amputada vara en sus juegos.

Sentada en la piedra, a la espera de que Jesús vuelva de la pesca, María de Magdala piensa en María de Nazaret. Hasta este día en que estamos, la madre de Jesús, para ella, fue sólo eso, la madre de Jesús, ahora sabe, porque después lo preguntó, que su nombre también es María, coincidencia en sí misma de mínima importancia, dado que son muchas las Marías en esta tierra, y más que han de ser si la moda se extiende, pero nosotros nos aventuraríamos a suponer que existe un sentimiento de más profunda fraternidad en quienes llevan nombres iguales, es como imaginamos que se sentirá José cuando se acuerde del otro José que fue su padre, no hijo, sino hermano, el problema de Dios es ése, nadie tiene el nombre que él tiene. Llevadas a semejante extremo, no parecen ser tales reflexiones producto de un discernimiento como el de María de Magdala, aunque no nos falte información de que lo tiene muy capaz para otras reflexiones de no menor alcance, lo que pasa es que van en direcciones diferentes, por ejemplo, en el caso de ahora, una mujer ama a un hombre y piensa en la madre de ese hombre. María de Magdala no conoce, por propia experiencia, el amor de la madre por su hijo, conoció al fin el amor de la mujer por su hombre, después de haber aprendido y practicado antes el amor falso, los mil modos del no amor. Quiere a Jesús como mujer, pero desearía quererlo también como madre, tal vez porque su edad no esté tan lejos de la edad de la madre verdadera, la que mandó recado para que su hijo volviera, y el hijo no volvió, una pregunta se hace María de Magdala, qué dolor sentirá María de Nazaret cuando se lo digan, pero no es igual que imaginar lo que ella sufriría si Jesús le faltase, le faltaría el hombre, no el hijo, Señor, dame, juntos, los dos dolores, si así tiene que ser, murmuró María de Magdala esperando a Jesús. Y cuando la barca se acercó y fue arrastrada a tierra, cuando los cestos cargados de pescado hasta rebosar empezaron a ser transportados, cuando Jesús, con los pies en el agua, ayudaba al trabajo y se reía como un niño, María de Magdala se vio a sí misma como si fuese María de Nazaret y, levantándose de donde estaba, bajó hasta la orilla del mar, entró en el agua para estar junto a él y dijo, después de besarlo en el hombro, Hijo mío. Nadie oyó que Jesús hubiera dicho, Madre, pues ya se sabe que las palabras pronunciadas por el corazón no tienen lengua que las articule, las retiene un nudo en la garganta y sólo en los ojos se pueden leer. De manos de los pescadores recibieron María y Jesús el cesto de pescado con que les pagaban el servicio y, como hacían siempre, se retiraron los dos a la casa donde pernoctarían, porque su vida era esto, no tener casa propia, ir de barco en barco y de estera en estera, algunas veces, al principio, Jesús dijo a María, Esta vida no te conviene, busquemos una casa que sea nuestra y yo iré a estar contigo siempre que sea posible, a lo que María respondió, No quiero esperarte, quiero estar donde tú estés. Un día, Jesús le preguntó si tenía parientes con quienes pudiera vivir y ella respondió que tenía un hermano y una hermana que vivían en la aldea de Betania de Judea, ella se llamaba Marta, él Lázaro, pero que los dejó cuando se prostituyó y que, para no avergonzarlos, se fue lejos, de tierra en tierra, hasta llegar a Magdala. Entonces tu nombre debería ser María de Betania, si allí naciste, dice Jesús, Sí, fue en Betania donde nací, pero en Magdala me encontraste, por eso de Magdala quiero seguir siendo, A mí no me llaman Jesús de Belén, pese a haber nacido en Belén, de Nazaret no soy, porque ni me quieren ni los quiero yo, tal vez debiera llamarme Jesús de Magdala, como tú, y por la misma razón, Recuerda que quemamos la casa, Pero no la memoria, dijo Jesús. De la vuelta de María a Betania no volvió a hablarse, esta orilla del mar es para ellos el mundo entero, dondequiera que el hombre esté, estará con él la obligación.

Dice el pueblo, lo decimos nosotros, probablemente lo dicen los pueblos todos, siendo como es tan general y universal la experiencia de los males, que bajo los pies se levantan las fatigas. Tal dicho, si no nos equivocamos, sólo podía haberlo inventado un pueblo a costa de tropezones y topadas, de contrariedades, percances y púas asesinas. Después, en virtud de la generalidad y de la universalidad ya señaladas, se habrá difundido por todo el orbe, haciendo ley, pero, aun así, suponemos que con cierta resistencia por parte de las gentes marítimas y piscatorias que saben que existen hondísimas honduras entre sus pies y el suelo, y no pocas veces abisales abismos. Para el pueblo del mar, las fatigas no se levantan del suelo, para el pueblo del mar, las fatigas caen del cielo, se llaman viento y vendaval, y por su culpa se alzan las ondas y el oleaje, se generan tempestades, se rompe la vela, se quiebra el mástil, se hunde el frágil leño, estos hombres de la pesca y de la navegación donde mueren, realmente, es entre el cielo y la tierra, el cielo que las manos no alcanzan, el suelo al que los pies no llegan. El mar de Galilea es casi siempre un manso, tranquilo y comedido lago, pero un día cualquiera se desmandan las furias oceánicas por estos lados y es un sálvese quien pueda, a veces, desgraciadamente, no todos pueden. De un caso de éstos tendremos que hablar, pero antes es preciso que regresemos a Jesús de Nazaret y a algunas recientes preocupaciones suyas que muestran hasta qué punto el corazón del hombre es un eterno insatisfecho y, en definitiva, el simple deber cumplido no da tanta satisfacción como nos vienen diciendo quienes con poco se contentan. Sin duda, se puede decir que gracias al continuo sube y baja de Jesús, entre el río Jordán de arriba y el río Jordán de abajo, no hay penuria, ni siquiera carencias ocasionales, en toda la orilla occidental, habiéndose llegado al punto de que se beneficiaran de la abundancia los que ni pescadores eran, pues la plétora de pescado hace caer los precios, lo que, evidentemente, vino a resultar en más gente comiendo más y más barato. Verdad es que hubo alguna tentativa de mantener los precios altos por el conocido método corporativo de lanzar al mar un poco del producto de la pesca, pero Jesús, de quien en última instancia dependía la mayor o menor suerte de las mareas, amenazó con irse de allí a otra parte, y los prevaricadores de la ley nueva le pidieron disculpas, hasta la próxima. Toda la gente, pues, parece tener razones para sentirse feliz, pero Jesús no. Él piensa que no es vida andar continuamente de un lado a otro, embarcando y desembarcando, siempre los mismos gestos, siempre las mismas palabras, y que, siendo cierto que el poder de la pesca abundante le viene del Señor, no ve la razón para que el Señor quiera que su vida se consuma en esta monotonía hasta que llegue el día en que se sirva llamarlo, como ha prometido. Que el Señor está con él, no lo duda Jesús, pues nunca deja el pescado de venir cuando lo llama y esta circunstancia, por un proceso deductivo inevitable del que aquí no creemos necesario hacer demostración ni presentar su secuencia, acabó por llevarlo, con el tiempo, a preguntarse si no habría acaso otros poderes que el Señor estaría dispuesto a cederle, no por delegación o por concesión graciosa, claro está, sino por préstamo simple y con la condición de hacer de ellos buen uso, lo que, como hemos visto, Jesús estaba en condiciones de garantizar, véase si no el trabajo en que se ha metido, sin más ayuda que la intuición. La manera de saberlo era fácil, tan fácil como decirlo, bastaba con hacer la experiencia, si ella resultaba, era porque Dios estaba de su parte, si no resultase, Dios manifestaba que estaba en contra. Simplemente quedaba una cuestión previa por resolver, y esa cuestión era la de elegir. No siendo posible consultar directamente al Señor, Jesús tendría que arriesgar, seleccionar entre los poderes posibles el que pareciera ofrecer menos resistencia y que no se viera demasiado, aunque tampoco tan discreto que pasara inadvertido a quien de él viniera a beneficiarse y al mundo, con lo que hubiera padecido la gloria del Señor, que en todo debe prevalecer. Pero Jesús no se decidía, tenía miedo de que el Señor hiciera escarnio de él, de que lo humillase, como en el desierto hizo y podía haber hecho después, aún hoy se estremecía pensando la vergüenza que hubiera sentido si cuando por primera vez dijo Lanzad la red a este lado, la viera subir vacía. Tanto lo ocupaban estos pensamientos que una noche soñó que alguien le decía al oído, No temas, recuerda que Dios te necesita, pero cuando despertó tuvo dudas sobre la identidad del consejero, podría haber sido un ángel, de los muchos que andan haciendo los recados del Señor, podría haber sido un demonio, de los otros tantos que a Satán sirven para todo, a su lado María de Magdala parecía dormir profundamente, por eso no pudo ser ella, ni pensó Jesús que lo fuera. En esto estaba cuando un día, que por los indicios en nada se mostraba diferente a los otros, Jesús fue al mar para el milagro de costumbre. El tiempo estaba cargado, con nubes bajas, amenazando lluvia, pero no por eso va a quedarse un pescador en casa, buenos estaríamos si todo en la vida fuera regalo y bienestar. Le tocaba precisamente aquel día la barca de

Simón y Andrés, aquellos dos hermanos pescadores que fueron testigos del primer prodigio, y con ella, de reserva, va también la de los dos hijos de Zebedeo, Tiago y Juan, pues, aunque no sea el mismo efecto milagroso, siempre la barca que está más cerca aprovecha algo del pescado que quede. El viento fuerte los lleva rápidamente hacia altamar y allí, arriadas las velas, empiezan los pescadores, en una barca y en la otra, a desdoblar las redes, a la espera de que Jesús diga de qué lado deben lanzarlas. En esto están, cuando de pronto se levantan los vientos en una tempestad que cayó del cielo sin anunciarse, porque como anuncio no podría entenderse un simple cielo cubierto, y fue de manera tal que las olas eran como las del mar verdadero, de la altura de casas, empujadas por una ventolera enloquecida, ahora aquí, ahora allá, y en medio aquellos cascarones de nuez saltando sin gobierno, que la maniobra nada podía contra la furia de los elementos desencadenados. La gente que estaba en la orilla, viendo el peligro en que se hallaban las pobres criaturas, ya sin defensas, empezó a dar gritos desolados, había allí esposas y madres, y hermanas, e hijos pequeñitos, alguna suegra compasiva, y era un clamor que no se sabe cómo no llegó al cielo, Ay, mi querido marido, Ay, mi querido hijo, Ay, mi querido hermano, Ay, mi yerno, Maldito seas mar, Señora de los Afligidos, ayudadnos, Señora del Buen Viaje, échales una mano, los niños sólo sabían llorar, pero ni así. María de Magdala estaba también allí y murmuraba, Jesús, Jesús, pero no era por él por quien lo decía, pues sabía que el Señor lo había guardado para otro momento, no para una vulgar tormenta en el mar, sin más consecuencias que unos cuantos ahogados, decía Jesús, Jesús, como si decirlo pudiera servir de algo a los pescadores, que ésos, sí, parecía que allí iban a cumplir su suerte. Jesús, en la barca, viendo el desánimo y la confusión de las tripulaciones, y que las olas saltaban por encima de la borda y lo inundaban todo, y que los mástiles se partían llevándose por los aires las velas sueltas, y que la lluvia caía en torrentes que sólo ellos bastarían para hundir una nave del emperador, Jesús, viendo todo esto, se dijo, No es justo que mueran estos hombres y quede yo con vida, sin contar con que el Señor seguro que me lo reprocharía Podías haber salvado a los que estaban contigo y no los salvaste, no te bastó lo de tu padre, el dolor de este recuerdo hizo saltar a Jesús, y entonces, de pie, firme y seguro como si debajo lo sostuviera un sólido suelo, gritó, Cállate, e iba esto para el viento, Aquiétate, y esto para el mar, apenas dijo estas palabras se calmaron el mar y el viento, las nubes del cielo se apartaron y el sol apareció como una gloria, que lo es y siempre lo ha de ser, al menos para quien vive menos que él. No se puede imaginar la alegría en aquellos barcos, los besos, los abrazos, las lágrimas de alegría en tierra, los de aquí no sabían por qué había acabado tan rápidamente la tempestad, los de allí, como resucitados, no pensaban sino en su vida a salvo, y si algunos exclamaron Milagro, milagro, en aquellos primeros momentos no se dieron cuenta de que alguien tenía que haber sido su autor. Pero de repente se hizo el silencio en el mar, los otros barcos rodeaban al de Simón y Andrés, y los pescadores miraban todos a Jesús, mudos de asombro porque, pese al estruendo de la tempestad, oyeron los gritos, Cállate, Aquiétate, y allí está él, Jesús, el hombre que había gritado, el que ordenaba a los peces que salieran de las aguas para los hombres, el que ordenaba a las aguas que no llevaran a los hombres a los peces. Jesús estaba sentado en el banco de los remeros, con la cabeza baja, con una difusa y contradictoria sensación de triunfo y de desastre, como si, habiendo subido hasta el punto más alto de una montaña, en el mismo instante comenzara el melancólico e inevitable descenso. Pero ahora, en círculo, los hombres esperaban una palabra suya, no bastaba haber dominado el viento y amansado las aguas, tenía que explicarles cómo lo pudo hacer un simple galileo hijo de carpintero, cuando el propio Dios parecía haberlos abandonado al frío abrazo de la muerte. Se levantó Jesús entonces y dijo, Esto que acabáis de ver no lo he hecho yo, las voces que alejaron la tempestad no fueron dichas por mi boca, yo sólo soy la lengua de que se sirvió Dios para hablar, acordaos de los profetas. Dijo Simón, que en la misma barca estaba, Así como hizo venir la tempestad, el Señor podía haber mandado que se fuera, y nosotros diríamos el Señor la trajo, el Señor se la llevó, pero fueron tu voluntad y tus palabras las que nos salvaron la vida cuando, ante los ojos de Dios, la creíamos perdida, Dios lo hizo, volvió a decir, no yo. Dijo entonces Juan, el hijo menor de Zebedeo, probando de esta manera que no era tan simple de espíritu, Sin duda lo hizo Dios, pues en él moran toda la fuerza y todo el poder, pero lo hizo por mediación de ti, de donde saco la conclusión de que Dios quiere que te conozcamos, Ya me conocíais, De aparecer aquí llegado de nadie sabe dónde, de llenar nuestras barcas de peces, no sabemos cómo, Soy Jesús de Nazaret, hijo de un carpintero que murió crucificado por los romanos, durante un tiempo fui pastor del mayor rebaño de ovejas y cabras que se haya visto, ahora, con vosotros, y quizá hasta mi muerte, soy pescador. Dijo Andrés, el hermano de Simón, Nosotros sí que debemos estar contigo, porque si a un hombre común, como tú dices ser, le fueron dados tales poderes y el poder de usarlos, pobre de ti, porque tu soledad será más pesada que una piedra atada al cuello. Dijo Jesús, Quedaos conmigo si el corazón os lo pide, pero no digáis a nadie nada de lo que aquí ha pasado, porque aún no ha llegado el tiempo de que el Señor confirme la voluntad que quiere ejecutar en mí, si, como dice Juan, quiere Dios que me conozcáis. Dijo entonces Tiago, el hijo mayor de Zebedeo, tan poco simple, en definitiva, como su hermano, No creas que el pueblo va a callar, míralos allí en la orilla, mira cómo te esperan para aclamarte, y algunos, de impaciencia, empujan ya barcos al agua para unirse a nosotros, pero aunque consiguiéramos moderar su entusiasmo, aunque los convenciésemos para que guardaran, si pueden, el secreto, tú tendrás la certeza de que, en cualquier momento, incluso no deseándolo tú, se manifestará Dios, más que por tu presencia, por tu mediación. Dejó Jesús caer su cabeza, era una representación viva de la tristeza y el abandono, y dijo, Estamos todos en manos del Señor, Tú más que nosotros, dijo Simón, porque él te ha preferido, pero nosotros estaremos contigo, Hasta el fin, dijo Juan, Hasta cuando tú quieras, dijo Andrés, Hasta donde podamos, dijo Tiago. Se acercaban los barcos que venían de la orilla, gesticulaban los que iban dentro, se multiplicaban las bendiciones y las alabanzas y Jesús, resignado, dijo,

Vamos, el vino está en el vaso, hay que beberlo. No buscó a María de Magdala, sabía que ella esperaba en tierra, como siempre, que ningún milagro alteraría la constancia de esa espera, y una alegría grata y humilde sosegó su corazón. Cuando desembarcó, más que abrazarla se abrazó a ella, escuchó, sin sorpresa, lo que María de Magdala le dijo con un murmullo junto a la oreja, su rostro contra la barba mojada, Perderás la guerra, no tienes otro remedio, pero ganarás todas las batallas, y luego, juntos, saludando él a un lado y a otro a los circunstantes que lo aclamaban como a un general que regresa vencedor de su primer combate, subieron, acompañados de los amigos, el empinado camino que conducía a Cafarnaún, la aldea donde vivían Simón y Andrés, en cuya casa, de momento, habitaban.

Acertó Tiago al decir que no creía que el conocimiento público del milagro de la tempestad calmada pudiera quedar limitado a los que fueron testigos de él. En pocos días no se hablaba de otra cosa en aquellos andurriales, aunque, caso extraño, no siendo este mar, como ya se ha dicho, una inmensidad, y pudiendo, desde un punto alto y con el aire limpio, verse por entero de margen a margen y de extremo a extremo, ocurrió que en Tiberíades, por ejemplo, nadie se enteró de que hubiera temporal, y cuando alguien llegó con la nueva de que uno que estaba con los pescadores de Cafarnaún hizo cesar, con su voz, una tempestad, la respuesta fue, Qué tempestad, lo que dejó sin habla al informador. Que hubo realmente tempestad no se podía dudar, ahí estaba para afirmarlo y jurarlo el miedo que pasaron los protagonistas del episodio, directos e indirectos, incluyéndose unos arrieros de Safed y Caná, que andaban por allí tratando de sus negocios. Fueron ellos quienes llevaron la noticia al interior, matizada según los arrebatos de la imaginación de cada uno, pero no pudieron alcanzar todo el territorio, y esto de las noticias ya sabemos cómo es, van perdiendo convicción con el tiempo y la distancia, y cuando la nueva, que ya lo era tan poco, llegó a Nazaret, no se sabía si hubo milagro realmente, o si fue apenas una feliz coincidencia entre una palabra lanzada al viento y un viento que se cansó de soplar. Corazón de madre, sin embargo, no se equivoca, y a María le bastaron los casi extintos ecos de un prodigio del que ya se empezaba a dudar, para, en su corazón, tener la seguridad de que lo obró el hijo ausente. Lloró por los rincones el orgullo de su ínfima autoridad materna, que le hizo ocultar a Jesús la aparición del ángel y las revelaciones de que portaba, creyendo que un simple recado de media docena de palabras reticentes haría regresar a casa a quien de ella salió con su propio corazón sangrando. No tenía María junto a ella, para desahogarse de tristezas tan amargas y dolorosas, a su hija Lisia, que entre tanto se había casado y vivía en la aldea de Caná. A Tiago no se atrevería a hablarle, que ése volvió furioso tras el encuentro con el hermano, sin callar lo de la mujer con quien Jesús estaba, Podría ser su madre, y la pinta que tenía, de mujer con mucha experiencia de la vida y de otras cosas que no menciono, aunque, la verdad sea dicha, la propia experiencia de Tiago era escasísima en términos de comparación, en este agujero del mundo que es su aldea. Así que María se desahogó con José, ese hijo que, por el nombre y las maneras, más le recordaba al marido, pero José no pudo consolarla, Madre, estamos pagando lo que hicimos, y mi temor, yo que vi a Jesús y le oí, es que sea para siempre, que desde donde está no vuelva nunca, Sabes lo que de él se dice, que habló con una tempestad y que ella se calmó al oírlo, También sabíamos que con su poder llenaba de pescado las barcas de los pescadores, nos lo dijeron ellos mismos, Tenía razón el ángel, Qué ángel, preguntó José, y María le contó todo cuanto con ellos había acontecido, desde la aparición del mendigo que echó en la escudilla la tierra luminosa hasta lo del ángel de su sueño. Esta conversación no la tuvieron en casa, que allí no era posible, siendo aún la familia tan numerosa, esta gente, siempre que quiere hablar de asuntos sigilosos, va al desierto, donde, si cuadra, puede incluso encontrar a Dios. Estaban así charlando cuando vio José pasar a lo lejos, en las colinas a las que la madre daba la espalda, un rebaño de ovejas y cabras con su pastor. Le pareció que el rebaño no era grande, ni alto el pastor, por eso vio y calló. Y cuando la madre dijo, Nunca más veré a Jesús, respondió, pensativo, Quién sabe.

Tenía razón José. Pasado un tiempo, cosa de un año, llegó un recado de Lisia para su madre, invitándola, en nombre de los suegros, a ir a Caná, a la boda de una cuñada suya, hermana del marido, y que llevara con ella a quien quisiera, que todos serían bienvenidos. Siendo ella la invitada, tenía derecho a elegir la compañía, pero como, por respeto, no quería abusar, puesto que hay pocas cosas tan deprimentes como una viuda con muchos hijos, decidió llevar con ella sólo a dos, a su preferido de ahora, José, y a Lidia, que por ser niña, nunca le estaban de más fiestas y distracciones. Caná no está lejos de Nazaret, poco más de una hora de camino de las nuestras, y con este tiempo de suave otoño, habría sido un paseo de los más apacibles aunque no fuese una boda el motivo del viaje. Salieron de casa apenas nació el sol, para poder llegar a Caná con tiempo de que María ayude a las últimas tareas de un acto ceremonial y festivo en el que el trabajo está en proporción directa de la gente que se alegra y divierte. Vino Lisia al encuentro de la madre y de los dos hermanos con afectuosas demostraciones, se informaron unos del bienestar y salud y otros de la salud y el bienestar, y como el trabajo urgía, María y ella se acercaron a la casa del novio, donde, según costumbre, se celebraría la fiesta, iban a cuidar de los calderos, con las demás mujeres de la familia. José y Lidia se quedaron en el patio, jugando con los de su edad, los chicos jugando con los chicos, las chicas bailando con las chicas, hasta el momento en que advirtieron que empezaba la ceremonia. Corrieron todos, ahora sin mayor discriminación de sexos, tras los hombres que acompañaban al novio, sus amigos, que llevaban las antorchas tradicionales, y esto en una mañana así, de luz tan resplandeciente, lo que, por lo menos, deberá servir para demostrar que una lucecilla más, aunque sea de un hachón, nunca es de despreciar por mucho que el sol brille. Los vecinos, con alegre semblante, aparecían saludando en las puertas, guardando las bendiciones para un rato después, cuando el cortejo regresara trayendo a la novia. No llegaron José y Lidia a ver el resto, que tampoco iba a ser gran novedad para ellos, pues ya habían tenido en su tiempo una boda en la familia, el novio llamando a la puerta y pidiendo ver a la novia, ella apareciendo, rodeada de sus amigas, también éstas con luces, aunque modestas, simples lamparillas como a mujeres conviene, que un hachón es cosa de hombre por el fuego y por las dimensiones, y después el novio levantando el velo de la novia y dando un grito de júbilo ante el tesoro que había encontrado, como si en estos últimos doce meses, que tantos eran los que el noviazgo duraba, no la hubiera visto mil veces, y con ella ido a la cama cuando le apeteció. No vieron estos números José y Lidia porque, de pronto, mirando él por casualidad hacia una calle larga, vio aparecer al fondo dos hombres y una mujer y, con la sensación de estar viviéndolo por segunda vez, reconoció a su hermano y a la mujer que con él andaba. Gritó a la hermana, Mira, es Jesús, y corrieron ambos en aquella dirección, pero de repente se detuvo José, recordando a su madre y recordando la dureza con que el hermano lo recibió en el mar, no a él, claro está, sino al recado de que con Tiago era portador, y pensando que luego tendría que explicarle a Jesús por qué procedía así, dio la vuelta. Al doblar la esquina de la calle, se volvió a mirar y, mordido por los celos, vio al hermano levantando en los brazos a Lidia como si fuera una pluma y a ella cubriéndole la cara de besos, mientras la mujer y el otro hombre sonreían. Con los ojos nublados por lágrimas de frustración, José corrió, corrió, entró en la casa, atravesó el patio a saltos para evitar los manteles y las vituallas dispuestas en el suelo y en mesitas bajas, llamó, Madre, madre, lo que nos salva es que cada uno tenga su propia voz, pues no faltarían madres que se volvieran para ver a un hijo que no era suyo, sólo miró María, miró y comprendió cuando José le dijo, Ahí viene Jesús, ella lo sabía ya. Palideció, se puso roja, sonrió, se quedó seria y pálida de nuevo, y el resultado de todas estas alteraciones fue llevarse una mano al pecho como si le fallara el corazón y retroceder dos pasos como si hubiera tropezado con un muro. Quién viene con él, preguntó, porque tenía la seguridad de que alguien lo acompañaba, Un hombre y una mujer, y Lidia, que se quedó con ellos, La mujer es la que tú viste, Sí, madre, pero al hombre no lo conozco. Se acercó Lisia, curiosa, sin adivinar lo que ocurría, Qué pasa, madre, Tu hermano está aquí y viene al casamiento, Jesús está en Caná, Lo ha visto José. No fueron tan patentes los alborozos de Lisia, pero se le abrió el rostro en una sonrisa que parecía no acabar nunca, y murmuró, Mi hermano, digamos, para quien no lo sepa, que esto es una manifestación de alegría, una sonrisa como la de Lisia y un murmullo que vale otro tanto, Vamos a verlo, dijo, Vete tú, yo me quedo aquí, se defendió la madre, y dirigiéndose a José, Vete con tu hermana. Pero José no quiso ser segundo en los abrazos en los que Lidia fue primera y, porque Lisia sola no se atrevía, se quedaron los tres allí, como acusados a la espera de una sentencia, inciertos sobre la misericordia del juez, si las palabras juez y misericordia tienen cabida en este caso.

Asomó Jesús a la puerta, traía a Lidia en brazos y venía María de Magdala atrás, pero antes había entrado Andrés, que él era el otro hombre de la compañía, pariente del novio, como pronto se supo, y decía a los que acudieron, risueños, a recibirlo, No, Simón no puede venir, y mientras unos estaban tan felices con este encuentro de familia, otros, allí mismo, se miraban por encima de un abismo, preguntándose cuál sería el primero en poner un pie en el delicado y frágil puente que, pese a todo, seguía uniendo un lado con el otro. No diremos, como dijo un poeta, que lo mejor del mundo son los niños, pero gracias a ellos logran dar a veces los adultos, sin desdoro de su orgullo, ciertos difíciles pasos, aunque después se venga a ver que el camino no iba más allá. Lidia se soltó de los brazos de Jesús y corrió hacia su madre, y fue como en el teatro de marionetas, un movimiento obligó al otro, y los dos a un tercero, Jesús avanzó hasta su madre y la saludó, conjuntamente a los hermanos, con las palabras de quien todos los días se encuentra, sobrias y sin emoción. Hecho esto, siguió adelante, dejando a María como una transida estatua de sal y perdidos a los hermanos. María de Magdala fue tras él, pasó al lado de María de Nazaret y las dos mujeres, la honesta y la impura, se miraron fugazmente sin hostilidad ni desprecio, más bien con una expresión de mutuo y cómplice reconocimiento que sólo a los entendidos en los laberínticos meandros del corazón femenino es dado comprender. Ya venía cerca el cortejo, se oían los gritos y las palmas, el ruido trémulo y vibrante de las panderetas, los sonidos dispersos y finos de las arpas, el ritmo de las danzas, un griterío de gentes que hablaban al mismo tiempo, un instante después el patio estaba lleno, los novios entraron como en volandas, entre vivas y aplausos, y se adelantaron a recibir las bendiciones de los padres y de los suegros, que los estaban esperando. María, que se había quedado allí, también los bendijo, como bendijera tiempo atrás a su hija Lisia, ahora, como entonces, sin tener a su lado ni marido ni primogénito que ocupase, en poder y autoridad, su lugar. Se sentaron todos, a Jesús le fue ofrecido un lugar de importancia, porque Andrés, con disimulo, informó a sus parientes de que aquél era el hombre que atraía a los peces hacia las redes y que domaba las tempestades, pero Jesús rechazó el honor y se sentó con los otros, quedando en un extremo de las filas de los convidados. A Jesús lo servía María de Magdala, que nadie preguntó quién era, alguna vez se acercó Lisia, y él, en los modos, no hizo diferencias entre una y otra. María atendía en el lado opuesto, con frecuencia, entre las idas y venidas, se cruzaba con María de Magdala, cambiaban la misma mirada, pero no hablaban, hasta que la madre de Jesús hizo a la otra una señal para acercarse a un rincón del patio, y le dijo sin más preámbulo, Cuida a mi hijo, que un ángel me dijo que le esperan grandes trabajos y yo no puedo hacer nada por él, Lo cuidaré, lo defendería con mi vida si ella mereciera tanto, Cómo te llamas, Soy María de Magdala y fui prostituta hasta conocer a tu hijo. María se quedó callada, en su mente se ordenaban, uno a uno, ciertos hechos del pasado, el dinero y lo que acerca de él habían querido insinuar las medias palabras de Jesús, el relato irritado de su hijo Tiago y sus opiniones sobre la mujer que acompañaba al hermano, y sabiéndolo ahora todo, dijo, Yo te bendigo, María de Magdala, por el bien que a mi hijo Jesús has hecho, hoy y para siempre te bendigo. María de Magdala se acercó para besarle el hombro, en señal de respeto, pero la otra María abrió sus brazos, la abrazó y abrazadas permanecieron las dos, en silencio, hasta que se separaron y volvieron al trabajo, que no podía esperar.

La fiesta continuaba, de las cocinas, en corriente incesante, venía la comida, de las ánforas corría el vino, la alegría se soltaba en cantos y danzas, cuando, de repente, la alarma corrió secretamente del mayordomo hasta los padres de los novios, Que se nos acaba el vino, avisaba. El pesar y la confusión cayeron sobre ellos, como si el techo se les viniera encima, Y ahora, qué vamos a hacer, cómo vamos a decirles a nuestros invitados que se ha acabado el vino, no se hablará mañana de otra cosa en todo Caná, Mi hija, se lamentaba la madre de la novia, cómo se van a burlar de ella de aquí en adelante, que en su boda hasta el vino faltó, no merecíamos esta vergüenza, qué mal comienzo de vida. En las mesas escurrían el fondo de las copas, algunos invitados miraban alrededor buscando a quien debiera estar sirviéndoles, y María, ahora que ya había transmitido a otra mujer los encargos, deberes y obligaciones que el hijo se negaba a recibir de sus manos, quiso en un relámpago de inteligencia tener su propia demostración de los anunciados poderes de Jesús, después de lo cual podría recogerse en su casa y al silencio, como quien ya ha terminado su misión en el mundo y sólo espera que de él vengan a retirarla. Buscó con los ojos a María de Magdala, la vio cerrar lentamente los párpados y hacer un gesto de asentimiento y, sin más demora, se acercó al hijo y le dijo, en el tono de quien está seguro de no tener que decirlo todo para ser entendido, No tienen vino. Jesús volvió lentamente la cara hacia la madre, la miró como si ella le hubiera hablado desde muy lejos, y preguntó, Mujer, qué hay entre tú y yo, palabras estas, tremendas, que las oyó quien allí estaba, con asombro, extrañeza, incredulidad, un hijo no trata así a la madre que le dio el ser, harán que el tiempo, las distancias y las voluntades busquen en ellas traducciones, interpretaciones, versiones, matices que mitiguen la brutalidad y, de ser posible, den lo dicho por no dicho o digan que se dijo lo contrario, así se escribirá en el futuro que Jesús dijo, Por qué vienes a molestarme con eso, o, Qué tengo yo que ver contigo, o, Quién te ha mandado meterte en eso, mujer, o, Qué tenemos que ver nosotros con eso, mujer, o, Déjame a mí, no es necesario que me lo pidas, o, Por qué no me lo pides abiertamente, sigo siendo el hijo dócil de siempre, o, Haré lo que quieres, no hay desacuerdo entre nosotros. María recibió el golpe en pleno rostro, soportó la mirada que la rechazaba y, colocando al hijo entre la espada y la pared, remató eldesafío diciéndoles a los servidores, Haced lo que él os diga. Jesús vio que su madre se alejaba, no dijo una palabra, no hizo un gesto para retenerla, comprendió que el Señor se había servido de ella como antes se sirvió de la tempestad o de la necesidad de los pescadores. Levantó la copa, donde aún quedaba algún vino, y dijo a los servidores, Llenad de agua esas cántaras, eran seis cántaras de barro que servían para la purificación, y ellos las llenaron hasta desbordar, que cada una de ellas tenía dos o tres medidas de cabida, Acercádmelas, dijo, y ellos así lo hicieron. Entonces Jesús vertió en cada una de las cántaras una parte del vino que quedaba en su copa y dijo, Llevádselas al mayordomo. El mayordomo, que no sabía de dónde venían las cántaras, después de probar el agua que la pequeña cantidad de vino no había llegado a teñir, llamó al novio y le dijo, Todos sirven primero el vino bueno y cuando los invitados han bebido bien, se sirve el peor, tú, sin embargo, has guardado el vino bueno para el final. El novio, que nunca en su vida viera que aquellas cántaras contuvieran vino y que, además, sabía que el vino se había acabado, probó también y puso cara de quien, con mal fingida modestia, se limita a confirmar lo que tenía por cierto, la excelente calidad del néctar, un vintage, por decirlo de alguna manera. Si no fuera por la voz del pueblo, representada, en este caso, por los servidores que al día siguiente le dieron a la lengua a placer, habría sido un milagro frustrado, pues el mayordomo, si desconocedor era de la transmutación, desconocedor seguiría, al novio le convenía, evidentemente, no decir palabra, Jesús no era persona para andar pregonando por ahí, Yo hice este milagro, y el otro, y el de más allá, María de Magdala, que desde el principio participó del enredo, tampoco iría dando publicidades, Él hizo un milagro, él hizo un milagro, y María, la madre, todavía menos, porque la cuestión fundamental era entre ella y el hijo, lo demás que ocurrió fue por añadidura, en todos los sentidos de la palabra, digan los invitados si no es así, ellos que volvieron a ver los vasos llenos.

María de Nazaret y el hijo no se hablaron más. Mediada la tarde, sin despedirse de la familia, Jesús se fue con María de Magdala por el camino de Tiberíades. Escondidos de su vista, José y Lidia lo siguieron hasta la salida de la aldea y allí se quedaron mirándolo hasta que desapareció en una curva del camino.

Comenzó entonces el tiempo de la gran espera. Las señales con las que hasta ahora el Señor se había manifestado en la persona de Jesús no pasaban de meros prodigios caseros, hábiles prestidigitaciones, pases del tipo más-rápido-que-la-mirada, en el fondo muy poco diferentes a los trucos que ciertos magos de oriente manejaban con arte mucho menos rústica, como tirar una cuerda al aire y subir por ella, sin que se viera que la punta, allá arriba, estaba sujeta a un sólido gancho o que la sujetaba la invisible mano de un genio auxiliar. Para hacer aquellas cosas, a Jesús le bastaba quererlo, pero si alguien le preguntara por qué las hacía, no sabría darle respuesta, o sólo que así fue necesario, unos pescadores sin peces, una tempestad sin recurso, una boda sin vino, realmente, aún no había llegado la hora de que el Señor empezara a hablar por su boca. Lo que se decía en las poblaciones de este lado de Galilea era que un hombre de Nazaret andaba por allí usando poderes que sólo de Dios le podrían venir, y no lo negaba, pero, presentándose él en absoluto omiso de causas, razones y contrapartidas, lo que tenían que hacer era aprovecharse y no hacer preguntas. Claro que Simón y Andrés no pensaban así, ni los hijos de Zebedeo, pero ésos eran sus amigos y temían por él. Todas las mañanas, al despertarse, Jesús se preguntaba en silencio, Será hoy, en voz alta lo hacía también algunas veces, para que María de Magdala oyese, y ella se quedaba callada, suspirando, luego lo rodeaba con los brazos, lo besaba en la frente y sobre los ojos, mientras él respiraba el olor dulce y tibio que le subía por los senos, días hubo en los que volvieron a quedarse dormidos, otros en los que él olvidaba la pregunta y la ansiedad y se refugiaba en el cuerpo de María de Magdala como si entrara en un capullo del que sólo podría renacer transformado. Después iba al mar, donde lo esperaban los pescadores, muchos de ellos nunca comprenderían, y así lo dijeron, por qué no se compraba él una barca, a cuenta de ganancias futuras, y empezaba a trabajar por cuenta propia. En ciertas ocasiones, cuando en medio del mar se prolongaban los intervalos entre las maniobras de pesca, siempre necesarias aunque ahora la pesca fuera fácil y relajada como un bostezo, Jesús tenía un súbito presentimiento y su corazón se estremecía, pero sus ojos no miraban al cielo, donde es sabido que Dios habita, lo que él contemplaba con obsesiva avidez era la superficie tranquila del lago, las aguas lisas que brillaban como una piel pulida, lo que él esperaba, con deseo y temor, parecía que tendría que aparecer de las profundidades, nuestros peces, dirían los pescadores, la voz que tarda, pensaba quizá Jesús. La pesca llegaba a su fin, la barca volvía cargada y Jesús, cabizbajo, seguía otra vez a lo largo de la orilla, con María de Magdala atrás, a la búsqueda de quien precisara de sus servicios gratuitos de ojeador. Así pasaron las semanas y los meses, pasaron los años también, mudanzas que a la vista se percibieran sólo las de Tiberíades, donde crecían los edificios y los triunfos, lo demás eran las consabidas repeticiones de una tierra que en los inviernos parece morir en nuestros brazos y en las primaveras resucitar, observación falsa, engaño grosero de los sentidos, que la fuerza de la primavera sería nada si el invierno no hubiera dormido.

Y he aquí que, cuando iba Jesús por sus veinticinco años, pareció que el universo todo empezase de súbito a moverse, nuevas señales se sucedieron, unas tras otras, como si alguien, con repentina prisa, pretendiera recuperar un tiempo malgastado. A buen decir, la primera de esas señales no fue, propiamente hablando, un milagro milagro, pues no es cosa del otro mundo el que esté la suegra de Simón presa de una fiebre indefinible y que llegue Jesús a la cabecera de la cama, le ponga la mano en la frente, cualquiera de nosotros hace este gesto por impulso del corazón, sin esperanza de ver curados de ese modo rudimentario y un tanto mágico los males del enfermo, pero lo que nunca nos ha ocurrido es que sintamos la fiebre desaparecer bajo los dedos de Jesús como un agua maligna que la tierra absorbiese y redujera, y a continuación que la mujer se levante y diga, ciertamente fuera de toda lógica, Quien es amigo de mi yerno, es mi amigo, y regresó a las labores de la casa como si nada. Ésta fue la primera señal, doméstica, de interior, pero la segunda fue más reveladora, porque supuso un desafío frontal de Jesús a la ley escrita y observada, acaso justificable, teniendo en cuenta los comportamientos humanos normales, pues Jesús vive con María de Magdala sin estar casado con ella, prostituta que había sido, para colmo, por eso no debe extrañarnos que viendo cómo una mujer adúltera es apedreada, conforme a la ley de Moisés, y de eso debiendo morir, apareciera Jesús interponiéndose y preguntando, Alto ahí, quien de vosotros esté sin pecado, tire la primera piedra, como si dijera, Hasta yo, si no viviese como vivo, en concubinato, si estuviese limpio de la lacra de los actos y pensamientos sucios, estaría con vosotros en la ejecución de esa justicia. Arriesgó mucho nuestro Jesús porque podía haber ocurrido que uno o más de los apedreadores, por tener el corazón endurecido y estar empedernidos en las prácticas del pecado en general, dieran oídos de mercader a la amonestación y prosiguieran el apedreamiento, sin miedo, ellos, a la ley que estaban aplicando, destinada sólo a mujeres. Lo que Jesús no parece haber pensado, quizá por falta de experiencia, es que si nosotros nos quedamos esperando que aparezcan en el mundo esos juzgadores sin pecado, únicos, en su opinión, que tendrán derecho moral a condenar y punir, mucho me temo que crezca desmesuradamente el crimen en ese ínterin y prospere el pecado, yendo por ahí sueltas las adúlteras, ahora con éste, luego con aquél, y quien dice adúlteras, dirá el resto, incluyendo los mil nefandos vicios que determinaron que el Señor enviase una lluvia de fuego y azufre sobre las ciudades de Sodoma y Gomorra, dejándolas reducidas a cenizas. Pero el mal, que nació con el mundo, y de él aprendió cuanto sabe, hermanos muy amados, el mal es como la famosa y nunca vista ave fénix, que, aunque parezca que muere en la hoguera, de un huevo que sus propias cenizas criaron vuelve a renacer. El bien es frágil, delicado, basta que el mal le lance al rostro el vaho cálido de un simple pecado para que se enturbie para siempre su pureza, para que se rompa el tallo del lirio y se marchite la flor del naranjo. Jesús le dijo a la adúltera, Márchate y no vuelvas a pecar en adelante, pero en lo íntimo iba lleno de dudas.

Otro caso notable ocurrió al lado del mar, adonde Jesús creyó oportuno ir alguna vez que otra, para que no anduvieran diciendo que sus cariños y atenciones eran todos para los de la margen occidental. Llamó pues a Tiago y a Juan y les dijo, Vamos a la Otra Banda, donde viven los gandarenos, a ver si se nos presenta alguna aventura, a la vuelta arreglaremos lo de la pesca y nunca será viaje perdido. Convinieron los hijos de Zebedeo en la oportunidad de la idea y, apuntando el rumbo de la barca, empezaron a remar, esperando que un poco más allá una brisa los llevase a su destino con menor esfuerzo. Así ocurrió, pero empezaron con un susto porque de un momento a otro pareció que se les iba a armar una tempestad capaz de compararse con la de unos años antes, pero Jesús les dijo a las aguas y a los aires, Bueno, bueno, como si hablase con un niño travieso, y el mar se calmó y el viento volvió a soplar en la cuenta justa y en la dirección deseable. Desembarcaron los tres, Jesús iba delante, detrás Tiago y Juan, nunca habían venido antes a estos parajes y todo les parecía cosa de sorpresa y novedad, pero la mayor, de oprimir el corazón, fue que les saltó de repente un hombre en medio del camino, si el nombre de hombre podía darse a una figura cubierta de inmundicias, de terrible barba y terrible cabellera, oliendo a la putrefacción de las tumbas donde, como supieron luego, solía esconderse cuando conseguía romper cadenas y grilletes con que, por estar poseso, lo querían sujetar en la cárcel. Si fuese sólo un loco, aunque sabemos que a éstos se les duplican las fuerzas cuando están furiosos, bastaría, para mantenerlo tranquilo, echarle encima otros tantos grilletes y cadenas. En vano lo habían hecho una vez, sin resultado lo repitieron muchas, porque el espíritu inmundo que vivía dentro del hombre y lo gobernaba se reía de todas las prisiones. De día y de noche, el endemoniado andaba a saltos por los montes, huyendo de sí mismo y de su sombra, pero siempre volvía para esconderse entre las tumbas, y muchas veces dentro de ellas, de donde tenían que sacarlo a la fuerza, dejando horrorizados a cuantos lo veían. Así lo encontró Jesús, los guardas que lo seguían para capturarlo hacían aspavientos con los brazos a Jesús para que se pusiera a salvo del peligro, pero Jesús buscaba una aventura y no la iba a perder por nada. Pese al miedo ante aquella aparición, Juan y Tiago no abandonaron a su amigo, por eso fueron ellos los primeros testigos de las palabras que nunca nadie pensó que alguna vez pudieran ser dichas y oídas, porque iban contra el Señor y contra sus leyes, como luego se verá. Venía la bestia-fiera tendiendo las garras y mostrando los colmillos, de los que pendían restos de carnes putrefactas, y el cabello de Jesús se erizaba de terror, cuando a dos pasos de él, se tira el endemoniado al suelo y clama en voz alta, Qué quieres de mí, oh Jesús, hijo de Dios Altísimo, por Dios te pido que no me atormentes. Pues bien, ésta fue la primera vez que en público, no en sueños privados, de los que la prudencia y el escepticismo aconsejan siempre dudar, fue la primera vez, decimos, que una voz se levantó, voz diabólica que era, para anunciar que este Jesús de Nazaret era hijo de Dios, lo que él mismo hasta entonces desconocía, pues durante la conversación que sostuvo con Dios en el desierto, no se había abordado la cuestión de la paternidad. Te necesitaré más tarde, fue todo lo que le dijo el Señor, y ni siquiera era posible buscarle el parecido, teniendo en cuenta que el padre se había mostrado ante él con figura de nube y de columna de humo. El poseso se revolcaba a sus pies, la voz dentro de él había pronunciado lo impronunciado hasta ahora y se calló, en ese instante, Jesús, como quien acabara de reconocerse en otro, se sintió también él como el poseído, poseído por unos poderes que lo llevarían no sabía adónde o a qué, pero, sin duda, al fin de todo, a la tumba y a las tumbas. Le preguntó al espíritu, Cómo te llamas, y el espíritu respondió, Legión, porque somos muchos. Dijo Jesús, imperiosamente, Sal de este hombre, espíritu inmundo. Apenas lo hubo dicho, se irguió el coro de voces diabólicas, unas finas y agudas, otras gruesas y roncas, unas suaves como de mujer, otras que parecían sierras serrando piedra, una en tono de sarcasmo provocador, otras con humildades falsas de mendigo, unas soberbias, otras quejumbrosas, unas como de niño que está aprendiendo a hablar, otras que eran sólo un grito de fantasma y gemido de dolor, pero todas suplicaban a Jesús que los dejase quedarse allí, que este sitio ya lo conocían, que bastaría con que les diera orden y saldrían del cuerpo del hombre, pero que, por favor, no los expulsase del país. Preguntó Jesús, Y para dónde queréis ir. Ahora bien, próxima al monte, pastaba una piara enorme, y los espíritus impuros le pidieron a Jesús, Mándanos entrar en los puercos y entraremos en ellos. Jesús lo pensó y le pareció que era una buena solución, considerando que aquellos animales debían de ser hacienda de gentiles, dado que la carne de cerdo es impura para los judíos. La idea de que comiendo sus cerdos, podrían los gentiles ingerir también a los demonios que encerraban y quedar posesos, no se le ocurrió a Jesús, como tampoco se le ocurrió lo que después desgraciadamente aconteció, pero la verdad es que ni un hijo de Dios, con poco hábito aún de tan alto parentesco, podría prever, como en un lance de ajedrez, todas las consecuencias de una simple jugada, de una simple decisión. Los espíritus impuros, excitadísimos, esperaban la respuesta de Jesús, hacían apuestas, y cuando llegó la decisión, Sí, podéis pasar a los puercos, dieron al unísono un grito descarado de alegría y, violentamente, entraron en los animales. Sea por lo inesperado del choque, sea porque los puercos no estaban habituados a andar con demonios dentro, el resultado fue que enloquecieron todos de repente y se lanzaron por un precipicio, los dos mil que eran, yendo a caer al mar, donde murieron ahogados todos. Es indescriptible la rabia de los dueños de los inocentes animales, que un momento antes estaban bien tranquilos, hozando en las tierras blandas, si las encontraban, en busca de raíces y gusanos, rapando la hierba escasa y dura de las superficies resecas, y ahora, vistos desde arriba, los cerdos daban pena, unos ya sin vida flotando, otros, casi desfallecidos, haciendo un esfuerzo titánico por mantenerse con las orejas fuera del agua, pues sabido es que los puercos no pueden cerrar los conductos auditivos y por allí les entraba el agua caudalosamente y, en un decir amén, quedaron inundados por dentro.

Los porquerizos, furiosos, tiraban desde lejos piedras a Jesús y a quien estaba con él, ya venían corriendo con el propósito, justísimo, de exigir responsabilidades al causante del perjuicio, un tanto por cabeza, multiplicado por dos mil, las cuentas son fáciles de hacer. Pero no de pagar. Los pescadores no son gente de posibles, viven de espinas, y Jesús ni pescador era, aun así quiso el nazareno esperar a los reclamantes, explicarles que lo peor de todo en el mundo es el diablo, que al lado de él, dos mil puercos nada son y nada valen, y que todos estamos condenados a sufrir pérdidas en la vida, materiales y de las otras, Tened paciencia, hermanos, diría Jesús, cuando llegaran a un tiro de piedra. Pero Juan y Tiago no se mostraron de acuerdo en quedarse allí, a la espera del encuentro que, por la muestra, no iba a ser pacífico, de nada iba a servir la buena educación y las buenísimas intenciones de un lado contra la brutalidad y la razón del otro. Jesús no quería, pero tuvo que rendirse a argumentos que iban ganando poder persuasivo a medida que las piedras caían más cerca. Bajaron corriendo la ladera hacia el mar, en un salto estaban en la barca y, a fuerza de remos, en poco tiempo se hallaron a salvo, los del otro lado no parecían gente dada a la pesca, pues si barcos tenían no estaban a la vista. Se perdieron unos puercos, se salvó un alma, el beneficio es de Dios, dijo Tiago. Jesús lo miró como si estuviera pensando en otra cosa, una cosa que los dos hermanos, mirándolo, querían conocer y de la que estaban ansiosos de hablar, la insólita revelación, hecha por los demonios, de que Jesús era hijo de Dios, pero Jesús volvió los ojos a la orilla de donde habían huido, veía el mar, los puercos flotando y balanceándose en las olas, dos mil animales sin culpa, y una inquietud iba germinando en él, buscaba por dónde salir y de pronto, Los demonios, dónde están los demonios, gritó, y después soltó una carcajada hacia el cielo, Escúchame, Señor, o tú elegiste mal al hijo que dijeron que soy y que tiene que cumplir tus designios, o entre tus mil poderes falta el de una inteligencia capaz de vencer al diablo, Qué quieres decir, preguntó Juan, aterrado por el atrevimiento de la interpelación, Quiero decir que los demonios que moraban en el poseso están ahora libres, porque los demonios no mueren, amigos míos, ni siquiera Dios los puede matar, lo que he hecho es tanto como cortar el mar con una espada. Del otro lado bajaba hasta la orilla mucha gente, algunos se tiraban al agua para recuperar los cerdos que flotaban más cerca, otros saltaban a las barcas y salían de caza.

Aquella noche, en casa de Simón y Andrés, que estaba al lado de la sinagoga, se reunieron cinco amigos en secreto para debatir la tremendísima cuestión de que Jesús sea, según revelación de los demonios, hijo de Dios. Después de aquel caso más que extraño, llegaron los de la aventura al acuerdo de dejar para la noche la inevitable conversación, pero ahora había llegado el momento de hablar claro. Jesús empezó diciendo, No se puede dar crédito a lo que dice el padre de la mentira, se refería, claro está, al Diablo. Dijo Andrés, La verdad y la mentira pasan por la misma boca y no dejan rastro, el Diablo no es menos Diablo por decir alguna verdad de vez en cuando. Dijo Simón, Que no eras un hombre como nosotros, ya lo sabíamos, véase el pescado que no pescaríamos sin ti, la tempestad que estaba a punto de acabar con nosotros, el agua que convertiste en vino, la adúltera a la que salvaste de la lapidación, ahora los demonios expulsados de un poseso. Dijo Jesús, No he sido yo el único en hacer salir demonios de la gente, Tienes razón, dijo Tiago, pero has sido el primero ante quienes ellos se humillaron llamándote hijo del Dios Altísimo, Me sirvió de mucho la humillación, a fin de cuentas el humillado fui yo, Lo importante no es eso, yo estaba allí y lo oí, intervino Juan, Por qué no nos dijiste que eres hijo de Dios, No sé si soy hijo de Dios, Cómo es posible que lo sepa el Diablo y no lo sepas tú, Buena pregunta es ésa, pero la respuesta sólo ellos podrán dártela, Ellos, quiénes, Dios, de quien el Diablo dice que soy hijo, el Diablo, que sólo de Dios podría haberlo sabido. Se hizo un silencio, como si todos los reunidos quisieran dar tiempo a que los personajes invocados se pronunciasen y, al fin, Simón lanzó la pregunta decisiva, Qué hay entre tú y Dios. Jesús suspiró, Ésa es la pregunta que estaba esperando que me hicierais desde que llegué aquí, Nunca imaginaríamos que un hijo de Dios hubiera querido hacerse pescador, Ya os he dicho que no sé si soy hijo de Dios, Quién eres tú. Jesús se cubrió la cara con las manos, buscaba en los recuerdos de lo que había sido un cabo por donde empezar la confesión que le pedían, de pronto vio su vida como si perteneciese a otro, ahí está, si los diablos dijeron la verdad, entonces todo lo que le sucedió antes tiene un sentido diferente al que parecía, y algunos de esos sucesos sólo a la luz de la revelación pueden entenderse ahora. Jesús apartó las manos de la cara, miró a sus amigos uno a uno, con expresión de súplica, como si reconociese que la confianza que les pedía era superior a la que un hombre puede otorgar a otro hombre, y tras un largo silencio, dijo, Yo vi a Dios. Ninguno de ellos dijo una palabra, se limitaban a esperar. Él prosiguió, con los ojos bajos, Lo encontré en el desierto y él me anunció que cuando llegue la hora me dará gloria y poder a cambio de mi vida, pero no dijo que yo fuese hijo suyo. Otro silencio. Y cómo se mostró Dios a tus ojos, preguntó Tiago, Como una nube, como una columna de humo, No de fuego, No, no de fuego, de humo, Y no te dijo nada más, Que volvería cuando llegase el momento, El momento de qué, No sé, tal vez de venir a buscar mi vida, Y esa gloria, y ese poder, cuándo te los dará, No lo sé. Nuevo silencio, en la casa donde estaban el calor era sofocante, pero todos temblaban. Luego Simón preguntó pausadamente, Serás tú el Mesías, a quien deberemos llamar hijo de Dios, porque vendrás a rescatar al pueblo de Dios de la servidumbre en que se encuentra, Yo, el Mesías, No sería mayor motivo de asombro que ser hijo directo de Dios, sonrió Andrés nervioso. Dijo Tiago, Mesías o hijo de Dios, lo que yo no entiendo es cómo lo sabe el Diablo, si el Señor no te lo ha dicho ni a ti. Dijo Juan pensativo, Qué cosas que no sabemos habrá entre el Diablo y Dios. Se miraron temerosos, porque tenían miedo de saberlo, y Simón preguntó a Jesús, Qué vas a hacer, y Jesús respondió, Lo único que puedo, esperar la hora.

La hora ya estaba muy cerca, pero Jesús, antes de que ella llegase, tuvo ocasión, dos veces, de manifestar sus poderes milagrosos, aunque sobre la segunda sería preferible dejar caer un velo de silencio, porque se trató de un equívoco suyo, del que resultó la muerte de una higuera que tan inocente era de cualquier mal como los puercos que los demonios precipitaron al mar. Sin embargo, el primero de estos dos actos bien merecería ser llevado a conocimiento de los sacerdotes de Jerusalén para quedar después grabado con letras de oro en el frontón del Templo, pues nunca antes se había visto una cosa así, ni volvió a verse más, hasta los días de hoy. Discrepan los historiadores sobre los motivos que habrían llevado a tanta y tan diversas gentes a reunirse en aquel lugar, sobre cuya localización, dígase de paso y a propósito, también abundan las dudas, habiendo quien afirma, esto en cuanto a los motivos, que se trataba simplemente de una romería tradicional cuyo origen se perdía en la noche de los tiempos, otros que no señor, que lo que pasó es que había corrido la voz, que luego resultó infundada, de la llegada de un plenipotenciario de Roma para anunciar una bajada de impuestos, y otros, sin proponer ninguna hipótesis o solución para el problema, protestan que sólo los ingenuos pueden creer en disminuciones de cargas fiscales y revisiones de la masa tributaria favorables al contribuyente y que, en cuanto al supuesto origen desconocido de la romería, siempre algún indicio de causa prima se podría descubrir si los que gustan de encontrarlo todo hecho se dieran el trabajo de investigar el imaginario colectivo. Lo cierto y sabido es que había allí entre cuatro mil y cinco mil hombres, sin contar mujeres y niños, y que toda esta gente, en un momento dado, se encontró sin nada que comer. Cómo es posible que un pueblo tan precavido, tan acostumbrado a viajar y a proveerse de un fardel hasta cuando se trata sólo de ir a la vuelta de la esquina, se encuentre de pronto desprovisto de un mendrugo y de una pizca de condumio, eso es algo que nadie consigue explicarse ni lo intenta. Pero los hechos son los hechos, y los hechos nos dicen que se encontraban allí entre doce y quince mil personas, si esta vez no nos olvidamos de las mujeres y de los chiquillos, con el estómago vacío desde hace no se sabe cuántas horas, teniendo, tarde o más pronto, que volver a casa, con peligro de quedarse en el camino muertos de inanición o entregados a la caridad y fortuna de quien pasara. Los niños, que en estos casos son siempre los primeros en dar la señal, reclamaban ya, impacientes, lloriqueando, Madre, tengo hambre, y la situación amenazaba con volverse incontrolable, como entonces se decía. Jesús estaba en medio de la multitud con María de Magdala, y estaban también sus amigos, Simón, Andrés, Tiago y Juan que, desde el episodio de los cerdos y lo que luego se supo, andaban casi siempre con él, pero, a diferencia de la otra gente, se habían provisto de unos peces y varios panes. Se hallaban, por así decir, servidos. Ahora, ponerse a comer delante de toda aquella gente, aparte de ser prueba de un feo egoísmo, no estaba exento de algunos riesgos, una vez que de la necesidad a la ley apenas media un brevísimo paso, y la más expedita justicia, lo sabemos desde Caín, es la que hacemos con nuestras propias manos. Jesús ni de lejos imaginaba que pudiera servirle a tanta gente en un tal aprieto, pero Tiago y Juan, con la seguridad que caracteriza a los testigos presenciales, se le acercaron diciéndole, Si fuiste capaz de hacer salir del cuerpo de un hombre los demonios que lo mataban, también debes ser capaz de que entre en el cuerpo de toda esta gente la comida que necesita para vivir, Y cómo voy a hacerlo, si aquí no tenemos más alimento que este poco que trajimos, Eres el hijo Dios y puedes hacerlo. Jesús miró a María de Magdala, que le dijo, Has llegado a un punto del que no puedes volverte atrás, y la expresión de su cara era de pena, no supo Jesús si de pena por él o por aquella gente hambrienta. Entonces, tomando los seis panes que habían traído, partió cada uno de ellos en dos mitades y se los dio a los que le acompañaban, luego hizo lo mismo con los seis pescados, quedándose, también él, con un pan y un pescado. Después dijo, Venid conmigo, y haced lo que yo haga. Sabemos lo que hizo, pero nunca sabremos cómo pudo hacerlo. Iba de persona en persona, partiendo y dando pan y pescado, pero cada una recibía, en cada pedazo, un pan y un pescado enteros. Del mismo modo procedían María de Magdala y los otros cuatro, y por donde ellos pasaban era como un benévolo viento que fuese soplando sobre el sembrado, levantando una a una las espigas caídas, con un gran rumor de hojas que eran, aquí, las bocas que masticaban y agradecían, Es el Mesías, decían algunos, Es un mago, decían otros, pero a ninguno de los congregados se le pasó por la cabeza preguntar, Eres el hijo de Dios. Y Jesús les decía a todos, Quien tenga oídos que oiga, si no dividís, no multiplicaréis.

Que Jesús lo haya enseñado, bien está, que la ocasión era adecuada. Pero lo que no está bien es que él mismo haya tomado al pie de la letra la lección cuando no debía, que éste fue el caso de la higuera, del que ya se ha hablado. Iba Jesús por un camino en el campo cuando sintió hambre y, viendo a lo lejos una higuera con hojas, fue a ver si en ella encontraría alguna cosa, pero al acercarse no encontró sino hojas, pues no era tiempo de higos. Dijo entonces, Nunca más nacerá fruto de ti, y en aquel mismo instante se secó la higuera. Dijo María de Magdala, que estaba con él, Darás a quien precise, no pedirás a quien no tenga. Arrepentido, Jesús ordenó a la higuera que resucitase, pero ella estaba muerta.

Mañana de niebla densa. El pescador se levanta de la estera, mira por la rendija de la puerta el espacio blanco, y dice a la mujer, Hoy no salgo al mar, con una niebla así hasta los peces se pierden bajo el agua. Lo dijo éste y, con iguales o parecidas palabras, también lo dijeron los demás pescadores todos, de una orilla y de la otra, perplejos por la extraordinaria novedad de una niebla impropia de la estación. Sólo uno, que pescador de oficio no es, aunque con los pescadores sea su vivir y trabajar, se asoma a la puerta de la casa como para cerciorarse de que hoy es su día y, mirando al cielo opaco, dice hacia dentro, Voy al mar. Por detrás de su hombro, María de Magdala pregunta, Tienes que ir, y Jesús responde, Ya era tiempo, No comes, Los ojos están en ayunas cuando se abren de mañana. La abrazó y dijo, Al fin voy a saber quién soy y para qué sirvo, luego, con increíble seguridad, pues la niebla no dejaba ver ni los propios pies, bajó la cuesta que llevaba al agua, entró en una de las barcas que se encontraban amarradas y empezó a remar hacia lo invisible, que era el centro del mar. El sonido de los remos rozando y batiendo en la borda de la barca, el chapoteo del agua que levantaban, resonaban por toda la superficie y obligaban a estar con los ojos abiertos a los pescadores a quienes sus buenas mujeres habían dicho, Si no puedes ir a pescar, aprovéchate y duerme. Inquietas, desasosegadas, las gentes de las aldeas miraban aquella niebla impenetrable que se situaba donde el mar debía de estar y esperaban, sin saberlo, que el ruido de los remos y del agua se interrumpiera de repente, para volver a entrar en casa y, con llaves, trancas y candados, cerrar todas las puertas, aunque sepan que el menor soplo las derribará, si aquel que está más allá es quien imaginan y para este lado decide soplar. La espesa niebla se va abriendo para que Jesús pase, pero los ojos apenas llegan a la punta de los remos y a la popa, con su travesaño simple sirviendo de banco. El resto es un muro, primero de un gris descolorido y ceniciento, luego, a medida que la barca se aproxima a su destino, una claridad difusa empieza a blanquear y dar brillo a la niebla, que vibra como si buscase, sin conseguirlo, en el silencio, un sonido. En un círculo mayor de luz, la barca se detiene, es el centro del mar de Galilea. Sentado en el banco de popa está Dios.

No es, como la primera vez, una nube, una columna de humo, que hoy, estando así el tiempo, podrían haberse perdido o confundido en la niebla. Es un hombre alto y viejo, de barbas fluviales derramadas sobre el pecho, la cabeza descubierta, el pelo suelto, la cara ancha y fuerte, la boca espesa, que hablará sin que los labios parezcan moverse. Va vestido como un judío rico, con túnica larga color magenta, un manto con mangas, azul, orlado de oro, pero en los pies lleva una sandalias gruesas, rústicas, de esas de las que se dice que son para andar, lo que muestra que no debe de ser persona de hábitos sedentarios. Cuando se haya ido, nos preguntaremos, Cómo era el cabello, y no recordaremos si blanco, negro o castaño, por la edad debía de ser blanco, pero hay a quien las canas le vienen tarde, éste será tal vez el caso. Jesús metió los remos dentro de la barca, como quien piensa que la conversación va a prolongarse, y dijo, simplemente, Aquí estoy. Sin prisa, metódicamente, Dios compuso el vuelo del manto sobre las rodillas y dijo también, Aquí estamos. Por el tono de voz, diríamos que había sonreído, pero la boca no se movió, sólo el pelo del bigote y de la barba se estremeció, vibrando como una campana. Dijo Jesús, He venido a saber quién soy y qué voy a tener que hacer de aquí en adelante para cumplir, ante ti, mi parte del contrato. Dijo Dios, Son dos cuestiones, vayamos por partes, por cuál quieres empezar, Por la primera, quién soy yo, preguntó Jesús, No lo sabes, preguntó Dios a su vez, Creía saberlo, creía que era hijo de mi padre, A qué padre te refieres, A mi padre, al carpintero José hijo de Heli, o de Jacob, no sé bien, El que murió crucificado, No pensaba que hubiera otro, Fue un trágico error de los romanos, ese padre murió inocente y sin culpa, Has dicho ese padre, eso significa que hay otro, Me asombras, eres un chico experto, inteligente, En este caso no me sirvió la inteligencia, lo oí de boca del Diablo, Andas con el Diablo, No ando con el Diablo, fue él quien vino a mi encuentro, Y qué fue lo que oíste de boca del Diablo, Que soy tu hijo. Dios hizo, acompasado, un gesto afirmativo con la cabeza, y dijo, Sí, eres mi hijo, Cómo puede ser un hombre hijo de Dios, Si eres hijo de Dios, no eres un hombre, Soy un hombre, vivo, como, duermo, amo como un hombre, luego soy un hombre y como hombre moriré, En tu lugar, yo no estaría tan seguro de eso, Qué quieres decir, Ésa es la segunda cuestión, pero tenemos tiempo, qué le respondiste al Diablo que dijo que eras hijo mío, Nada, me quedé a la espera del día en que te encontrase, y a él lo expulsé del poseso al que andaba atormentando, se llamaba Legión y era muchos, Dónde están ahora, No lo sé, Dijiste que los expulsaste, Seguro que sabes mejor que yo que, cuando se expulsan diablos de un cuerpo, no se sabe adónde van, Y por qué tengo que saber yo los asuntos del Diablo, Siendo Dios, tienes que saberlo todo, Hasta cierto punto, sólo hasta cierto punto, Qué punto, El punto en que empieza a ser interesante hacer como que ignoro, Al menos sabrás cómo y por qué soy tu hijo y para qué, Observo que estás mucho más despabilado de espíritu, incluso te noto un poco impertinente, considerando la situación, que cuando te vi por primera vez, Era un muchacho asustado, ahora soy un hombre, No tienes miedo, No, Lo tendrás, tranquilo, el miedo llega siempre, hasta a un hijo de Dios, Tienes otros, Otros, qué, Hijos, Sólo necesitaba uno, Y yo, cómo pude llegar a ser tu hijo, No te lo ha dicho tu madre, Lo sabe acaso mi madre, Le envié un ángel para que le explicara cómo ocurrieron las cosas, creí que te lo habría contado, Y cuándo estuvo ese ángel con mi madre, Déjame ver, si no me equivoco, fue después de que tú salieras de casa por segunda vez y antes de hacer lo del vino en Caná, Entonces mi madre lo sabía y no me lo dijo, le conté que te vi en el desierto y no lo creyó, pero después de aparecérsele un ángel, tendría que haberlo creído, y no lo quiso reconocer ante mí, Deberías saber cómo son las mujeres, vives con una, ya lo sé, tienen todas sus manías, sus escrúpulos, Qué manías y qué escrúpulos, Yo mezclé mi simiente con la de tu padre antes de que fueras concebido, era la manera más fácil, la que menos llamaba la atención, Y estando las simientes mezcladas, cómo sabes que soy tu hijo, Es verdad que en estos asuntos, en general, no es prudente mostrar seguridades y menos una seguridad absoluta, pero yo la tengo, de algo me sirve ser Dios, Y por qué has querido tener un hijo, Como no tenía ninguno en el cielo, tuve que buscármelo en la tierra, no es original, hasta en las religiones con dioses y diosas que podían hacer hijos entre sí, se ha visto a veces que uno bajaba a la tierra, para variar, supongo, y de camino mejorar un poco a una parte del género humano con la creación de héroes y otros fenómenos, Y este hijo que soy, para qué lo quisiste, Por gusto de variar no fue, excusado sería decirlo, Entonces por qué, Porque necesitaba a alguien que me ayudara aquí en la tierra, Como Dios que eres, no debías necesitar ayudas, Ésa es la segunda cuestión.

En el silencio que siguió, empezó a oírse, desde dentro de la niebla, aunque sin dirección precisa, un ruido como de alguien que viniera nadando y que, a juzgar por los jadeos que soltaba, o no pertenecía a la corporación de los maestros nadadores, o estaba a punto de llegar al límite de sus fuerzas. A Jesús le pareció notar que Dios sonreía y que prolongaba adrede la pausa para dar tiempo a que el nadador se mostrara en el círculo limpio de niebla del que la barca era centro. Surgió por estribor, inesperadamente, cuando se diría que iba a llegar por el otro lado, una mancha oscura mal definida en la que, en el primer momento, la imaginación de Jesús creyó ver un cerdo con las orejas verticales fuera del agua, pero que, tras unas brazadas más, se vio que era un hombre o algo que hombre parecía. Dios giró la cabeza hacia el nadador, no sólo con curiosidad, sino interesado, como si quisiera incitarlo en este último esfuerzo, y tal gesto, quizá por venir de quien venía, dio resultado inmediato, las brazadas finales fueron rápidas y armoniosas, ni parecía que el recién llegado viniera de tan lejos, de la orilla, queremos decir. Las manos se agarraron al borde de la barca mientras la cabeza estaba aún medio metida en el agua, y eran unas manos anchas y pesadas, con uñas fuertes, las manos de un cuerpo que, como el de Dios, debía de ser alto, grande y viejo. La barca osciló con el impulso, la cabeza ascendió del agua, el tronco vino detrás chorreando cual catarata, las piernas después, era leviatán surgiendo de las últimas profundidades, era, como se vio, tras todos estos años, el pastor, que decía, Aquí estoy también yo, mientras se instalaba en el barco, exactamente a media distancia entre Jesús y Dios, aunque, caso singular, la embarcación esta vez no se inclinó hacia su lado, como si Pastor hubiera decidido aliviarse de su propio peso o levitase mientras parecía que estaba sentado. Aquí estoy, repitió, espero haber llegado a tiempo de participar en la conversación, Ya íbamos bastante avanzados, pero aún no hemos entrado en lo esencial, dijo Dios, y dirigiéndose a Jesús, Éste es el Diablo, de quien hablábamos hace un momento. Jesús miró a uno, miró luego al otro y vio que, salvo las barbas de Dios, eran como gemelos, cierto es que el Diablo parecía más joven, menos arrugado, pero sería una ilusión de los ojos o un engaño por él inducido. Dijo Jesús, Sé quién es, viví cuatro años en su compañía, cuando se llamaba Pastor, y Dios respondió, Con alguien tenías que vivir, conmigo no era posible, con tu familia no querías, sólo quedaba el Diablo, Fue él quién me buscó o tú quien me enviaste a él, En rigor, ni una cosa ni la otra, digamos que estuvimos de acuerdo en que ésa era la mejor solución para tu caso, Por eso él sabía lo que decía cuando, por boca del poseso, me llamó hijo tuyo, Exactamente, Es decir, que fui engañado por los dos, Como siempre sucede a los hombres, Dijiste que no soy un hombre, Y lo confirmo, podríamos decir que, cuál es la palabra técnica, podríamos decir que te encarnaste, Y ahora, qué queréis de mí, Quien algo quiere soy yo, no él, Estáis aquí los dos, bien vi que su aparición no fue una sorpresa para ti, lo estabas esperando, No precisamente, aunque, en principio, hay que contar siempre con el Diablo, Pero si la cuestión que tú y yo tenemos que tratar sólo tiene que ver con nosotros, por qué ha venido éste, por qué no lo echas de aquí, Se puede despedir a la pandilla de granujas que el Diablo tiene a su servicio, cuando estos granujas empiezan a molestar con actos o con palabras, pero al Diablo propiamente dicho, no, Luego esta conversación es también con él, Hijo mío, no olvides lo que voy a decirte, todo cuanto interesa a Dios, interesa al Diablo. Pastor, a quien de vez en cuando llamaremos así para no estar mencionando constantemente el nombre del enemigo, oyó el diálogo sin dar muestras de atención, como si no se hablara de él, negando de este modo, en apariencia, la última y fundamental afirmación de Dios. Pero pronto se vio que la desatención no pasaba de ser un fingimiento, pues cuando dijo Jesús, Hablemos ahora de la segunda cuestión, se mostró atentísimo. Sin embargo no salió de su boca ni una sola palabra.

Respiró Dios profundamente, miró la niebla de alrededor y murmuró, en tono de quien acaba de hacer un descubrimiento inesperado y curioso, No lo había pensado, esto es como estar en el desierto. Volvió los ojos a Jesús, hizo una larga pausa, y luego, como quien se resigna ante lo inevitable, comenzó, La insatisfacción, hijo mío, fue puesta en el corazón de los hombres por el Dios que los creó, hablo de mí, claro, pero esa insatisfacción, como todo lo demás que os hace a mi imagen y semejanza, la busqué donde ella estaba, en mi propio corazón, y el tiempo que ha pasado desde entonces no la ha hecho desvanecerse, al contrario, parece como si el tiempo la hubiera hecho más fuerte, más urgente, de mayor exigencia. Dios hizo aquí una breve pausa como para apreciar el efecto de la introducción, luego prosiguió, Desde hace cuatro mil y cuatro años, soy dios de los judíos, gente de natural conflictivo y complicada, pero de la que, haciendo balance de nuestras relaciones, no me quejo, una vez que me toman en serio y así se mantendrán a lo largo de todo lo que puede alcanzar mi visión de futuro, Por tanto estás satisfecho, dijo Jesús, Lo estoy y no lo estoy, o mejor dicho, lo estaría si no fuera por este inquieto corazón mío que todos los días me dice Sí señor, bonito destino, después de cuatro mil años de trabajo y preocupaciones, que los sacrificios en los altares, por abundantes y variados que sean, jamás pagarán, sigues siendo el dios de un pueblo pequeñísimo que vive en una parte diminuta del mundo que creaste con todo lo que tiene encima, dime tú, hijo mío, si puedo vivir satisfecho teniendo esta, por así llamarla, vejatoria evidencia todos los días ante los ojos, Yo no he creado ningún mundo, no puedo valorarla, dijo Jesús, Es verdad, no puedes valorarla, pero sí puedes ayudar, Ayudar a qué, A ampliar mi influencia para ser dios de mucha más gente, No entiendo, Si cumples bien tu papel, es decir, el papel que te he reservado en mi plan, estoy segurísimo de que en poco más de media docena de siglos, aunque tengamos que luchar, yo y tú, con muchas contrariedades, pasaré de dios de los hebreos a dios de los que llamaremos católicos, a la griega, Y cuál es el papel que me has destinado en tu plan, El de mártir, hijo mío, el de víctima, que es lo mejor que hay para difundir una creencia y enfervorizar una fe. Las dos palabras, mártir, víctima, salieron de la boca de Dios como si la lengua que dentro tenía fuese de leche y miel, pero un súbito hielo estremeció de horror los miembros de Jesús, parecía que la niebla se hubiese cerrado sobre él, al mismo tiempo que el Diablo lo miraba con expresión enigmática, mezcla de interés científico e involuntaria piedad. Me dijiste que me darías poder y gloria, balbuceó Jesús, temblando aún de frío, Y te los daré, te los daré, pero recuerda lo que acordamos en su día, lo tendrás todo, pero después de la muerte, Y de qué me sirven poder y gloria si estoy muerto, Bien, no estarás precisamente muerto, en el sentido absoluto de la palabra, pues siendo tú mi hijo estarás conmigo, o en mí, aún no lo tengo decidido de manera definitiva, En ese sentido que dices, qué es no estar muerto, Es, por ejemplo, ver, siempre, cómo te veneran en templos y altares, hasta el punto, puedo adelantártelo ya, de que las personas del futuro olvidarán un poco al Dios inicial que soy, pero eso no tiene importancia, lo mucho puede ser compartido, lo poco no. Jesús miró a Pastor, lo vio sonreír, y comprendió, Ahora entiendo por qué está aquí el Diablo, si tu autoridad se prolonga a más gente y a más países, también se prolongará su poder sobre los hombres, pues tus límites son sus límites, ni un paso más, ni un paso menos, Tienes toda la razón, hijo mío, me alegro de tu perspicacia, y la prueba de eso la tienes en el hecho, en el que nunca se repara, de que los demonios de una religión no pueden tener acción alguna en otra religión, como un dios, imaginando que hubiera entrado en confrontación directa con otro dios, no lo puede vencer ni por él ser vencido, Y mi muerte, cómo será, A un mártir le conviene una muerte dolorosa, y si es posible infame, para que la actitud de los creyentes se haga más fácilmente sensible, apasionada, emotiva, No vengas con rodeos, dime cuál va a ser mi muerte, Dolorosa, infame, en la cruz, Como mi padre, Tu padre soy yo, no lo olvides, Si puedo todavía elegir un padre, lo elijo a él, incluso habiendo sido él, como fue, infame una hora de su vida, Has sido elegido, no puedes elegir, Rompo el contrato, me desligo de ti, quiero vivir como un hombre cualquiera, Palabras inútiles, hijo mío, aún no te has dado cuenta de que estás en mi poder y de que todos esos documentos sellados a los que llamamos acuerdo, pacto, tratado, contrato, alianza, en los que figuro yo como parte, podían llevar una sola cláusula, con menos gasto de tinta y papel, una que prescribiese sin más florituras, Todo cuanto la ley de Dios quiera es obligatorio, las excepciones también, ahora, hijo mío, siendo tú, de cierta y notable manera, una excepción, acabas siendo tan obligatorio como es la ley, y yo que la hice, Pero, con el poder que sólo tú tienes, sería mucho más fácil, y éticamente más limpio, que fueras tú mismo a la conquista de esos países y de esa gente, No puede ser, lo impide el pacto que hay entre los dioses, ése sí, inamovible, de nunca interferir directamente en los conflictos, me imaginas acaso en una plaza pública, rodeado de gentiles y paganos, intentando convencerlos de que el dios de ellos es un fraude y que el verdadero Dios soy yo, ésas no son cosas que un dios le haga a otro, aparte de que a ningún dios le gusta que le hagan en su casa aquello que sería incorrecto que él hiciese en casa de los otros, Entonces os servís de los hombres, Sí, hijo mío, sí, el hombre es, podríamos decir, palo para cualquier cuchara, desde que nace hasta que muere está siempre dispuesto a obedecer, lo mandan para allá y él va, le dicen que se pare y se para, le ordenan que vuelva atrás y él retrocede, el hombre, tanto en la paz como en la guerra, hablando en términos generales, es lo mejor que le ha podido ocurrir a los dioses, Y el palo de que yo fui hecho, siendo hombre, para qué cuchara servirá, siendo tu hijo, Serás la cuchara que yo meteré en la humanidad para sacarla llena de hombres que creerán en el dios nuevo en el que me convertiré, Llena de hombres para que los devores, No es necesario que yo devore a quien a sí mismo se devorará.

Jesús hundió los remos en el agua, dijo, Adiós, me voy a casa, volveréis por el camino por el que vinisteis, tú a nado, y tú, que sin más ni más te apareciste, desaparece también sin más ni más. Ni Dios ni el Diablo se movieron de donde estaban, y Jesús añadió, irónico, Ah, preferís ir en barca, pues mejor, sí señores, os llevaré hasta la orilla, para que todos puedan, al fin, ver a Dios y al Diablo en sus figuras propias, y que vean lo bien que se entienden y lo parecidos que son. Jesús dio media vuelta a la barca, en dirección ahora a la orilla de donde había partido, y con golpes de remo fuertes y acompasados, entró en la niebla, tan espesa que en el mismo instante dejó de verse a Dios, y del Diablo ni señal. Se sintió vivo y alegre, con un vigor fuera de lo común, desde donde estaba no podía ver la proa del barco, pero la sentía levantarse a cada impulso de los remos como la cabeza del caballo en la carrera, que en cada momento parece desligarse del pesado cuerpo, pero tiene que resignarse a tirar de él hasta el fin. Jesús remó, remó, la orilla debía de estar ya próxima, cuál va a ser, se pregunta, la actitud de las gentes cuando les diga, El de las barbas es Dios, el otro es el Diablo. Jesús echó una mirada hacia atrás, donde estaba la costa, distinguió una claridad diferente y anunció, Ya estamos, y remó más. En cualquier momento esperaba oír el blando deslizarse del fondo de la barca sobre el lodo espeso de la margen, el roce alegre de las pequeñas piedras sueltas, pero la proa de la barca, que él no veía, apuntaba hacia dentro del lago, y la luz percibida era la del brillante círculo mágico, la de la trampa fulgurante de que Jesús había imaginado escapar. Exhausto, dejó caer la cabeza sobre el pecho, cruzó los brazos sobre las rodillas, puso los puños uno sobre otro, como si esperase que viniera alguien a atárselos, ni siquiera pensó en meter los remos dentro de la barca, tan imperiosa y exclusiva era en él ahora la conciencia de la inutilidad de cualquier gesto que hiciese. No sería el primero en hablar, no reconocería en voz alta la derrota, no pediría perdón por haber rechazado la voluntad y los decretos de Dios e, indirectamente, atentado contra los intereses del Diablo, natural beneficiario de los efectos segundos, aunque no secundarios, del uso de la voluntad y de la realización efectiva de los proyectos del Señor. El silencio, después de la tentativa frustrada, fue breve, Dios, allá en su banco, tras haberse compuesto el vuelo de la túnica y el manto con la falsa solemnidad ritual del juez que va a emitir una sentencia, dijo, Volvamos a empezar, volvamos a empezar a partir del momento en que te dije que estás en mi poder, porque todo lo que no sea una aceptación tuya, humilde y pacífica, de esta verdad, es tiempo que no deberías perder ni obligarme a perder a mí, Volvamos a empezar, dijo Jesús, pero toma nota de que me niego a hacer milagros y, sin milagros, tu proyecto no es nada, un aguacero caído del cielo que no alcanza para matar ninguna sed verdadera, Tendrías razón si estuviese en tu mano el poder hacer o no hacer milagros, Y no es así, Qué idea, los milagros, tanto los pequeños como los grandes, soy yo quien los hace siempre, en tu presencia, claro, para que recibas los beneficios que me convienen, en el fondo eres un supersticioso, crees que basta con que esté el milagrero a la cabecera de un enfermo para que el milagro acontezca, pero queriéndolo yo, un hombre que estuviera muriéndose sin tener a nadie a su lado, solo en la mayor soledad, sin médico, ni enfermera, ni pariente querido al alcance de su mano o de su voz, queriéndolo yo, repito, ese hombre se salvaría y seguiría viviendo, como si nada le hubiera ocurrido, Por qué no lo haces entonces, Porque él imaginaría que la curación le había venido por gracia de sus méritos personales y se pondría a decir cosas como ésta Una persona como yo no podía morir, ahora bien, ya hay demasiada presunción en el mundo que he creado para que ahora permita que a tanto puedan llegar los desconciertos de opinión, Es decir, todos los milagros son tuyos, Los que hiciste y los que harás, e incluso admitiendo, aunque esto es una mera hipótesis útil para clarificar la cuestión que aquí nos ha traído, admitiendo que llevaras adelante esa obstinación contra mi voluntad, si fueses por el mundo, es un ejemplo, clamando que no eres hijo de Dios, lo que yo haría sería suscitar a tu paso tantos y tan grandes milagros que no tendrías más remedio que rendirte a quien te los estuviera agradeciendo y, en consecuencia, a mí, Entonces, no tengo salida, Ninguna, y no hagas como el cordero rebelde que no quiere ir al sacrificio, y se agita, gime hasta romper el corazón, pero su destino está escrito, el sacrificador lo espera ya con el cuchillo, Yo soy ese cordero, Lo que tú eres, hijo mío, es el cordero de Dios, aquel a quien el propio Dios lleva hasta su altar, que es lo que estamos preparando aquí.

Jesús miró a Pastor como si de él esperase, no un auxilio, sino, siendo forzosamente diferente el entendimiento que él tendrá de las cosas del mundo, pues hombre no es ni fue, ni dios fue ni será, quizá una mirada, un leve movimiento de cejas que pudiera sugerirle al menos una respuesta hábil, dilatoria, que lo liberase, aunque sólo fuera por un tiempo, de la situación de animal acorralado en la que se encuentra. Pero lo que Jesús lee en los ojos de Pastor son las palabras que le dijo cuando lo expulsó de la guarda del rebaño, No has aprendido nada, vete, ahora comprende Jesús que desobedecer a Dios una vez no basta, aquel que no le sacrificó el cordero, no debe sacrificarle la oveja, que a Dios, no se le puede decir Sí para después decirle No, como si el Sí y el No fuesen mano izquierda y mano derecha, es bueno sólo el trabajo que las dos hiciesen. Dios, pese a sus habituales exhibiciones de fuerza, él es el universo y las estrellas, él los rayos y los truenos, él las voces y el fuego en lo alto de la montaña, no tenía poder para obligarte a matar la oveja, sin embargo, tú, por ambición, la mataste, la sangre que ella derramó no la absorbió toda la tierra del desierto, mira cómo llega hasta nosotros, es aquel hilo rojo sobre el agua que, cuando nos vayamos de aquí, seguirá nuestro rastro, el tuyo, el de Dios, el mío. Dijo Jesús a Dios, Anunciaré a los hombres que soy tu hijo, el unigénito, pero no creo que ni siquiera en estas tierras que son tuyas eso sea suficiente para que se ensanche, como quieres, tu imperio, Te reconozco, hijo mío, al fin has abandonado las fatigosas veleidades de resistencia con que estuviste a punto de irritarme, y entras, con tu propio pie, en el modus faciendi, ahora bien, entre las innumerables cosas que a los hombres pueden ser dichas, cualquiera que sea su raza, color, credo o filosofía, una sola es pertinente a todos, una sola, a la que ninguno de estos hombres, sabio o ignorante, joven o viejo, poderoso o miserable, se atrevería a responderte Eso que estás diciendo no va conmigo, De qué se trata, preguntó Jesús, ahora sin disimular su interés, Todo hombre, respondió Dios, en tono de quien da una lección, sea quien fuere, esté donde esté, haga lo que haga, es un pecador, el pecado es, por así decir, tan inseparable del hombre como el hombre se ha hecho inseparable del pecado, el hombre es una moneda, le das la vuelta y ves el pecado, No has respondido a mi pregunta, Respondo, sí, y de esta manera, la única palabra que ningún hombre puede rechazar como cosa no suya es Arrepiéntete, porque todos los hombres cayeron en pecado, aunque sólo fuese una sola vez, tuvieron un mal pensamiento, infringieron una costumbre, cometieron un crimen mayor o menor, despreciaron a quien los necesitaba, faltaron a sus deberes, ofendieron a la religión o a sus ministros, renegaron de Dios, a esos hombres no tendrás que decirles más que Arrepentíos Arrepentíos Arrepentíos, Por tan poco no necesitarías sacrificar la vida de aquel de quien dices ser padre, bastaba con que hicieras aparecer a un profeta, Ya ha pasado el tiempo en que escuchaban a los profetas, hoy necesitamos un revulsivo fuerte, algo capazde conmover la sensibilidad y arrebatar los sentimientos, Un hijo de Dios en la cruz, Por ejemplo, Y qué más le diré a la gente, aparte de exigirles un dudoso arrepentimiento, si, hartos de tu advertencia, me dan la espalda, Sí, mandar que se arrepientan no creo que sea suficiente, tendrás que recurrir a la imaginación, y no digas que no la tienes, todavía hoy estoy sorprendido con el modo como conseguiste no sacrificarme el cordero, Fue fácil, el animal no tenía nada de que arrepentirse, Graciosa respuesta, aunque sin sentido, pero hasta eso es bueno, hay que dejar inquietas a las personas, envueltas en dudas, inducirlas a pensar que si no consiguen entender, la culpa es suya, Tengo que contarles historias, Sí, historias, parábolas, ejemplos morales, aunque tengas que retorcer un poco la ley, no te importe, es una osadía que las gentes timoratas siempre aprecian en los otros, a mí mismo, pero no por ser timorato, me gustó tu manera de librar de la muerte a la adúltera, y mira que lo que digo no es poco, pues esa justicia la puse yo en la regla que os di, Permites que te subviertan las leyes, es una mala señal, Lo permito cuando me sirve, incluso llego a quererlo cuando me es útil, recuerda la explicación sobre la ley y las excepciones, lo que mi voluntad quiere, se hace obligatorio en el mismo instante, Moriré en la cruz, dijiste, Ésa es mi voluntad. Jesús miró al pastor, pero el rostro de él parecía ausente, como si estuviera contemplando un momento del futuro y le costara creer lo que veían sus ojos. Jesús dejó caer los brazos y dijo, Hágase entonces en mí según tu voluntad.

Dios iba a congratularse, a levantarse del banco para abrazar al hijo amado, cuando un gesto de Jesús lo detuvo, Con una condición, Bien sabes que no puedes poner condiciones, respondió Dios con expresión de contrariedad, No le llamemos condición, llamémosle ruego, el simple ruego de un condenado a muerte, A ver, di, Tú eres Dios y Dios no puede sino responder con verdad a cualquier pregunta que se le haga, y, siendo Dios, conoce todo el tiempo pasado, la vida de hoy, que está en el medio, y todo el tiempo futuro, Así es, yo soy el tiempo, la verdad y la vida, Entonces, dime, en nombre de todo lo que dices ser, cómo será el futuro después de mi muerte, qué habrá en él que no habría si yo no hubiera aceptado sacrificarme a tu insatisfacción, a ese deseo de reinar sobre más gente y más países. Dios hizo un movimiento de enfado, como quien acaba de verse preso en una red armada por sus propias palabras, e intentó, sin convicción, una evasiva, Mira, hijo mío, el futuro es enorme, el futuro sería muy largo de contar, Cuánto tiempo llevamos aquí en el mar, envueltos en la niebla, preguntó Jesús, un día, un mes, un año, pues bien continuemos otro año, otro mes, otro día, el Diablo que se vaya si quiere, ya tiene garantizada su parte, y si los beneficios fueran proporcionales, como parece justo, cuanto más crezca Dios, más crecerá el Diablo, Me quedo, dijo Pastor, era su primera palabra desde que se había anunciado, Me quedo, repitió, y luego, También yo puedo ver algunas cosas del futuro, pero lo que no siempre consigo es distinguir si es verdad o mentira lo que creo ver, es decir, veo mis mentiras como lo que son, verdades mías, pero nunca sé hasta qué punto las verdades de los otros son mentiras suyas. La laberíntica tirada exigía, para quedar perfectamente rematada, que Pastor dijera qué cosas del futuro veía, pero se calló bruscamente, como quien acaba de darse cuenta de que ya ha hablado demasiado. Jesús, que no perdía de vista a Dios, dijo, con una especie de ironía triste, Para qué fingir que no sabes lo que sabes, sabías que yo te pediría esto, sabes que me dirás lo que yo quiero saber, así que no retrases más mi tiempo de empezar a morir, Empezaste a morir desde que naciste, Así es, pero ahora iré más deprisa. Dios miró a Jesús con una expresión que, en persona, diríamos que fue de súbito respeto, como si sus modos y todo su ser se humanizasen y, aunque parezca que esto no tiene nada que ver con aquello, porque nunca conoceremos nosotros las vinculaciones profundas que existen entre todas las cosas y los actos, la niebla avanzó hacia la barca, la rodeó como una muralla cerrada y espesa, para que no salieran y se divulgasen en el mundo las palabras de Dios sobre los efectos, resultados y consecuencias del sacrificio de este Jesús, hijo que dice suyo y de María, pero cuyo padre verdadero es José, según ley no escrita que manda creer sólo en lo que se ve, aunque, ya se sabe, no veamos siempre, nosotros, hombres, las mismas cosas de la misma manera, lo que, por otra parte, ha resultado excelente para la supervivencia y relativa salud mental de la especie.

Dijo Dios, Habrá una iglesia, que, como sabes, quiere decir asamblea, una sociedad religiosa que tú fundarás, o que en tu nombre será fundada, lo que es más o menos lo mismo si nos atenemos a lo que importa, y esa iglesia se extenderá por el mundo hasta confines que hoy todavía son desconocidos, y se llamará católica porque será universal, lo que, desgraciadamente, no evitará desavenencias y disensiones entre los que te tendrán como referente espiritual, más, como ya te dije, a ti que a mí mismo, pero eso será durante algún tiempo, sólo unos miles de años, porque yo ya era antes de que tú fueses y seguiré siéndolo cuando tú dejes de ser lo que eres y lo que serás, Habla claro, le interrumpió Jesús, No es posible, dijo Dios, las palabras de los hombres son como sombras y las sombras nunca sabrían explicar la luz, entre ellas y la luz está, interponiéndose, el cuerpo opaco que las hace nacer, Te he preguntado por el futuro, Y del futuro te estoy hablando, Lo que quiero que me digas es cómo vivirán los hombres que vengan después de mí, Te refieres a los que te sigan, Sí, si serán más felices, Más felices, lo que se dice felices, no diría yo tanto, pero tendrán la esperanza de una felicidad allá en el cielo donde yo vivo eternamente, o sea, tendrán la esperanza de vivir eternamente conmigo, Nada más, Te parece poco, vivir con Dios, Poco, mucho o todo, sólo se sabrá después del juicio final, cuando juzgues a los hombres por el bien y por el mal que hayan hecho, pero entre tanto vivirás solo en el cielo, Tengo a mis ángeles y a mis arcángeles, Te faltan los hombres, Sí, me faltan, y para que ellos vengan a mí, tú serás crucificado, Quiero saber más, dijo Jesús casi con violencia, como si quisiera alejar la imagen que de sí mismo se le representaba, colgado de una cruz, ensangrentado, muerto, Quiero saber cómo llegarán las personas a creer en mí y a seguirme, no me digas que será suficiente lo que yo les diga, no me digas que bastará lo que en mi nombre digan después de mí los que en mí ya creían, te doy un ejemplo, los gentiles y los romanos, que tienen otros dioses, quieres tú decir que, sin más ni más, los cambiarán por mí, Por ti no, por mí, Por ti o por mí, tú mismo dices que es lo mismo, no juguemos con las palabras, responde a mi pregunta, Quien tenga fe, vendrá a nosotros, Así, sin más, tan simplemente como lo acabas de decir, Los otros dioses resistirán, Y tú lucharás contra ellos, Qué disparate, todo cuanto acontece, acontece en la tierra, el cielo es eterno y pacífico, el destino de los hombres lo cumplen los hombres donde estén, Diciendo las cosas claramente, aunque las palabras sean sombras, van a morir hombres por ti y por mí, Los hombres siempre morirán por los dioses, hasta por falsos y mentirosos dioses, Pueden los dioses mentir, Pueden, Y tú, entre todos, eres el único verdadero, Único y verdadero, sí, Y siendo verdadero y único, ni siquiera así puedes evitar que los hombres mueran por ti, ellos que debían haber nacido para vivir para ti, en la tierra, quiero decir, no en el cielo, donde no tendrás para darles ninguna de las alegrías de la vida, Alegrías falsas, también ellas, porque nacieron con el pecado original, pregúntale a tu Pastor, él te explicará cómo fue, Si hay entre tú y el Diablo secretos no compartidos, espero que uno de ellos sea el que yo aprendí con él, aunque él diga que no aprendí nada. Hubo un silencio, Dios y el Diablo se miraron de frente por primera vez, ambos dieron la impresión de ir a hablar, pero nada ocurrió. Dijo Jesús, Estoy a la espera, De qué, preguntó Dios, como si estuviera distraído, De que me digas cuánto de muerte y sufrimiento va a costar tu victoria sobre los otros dioses, con cuánto de sufrimiento y de muerte se pagarán las luchas que en tu nombre y en el mío sostendrán unos contra otros los hombres que en nosotros van a creer, Insistes en querer saberlo, Insisto, Pues bien, se edificará la asamblea de que te he hablado, pero sus cimientos, para quedar bien firmes, tendrán que ser excavados en la carne, y estar compuestos de un cemento de renuncias, lágrimas, dolores, torturas, de todas las muertes imaginables hoy y otras que sólo en el futuro serán conocidas, Al fin estás siendo claro y directo, sigue, Para empezar por alguien a quien conoces y amas, el pescador Simón, a quien llamarás Pedro, será, como tú, crucificado, pero cabeza abajo, y crucificado será también Andrés, pero en una cruz en forma de aspa, y al hijo de Zebedeo, a ese que llaman Tiago, lo degollarán, Y Juan y María de Magdala, Ésos morirán de su muerte natural, cuando se acaben sus días naturales, pero otros amigos tendrás, discípulos y apóstoles como los otros, que no escaparán del suplicio, es el caso de un Felipe, amarrado a la cruz y apedreado hasta que acaben con su vida, un Bartolomé, que será desollado vivo, un Tomás, a quien matarán de una lanzada, un Mateo, que ahora no recuerdo cómo morirá, otro Simón, serrado por el medio, un Judas, a mazazos, otro Tiago, lapidado, un Matías, degollado con hacha de guerra, y también Judas de Iscariote, pero de ése tú acabarás sabiendo más que yo, salvo la muerte, con sus propias manos ahorcado en una higuera, Todos ésos tendrán que morir por ti, preguntó Jesús, Si planteas la cuestión en esos términos, sí, todos morirán por mí, Y después, Después, hijo mío, ya te lo he dicho, será una historia interminable de hierro y sangre, de fuego y de cenizas, un mar infinito de sufrimientos y de lágrimas, Cuenta, quiero saberlo todo. Dios suspiró y, en el tono monocorde de quien ha preferido adormecer la piedad y la misericordia, comenzó la letanía, por orden alfabético, para evitar problemas de precedencias, Adalberto de Praga, muerto con una alabarda de siete puntas, Adriano, muerto a martillazos sobre un yunque, Afra de Ausburgo, muerta en la hoguera, Agapito de Preneste, muerto en la hoguera, colgado por los pies, Agrícola de Bolonia, muerto crucificado y atravesado por clavos, Águeda de Sicilia, muerta con los senos cortados, Alfegio de Cantuaria, muerto de una paliza, Anastasio de Salona, muerto en la horca y decapitado, Anastasia de Sirmio, muerta en la hoguera y con los senos cortados, Ansano de Sena, a quien arrancaron las vísceras, Antonino de Pamiers, descuartizado, Antonio de Rívoli, muerto a pedradas y quemado, Apolinar de Rávena, muerto a mazazos, Apolonia de Alejandría, muerta en la hoguera después de arrancarle los dientes, Augusta de Treviso, decapitada y quemada, Aura de Ostia, muerta ahogada con una rueda de molino al cuello, Áurea de Siria, muerta desangrada, sentada en una silla forrada de clavos, Auta, muerta a flechazos, Babilas de Antioquía, decapitado, Bárbara de Nicomedia, decapitada, Bernabé de Chipre, muerto por lapidación y quemado, Beatriz de Roma, estrangulada, Benigno de Dijon, muerto a lanzazos, Blandina de Lyon, muerta a cornadas de un toro bravo, Blas de Sebaste, muerto por cardas de hierro, Calixto, muerto con una rueda atada al cuello, Casiano de Imola, muerto por sus alumnos con un estilete, Cástulo, enterrado en vida, Catalina de Alejandría, decapitada, Cecilia de Roma, degollada, Cipriano de Cartago, decapitado, Ciro de Tarso, muerto, niño aún, por un juez que le golpeó la cabeza en las escaleras del tribunal, Claro de Nantes, decapitado, Claro de Viena, decapitado, Clemente, ahogado con un ancla al cuello, Crispín y Crispiniano de Soissons, decapitados, Cristina de Bolsano, muerta por todo cuanto se pueda hacer con muela de molino, rueda, tenazas, flechas y serpientes, Cucufate de Barcelona, despanzurrado, y al llegar al final de la letra C, Dios dijo, Más adelante es todo igual, o casi, son ya pocas las variaciones posibles, excepto las de detalle, que, por su refinamiento, serían muy largas de explicar, quedémonos aquí, Continúa, dijo Jesús, y Dios continuó, abreviando en lo posible, Donato de Arezzo, decapitado, Elifio de Rampillon, le cortarán la cubierta craneana, Emérita, quemada, Emilio de Trevi, decapitado, Esmerano de Ratisbona, amarrado a una escalera y

muerto, Engracia de Zaragoza, decapitada, Erasmo de
Gaeta, también llamado Telmo, descoyuntado por un
cabrestante, Escubíbulo, decapitado, Esquilo de Suecia,
lapidado, Esteban, lapidado, Eufemia de Calcedonia, le
clavarán una espada, Eulalia de Mérida, decapitada, Eu-
tropio de Saintes, cabeza cortada de un hachazo, Fabián,
espada y cardas de hierro, Fe de Agen, degollada, Felicidad y sus Siete Hijos, cabezas cortadas a espada, Félix y
su hermano Adauto, ídem, Ferreolo de Besançon, decapitado, Fiel de Sigmaringen, con una maza erizada de
púas, Filomena, flechas y áncora, Fermín de Pamplona,
decapitado, Flavia Domitila, ídem, Fortunato de Évora,
tal vez ídem, Fructuoso de Tarragona, quemado, Gau-
dencio de Francia, decapitado, Gelasio, ídem más cardas
de hierro, Gengulfo de Borgoña, cuernos, asesinado por
el amante de su mujer, Gerardo de Budapest, lanza,
Gedeón de Colonia, decapitado, Gervasio y Protasio,
gemelos, ídem, Godeliva de Ghistelles, estrangulada,
Goretti, María, ídem, Grato de Aosta, decapitado, Her-
menegildo, hacha, Hierón, espada, Hipólito, arrastrado
por un caballo, Ignacio de Azevedo, muerto por los calvinistas, éstos no son católicos, Inés de Roma, desventra-
da, Genaro de Nápoles, decapitado tras lanzarlo a las
fieras y meterlo en un horno, Juana de Arco, quemada
viva, Juan de Brito, degollado, Juan Fisher, decapitado,
Juan Nepomuceno, de Praga, ahogado, Juan de Prado,
apuñalado en la cabeza, Julia de Córcega, le cortarán los
senos y luego la crucificarán, Juliana de Nicomedia, decapitada, Justa y Rufina de Sevilla, una en la rueda, otra
estrangulada, Justina de Antioquía, quemada con pez
hirviendo y decapitada, Justo y Pastor, pero no éste aquí

presente, de Alcalá de Henares, decapitados, Killian de Würzburg, decapitado, Léger de Autun, ídem, después de arrancarle los ojos y la lengua, Leocadia de Toledo, despeñada, Lievin de Gante, le arrancarán la lengua y lo decapitarán, Longinos, decapitado, Lorenzo, quemado en la parrilla, Ludmila de Praga, estrangulada, Lucía de Siracusa, degollada tras arrancarle los ojos, Magín de Tarragona, decapitado con una hoz de filo de sierra, Mamed de Capadocia, destripado, Manuel, Sabel e Ismael, Manuel con un clavo de hierro a cada lado del pecho, y otro clavo atravesándole la cabeza de oído a oído, todos degollados, Margarita de Antioquía, hachón y peine de hierro, Mario de Persia, espada, amputación de las manos, Martina de Roma, decapitada, los mártires de Marruecos, Berardo de Cobio, Pedro de Gemianino, Otón, Adjuto y Acursio, degollados, los del Japón, veintiséis crucificados, lanceados y quemados, Mauricio de Agaune, espada, Meinrad de Einsiedeln, maza, Menas de Alejandría, espada, Mercurio de Capadocia, decapitado, Moro, Tomás, ídem, Nicasio de Reims, ídem, Odilia de Huy, flechas, Pafnucio, crucificado, Payo, descuartizado, Pancracio, decapitado, Pantaleón de Nicomedia, ídem, Patroclo de Troyes y de Soest, ídem, Paulo de Tarso, a quien deberás tu primera iglesia, ídem, Pedro de Rates, espada, Pedro de Verona, cuchillo en la cabeza y puñal en el pecho, Perpetua y Felicidad de Cartago, Felicidad era la esclava de Perpetua, corneadas por una vaca furiosa, Piat de Tournai, le cortarán el craneo, Policarpo, apuñalado y quemado, Prisca de Roma, comida por los leones, Proceso y Martiniano, la misma muerte, creo, Quintino, clavos en la cabeza y en otras partes, Quirino de Ruán, cráneo serrado por arriba, Quiteria de Coimbra, decapitada por su propio padre, un horror, Renaud de Dormund, maza de cantero, Reine de Alise, gladio, Restituta de Nápoles, hoguera, Rolando, espada, Román de Antioquía, lengua arrancada, estrangulamiento, aún no estás harto, preguntó Dios a Jesús, y Jesús respondió, Esa pregunta deberías hacértela a ti mismo, continúa, y Dios continuó, Sabiniano de Sens, degollado, Sabino de Asís, lapidado, Saturnino de Tolosa, arrastrado por un toro, Sebastián, flechas, Segismundo, rey de los Burgundios, lanzado a un pozo, Segundo de Asti, decapitado, Servacio de Tongres y de Maastricht, muerto a golpes con un zueco, por imposible que parezca, Severo de Barcelona, un clavo en la cabeza, Sidwel de Exeter, decapitado, Sinforiano de Autun, ídem, Sixto, ídem, Tarsicio, lapidado, Tecla de Iconio, amputada y quemada, Teodoro, hoguera, Tiburcio, decapitado, Timoteo de Éfeso, lapidado, Tirso, serrado, Tomás Becket, con una espada clavada en el cráneo, Torcuato y los Veintisiete, muertos por el general Muza a las puertas de Guimarães, Tropez de Pisa, decapitado, Urbano, ídem, Valeria de Limoges, ídem, Valeriano, ídem, Venancio de Camerino, degollado, Vicente de Zaragoza, rueda y parrilla con púas, Virgilio de Trento, otro muerto a golpes de zueco, Vital de Rávena, lanza, Víctor, decapitado, Víctor de Marsella, degollado, Victoria de Roma, muerta después de arrancarle la lengua, Wilgeforte, o Liberata, o Eutropía, virgen, barbada, crucificada, y otros, otros, otros, ídem, ídem, ídem, basta. No basta, dijo Jesús, a qué otros te refieres, Crees que es realmente indispensable, Sí, lo creo, Me refiero a aquellos que no habiendo sido martirizados y muriendo de su muerte propia sufrieron el martirio de las tentaciones de la carne, del mundo y del demonio, y que para vencerlas tuvieron que mortificar el cuerpo con el ayuno y la oración, hay incluso un caso interesante, el de un tal John Schorn, que pasó tanto tiempo arrodillado rezando, que acabó criando callo, Dónde, En las rodillas, evidentemente, y también se dice, esto ahora va contigo, que encerró al diablo en una bota, ja, ja, ja, Yo, en una bota, dudó Pastor, eso son leyendas, para poder encerrarme en una bota tendría que tener la bota el tamaño del mundo, e incluso así, me gustaría ver quién habría por ahí capaz de calzársela y descalzársela después, Sólo con el ayuno y la oración, preguntó Jesús, y Dios respondió, También ofenderán al cuerpo con dolor y sangre y porquerías, y otras muchas penitencias, usando cilicios y practicando flagelaciones, habrá incluso quien se pase la vida entera sin lavarse, o casi, y habrá quien se lance en medio de las zarzas o se revuelque en la nieve, para domar las intemperancias de la carne suscitadas por el Diablo, a quien estas tentaciones se deben, que su objetivo es desviar a las almas del recto camino que las llevaría al cielo, mujeres desnudas y monstruos pavorosos, criaturas de la aberración, la lujuria y el miedo, son las armas con las que el Demonio atormenta las pobres vidas de los hombres, Todo esto harás, preguntó Jesús a Pastor, Más o menos, respondió él, me he limitado a tomar como mío todo aquello que Dios no quiso, la carne, con sus alegrías y sus tristezas, la juventud y la vejez, la lozanía y la podredumbre, pero no es verdad que el miedo sea mi arma, no recuerdo haber sido yo quien inventó el pecado y su castigo y el miedo que en ellos siempre hay, Cállate, interrumpió Dios, impaciente, el pecado y el Diablo son dos nombres de una misma cosa, Qué cosa, preguntó Jesús, La ausencia de mí, Y la ausencia de ti, a qué se debe, a haberte retirado tú, o a que se hayan retirado de ti, Yo no me retiro nunca, Pero consientes que te dejen, Quien me deja me busca, Y si no te encuentra, la culpa, ya se sabe, es del Diablo, No, de eso no tiene él la culpa, la culpa la tengo yo, que no logro llegar al lugar donde me buscan, estas palabras las pronunció Dios con una punzante e inesperada tristeza, como si de repente hubiera descubierto límites a su poder. Jesús dijo, Continúa, Otros hay, siguió Dios, reanudando lentamente la conversación, que se retiran a descampados agrestes y hacen, en grutas y cavernas, en compañía de animales, vida solitaria, otros que se dejan emparedar, otros que suben a altas columnas y allí viven años y años seguidos, otros, la voz menguó, fue decayendo, Dios contemplaba ahora un desfile interminable de gente, millares y millares, millares de millares de hombres y mujeres, en todo el orbe, entrando en conventos y monasterios, algunos son construcciones rústicas, muchos, palacios soberbios, allí permanecerán para servirnos, a mí y a ti, de la mañana a la noche, con vigilias y oraciones, y teniendo todos ellos el mismo propósito y el mismo destino, para adorarnos y morir con nuestros nombres en la boca, usarán nombres distintos, serán benedictinos, bernardos, cartujos, agustinos, gilbertinos, trinitarios, franciscanos, dominicos, capuchinos, carmelitas, jesuitas, y serán muchos, muchos, muchos, ah, cómo me gustaría poder exclamar, Dios mío, por qué son tantos. En ese momento, dijo el Diablo a Jesús, Observa cómo, según lo que acaba de decirnos, hay dos maneras de perder la vida, una por el martirio, otra por la renuncia, no les bastaba tener que morir cuando llegara su hora, era necesario además que, de una manera o de otra, corrieran a su encuentro, crucificados, destripados, degollados, quemados, lapidados, ahogados, descuartizados, estrangulados, desollados, alanceados, corneados, enterrados, serrados, asaeteados, amputados, desgarrados, o si no, dentro y fuera de celdas, capítulos y claustros, castigándose por haber nacido con el cuerpo que Dios les dio y sin el cual no tendrían donde poner el alma, tales tormentos no los inventó este Diablo que te habla. Es todo, preguntó Jesús a Dios, No, aún faltan las guerras, También habrá guerras, Y matanzas, De matanzas estoy informado, podía incluso haber muerto en una de ellas, bien mirado fue una pena, no tendría ahora a mi espera una cruz, Llevé a tu otro padre al lugar donde era preciso que estuviera para poder oír lo que yo quise que los soldados dijesen, en fin, te salvé la vida, Me salvaste la vida para hacerme morir cuando te parezca y convenga, es como si me mataras dos veces, Los fines justifican los medios, hijo mío, Por lo que llevo oído de tu boca desde que aquí estamos, creo que sí, renuncia, clausura, sufrimientos, muerte, y ahora guerras y matanzas, qué guerras son ésas, Muchas, un nunca acabar, pero sobre todo las que se harán contra ti y contra mí en nombre de un dios que todavía está por aparecer, Cómo es posible que esté por aparecer un dios, un dios, si realmente lo es, sólo puede existir desde siempre y para siempre, Reconozco que cuesta entenderlo, y no menos explicarlo, pero va a suceder como te estoy diciendo, un dios vendrá y lanzará contra nosotros, y los que entonces nos sigan, pueblos enteros, yo no tengo palabras bastantes para contarte todas las mortandades, las carnicerías, las matanzas, imagina mi altar de Jerusalén multiplicado por mil, pon hombres en lugar de los animales, y ni siquiera así entenderás por entero lo que fueron las cruzadas, Cruzadas, qué es eso, y por qué dices que fueron si aún están por ser, Recuerda que yo soy el tiempo, y que en consecuencia, para mí, todo lo que ocurrirá ha ocurrido ya, todo cuanto aconteció, está aconteciendo todos los días, Cuéntame eso de las cruzadas, Bueno, hijo mío, estos lugares donde ahora estamos, incluyendo Jerusalén y otras tierras hacia el norte y occidente, serán conquistadas por los seguidores de ese dios tardío del que te he hablado, y los nuestros, los que están de nuestro lado, harán todo por expulsarlos de los lugares que tú con tus pies pisaste y que yo con tanta asiduidad frecuenté, Para expulsar a los romanos, hoy, no has hecho mucho, Te estoy hablando del futuro, no me distraigas, Sigue, entonces, Añade que tú naciste aquí, aquí viviste y aquí moriste, Por ahora, todavía no he muerto, Para el caso es igual, acabo de explicarte que, desde mi punto de vista, lo mismo es acontecer que haber acontecido y, por favor, no me estés interrumpiendo siempre si no quieres que me calle de una vez por todas, Me callaré yo, Pues bien, estas tierras a las que en el futuro llamarán Santos Lugares, por el hecho de haber nacido, vivido y muerto tú aquí, no sería bueno que estuvieran en manos de infieles, siendo la cuna de la religión que voy a fundar, motivo, como ves, más que suficiente para justificar que, durante unos doscientos años, grandes ejércitos vengan de occidente e intenten conquistar y conservar para nuestra religión la cueva donde naciste y el monte donde morirás, por hablar sólo de los lugares principales, Esos ejércitos son las cruzadas, Así es, Y conquistaron lo que querían, No, pero mataron a mucha gente, Y los de las cruzadas, Murieron otros tantos, incluso más, Y todo eso, en nuestro nombre, Irán a la guerra gritando Dios lo quiere, Y morirán gritando Dios lo quiso, Sería una bonita manera de acabar, Una vez más, no valió la pena el sacrificio, El alma, hijo mío, para salvarse, necesita el sacrificio del cuerpo, Con esas u otras palabras, ya lo había oído antes, y tú, Pastor, qué nos dices de estos futuros y asombrosos casos, Digo que nadie que esté en su perfecto juicio podrá afirmar que el Diablo fue, es o será culpable de tal matanza y de tantos cementerios, salvo si a algún malvado se le viene a la cabeza la ocurrencia calumniosa de atribuirme la responsabilidad de hacer nacer al dios que será enemigo de éste, Me parece claro y obvio que no tienes la culpa, y en cuanto al temor de que te atribuyan la responsabilidad, responderás que el Diablo, siendo mentira, nunca podría crear la verdad que Dios es, Pero entonces, preguntó Pastor, quién va a crear al Dios enemigo. Jesús no sabía responder, Dios, si callado estaba, callado quedó, pero de la niebla bajó una voz que dijo, Tal vez este Dios y el que ha de venir no sean más que heterónimos, De quién, de qué, preguntó, curiosa, otra voz, De Pessoa*, fue lo que se oyó, pero también podría haber sido, De la Persona. Jesús, Dios y el Diablo hicieron como quien no ha oído, pero luego se miraron asustados, el miedo común es así, une fácilmente las diferencias.

* Juego de palabras, *pessoa* en portugués significa «persona» (N. del E.)

Pasó un tiempo, la niebla no volvió a hablar, y Jesús preguntó, ahora en el tono de quien espera una respuesta afirmativa, Nada más, Dios vaciló, y luego, en tono fatigado, dijo, Todavía está la Inquisición, pero de ella, si no te importa hablaremos en otra ocasión, Qué es la Inquisición, La Inquisición es otra historia interminable, Quiero conocerla, Sería mejor que no, Insisto, Vas a sufrir en tu vida de hoy remordimientos que son del futuro, Tú no, Dios es Dios, no tiene remordimientos, Pues yo, si ya llevo esta carga de tener que morir por ti, también puedo aguantar remordimientos que deberían ser tuyos, Preferiría ahorrártelos, De hecho, no vienes haciendo otra cosa desde que nací, Eres un ingrato, como todos los hijos, Dejémonos de fingimientos y dime qué va a ser la Inquisición, La Inquisición, también llamada Tribunal del Santo Oficio, es el mal necesario, el instrumento cruelísimo con el que atajaremos la infección que un día, durante largo tiempo, se instalará en el cuerpo de tu Iglesia por vía de las nefandas herejías en general y de sus derivados y consecuentes menores, a las que se suman unas cuantas perversiones de lo físico y de lo moral, lo que, todo junto y puesto en el mismo saco de horrores, sin preocupaciones de prioridad y orden, incluirá a luteranos y a calvinistas, a molinistas y judaizantes, a sodomitas y a hechiceros, manchas algunas que serán del futuro, y otras de todos los tiempos, Y siendo la necesidad que dices, cómo procederá la Inquisición para reducir estos males, La Inquisición es una policía y un tribunal, por eso tendrá que aprehender, juzgar y condenar como hacen los tribunales y las policías, Condenar a qué, A la cárcel, al destierro, a la hoguera, A la hoguera, dices, Sí, van a morir quemados, en el futuro, millares y millares y millares de hombres y de mujeres, De algunos ya me has hablado antes, Ésos fueron arrojados a la hoguera por creer en ti, los otros lo serán por dudar, No está permitido dudar de mí, No, Pero nosotros podemos dudar de que el Júpiter de los romanos sea dios, El único Dios soy yo, yo soy el Señor y tú eres mi Hijo, Morirán miles, Cientos de miles, Morirán cientos de miles de hombres y mujeres, la tierra se llenará de gritos de dolor, de aullidos y de estertores de agonía, el humo de los quemados cubrirá el sol, su grasa rechinará sobre las brasas, el hedor repugnará y todo esto será por mi culpa, No por tu culpa, por tu causa, Padre, aparta de mí ese cáliz, El que tú lo bebas es condición de mi poder y de tu gloria, No quiero esa gloria, Pero yo quiero ese poder. La niebla se alejó hacia donde antes estaba, se veía agua alrededor del barco, lisa y opaca, sin una arruga de viento o una agitación de brisa. Entonces el Diablo dijo, Es necesario ser Dios para que le guste tanto la sangre.

La niebla volvió a avanzar, algo tenía que ocurrir aún, otra revelación, otro dolor, otro remordimiento. Pero fue Pastor quien habló, Tengo una propuesta para ti, dijo dirigiéndose a Dios, y Dios, sorprendido, Una propuesta, tú, y qué propuesta es ésa, el tono era irónico, superior, capaz de reducir al silencio a cualquiera que no fuera el Diablo, conocido y familiar de largo tiempo. Pastor estuvo un momento callado, como si buscara las mejores palabras, y luego dijo, He oído con gran atención todo cuanto se ha dicho en esta barca y, aunque por mi cuenta ya había vislumbrado unos resplandores y unas sombras en el futuro, no creí que los resplandores

fueran hogueras y las sombras de tanta gente muerta, Y
eso te molesta, No debía molestarme, dado que soy el
Diablo, y el Diablo siempre en algo se aprovecha de la
muerte, incluso más que tú, pues no necesita demostración el hecho de que el infierno estará siempre más poblado que el cielo, Entonces, de qué te quejas, No me
quejo, propongo, Pues propón más rápido, que no puedo quedarme aquí eternamente, Tú sabes, nadie mejor
que tú lo sabe, que el Diablo también tiene corazón, Sí,
pero haces mal uso de él, Quiero hacer hoy buen uso del
corazón que tengo, acepto y quiero que tu poder se am-
plíe a todos los extremos de la tierra, sin que tenga que
morir tanta gente, y puesto que de todo aquello que te
desobedece y niega dices tú que es fruto del Mal que yo
soy y gobierno en el mundo, mi propuesta es que vuelvas
a recibirme en tu cielo, perdonado de los males pasados
por los que en el futuro no tendré que cometer, que
aceptes y guardes mi obediencia, como en los tiempos
felices en que fui uno de tus ángeles predilectos, Lucifer
me llamabas, el que lleva la luz, antes de que una ambición de ser igual a ti me devorase el alma y me hiciera re-
belarme contra tu autoridad, Y por qué voy a recibirte y
perdonarte, dime, Porque si lo haces, si usas conmigo,
ahora, de aquel mismo perdón que en el futuro promete-
rás tan fácilmente a derecha e izquierda, entonces se acaba aquí hoy el Mal, tu hijo no tendrá que morir, y tu reino será, no sólo esta tierra de hebreos, sino el mundo
entero, conocido y por conocer, y, más que el mundo, el
universo, por todas partes el Bien gobernará y yo cantaré, en la última y humilde fila de los ángeles que permanecieron fieles, más fiel que todos porque estoy arrepen-

tido, yo cantaré tus loores, todo terminará como si no
hubiese sido, todo empezará a ser como si de esa manera
debiera ser siempre, No se puede negar que tienes talento para confundir a las almas y perderlas, eso ya lo sabía
yo, pero nunca te había oído un discurso como éste, un
talento oratorio, una labia, no hay duda, estuviste a punto de convencerme, No me aceptas, no me perdonas, No
te acepto, no te perdono, te quiero como eres y, de ser
posible, todavía peor de lo que eres ahora, Por qué, Porque este Bien que yo soy no existiría sin ese Mal que tú
eres, un Bien que tuviese que existir sin ti sería inconce-
bible, hasta el punto de que ni yo puedo imaginarlo, en
fin, que si tú acabas, yo acabo, para que yo sea el Bien, es
necesario que tú sigas siendo el Mal, si el Diablo no vive
como Diablo, Dios no vive como Dios, la muerte de uno
sería la muerte del otro, Es tu última palabra, La primera y la última, la primera, porque es la primera vez que la
digo, la última porque no la repetiré. Pastor se encogió
de hombros y habló con Jesús, Que no se diga que el
Diablo no tentó un día a Dios, y, levantándose, iba a pasar una pierna por encima de la borda de la embarcación,
cuando, de pronto, dejó el movimiento en suspenso, y
dijo, Tienes en tu alforja una cosa que me pertenece.
Jesús no recordaba haber traído la alforja a la barca, pero la verdad es que allí estaba, enrollada, a sus pies, Qué
cosa, preguntó, y, abriéndola, vio que dentro no había
más que la vieja escudilla negra que trajo de Nazaret,
Esto, Eso, respondió el Diablo, y se la quitó de las manos, Un día volverá a tu poder pero tú no llegarás a saber
que la tienes. Guardó la escudilla entre sus bastas ropas
de pastor y entró en el agua. No miró a Dios, sólo dijo,

como si hablara con un auditorio de invisibles, Hasta siempre, ya que él lo ha querido así. Jesús lo siguió con los ojos, Pastor se iba alejando poco a poco perdiéndose en la niebla, no se le ocurrió preguntarle por qué capricho vino y se marchaba así, a nado, en la distancia era de nuevo como un puerco con las orejas erguidas, se oían unos jadeos bestiales, pero un oído fino no tendrá dificultad en percibir que había también allí un sonido de miedo, no a ahogarse, qué idea, el Diablo, acabamos de enterarnos ahora mismo, no acaba, sino de miedo de tener que existir para siempre. Ya Pastor se perdía en la línea difusa de la niebla, cuando la voz de Dios sonó de repente, rápida, como de quien está de partida, Mandaré a un hombre llamado Juan para que te ayude, pero tendrás que convencerlo de que eres quien dirás ser. Jesús miró, pero Dios ya no estaba allí. En el mismo instante, la niebla se levantó y se disipó en el aire dejando el mar limpio y liso de una punta a otra, entre los montes y los montes, en el agua ni señal del Diablo, en el aire ni señal de Dios.

En la orilla de donde había venido vio Jesús, pese a la distancia, una gran reunión de personas y muchas tiendas armadas tras la multitud, como si aquel lugar se hubiera transformado en sede permanente de gente que, no siendo de allí, y por lo tanto sin tener donde dormir, se había visto obligada a organizarse por su cuenta. Jesús encontró el caso curioso y nada más, metió los remos en el agua y orientó la barca en aquella dirección. Al mirar por encima del hombro, observó que estaban empujando algunas barcas hacia el agua y, afinando mejor la vista, reconoció en ellas a Simón y a Andrés, y a Tiago y a Juan, con unos cuantos que no recordaba haber visto, aunque a otros sí, de andar juntos. En poco tiempo se acercaron, tanto era el empeño con que manejaban los remos, y, llegando lo bastante cerca para ser oídos, gritó Simón, Dónde has estado, lo que quería saber no era esto, claro, pero de algún modo tenía que empezar, Aquí en el mar, respondió Jesús, palabras tan innecesarias unas como otras, en verdad no parecen iniciarse bien las comunicaciones en la nueva época de la vida del hijo de Dios, de María y de José. De ahí a nada saltará Simón a la barca de Jesús, y lo incomprensible, lo imposible, lo absurdo fue conocido, Sabes cuánto tiempo has estado en el mar, en medio de la niebla, sin que pudiéramos echar nuestros barcos al agua, que una fuerza invencible nos empujaba cada vez para atrás, preguntó Simón, Todo el día, fue la respuesta de Jesús, un día y una noche, añadió, para corresponder a la excitación de Simón con una expectativa semejante, Cuarenta días, gritó Simón, y en voz más baja, Cuarenta días estuviste allí, cuarenta días en los que la niebla no se levantó ni un poco, como si quisiera esconder de nuestra vista lo que pasaba en su interior, qué hiciste, que en cuarenta días contados ni un solo pez pudimos sacar del agua. Jesús había dejado a Simón uno de los remos, ahora venían los dos remando y conversando en buen concierto, hombro con hombro, pausados, es lo mejor que hay para una confidencia, por eso, antes de que se acercaran las otras barcas, dijo Jesús, Estuve con Dios y sé mi futuro, el tiempo que viviré y la vida después de mi vida, Cómo es, cómo es Dios, quiero decir, Dios no se muestra de una única forma, tanto puede aparecer en una nube, en una columna de humo, como venir de judío rico, lo conocemos más bien por la voz, después de haberlo oído una vez, Qué te dijo, Que soy su Hijo, Lo confirmó, Sí, lo confirmó, Entonces aquel diablo tenía razón cuando lo de los cerdos, El Diablo también estuvo en la barca, lo presenció todo, parece saber de mí tanto como Dios, pero hay ocasiones en las que pienso que sabe todavía más que Dios, Y dónde, Dónde qué, Dónde estaban ellos, El Diablo en la borda de la barca, ahí mismo, entre tú y Dios, que quedó en el banco de popa, Qué te dijo Dios, Que soy su hijo y que seré crucificado, Vas a las montañas a luchar junto a los bandidos, si vas, vamos contigo, Iréis conmigo, pero no a las montañas, lo que importa no es vencer a César por las armas, sino hacer triunfar a Dios por la palabra, Sólo, Por el ejemplo también, y por el sacrificio de nuestras vidas, cuando sea preciso, Son palabras de tu Padre, A partir de hoy todas mis palabras serán palabras de él, y aquellos que en él crean, en mí creerán, porque no es posible creer en el Padre y no creer en el Hijo, si el nuevo camino que el Padre escogió para sí, sólo en el hijo que yo soy podrá empezar, Has dicho que iríamos contigo, a quién te refieres, A ti, en primer lugar, a Andrés, tu hermano, a los dos hijos de Zebedeo, Tiago y Juan, a propósito, Dios me dijo que enviaría a un hombre llamado Juan para ayudarme, pero ése no debe de ser, No necesitamos más, esto no es un cortejo de Herodes, Otros vendrán, quién sabe si algunos de ésos no están ya allí, a la espera de una señal, una señal que Dios manifestará en mí, para que me crean y me sigan aquellos ante quienes él no se deja ver, Qué vas a anunciar a las gentes, Que se arrepientan de sus pecados, que se preparen para el nuevo tiempo de Dios que ahí viene, el tiempo en el que su espada flameante obligará a inclinar el cuello a aquellos que rechazaron su palabra y escupieron sobre ella, Vas a decirles que eres el Hijo de Dios, eso es lo menos que puedes hacer, Diré que mi Padre me llamó Hijo y que llevo esas palabras en el corazón desde que nací, y que ahora vino también Dios a decirme Hijo Mío, un padre no hace olvidar a otro, pero hoy quien ordena es el Padre Dios, obedezcámosle, Entonces, deja el caso en mis manos, dijo Simón, y, acto seguido, soltó el remo, se fue a la proa de la embarcación y, como ya su voz alcanzase a los de tierra, gritó, Hosanna, llega el Hijo de Dios, estuvo en el mar durante cuarenta días hablando con el Padre, y ahora vuelve a nosotros para que nos arrepintamos y nos preparemos, No digas que también el Diablo estaba allí, avisó rápido Jesús, temeroso de que se hiciera pública una situación que sería muy complicado explicar. Dio Simón un nuevo grito, pero más vibrante, con el que se alborozaron las gentes que en la orilla esperaban, y luego volvió a su lugar, diciéndole a Jesús, Déjame ese remo, y ponte en proa, de pie, pero no digas nada hasta que no estemos en tierra, no digas ni una palabra. Así lo hicieron, Jesús en pie, en la proa de la barca, con su túnica vieja, la alforja vacía al hombro, los brazos medio levantados, como si fuera a saludar o a dar una bendición y lo retuviera la timidez o una falta de confianza en sus propios merecimientos. Entre los que lo esperaban, hubo tres, más impacientes, que se metieron en el agua hasta la cintura y, llegados a la altura de la barca, echaron una mano, empujándola y tirando de ella, a la vez que uno, con la mano libre, intentaba tocar la túnica de Jesús, no porque estuviese convencido de la verdad del anuncio de Simón, sino porque ya le parecía muy notable que hubiera permanecido un hombre en altamar durante cuarenta días, como si hubiera ido al desierto en busca de Dios, y de las entrañas frías de una montaña de niebla regresara ahora, viera o no viera a Dios. Ni que decir tiene que de otra cosa no se habló por estas aldeas y cercanías, muchos de los que aquí están reunidos vinieron por causa del fenómeno meteorológico, luego oyeron que dentro estaba un hombre, y dijeron, Pobrecillo. La barca quedó varada sin un traqueteo, como si allí la hubieran dejado alas de ángeles. Simón ayudó a Jesús a salir, despidiendo con impaciencia mal reprimida a los tres que se habían metido en el agua y que ya se creían acreedores de diferente pago, Déjalos, dijo Jesús, un día oirán que he muerto y sentirán dolor por no haber podido llevar mi cuerpo muerto, déjales que me ayuden mientras estoy vivo. Jesús se subió a un ribazo y preguntó a los suyos, Dónde está María, la vio en el mismo instante en que hacía la pregunta, como si el nombre de ella, pronunciado, la hubiera traído de la nada o de un mar de nieblas, parecía que no estaba allí, pero bastaba decir su nombre y ella venía, Aquí estoy, mi Jesús, Ven a mi lado, que vengan también Simón y Andrés, que vengan Tiago y Juan, los hijos de Zebedeo, éstos son los que me conocen y en mí creen, que ya me conocían y creían en mí cuando todavía no podía decirles, y tampoco podía decíroslo a vosotros, que soy el Hijo de Dios nacido, este Hijo que fue llamado por el Padre y que con él estuvo cuarenta días en medio del mar, y que de allí volvió para deciros que son llegados los tiempos del Señor, y que debéis arrepentiros antes de que el Diablo venga a recoger las espigas podridas que hubieran caído de la mies que Dios lleva en su regazo, que esas mieses caídas sois vosotros, si para vuestro mal del amoroso abrazo de Dios queréis huir. Pasó un murmullo por la multitud, rodando sobre las cabezas como aquellas olas que se ven en el mar de tiempo en tiempo, en verdad muchos de los asistentes habían oído hablar de milagros obrados en diversas partes por el que allí está, algunos incluso fueron testigos directos y beneficiarios de estos milagros, Yo comí de aquel pan y de aquellos peces, decía uno, Yo bebí de aquel vino, decía otro, Yo era vecino de aquella adúltera, decía un tercero, pero entre tales acontecimientos, por muy importantes que pudieran haber sido y parecieran, y este supremo y proclamado prodigio de ser Hijo de Dios y, en consecuencia, Dios mismo, va una distancia como de la tierra al cielo, y ésa, que se sepa, aún no ha sido, hasta hoy, medida. De entre la multitud llegó entonces una voz, Danos una prueba de que eres el Hijo de Dios y yo te seguiré, Tú me seguirás siempre si tu corazón te trajese a mí, pero tu corazón está aprisionado en un pecho cerrado, por eso me pides una prueba que tus sentidos puedan comprender, pues bien, voy a darte ahora una prueba que dará satisfacción a tus sentidos, pero que tu cabeza rechazará, y, estando tú dividido entre tu cabeza y tus sentidos, no tendrás más remedio que venir a mí por el corazón, Quien pueda entender que entienda, yo no entiendo, dijo el hombre, Cómo te llamas, Tomás, Ven aquí, Tomás, ven conmigo hasta la orilla del agua, ven a ver cómo hago unos pájaros con este barro que cojo a manos llenas, mira, es muy fácil, formo y modelo el cuerpo y las alas, doy forma a la cabeza y al pico, engasto estas piedrecillas, que son los ojos, ajusto las largas plumas de la cola, equilibro las patas y los dedos y, habiéndolo hecho, hago once más, aquí los tienes, uno, dos, tres, cuatro, cinco, seis, siete, ocho, nueve, diez, once, doce pajarillos de barro, imagina, hasta podemos, si quieres, darles nombres, éste es Simón, éste es Tiago, éste Andrés, éste Juan, y éste, si no te importa, se llamará Tomás, en cuanto a los otros vamos a esperar a que aparezcan los nombres, que los nombres muchas veces se retrasan en el camino, llegan más tarde, y mira ahora lo que hago, lanzo esta red por encima para que los pájaros no puedan huir, si no tenemos cuidado, Quieres decir con eso que si esta red fuera levantada los pájaros huirían, preguntó incrédulo Tomás, Sí, si levantamos la red, los pájaros huirían, Y ésta es la prueba con la que querías convencerme, Sí y no, Cómo sí y no, La mejor prueba, pero ésa no depende de mí, sería que no levantaras tú la red y creyeras que los pájaros huirían al levantarla, Son de barro, no pueden huir, También Adán, nuestro primer padre, era de barro y tú desciendes de él, A Adán le dio vida Dios, No dudes, Tomás, y levanta la red, yo soy el Hijo de Dios, Así lo quisiste, así lo tendrás, estos pájaros no volarán, con un movimiento rápido Tomás levantó la red, y los pájaros, libres, alzaron el vuelo, dieron, entre gorjeos, dos vueltas sobre la multitud maravillada y desaparecieron en el espacio. Dijo Jesús, Mira, Tomás, tu pájaro se ha ido, y Tomás respondió, No Señor, está aquí arrodillado a tus pies, soy yo.

De la multitud se adelantaron algunos hombres, detrás aunque no demasiado cerca, algunas mujeres. Se aproximaron y dijeron cómo se llamaban, Yo soy Felipe, y Jesús vio en él las piedras y la cruz, Yo soy Bartolomé, y Jesús vio en él un cuerpo desollado, Yo soy Mateo, y Jesús lo vio muerto entre gentes bárbaras, Yo soy Simón, y Jesús vio en él la sierra que lo cortaba, Yo soy Tiago, hijo de Alfeo, y Jesús vio que lo lapidaban, Yo soy Judas Tadeo, y Jesús vio la maza que se alzaba sobre su cabeza, Yo soy Judas de Iscariote, y Jesús tuvo pena de él porque lo vio ahorcándose con sus propias manos de una higuera. Entonces llamó Jesús a los otros y les dijo, Ahora estamos todos, ha llegado la hora. Y a Simón, hermano de Andrés, Como tenemos otro Simón con nosotros, tú, Simón, de hoy en adelante te llamarás Pedro. Dieron la espalda al mar y se pusieron en camino, tras ellos iban las mujeres, de la mayor parte no llegamos a saber los nombres, verdaderamente, da lo mismo, casi todas son Marías, incluso las que no lo sean responderían por ese nombre, que decimos mujer, decimos María y ellas vuelven la mirada y vienen a servirnos.

Jesús y los suyos iban por los caminos y los poblados, y Dios hablaba por boca de Jesús, y he aquí lo que decía, Se ha completado el tiempo y está cerca el reino de Dios, arrepentíos y creed en la buena nueva. Al oír esto, el vulgo de las aldeas pensaba que entre completarse el tiempo y acabarse el tiempo no podía haber diferencia, y que en consecuencia estaba próximo el fin del mundo, que es donde el tiempo se mide y gasta. Todos daban muchas gracias a Dios por la misericordia de haber enviado por delante, dando aviso formal de la inminencia del suceso, a uno que se decía su Hijo, cosa que bien podía ser verdad, porque obraba milagros por dondequiera que pasaba, la única condición, si así se le puede llamar, pero ésa imprescindible, era la convicta fe de quien se los pidiera, como fue el caso de aquel leproso que le suplicó, Si quieres, puedes limpiar mi cuerpo, y Jesús, con mucha compasión de aquel mísero llagado, lo tocó y ordenó, Lo quiero, queda limpio, y estas palabras aún no habían sido dichas y en aquel mismo instante la carne podrida se volvió sana, lo que en ella faltaba quedó reconstituido y donde antes había un gafo horrendo y sucio, de quienes todos huían, se veía ahora un hombre lavado y perfecto, muy capaz para todo. Otro caso, igualmente digno de nota, fue el de aquel paralítico a quien, por ser multitud la gente a la entrada de la puerta, tuvieron que hacer subir y luego bajar, en su camastro, por un agujero del tejado de la casa donde Jesús estaba, que sería la de Simón, llamado Pedro, y como fe tan grande era merecedora de premio, dijo Jesús, Hijo mío, tus pecados te son perdonados, pero ocurrió que había allí unos escribas malintencionados, de esos que en todo ven motivo de recriminación y llevan la ley en la punta de la lengua, y cuando oyeron lo que Jesús decía, alzaron su voz en protesta, Por qué hablas así, estás blasfemando, sólo Dios puede perdonar los pecados, y respondió Jesús con una pregunta, Qué es más fácil, decirle al paralítico Tus pecados te son perdonados, o decirle Levántate, toma tu camastro y anda, y sin esperar a que los otros le respondiesen, concluyó, Pues bien, para que sepáis que tengo el poder en la tierra de perdonar los pecados, te ordeno, y esto se lo decía al paralítico, que te levantes, que cojas tu catre y te vayas a tu casa, dichas estas palabras se asistió al inmediato ponerse en pie del beneficiado, recuperado además de todas sus fuerzas, pese a la inacción causada por la parálisis, pues tomó el camastro, se lo echó a la espalda y se fue dando mil gracias a Dios.

Está visto que la gente no anda toda por ahí pidiendo milagros, cada uno, con el tiempo, se habitúa a sus pequeñas o medianas carencias y con ellas va viviendo sin que se le pase por la cabeza importunar a los altos poderes, pero los pecados son otra cosa, los pecados atormentan por debajo de lo que se ve, no son pierna coja ni brazo tullido, no son lepra de fuera, sino lepra de dentro.

Por eso tuvo Dios mucha razón cuando a Jesús le dijo que todo hombre tiene al menos un pecado de que arrepentirse, lo más corriente y normal es que tenga muchísimos. Ahora bien, estando este mundo a punto de acabarse y viniendo ahí el reino de Dios, además de que queremos entrar en él con el cuerpo rehecho a costa de milagros, lo que importa es que nos encaminemos a él con un alma, la nuestra, purificada por el arrepentimiento y curada por el perdón. Por otra parte, si el paralítico de Cafarnaún pasó una parte de su vida hecho un garabato, era porque había pecado, pues sabido es que toda dolencia es consecuencia del pecado, por eso, conclusión lógica sobre todas, la vera condición de una buena salud, aparte de serlo de la inmortalidad del espíritu, y no sabemos si también del cuerpo, sólo podrá ser una integrísima pureza, una absoluta ausencia de pecado, por pasiva y eficaz ignorancia o por activo repudio, tanto en obras como en pensamientos. No se crea, sin embargo, que nuestro Jesús anduvo por aquellas tierras del Señor malbaratando el poder de curar y la autoridad de perdonar que el mismo Señor le otorgó. No es que no lo hubiera deseado, claro está, pues su buen corazón lo inclinaba a tornar en universal panacea lo que, como mandato de Dios, estaba obligado a hacer, es decir, anunciar a todos el fin de los tiempos y reclamar de cada uno arrepentimiento, y para que no perdieran los pecadores demasiado tiempo en cogitaciones que retrasaban la difícil decisión de decir, Yo he pecado, el Señor ponía en boca de Jesús ciertas prometedoras y terribles palabras, como eran éstas, En verdad os digo que algunos de los que aquí están presentes no experimentarán la muerte sin haber visto llegar el reino de Dios con todo su poder, imaginen los efectos arrasadores que tal anuncio causaba en las conciencias de la gente, de todas partes acudían multitudes ansiosas que seguían a Jesús como si él, directamente, las tuviera que conducir al paraíso nuevo que el Señor instauraría en la tierra y que se distinguiría del primero porque ahora serían muchos los que de él gozarían, habiendo redimido, por oración, penitencia y arrepentimiento, el pecado de Adán, también llamado original. Y como, en su mayor parte, esta confiada gente procedía de bajos estratos sociales, artesanos y cavadores de azadón, pescadores y mujerucas, se atrevió Jesús, un día en que Dios lo dejó más libre, a improvisar un discurso que arrebató a todos los oyentes, derramándose allí lágrimas de alegría como sólo se concebirían a la vista de una ya no esperada salvación, Bienaventurados, dijo Jesús, bienaventurados vosotros los pobres porque vuestro es el reino de Dios, bienaventurados vosotros los que ahora tenéis hambre, porque seréis saciados, bienaventurados vosotros, los que ahora lloráis, porque reiréis, pero en este momento se dio cuenta Dios de lo que estaba ocurriendo, y como no podía suprimir lo que por Jesús había sido dicho, forzó su lengua para que pronunciara otras palabras distintas, con lo que las lágrimas de felicidad se convirtieron en negras lástimas por un futuro negro, Bienaventurados seréis cuando los hombres os odien, cuando os expulsen, os insulten y rechacen vuestro nombre infame, por causa del Hijo del Hombre. Cuando Jesús acabó de decir esto, fue como si el alma se le hubiera caído a los pies, pues en el mismo instante se representó en su espíritu la trágica visión de los tormentos y de las muertes que Dios anunció en el mar. Por eso, ante la multitud que lo miraba transida de pavor, Jesús cayó de rodillas y, postrado, oró en silencio, ninguno de los que se encontraban allí podría imaginar que él estaba pidiendo, a todos, perdón, él que se gloriaba, como Hijo de Dios que era, de poder perdonar a los demás. Aquella noche, en la intimidad de la tienda donde dormía con María de Magdala, Jesús dijo, Yo soy el pastor que con el mismo cayado lleva al sacrificio a los inocentes y a los culpables, a los salvos y a los perdidos, a los nacidos y a los por nacer, quién me librará de este remordimiento, a mí que me veo hoy como se vio mi padre en aquel tiempo, pero él responde de veinte vidas, y yo por veinte millones. María de Magdala lloró con Jesús y le dijo, Tú no lo has querido, Peor aún, respondió él, y ella, como si desde el principio conociese, por entero, lo que poco a poco hemos venido viendo y oyendo nosotros, Dios es quien traza los caminos y manda a los que por ellos han de ir, a ti te eligió para que abrieses, en su servicio, un camino entre los caminos, pero tú no andarás por él y no construirás un templo, otros lo construirán sobre tu sangre y tus entrañas, sería mejor que aceptases con resignación el destino que Dios ha ordenado y escrito para ti, pues todos tus gestos están previstos, las palabras que has de decir te esperan en lugares a los que tendrás que ir, ahí estarán los cojos a quienes darás piernas, los ciegos a quienes darás vista, los sordos a quienes darás oídos, los mudos a quienes darás voz, los muertos a quienes podrías dar vida, No tengo poder contra la muerte, Nunca lo has intentado, Sí, lo intenté, y la higuera no resucitó, El tiempo, ahora, es otro, tú estás obligado a querer lo que Dios quiere, pero Dios no puede negarte lo que tú quieras, Que me libere de esta carga, no quiero más, Quieres lo imposible, mi Jesús, la única cosa que Dios realmente no puede es no quererse a sí mismo, Cómo lo sabes tú, Las mujeres tenemos otros modos de pensar, quizá porque nuestro cuerpo es diferente, debe de ser por eso, sí, debe de ser por eso.

Un día, como la tierra siempre es demasiado grande para el esfuerzo de un hombre, aunque se trate sólo de una pequeñísima parcela, como es, en este caso, Palestina, decidió Jesús mandar a sus amigos, a pares, a anunciar por ciudades, villas y aldeas la próxima llegada del reino de Dios, enseñando y predicando por todas partes como él hacía. Hallándose solo con María de Magdala, pues las otras mujeres acompañaban a los hombres, conforme a los gustos y preferencias de ellos y de ellas, decidieron ir a Betania, que está cerca de Jerusalén, y así, si decirlo no falta al respeto, mataban dos pájaros de un tiro, visitando a la familia de María, que ya era hora de que se reconciliasen los hermanos y se conocieran los cuñados, y yendo después el grupo, reunido otra vez, a Jerusalén, pues Jesús había citado a todos sus amigos en Betania al cabo de tres meses. De lo que hicieron los doce en tierras de Israel no hay mucho que decir, en primer lugar porque, salvo algunos pormenores de vida y circunstancias de muerte, no es la historia de ellos la que fuimos llamados a contar, y en segundo lugar, porque no les era concedido más que el poder de repetir, aunque según el modo de cada uno, las lecciones y las obras del maestro, lo que quiere decir que enseñaban como él, pero curaban como podían. Fue una pena que Jesús les hubiese ordenado taxativamente que no siguieran por el camino de los gentiles ni entrasen en ciudad de samaritanos, porque con esa manifestación de sorprendente intolerancia, que no era de esperar en persona tan bien formada, se perdió la oportunidad de abreviar futuros trabajos, pues teniendo Dios el propósito, con bastante claridad expresado, de ampliar sus territorios e influencia, más tarde o más temprano tendría que llegarles el turno, no sólo a los samaritanos, sino sobre todo a los gentiles, bien a los de aquí, bien a los de otras partes. Les dijo Jesús que curasen enfermos, resucitasen muertos, limpiasen leprosos, expulsasen demonios, pero, en verdad, fuera de alusiones vagas y muy generales, no se observa que haya quedado registro ni memoria de tales acciones, si es que algo hicieron, lo que sirve, en definitiva, para mostrar que Dios no se fía de cualquiera, por muy buenas que sean las recomendaciones. Cuando vuelvan a encontrarse con Jesús, algo, sin duda, tendrán los doce que contarle acerca de los resultados de aquella predicación de arrepentimientos en que anduvieron, pero muy poco podrán contar en lo que a curas se refiere, salvo la expulsión de unos cuantos demonios subalternos, de esos que no necesitan exorcismos particularmente imperiosos para saltar de una persona a otra. Lo que sí dirán es que algunas veces fueron expulsados o mal recibidos en caminos que no eran de gentiles y ciudades que no eran de samaritanos, sin más consuelo que sacudirse a la salida el polvo de los pies, como si la culpa fuera del polvo que todos pisan y que de nadie se queja. Pero Jesús les había prevenido que eso era lo que debían hacer en tales casos, como testimonio contra quien no quisiera oírles, deplorable, resignada respuesta, es verdad, pues de lo que se trataba era de la propia palabra de Dios de este modo rechazada, ya que el mismo Jesús fue muy explícito, No os preocupéis de lo que vais a decir, llegado el momento os será inspirado. Aunque quizá las cosas no puedan ser exactamente así, tal vez en este como en otros casos, la solidez de la doctrina, que está encima, depende del factor personal, que está debajo, la lección, si no es temerario adelantarlo, parece buena, aprovechémosla.

Ocurrió que estaba el tiempo como de rosas acabadas de cortar, fresco y perfumado como ellas, y los caminos limpios y amenos como si por allí anduvieran ángeles salpicándolos de rocío para barrerlos después con escobas de laurel y arrayán. Jesús y María de Magdala viajaron de incógnito, no pernoctaron nunca en los caravasares, evitaron unirse a las caravanas, donde era mayor el riesgo de encontrar quien lo reconociese. No es que Jesús estuviera descuidando sus obligaciones, que no se lo consentiría la minuciosa vigilancia de Dios, más bien parecía que el mismo Dios decidió concederle unas vacaciones, pues al camino no bajaban leprosos implorando curas ni posesos rechazándolas y las aldeas por las que pasaban se complacían bucólicamente en la paz del Señor, como si, por virtud suya y propia, se hubieran adelantado en la vía de los arrepentimientos. Dormían donde les caía la noche, sin más preocupaciones de bienestar que el regazo del otro, teniendo alguna vez por único techo el firmamento, el inmenso ojo negro de Dios cribado de luces que son el reflejo dejado por las miradas de los hombres que contemplaron el cielo, generación tras generación, interrogando al silencio y escuchando la única respuesta que el silencio da. Más tarde, cuando se quede sola en el mundo, María de Magdala querrá recordar estos días y estas noches, y cada vez que recuerde se verá obligada a luchar para defender la memoria de los asaltos del dolor y de la amargura, como si estuviera protegiendo una isla de amores de las embestidas de un mar tormentoso y de sus monstruos. No están lejos esos tiempos, pero, mirando a la tierra y al cielo, no se distinguen los signos de la aproximación, igual que en el espacio libre vuela un ave y no se apercibe del rápido halcón que, con las garras lanzadas hacia delante, baja como una piedra. Jesús y María de Magdala cantan en el camino, otros viajeros, que no los conocen, dicen, Gente feliz, y de momento no hay verdad más verdadera. Así llegaron a Jericó y de allí, despacio, en dos largos días de jornada, porque el calor era mucho y las sombras ningunas, subieron hasta Betania. Tras tantos años pasados, no sabía María de Magdala cómo iban a recibirla los hermanos, saliendo de casa como salió, para vivir una mala vida, Quizá piensen que he muerto, decía, quizá hasta deseen que haya muerto, y Jesús intentaba apartar de su cabeza las negras ideas, El tiempo lo cura todo, sentenciaba, sin recordar que la herida que para él era su propia familia seguía viva y abierta y sangrando todo el tiempo. Entraron en Betania, María velándose medio rostro, con vergüenza de que la reconocieran los vecinos, y Jesús, suavemente, reprendiéndola, De qué te escondes, ya no eres aquella mujer que vivió otra vida, ésa ya no existe, No soy quien fui, es verdad, pero soy quien era, y la que soy y la que era están atadas una a otra por la vergüenza de la que fui, Ahora eres quien eres, y estás conmigo, Bendito sea Dios por eso, él que de mí te llevará un día, y María dejó caer el manto, mostrando el rostro, pero nadie dijo, Ahí va la hermana de Lázaro, la que se fue a vivir de prostituta.

Ésta es la casa, dijo María de Magdala, pero no tuvo ánimo para llamar ni voz para anunciarse. Jesús empujó un poco la cancela, que sólo estaba entornada, y preguntó, Hay alguien, desde dentro una mujer dijo, Quién llama, su propia respuesta pareció traerla hasta la puerta, allí estaba Marta, la hermana de María, gemelas, pero no iguales, porque sobre ésta hizo la edad mayor estrago, o el trabajo, o el carácter y el modo de ser. Dio primero con los ojos en Jesús, y su rostro, como si de él se hubiera levantado una nube que lo oscureciera, se volvió de súbito luminoso y claro, pero, en seguida, viendo a la hermana, dudó, y se le dibujó en las facciones una expresión de descontento, Quién es él para estar con ella, podía haber pensado, o tal vez, Cómo puede estar con ella, si es lo que parece, pero Marta no sabría decir, si se lo ordenaran, qué era lo que le parecía Jesús. Y seguramente por eso en vez de preguntarle a la hermana, Cómo estás, o, A qué has venido aquí, las palabras que dijo fueron, Quién es este hombre que te acompaña. Jesús sonrió, y su sonrisa fue directa al corazón de Marta con la rapidez y el choque de un disparo de flecha y allí se quedó, doliendo, doliendo, como un extraño y desconocido gozo, Me llamo Jesús de Nazaret, dijo, y estoy con tu hermana, palabras estas que eran, mutatis mutandis, tal como sabrían decir los romanos en su latín, equivalentes a las que gritó a su hermano Tiago cuando se

449

separó de él a la orilla del mar, Se llama María de Magdala y está conmigo. Marta abrió la puerta del todo y dijo, Entrad, estás en tu casa, pero no supo en cuál de los dos estaba pensando. Ya en el patio, María de Magdala sostuvo del brazo a su hermana, y le dijo, Pertenezco a esta casa como tú perteneces, pertenezco a este hombre que no te pertenece a ti, estoy en regla contigo y con él, no hagas de tu virtud pregón ni de mi imperfección sentencia, en paz he venido, y en paz quiero quedarme. Marta dijo, Te recibo como hermana por la sangre, y espero que pueda llegar el día en que te reciba por el amor, pero hoy no, iba a continuar cuando un pensamiento la detuvo, y es que no sabía si el hombre que estaba con la hermana era conocedor o no de la vida que llevó, si es que no la llevaba todavía, y entonces, en este punto del raciocinio, se le cubrió el rostro de rubor y confusión, durante un momento los odió a los dos y se odió a sí misma. Al fin habló Jesús, para que Marta oyese lo que era menester, no es tan difícil adivinar lo que va en el pensamiento de las personas, Dios nos juzga a todos y cada día nos juzgará de manera diferente, según lo que cada día somos, ahora bien, si a ti, Marta, tuviera que juzgarte Dios hoy, no creas que serías, a sus ojos, diferente de María, Explícate mejor, no te entiendo, Y yo no te diré más, guarda mis palabras en tu corazón y repítelas para ti misma cuando mires a tu hermana, María ya no, Quieres saber si aún soy puta, preguntó brutalmente María de Magdala, cortando la reticencia de su hermana. Marta retrocedió, asintió con las manos cubriéndose el rostro, No, no, no quiero que me lo digas, me bastan las palabras de Jesús, y sin poder contenerse se echó a llorar.

María fue hacia ella, la abrazó como acunándola, Marta decía entre sollozos, Qué vida, qué vida, pero no sabía si hablaba de la hermana o de sí misma. Lázaro, dónde está, preguntó María, En la sinagoga, Y de salud, cómo va, Sigue sufriendo aquellos sofocos suyos, salvo eso, no va mal. Le dieron ganas de añadir, en otro asalto de amargura, que la preocupación se había atrasado por el camino, pues, en todos estos años de culpable ausencia, la hermana pródiga, pródiga de tiempo y de cuerpo, pensó Marta con ironía despechada, nunca tuvo el detalle de demandar noticias de la familia, en particular de un hermano cuya débil salud parecía que en cada instante se iba a romper para siempre. Volviéndose hacia Jesús, que dos pasos atrás observaba con atención el mal disimulado conflicto, Marta dijo, Nuestro hermano copia libros en la sinagoga, no tiene salud para más, y el tono, aunque la intención no fuera ciertamente ésa, era el de alguien que nunca podrá comprender cómo es posible vivir sin esta fuerza diligente, sin este continuo trabajo mío, que en todo el santo día no tengo ni un momento de descanso. De qué mal sufre Lázaro, preguntó Jesús, De unos sofocos, como si fuera a parársele el corazón, después se pone pálido, pálido, parece que ahí acaba. Marta hizo una pausa, y añadió, Es más joven que nosotras, lo dijo sin pensar, tal vez porque de pronto reparó en la propia juventud de Jesús, otra vez la confusión entró en su espíritu, un sentimiento de celos tocó su corazón, y el resultado fueron unas palabras que sonaron de modo extraño estando allí presente María de Magdala, que ella, sí, tenía el deber y el derecho de pronunciarlas, Vienes cansado, siéntate y déjame que te lave los pies. Un poco más tarde, María, hallándose a solas con Jesús, le dijo medio en serio, medio en broma, Por lo visto y oído, estas hermanas han nacido para enamorarse de ti, y Jesús respondió, El corazón de Marta está lleno de tristeza por no haber vivido, La tristeza de ella no es ésa, está triste porque piensa que no hay justicia en el cielo si es la impura quien recibe el premio y la virtuosa tiene el cuerpo vacío, Dios tendrá para ella otras compensaciones, Puede ser, pero Dios, que hizo el mundo, no debería privar de ninguno de los frutos de su obra a las mujeres de las que también fue autor, Conocer hombre, por ejemplo, Sí, como tú conociste mujer, y no debías necesitarlo más, siendo, como eres, hijo de Dios, Quien se acuesta contigo no es el hijo de Dios, sino el hijo de José, La verdad es que nunca, desde que te conozco, sentí que estuviera acostada con el hijo de un dios, De Dios, quieres decir, Ojalá no lo fueras.

Por un chiquillo, hijo de unos vecinos, Marta mandó aviso al hermano de que había vuelto María, pero no lo hizo sin haber dudado antes mucho, pues así iba a precipitar la inevitable y sabrosa noticia de que la prostituta hermana de Lázaro regresó a casa, con lo que la familia volvería a caer en las habladurías de la gente, después de haberlas silenciado durante un tiempo. Se preguntaba a sí misma con qué cara saldría a la calle al día siguiente y, peor todavía, si tendría valor para acompañar a su hermana, obligada a hablar con las vecinas y decirles, es un ejemplo, Te acuerdas de María, mi hermana, pues está aquí, ha vuelto a casa, y la otra, con aire muy redicho, Vaya si me acuerdo, quién no se acuerda, que estas minucias prosaicas no escandalicen a quien con ellas tenga que perder el tiempo, la historia de Dios no es toda divina. Se censuró Marta a sí misma por sus mezquinos pensamientos cuando Lázaro, al llegar, abrazó a María y le dijo muy sencillamente, Bienvenida seas, hermana, como si no le estuviesen doliendo tantos años de ausencia y de callada tristeza, y porque alguna señal de alegre disposición tenía que mostrar ahora, apuntó Marta a Jesús y le dijo al hermano, Éste es Jesús, nuestro cuñado. Los dos hombres se miraron con simpatía y luego se sentaron a charlar, mientras las mujeres, repitiendo gestos y movimientos que fueron comunes en otro tiempo, comenzaron a preparar la cena. Después de haber cenado, salieron Lázaro y Jesús al patio a tomar el fresco de la noche, dentro de la casa se quedaron las dos hermanas resolviendo la importante cuestión de cómo deberían instalar las esteras, teniendo en cuenta la alteración sobrevenida en la composición de la familia, y, al cabo de un momento de silencio, Jesús, viendo las primeras estrellas que surgían en el cielo aún claro, preguntó, Sufres, Lázaro, y Lázaro respondió, con una voz extrañamente tranquila, Sí, sufro, Dejarás de sufrir, dijo Jesús, Seguro, después de muerto, Dejarás de sufrir ahora, No me habías dicho que fueras médico, Hermano, si fuese médico no sabría cómo curarte, Ni puedes curarme, incluso no siéndolo, Estás curado, murmuró Jesús dulcemente, tomándole la mano. En aquel mismo instante, Lázaro sintió que el mal huía de su cuerpo como un agua oscura devorada por el sol, notó que se le fortalecía la respiración y el corazón se le rejuvenecía, y como no podía comprender lo que pasaba, sintió miedo en el alma, Qué es esto, preguntó, y su voz sonaba ronca de angustia, Quién eres tú,

Médico no soy, sonrió Jesús, En nombre de Dios, dime quién eres, No pronuncies el nombre de Dios en vano, Qué debo entender, Llama a María, ella te lo dirá. No fue necesario, atraídas por el repentino volumen de las voces, Marta y María aparecieron en la puerta, andarían los dos hombres en altercado, pero luego vieron que no, el patio estaba todo azul, el aire, queremos decir, y Lázaro, trémulo, indicaba a Jesús, Quién es éste, preguntaba, que con tocarme la mano y decirme Estás curado, me curó. Marta se acercó al hermano con intención de tranquilizarlo, cómo era posible que estuviera curado si temblaba de aquel modo, pero Lázaro la mantuvo alejada, y dijo, Habla tú, María, que lo has traído, quién es. Sin moverse del umbral de la puerta donde se quedó, María de Magdala dijo simplemente, Es Jesús de Nazaret, hijo de Dios. Incluso siendo estos lugares, desde el principio del mundo tan regularmente favorecidos por revelaciones proféticas y anuncios apocalípticos, lo más natural hubiera sido que Lázaro y Marta manifestaran una perentoria incredulidad, porque una cosa es que uno se sienta súbitamente curado por obvio efecto de milagro, y otra es que te vengan a decir que el hombre que tocó tu mano y te liberó del mal es el propio hijo de Dios. Pero pueden mucho la fe y el amor, es más, hay quien afirma que no precisan andar juntos para poderlo todo, el caso es que Marta se lanzó, llorando, a los brazos de Jesús y luego, asustada por aquella osadía, se dejó caer en el suelo, donde se quedó, y sólo sabía murmurar, con el rostro transfigurado, Te lavé los pies, te lavé los pies. Lázaro no se movía, el asombro lo había paralizado, podemos incluso suponer que si no lo fulminó la súbita revelación fue porque un acto oportuno de amor, un minuto antes, le puso un corazón nuevo en lugar del corazón viejo. Sonriendo, Jesús lo abrazó y dijo, No te sorprenda ver que el hijo de Dios es un hijo de hombre, verdaderamente Dios no tenía más opción, como los hombres que escogen a sus mujeres y las mujeres que escogen a sus hombres. Las últimas palabras iban destinadas a María de Magdala, que las tomaría por el lado bueno, pero no reparó Jesús en que estas palabras servirían para aumentar el sufrimiento de Marta y la desesperación de su soledad, ésta es la diferencia que hay entre Dios y un hijo suyo, Dios lo haría adrede, lo hizo el hijo sólo por humanísima torpeza. En fin, la alegría hoy es grande en esta casa, mañana volverá Marta a sufrir y a suspirar, pero un alivio puede ya tener seguro, nadie va a tener el atrevimiento de comentar por las calles, plazas y mercados de Betania la vida disoluta de la hermana cuando se sepa, y la propia Marta se ocupará de esto, que el hombre que vino con ella curó a Lázaro de su mal sin poción ni tisana. Estaban en casa, recogidos y disfrutando de la hora, cuando Lázaro dijo, De tiempo en tiempo nos llegaban noticias de que un hombre de Galilea andaba haciendo milagros, pero no decían que fuese hijo de Dios, Unas noticias andan más deprisa que las otras, dijo Jesús, Eres tú ese hombre, Tú lo has dicho. Entonces Jesús contó su vida desde el principio, pero no toda ella, de Pastor, nada, de Dios dijo sólo que se le apareció para decirle, Eres mi hijo. Si no fuese por aquella primera noticia de unos lejanos milagros, convertidos en verdades puras por la palpable evidencia de éste, si no fuese por el poder de la fe, si no fuese por el amor y sus poderes, seguro que habría sido muy difícil a Jesús, sólo con una frase lacónica, aunque puesta en boca del mismo Dios, convencer a Lázaro y a Marta de que el hombre que dentro de un rato iba a acostarse con su hermana estaba hecho de espíritu divino, si con su humana carne se aproximaba a ella, que a tantos hombres había conocido sin temor de Dios. Perdonemos a Marta el orgullo que la llevó a decir, muy bajo, con la cabeza tapada por el cobertor para no ver ni oír, Yo sería más digna.

A la mañana siguiente, la noticia corrió velocísima, toda Betania fue un loar y dar gracias al Señor, e incluso los que, pocos, empezaron a dudar del caso, creyendo que la aldea era demasiado pequeña para que en ella pudieran ocurrir grandes cosas, ésos no tuvieron más remedio que rendirse, a la vista del milagro que benefició a Lázaro, de quien no podrá decirse que de ahora en adelante venderá salud, porque era de corazón tan generoso que la daría, si pudiese. Ya a la puerta de la casa se juntaban curiosos que querían ver, con sus propios y en consecuencia no mentirosos ojos, al autor del hecho celebrado y, si pudiera ser, para final y definitiva certeza, ponerle la mano encima. También, unos por su pie, otros traídos en angarillas o a las espaldas de parientes, vinieron los enfermos a la cura, hasta el punto de que era imposible dar un paso en la estrecha callejuela donde vivían Lázaro y las hermanas. Sabedor que fue del caso, mandó Jesús avisar que hablaría a todos en la plaza mayor de la aldea, que fueran andando, que ya iba él. Ora bien, quien tiene un pájaro en la mano no será tan loco que lo suelte, antes le hará con los dedos jaula más segura. Por causa de esta prudencia o desconfianza, nadie se alejó de allí, y Jesús tuvo que mostrarse y salir como uno más, igual que nosotros apareciendo en el vano de una puerta, sin música ni resplandor, sin que temblara la tierra o los cielos se moviesen de un lado a otro, Aquí estoy, dijo, intentando hablar en tono natural, pero, suponiendo que lo consiguiera, eran aquellas palabras, por sí solas, salidas de quien salían, capaces de poner de rodillas en el suelo a la aldea entera, clamando piedad, Sálvanos, gritaban éstos, Cúrame, imploraban aquéllos. Jesús curó a uno que por ser mudo nada podía pedir, y a los otros los mandó a sus casas porque no tenían fe bastante, y que volvieran otro día, aunque primero debían arrepentirse de sus pecados, pues el reino de Dios estaba cerca y el tiempo a punto de completarse, doctrina ya conocida. Eres tú el hijo de Dios, le preguntaron, y Jesús respondió del modo enigmático que solía, Si no lo fuera, antes Dios te volvería mudo que consentir que me lo preguntases.

Con estos señalados actos se inició la estancia de Jesús en Betania, mientras llegaba el día del encuentro acordado con los discípulos que por distantes parajes andaban. Claro es que no tardó en llegar gente de las ciudades y aldeas de alrededor, conocida que fue la noticia de que el hombre que hacía milagros en el norte estaba ahora en Betania. No necesitaba Jesús salir de casa de Lázaro porque todos acudían a ella como lugar de peregrinación, pero Jesús no los recibía, les mandaba que se reuniesen en un monte fuera de la aldea y allí iba él a predicarles el arrepentimiento y hacer algunas curas. Tanto se habló y dijo que las voces llegaron a Jerusalén, haciendo que se engrosaran las multitudes y Jesús se interrogase sobre si debía seguir allí, con riesgo de motines que siempre nacen de ajuntamientos excesivos. De Jerusalén llegó, primero, al rumor de una esperanza de salvación y cura, el pueblo menudo, pero pronto empezaron a llegar también gentes de clases que están por encima, e incluso unos cuantos fariseos y escribas que se negaban a creer que alguien, en su juicio, tuviera el atrevimiento, por así decir suicida, de llamarse con todas las letras Hijo de Dios. Regresaban a Jerusalén irritados y perplejos porque Jesús nunca respondía afirmativamente cuando le preguntaban, y todo su hablar, por lo que toca a filiaciones, era denominarse a sí mismo Hijo del Hombre, y si, hablando de Dios, le acontecía decir Padre, se entendía que lo era de todos y no sólo suyo. Quedaba entonces, como cuestión difícilmente polémica, el poder curativo de que daba sucesivas pruebas, ejercido sin artificiosos pases de magia, del modo más simple, con una o dos palabras, Camina, Levántate, Habla, Ve, Sé limpio, un sutil toque con la mano, nada más que el roce suave de la punta de los dedos, y de inmediato la piel de los leprosos brillaba como el rocío al darle la primera luz del sol, los mudos y los tartamudos se embriagaban en el flujo torrencial de la palabra liberada, los paralíticos saltaban de las angarillas y danzaban hasta que se quedaban sin fuerzas, los ciegos no creían lo que sus ojos podían ver, los cojos corrían y corrían y después, de pura alegría, se fingían cojos para poder correr otra vez, Arrepentíos, les decía Jesús, arrepentíos, y no les pedía otra cosa. Pero los sacerdotes superiores del Templo, sabedores más que nadie de las confusiones y otras perturbaciones históricas a que habían dado impulso, en su tiempo, profetas y anunciadores de varia índole, decidieron, tras pesar y medir todas las palabras oídas a Jesús, que en este tiempo no se verían convulsiones religiosas, sociales y políticas como las del pasado, y que de hoy en adelante prestarían atención a todo lo que el galileo fuese diciendo o haciendo, para que, en caso de necesidad, y todo indica que hasta este punto llegaremos, sea cortado y arrancado de raíz el mal que se anuncia, porque, decía el sumo sacerdote, A mí no me engaña ése, el hijo del Hombre es el Hijo de Dios. Jesús no fue a sembrar grano en Jerusalén, pero en Betania forjaba y daba filo a la hoz con la que lo habrán de segar.

En esta fiesta estábamos cuando, dos ahora, dos mañana, a pares cada vez, o cuatro que se habían encontrado en el camino, empezaron a llegar a Betania los discípulos. Difiriendo apenas, unos y otros, en pormenores y circunstancias menores, traían todos la misma noticia, y era que del desierto había salido un hombre que profetizaba al modo antiguo, como si rodase canchales con la voz y moviese montañas con los brazos, anunciando castigos para el pueblo y la venida inmediata del Mesías. No lo habían llegado a ver porque él iba constantemente de un lado a otro, y en cuanto a las informaciones que traían, aunque coincidentes en general, eran todas de segunda mano, y decían que si no lo buscaron era porque estaba a punto de cumplirse el plazo acordado de tres meses y no querían faltar a la cita, Preguntó entonces Jesús si sabían cómo se llamaba el profeta y ellos respondieron que Juan, luego ése era el hombre que debía venir a ayudarle, conforme a lo que Dios le había anunciado en su despedida. Ya llegó, dijo Jesús, y los amigos no comprendieron lo que quería decir con estas palabras, sólo María de Magdala, pero ésa lo sabía todo. Jesús quería ir ya al encuentro de Juan, que sin duda lo estaría buscando a él, pero de los doce faltaban aún Tomás y Judas de Iscariote, y como podía ocurrir que ellos trajeran noticias más directas y completas, le molestaba la tardanza. Valió la pena aquella espera, los retardatarios habían visto a Juan y hablado con él. Vinieron los otros de las tiendas donde paraban, fuera de Betania, para oír el relato de Tomás y de Judas de Iscariote, sentados todos en círculo en el patio de la casa de Lázaro, y Marta y María y las otras mujeres, por allí, sirviéndolos. Entonces hablaron alternativamente Judas de Iscariote y Tomás, y dijeron esto, que Juan estaba en el desierto cuando la palabra de Dios le fue dirigida, entonces se fue de allí a las márgenes del Jordán a predicar un bautismo de penitencia para la remisión de los pecados, pero yendo las multitudes a él para hacerse bautizar, las recibió con estos gritos, que los oímos nosotros y de ellos quedamos asombrados, Raza de víboras, quién os ha enseñado a huir de la cólera que está a punto de llegar, lo que tenéis que hacer es dar frutos de arrepentimiento sincero, y no os engañéis a vosotros mismos diciendo que tenéis por padre a Abraham, pues yo os digo que Dios puede, de estos rudos pedregales, originar nuevos retoños a Abraham, dejándoos a vosotros despreciados, ved que ya el hacha se acerca a la raíz de los árboles, y por eso todo aquel que no dé buen fruto será cortado y arrojado al fuego, y las multitudes, llenas de temor, le preguntaron, Qué debemos hacer, y Juan les respondió, Quien tenga dos túnicas reparta con quien no tiene ninguna, y quien tenga mantenencias, haga lo mismo, y a los publicanos que cobran los impuestos les dijo, No exijáis nada que no esté establecido en la ley, pero no penséis que la ley es justa sólo porque la llamáis ley, y a los soldados que le preguntaron, Y nosotros, qué debemos hacer, les respondió, No ejerzáis violencia sobre nadie, no denunciéis injustamente y contentaos con vuestra soldada. Se calló en este punto Tomás, que era el que había empezado, y Judas de Iscariote, tomando la palabra, prosiguió, Le preguntaron entonces si él era el Mesías, y respondió, Yo os bautizo en agua para moveros al arrepentimiento, pero va a llegar quien es más poderoso que yo, alguien cuyas sandalias no soy digno de desatar, que os bautizará en el Espíritu Santo y en el fuego, y que tiene en su mano la pala de cribar para limpiar su era y recoger el trigo en su granero, pero la paja la quemará en un fuego inextinguible. No dijo más Judas de Iscariote, y todos esperaron a que Jesús hablase, pero Jesús, con un dedo, hacía trazos enigmáticos en el suelo y parecía esperar a que alguno de los otros hablase. Entonces dijo Pedro, Eres tú el Mesías que Juan anuncia, y Jesús, sin dejar de hacer rayas en el polvo, Tú eres quien lo dice, no yo, que a mí Dios sólo me dijo que soy su hijo, hizo una pausa, y concluyó, Voy en busca de Juan, Vamos contigo, dijo el que también se llamaba Juan, hijo de Zebedeo, pero Jesús movió lentamente la cabeza, No, sólo vendrán Tomás y Judas de Iscariote, porque lo conocen, y volviéndose a Judas, Cómo es él, Más alto que tú y mucho más fuerte, lleva una gran barba que parece hecha de espinos, viste toscas pieles de camello sujetas con una tira de cuero alrededor de la cintura, y dicen que en el desierto se alimentaba de saltamontes y de miel silvestre, Más parece el Mesías él que yo, dijo Jesús, y se levantó del corro.

Partieron los tres a la mañana siguiente, y, sabiendo que Juan nunca paraba muchos días en el mismo lugar, pero que lo más probable, en todo caso, sería encontrarlo bautizando a orillas del Jordán, bajaron de los altos de Betania hacia el lugar de Betabara, que está a orillas del mar Muerto, con idea de ir después, río arriba, hasta el mar de Galilea, y todavía más al septentrión, hasta las fuentes del río, si preciso fuera. Pero al salir de Betania no podían imaginar que la jornada iba a ser tan breve, pues fue allí mismo en Betabara donde, solo, como si estuviera esperando, encontraron a Juan. Lo vieron de lejos, minúscula figura de hombre sentado a la orilla del río, cercado por montes lívidos que eran como calaveras y valles que parecían cicatrices aún doloridas y, extendiéndose hacia la derecha, brillando siniestra bajo el sol y el cielo blanco, la superficie terrible del mar Muerto, como de estaño fundido. Cuando se aproximaron a la distancia de un tiro de honda, Jesús les preguntó a sus compañeros, Es él, los dos miraron con atención, protegiendo la vista con la mano sobre las cejas, y respondieron, Sería su gemelo si no lo fuese, Esperad aquí hasta que yo vuelva, dijo Jesús, no os acerquéis pase lo que pase, y, sin más palabras, empezó a bajar hacia el río. Tomás y Judas de Iscariote se sentaron en el suelo requemado, vieron a Jesús apartarse, apareciendo y desapareciendo según los accidentes del terreno y luego, ya en la orilla, caminando hacia donde estaba Juan, que en todo este tiempo no se había movido. Ojalá no nos hayamos equivocado, dijo Tomás, Tendríamos que habernos acercado más, dijo Judas de Iscariote, pero Jesús nada más verlo tuvo la certeza de que era él, preguntó por preguntar. Allá abajo, Juan se había levantado y miraba a Jesús, que se acercaba. Qué se dirán el uno al otro, preguntó Judas de Iscariote, Tal vez Jesús nos lo diga, tal vez calle, dijo Tomás. Ahora los dos hombres, a lo lejos, estaban frente a frente y hablaban animadamente, se podía ver por los gestos, por los movimientos que hacían con los cayados, pasado un tiempo bajaron hasta el agua, desde aquí no es posible verlos, porque el relieve de las márgenes los oculta, pero Judas y Tomás sabían qué estaba ocurriendo, porque también ellos se hicieron bautizar por Juan, entrando los dos en la corriente hasta medio cuerpo, y Juan tomando agua con las dos manos en concha, alzándola luego al cielo y dejándola caer sobre la cabeza de Jesús mientras decía, Bautizado estás con agua, que ella alimente tu fuego. Ya lo ha hecho, ya lo ha dicho, ya suben del río Juan y Jesús, recogieron del suelo los cayados, sin duda están diciéndose el uno al otro palabras de despedida, las dijeron, se abrazaron, luego Juan empezó a andar a lo largo de la orilla, hacia el norte, Jesús viene hacia nosotros. Tomás y Judas de Iscariote lo esperan de pie, él se acerca y, otra vez sin decirles nada, pasa y sigue adelante, camino de Betania. Van tras él, no con pequeño disgusto, los discípulos, roídos por la curiosidad insatisfecha, y, en un momento dado, Tomás no puede contenerse más y, desatendiendo el gesto que hizo Judas para retenerlo, preguntó, No quieres hablarnos de lo que te dijo Juan, No es aún la hora, respondió Jesús, Te dijo al menos que eres el Mesías, No es aún la hora, repitió Jesús, y los discípulos se quedaron sin saber si sólo repetía lo que antes había dicho o si les estaba informando de que la hora de la venida del Mesías todavía no había llegado. Hacia esta hipótesis se inclinó Judas de Iscariote cuando, desanimados, se fueron quedando atrás, mientras Tomás, escéptico por decidida y renitente inclinación de espíritu, opinaba que se trataba de una simple repetición y, para colmo, impaciente, añadió.

De lo ocurrido sólo María de Magdala tuvo conocimiento aquella noche, nadie más, No se habló mucho, dijo Jesús, apenas habíamos acabado de saludarnos, él quiso saber si yo era aquel que ha de venir, o si debíamos esperar a otro, Y tú, qué le respondiste, Le dije que los ciegos ven y los cojos andan, los leprosos quedan limpios y los sordos oyen, y la buena nueva es anunciada a los pobres, Y él, No es necesario que el Mesías haga tanto, si hace lo que debe, Fue eso lo que él dijo, Sí, ésas fueron sus palabras exactas, Y qué debe hacer el Mesías, Eso fue lo que le pregunté, Y él, Me respondió que tendría que descubrirlo por mí mismo, Y luego, Nada más, me llevó al río, me bautizó y se fue, Qué palabras dijo para bautizarte, Bautizado estás con agua, que ella alimente tu fuego. Después de esta conversación con María de Magdala, Jesús no habló más durante una semana. Salió de casa de Lázaro y se fue a vivir fuera de Betania, donde los discípulos estaban, pero se recogió en una tienda apartada de las otras, pasaba todo el día dentro, solo, pues ni siquiera María de Magdala podía entrar, y salía por la noche para ir a los montes desiertos. Lo siguieron algunas veces los discípulos, a escondidas, dándose a sí mismos la disculpa de protegerlo de un ataque de las bestias salvajes, de las que en verdad no había noticia, y lo que vieron fue que él buscaba un claro despejado y allí se sentaba, mirando, no al cielo, sino adelante, como si de la sombra inquietante de los valles, o asomando en la arista de una colina, esperase ver surgir a alguien. Era tiempo de luna, quien viniera podría ser visto de lejos, pero nunca apareció nadie. Cuando la madrugada pisaba el primer umbral de la luz, Jesús se retiraba y volvía al campamento. Comía sólo una pequeña parte del alimento que Juan y Judas de Iscariote, ahora uno, ahora otro, le llevaban, pero no respondía a sus saludos, una vez incluso aconteció que despidió rudamente a Pedro, que quería saber cómo estaba y recibir órdenes. No había errado del todo Pedro en el paso que dio, pero lo dio demasiado pronto, fue lo que fue, porque al cabo de los ocho días salió Jesús de la tienda en pleno día, se unió a los discípulos, comió con ellos y, habiendo terminado, dijo, Mañana subiremos a Jerusalén, al Templo, allí haréis lo que yo haga, que es tiempo de que el Hijo de Dios sepa para qué sirve la casa del Padre y de que el Mesías empiece a hacer lo que debe. Le preguntaron los discípulos qué cosas eran esas de las que hablaba, pero Jesús sólo les dijo, No tendréis que vivir mucho para saberlo. Ahora bien, los discípulos no estaban habituados a que les hablara en este tono ni a verlo con aquella expresión de dureza en la cara, que ni parecía el mismo Jesús que conocían, dulce y sosegado, a quien Dios llevaba por donde quería y apenas sabía quejarse. No podía haber duda de que la mudanza tenía su origen en las razones, por ahora desconocidas, que lo llevaron a separarse de la comunidad de los amigos y andar, como si estuviese poseso de los demonios de la noche, por aquellos cabezos y barrancos en busca de una palabra, que siempre es lo que se busca. Por eso consideró Pedro, como el de más edad de cuantos allí estaban, que no era justo que sin más explicaciones hubiera Jesús ordenado, Mañana subiremos a Jerusalén, al Templo, como si ellos fueran sólo unos mandados, buenos para llevar y traer de un lado a otro, pero no para conocer los motivos de ir y de volver. Y entonces dijo, Siempre reconoceremos tu poder y tu autoridad y con ellos nos conformamos, tanto por lo que dices como por lo que has hecho, tanto porque eres hijo de Dios como por el hombre que también eres, pero no está bien que nos trates como si fuésemos chiquillos sin tino o viejos caducos, sin comunicarnos tu pensamiento, salvo que deberemos hacer lo que tú hagas, sin que el juicio que tenemos sea llamado a juzgar qué pretendes de nosotros, Perdonadme todos, dijo Jesús, pero ni yo mismo sé lo que me lleva a Jerusalén, sólo me ha sido dicho que debo ir, nada más, pero vosotros no estáis obligados a acompañarme, Quién te dijo que tienes que ir a Jerusalén, Alguien que entró en mi cabeza para decidir lo que tendré que hacer y no hacer, Has cambiado mucho desde tu encuentro con Juan, He comprendido que no basta traer la paz, que es preciso traer también la espada, Si el reino de Dios está cerca, para qué la espada, preguntó Andrés, Dios no me dijo cuál será el camino por el que llegará a vosotros su reino, hemos probado la paz, probemos ahora la espada, Dios hará su elección, pero vuelvo a decirlo, no estáis obligados a acompañarme, Bien sabes que iremos contigo a dondequiera que tú vayas, dijo Juan, y Jesús respondió, No juréis, lo sabréis los que allí hayáis llegado.

A la mañana siguiente, habiendo ido Jesús a casa de Lázaro, no tanto para despedirse como para dar buena señal de que regresaba a la convivencia de todos, le dijo Marta que su hermano estaba en la sinagoga. Entonces Jesús y los suyos tomaron el camino de Jerusalén, y María de Magdala y las otras mujeres los acompañaron hasta las últimas casas de Betania, donde se despidieron gesticulando adioses, a ellas les bastaba con hacerlo, porque los hombres ni una sola vez se volvieron hacia atrás. El cielo está nublado, amenaza lluvia, tal vez sea ése el motivo de que haya poca gente en el camino, los que no tienen especiales urgencias para ir a Jerusalén se quedan en casa, a la espera de lo que los astros decidan. Avanzan, pues, los trece por un camino muchas veces desierto, mientras las nubes gruesas y cenicientas ruedan sobre las alturas de los montes como si, al fin y para siempre, fueran a ajustarse el cielo y la tierra, el molde y lo moldeado, el macho y la hembra, lo cóncavo y lo convexo. No obstante, cuando llegaron a las puertas de la ciudad, vieron en seguida que mayores diferencias en cuanto a variedad y número en la multitud no las había, y que, como de costumbre, sería necesario mucho tiempo y mucha paciencia para abrirse camino y llegar al Templo. Pero no fue así. El aspecto de los trece hombres, casi todos descalzos, con sus grandes cayados, las barbas sueltas, los pesados y oscuros mantos sobre túnicas que parecían haber visto la creación del mundo, hacía que la gente se apartara temerosa, preguntándose unos a otros, Quiénes son éstos, quién es el que va delante, y no sabían responder, hasta que uno que vino de Galilea dijo, Es Jesús de Nazaret, el que se dice hijo de Dios y hace milagros, Y adónde van, se preguntaban, y como la única manera de saberlo era seguirlos, fueron muchos tras ellos, de modo que al llegar a la entrada del Templo, por la parte de fuera, no eran trece, eran mil, pero éstos se quedaron por allí, esperando que los otros les satisficieran la curiosidad. Fue Jesús a la parte donde estaban los cambistas y les dijo a los discípulos, Esto es lo que hemos venido a hacer, a continuación empezó a derribar las mesas, empujando y golpeando a los que vendían y compraban, con lo que se formó un tumulto tal que no habría dejado oír las palabras que decía si no se hubiera producido el extraño caso de que su voz natural sonara como una voz de bronce, estentórea, así, De esta casa que debiera ser de oración para todos los pueblos, habéis hecho un cubil de ladrones, y seguía tumbando mesas, esparciendo y tirando las monedas, con gozo enorme de unos cuantos de los mil, que corrieron a beneficiarse de aquel maná. Andaban los discípulos en el mismo trabajo, ya los tenderetes de los vendedores de palomas estaban también por el suelo y las palomas libres revoloteaban sobre el templo, girando enloquecidas alrededor del humo del altar donde no iban a ser quemadas porque había llegado su salvador. Vinieron los guardias del Templo, armados de garrotes, para castigar y prender o expulsar a los revoltosos, pero, para su desgracia, se encontraron con trece rudos galileos que, cayado en mano, barrían a quien osaba hacerles frente y gritaban, Vengan más, vengan todos, que Dios se basta para todos, y cargaban contra los guardias, destrozaban las bancas de los cambistas, de pronto apareció un hachón encendido, en poco tiempo empezaron a arder los toldos, otra columna de humo se alzaba en el aire, alguien gritó, Llamad a los soldados romanos, pero nadie hizo caso, ocurriera lo que tuviese que ocurrir, los romanos, era de ley, no entrarían en el Templo. Acudieron más guardias, gentes de espada y lanza, a los que vinieron a unirse algún que otro cambista y vendedor de palomas, resueltos a no dejar en manos ajenas la defensa de sus intereses, la suerte de las armas, al poco tiempo, empezó a cambiar, que si esta lucha, como en las cruzadas, la quería Dios, no parecía que el mismo Dios pusiera en ella empeño suficiente para que ganaran los suyos. En esto estábamos, cuando en lo alto de la escalinata apareció el sumo sacerdote, acompañado de sus pares y de los ancianos y escribas que fue posible reunir a toda prisa, y dio una voz que en nada quedó por debajo de aquella de Jesús, dijo él, Dejadlo ir por esta vez, pero si vuelve, entonces lo cortaremos y lo echaremos del Templo, como la cizaña que crece entre las mieses y amenaza con ahogar al grano. Dijo Andrés a Jesús, que luchaba a su lado, Bien está que digas que viniste a traer la espada y no la paz, ahora ya sabemos que cayados no son espadas, y Jesús dijo, En el brazo que blande el cayado y maneja la espada se ve la diferencia, Qué hacemos, preguntó Andrés, Volvamos a Betania, respondió Jesús, no es la espada lo que nos falta, sino el brazo. Retrocedieron en buen orden, con los cayados apuntados a los abucheos y burlas de la multitud, que a más bravos cometidos no se atrevía, y en poco tiempo pudieron salir de Jerusalén y, cansados todos, maltrechos algunos, tomaron el camino de regreso.

Cuando entraron en Betania notaron que los vecinos que aparecían en las puertas los miraban con expresión de piedad y tristeza, pero lo aceptaron como cosa natural, visto el lastimoso estado en que volvían de la pelea. Pronto, sin embargo, conocieron los motivos, al entrar en la calle donde Lázaro vivía, cuando se dieron cuenta de que alguna desgracia había ocurrido. Jesús corrió delante de todos, entró en el patio, gentes de aire compungido le abrieron paso, se oían, dentro de la casa, llantos y lamentos, Ay, mi querido hermano, ésta era la voz de Marta, Ay, mi querido hermano, ésta era la de María. Tendido en el suelo, sobre una estera, vio a Lázaro, tranquilo como si estuviera durmiendo, el cuerpo y las manos compuestas, pero no dormía, no, estaba muerto, durante casi toda su vida su corazón lo estuvo amenazando con abandonarlo, después se curó, que así lo podía testimoniar Betania entera, y ahora estaba muerto, sereno como si fuese de mármol, intacto como si hubiera entrado en la eternidad, pero no tardará en subir a la superficie, desde el interior de la muerte, la primera señal de podredumbre para hacer más insoportable la angustia y el pavor de estos vivos. Jesús, como si le hubiesen cortado de un tajo los tendones de las corvas, cayó de rodillas, y gimió, llorando, Cómo ha sido, cómo ha sido, es una idea que siempre nos acude ante lo que ya no tiene remedio, preguntar a los otros cómo fue, desesperada e inútil manera de distraer el momento en que tendremos que aceptar la verdad, es eso, queremos saber cómo fue, y es como si todavía pudiésemos poner en el lugar de la muerte, la vida, en el lugar de lo que fue, lo que podría haber sido. Desde el fondo de su deshecho y amargo llanto, Marta dijo a Jesús, Si hubieras estado aquí, mi hermano no habría muerto, pero yo sé que todo cuanto a Dios le pidas, él te lo concederá, como te ha concedido la vista de los ciegos, la limpieza de los leprosos, la voz de los mudos, y todos los demás prodigios que moran en tu voluntad y esperan tu palabra. Jesús le dijo, Tu hermano resucitará, y Marta respondió, Sé que resucitará en la resurrección del último día. Jesús se levantó, sintió que una fuerza infinita arrebataba su espíritu, podía, en esta hora suprema, obrarlo todo, conseguirlo todo, expulsar a la muerte de este cuerpo, hacer regresar a él la existencia plena y el ser pleno, la palabra, el gesto, la risa, la lágrima también, pero no de dolor, podía decir, Yo soy la resurrección y la vida, quien cree en mí, aunque esté muerto, vivirá, y preguntaría a Marta, Crees tú en esto, y ella respondería, Sí, creo que eres el hijo de Dios que había de venir al mundo, ahora bien, siendo así, estando dispuestas y ordenadas todas las cosas necesarias, la fuerza y el poder, y la voluntad de usarlos, sólo falta que Jesús, mirando aquel cuerpo abandonado por el alma, tienda hacia él los brazos como el camino por donde ella ha de regresar, y diga, Lázaro, levántate, y Lázaro se levantará porque Dios lo ha querido, pero es en este instante, en verdad último y final, cuando María de Magdala pone una mano en el hombro de Jesús y dice, Nadie en la vida tuvo tantos pecados que merezca morir dos veces, entonces Jesús dejó caer los brazos y salió para llorar.

Como un soplo helado, una transida frialdad, la muerte de Lázaro apagó de golpe el ardor combatiente que Juan hizo nacer en el ánimo de Jesús y en el que, durante una larga semana de reflexión y algunos breves instantes de acción, se confundieron, en un sentimiento único, el servicio de Dios y el servicio al pueblo. Pasados los primeros días de luto, cuando, poco a poco, las obligaciones y los hábitos de lo cotidiano empezaban a recobrar el espacio perdido, pagándolo con momentáneos adormecimientos de un dolor que no cedía, fueron Pedro y Andrés a hablar con Jesús, a preguntarle qué proyectos tenía, si irían otra vez a predicar a las ciudades o si volvían a Jerusalén para un nuevo asalto, pues ya los discípulos andaban quejándose de la prolongada inactividad, que así no puede ser, no hemos dejado nuestra hacienda, trabajo y familia para esto. Jesús los miró como si no los distinguiera entre sus propios pensamientos, los oyó como si tuviera que identificar sus voces en medio de un coro de gritos desconcertados, y al cabo de un largo silencio les dijo que esperaran un poco más, que aún tenía que pensar, que sentía que estaba a punto de ocurrir algo que, definitivamente, decidiría sus vidas y sus muertes. También dijo que no tardaría en unirse a ellos en el campamento, y esto no lo pudieron entender ni Pedro ni Andrés, quedarse las hermanas solas cuando todavía tenía que resolverse lo que harían los hombres, No necesitas volver junto a nosotros, mejor es que te quedes donde estás, dijo Pedro, que no podía saber que Jesús estaba viviendo entre dos tormentos, el de sus deberes para con los hombres y mujeres que lo habían dejado todo para seguirle, y aquí, en esta casa, con estas dos hermanas, iguales y enemigas como el rostro y el espejo, una continua, minuciosa, horrible dilaceración moral. Lázaro estaba presente y no se retiraba. Estaba presente en las duras palabras de Marta, que no perdonaba a María que hubiera impedido la resurrección del propio hermano, que no podía perdonar a Jesús su renuncia a usar de un poder que había recibido de Dios. Estaba presente en las lágrimas inconsolables de María que, por no someter al hermano a una segunda muerte, iba a tener que vivir, para siempre, con el remordimiento de no haberlo liberado de ésta. Estaba presente, en fin, cuerpo inmenso que llenaba todos los espacios y rincones, en la perturbada mente de Jesús, la cuádruple contradicción en que se encontraba, concordar con lo que María dijo y reprocharle el haberlo dicho, comprender la petición de Marta y censurarla por habérsela hecho. Jesús miraba a su pobre alma y la veía como si cuatro caballos furiosos la estuvieran descuartizando, tirando de ella en cuatro direcciones opuestas, como si cuatro cuerdas enrolladas en cabrestantes le rompieran lentamente todas las fibras del espíritu, como si las manos de Dios y las manos del Diablo, divina y diabólicamente, se entretuviesen jugando al juego de las cuatro esquinas con lo que de él aún quedaba. A la puerta de la casa que fue de Lázaro venían los míseros y los llagados a implorar la cura de sus ofendidos cuerpos, y a veces aparecía Marta para expulsarlos, como si protestara, No hubo salvación para mi hermano, no habrá cura para vosotros, pero ellos volvían de nuevo, volvían siempre, hasta que conseguían llegar a donde Jesús estaba, y éste los sanaba y los mandaba irse, pero no les decía, Arrepentíos, quedar curado era como nacer de nuevo sin haber muerto, quien nace no tiene pecados suyos, no tiene que arrepentirse de lo que no hizo. Pero estas obras de regeneración física, si no está mal decirlo, aun siendo de misericordia máxima, dejaban en el corazón de Jesús un sabor ácido, una especie de resabio amargo, porque en verdad no eran más que adelantos de las decadencias inevitables, aquel que hoy se ha marchado de aquí sano y contento, volverá mañana llorando nuevos dolores que no tendrán remedio. Llegó la tristeza de Jesús a un punto tal que un día Marta le dijo, No te mueras tú ahora, que entonces sabría lo que era morírseme Lázaro de nuevo, y María de Magdala, en el secreto de la oscura noche, murmurando bajo el cobertor común, queja y gemido de animal que se esconde para sufrir, Hoy me necesitas como nunca antes me habías necesitado, soy yo quien no puede alcanzarte donde estás, porque te has cerrado tras una puerta que no está hecha para fuerzas humanas, y Jesús que a Marta respondió, En mi muerte estarán presentes todas las muertes de Lázaro, él es quien siempre estará muriendo y no puede ser resucitado, le pidió y rogó a María, Aunque no puedas entrar, no te alejes de mí, tiéndeme siempre tu mano, aunque no puedas verme, si no lo haces me olvidaré de la vida, o ella me olvidará. Pasados unos días, Jesús se unió con los discípulos, y María de Magdala fue con él, Miraré tu sombra si no quieres que te mire a ti, le dijo, y él respondió, Quiero estar donde mi sombra esté, si es allí donde están tus ojos. Se amaban y decían palabras como éstas, no sólo porque eran bellas o verdaderas, si es posible que sean lo mismo al mismo tiempo, sino porque presentían que el tiempo de las sombras estaba llegando a su hora, y era preciso que empezaran a acostumbrarse, todavía juntos, a la oscuridad de la ausencia definitiva.

Llegó entonces al campamento la noticia de la prisión de Juan el Bautista. No se sabía más que esto, que había sido preso, y también que lo mandó encarcelar el propio Herodes, motivo por el que, no imaginando otras razones, Jesús y su gente pensaron que la causa de lo sucedido sólo podía estar en los incesantes anuncios de la llegada del Mesías, que era la sustancia final de lo que Juan proclamaba en todos los lugares, entre bautismo y bautismo, Otro vendrá que os bautizará por el fuego, entre imprecación e imprecación, Raza de víboras, quién os ha enseñado a huir de la cólera que está por venir. Dijo entonces Jesús a los discípulos que estuvieran preparados para todo tipo de vejámenes y persecuciones, pues era de creer que, corriendo por el país, y desde no poco tiempo, noticia de lo que ellos mismos andaban haciendo y diciendo en el mismo sentido, concluyese Herodes que dos y dos son cuatro y buscase en un hijo de carpintero que decía ser hijo de Dios, y en sus seguidores, la segunda y más poderosa cabeza del dragón que amenazaba con derribarlo del trono. Sin duda, no es mejor una mala noticia que ausencia de noticia, pero se justifica que la reciban con serenidad de alma aquellos que, habiendo esperado y ansiado por un todo, se vieron, en los últimos tiempos, colocados ante la nada. Se preguntaban unos a otros, y todos a Jesús, qué era lo que debían hacer, si mantenerse juntos, y juntos enfrentarse a la maldad de Herodes, o dispersarse por las ciudades, o, incluso, refugiarse en el desierto, manteniéndose de miel silvestre y saltamontes, como hizo Juan antes de salir de allí, para mayor gloria de Dios y, por lo visto, para su propia desgracia. Pero, como no había señal de que estuvieran ya en marcha los soldados de Herodes camino de Betania para matar a estos otros inocentes, pudieron Jesús y los suyos pensar y ponderar con calma las diferentes alternativas, en esto estaban cuando llegaron la segunda y la tercera noticia, que Juan había sido degollado, y que el motivo del encarcelamiento y ejecución nada tenía que ver con anuncios de Mesías o reinos de Dios, sino con el hecho de clamar y vociferar contra el adulterio que el mismo Herodes cometía, casándose con Herodías, su sobrina y cuñada, en vida del marido de ésta. Que Juan estuviese muerto fue causa de numerosas lágrimas y lamentaciones en todo el campamento, sin que se notara, entre hombres y mujeres, diferencia en las expresiones de pesar, pero que él hubiera sido muerto por el motivo que se decía, era algo que escapaba a la comprensión de cuantos allí estaban, porque otra razón, ésa sí suprema, debería de haber prevalecido en la sentencia de Herodes, y, finalmente, era como si ella no tuviera existencia hoy ni debiera tener ninguna importancia mañana, decía encolerizado Judas de Iscariote, a quien, como recordamos sin duda, había bautizado Juan, Qué es esto, preguntaba a toda la compañía, mujeres incluidas, anuncia Juan que viene el Mesías a redimir al pueblo y lo matan por denuncias de concubinato y adulterio, historias de cama de tío y cuñada, como si nosotros no supiéramos que ése fue siempre el vivir corriente y común de la familia, desde el primer Herodes hasta los días que vivimos, Qué es esto, repetía, si fue Dios quien mandó a Juan a anunciar al Mesías, y yo no dudo, por la simple razón de que nada puede ocurrir sin que lo haya querido Dios, si fue Dios, explíquenme entonces los que de él saben más que yo por qué quiere él que sus propios designios sean así rebajados en la tierra, y, por favor, no argumentéis que Dios sabe y nosotros no podemos saber, porque yo os respondería que lo que quiero saber es precisamente lo que Dios sabe. Pasó un frío de miedo por toda la asamblea, como si la ira del Señor viniera ya en camino para fulminar al osado y a todos los demás que, inmediatamente, no le habían hecho pagar la blasfemia. Con todo, no estando Dios allí presente para dar satisfacción a Judas de Iscariote, el desafío sólo podía ser recogido por Jesús, que era quien más cerca andaba del supremo interpelado. Si fuese otra la religión, y la situación otra, tal vez las cosas se hubieran quedado aquí, con esta sonrisa enigmática de Jesús, en la que, pese a ser tan vaga y fugitiva, fue posible reconocer tres partes, una de sorpresa, otra de benevolencia, otra de curiosidad, lo que, pareciendo mucho, no era nada, por ser la sorpresa instantánea, condescendiente la benevolencia, fatigada la curiosidad. Pero la sonrisa, así como vino, así se fue, y lo que en su lugar quedó fue una palidez mortal, un rostro súbitamente demacrado, como de quien acaba de ver, en figura y en presencia, su propio destino. Con voz lenta, en la que casi no había expresión, Jesús dijo al fin, Que se vayan las mujeres, y María de Magdala fue la primera en levantarse. Después, cuando el silencio, poco a poco, se convirtió en muralla y techo para encerrarlos en la más profunda caverna de la tierra, Jesús dijo, Pregunte Juan a Dios por qué lo hizo morir así, por una causa tan mezquina, a quien tan grandes cosas había venido a anunciar, lo dijo y se calló durante un momento, y como Judas de Iscariote parecía querer hablar, levantó la mano para que esperara, y concluyó, Mi deber, acabo de entenderlo ahora, es deciros lo que sé de lo que Dios sabe, si el mismo Dios no me lo impide. Entre los discípulos creció un rumor de palabras cambiadas con voz alterada, un desasosiego, una excitación inquieta, temían saber lo que saber ansiaban, sólo Judas de Iscariote mantenía la expresión de desafío con que provocó el debate. Dijo Jesús, Sé cuál es mi destino y el vuestro, sé el destino de muchos de los que han de nacer, conozco las razones de Dios y sus designios, y de todo esto debo hablaros porque a todos toca y a todos tocará en el futuro, Por qué, preguntó Pedro, por qué tenemos nosotros que saber lo que te fue transmitido por Dios, mejor sería que callases, Estaría en el poder de Dios hacerme callar ahora mismo, Entonces, callar o no callar tiene la misma importancia para Dios, es la misma nada, y si Dios ha hablado por tu boca, por tu boca seguirá hablando, hasta cuando, como ahora, creas contrariar su voluntad, Tú sabes, Pedro, que seré crucificado, Me lo dijiste, Pero no te dije que tú mismo, y Andrés, y Felipe, lo seréis también, que Bartolomé será desollado, que a Mateo lo matarán los bárbaros, que a Tiago, hijo de Zebedeo, lo degollarán, que el segundo Tiago, hijo de Alfeo, será lapidado, que Tomás morirá alanceado, que a Judas Tadeo le aplastarán la cabeza, que Simón será troceado por una sierra, esto no lo sabías, pero lo sabes ahora y lo sabéis todos. La revelación fue recibida en silencio, ya no había motivo para tener miedo de un futuro que se les daba a conocer, como si, en definitiva, Jesús les hubiese dicho, Moriréis, y ellos le respondieran, a coro, Gran novedad ésa, ya lo sabíamos. Pero Juan y Judas de Iscariote no oyeron que se hablara de ellos, y por eso preguntaron, Y yo, y Jesús dijo, Tú, Juan, llegarás a viejo y de viejo morirás, en cuanto a ti, Judas de Iscariote, evita las higueras, porque te vas a ahorcar en una con tus propias manos, Moriremos por tu causa, dijo una voz, pero no se supo de quién había sido, Por causa de Dios, no por mi causa, respondió Jesús, Qué quiere Dios en definitiva, preguntó Juan, Quiere una asamblea mayor que la que tiene, quiere el mundo todo para sí, Pero si Dios es señor del universo, cómo puede el mundo no ser suyo, y no desde ayer o desde mañana, sino desde siempre, preguntó Tomás, Eso no lo sé, dijo Jesús, Pero tú, que durante tanto tiempo viviste con todas esas cosas en el corazón, por qué vienes a contárnoslas ahora, Lázaro, a quien yo curé, murió, Juan el Bautista, que me anunció, murió, la muerte está ya entre nosotros, Todos los seres tienen que morir, dijo Pedro, los hombres y los otros, Morirán muchos en el futuro por voluntad de Dios y su causa, Si es voluntad de Dios, es causa santa, Morirán porque no nacieron antes ni después, Serán recibidos en la vida eterna, dijo Mateo, Sí, pero no debería ser tan dolorosa la condición para entrar allí, Si el hijo de Dios dijo lo que dijo, a sí mismo se negó, protestó Pedro, Te equivocas, sólo al hijo de Dios le es permitido hablar así, lo que en tu boca sería blasfemia, en la mía es la otra palabra de Dios, respondió Jesús, Hablas como si tuviésemos que escoger entre tú y Dios, dijo Pedro, Siempre vuestra elección tendrá que ser entre Dios y Dios, yo estoy como vosotros y los hombres, en medio, Entonces, qué mandas que hagamos, Que ayudéis a mi muerte ahorrando las vidas de los que han de venir, No puedes ir contra la voluntad de Dios, No, pero mi deber es intentarlo, Tú estás a salvo porque eres hijo de Dios, pero nosotros perderemos nuestra alma, No, si decidís obedecerme, porque estaréis obedeciendo todavía a Dios. En el horizonte, en los últimos confines del desierto, apareció el borde de una luna roja. Habla, dijo Andrés, pero Jesús esperó a que la luna toda se alzara de la tierra, enorme y sangrienta, la luna, y después dijo, El hijo de Dios tendrá que morir en la cruz para que así se cumpla la voluntad del Padre, pero, si en su lugar pusiéramos a un simple hombre, ya no podría Dios sacrificar al Hijo, Quieres poner un hombre en tu lugar, a uno de nosotros, preguntó Pedro, No, yo ocuparé el lugar del Hijo, En nombre de Dios, explícate, Un simple hombre, sí, pero un hombre que se hubiese proclamado a sí mismo rey de los Judíos, que anduviera alzando al pueblo para derribar a Herodes del trono y expulsar de la tierra a los romanos, eso es lo que os pido, que corra uno de vosotros al Templo, proclamando que yo soy ese hombre, y tal vez si la justicia es rápida, no tenga tiempo la de Dios de enmendar la de los hombres, como no enmendó la mano del verdugo que iba a degollar a Juan. El asombro hizo que todos callaran, pero por poco tiempo, que luego salieron de todas las bocas palabras de indignación, de protesta, de incredulidad, Si eres el hijo de Dios, como hijo de Dios tienes que morir, clamaba uno, Comí del pan que repartiste, cómo podría ahora denunciarte, gemía otro, No quiera ser rey de los Judíos quien va a ser rey del mundo, decía éste, Muera quien de aquí se mueva para acusarte, amenazaba aquél. Fue entonces cuando se oyó, clara, distinta, sobre el alboroto, la voz de Judas de Iscariote, Yo voy, si así lo quieres. Le echaron los otros las manos encima, había ya cuchillos saliendo de los pliegues de las túnicas, cuando Jesús ordenó, Dejadlo, que nadie le haga mal. Después se levantó, lo abrazó y lo besó en las dos mejillas, Vete, mi hora es tu hora. Sin una palabra, Judas de Iscariote se echó la punta del manto sobre el hombro y, como si lo hubiera engullido la noche, desapareció en la oscuridad.

Los guardias del Templo y los soldados de Herodes llegaron para prender a Jesús con las primeras luces de la mañana. Después de cercar calladamente el campamento, entraron al asalto unos cuantos, armados de espada y lanza, el que los mandaba gritó, Dónde está ese que se dice rey de los Judíos, y otra vez, Que se presente ese que dice ser rey de los Judíos, entonces salió Jesús de su tienda, estaba con él María de Magdala, que venía llorando, y dijo, Yo soy el rey de los Judíos. En ese momento, se le acercó un soldado que le ató las manos, al tiempo que le decía en voz baja, Si, pese a ir hoy preso, llegaras a ser rey un día, acuérdate de que te prendo por orden de otro, entonces dirás que lo prenda a él, y yo te obedeceré, como ahora he obedecido. Y Jesús dijo, Un rey no prende a otro rey, un dios no mata a otro dios, para que hubiera quien prendiese y matase fueron hechos los hombres comunes. Enlazaron también los pies de Jesús con una cuerda, para que no pudiese huir, y Jesús dijo para sí, porque así lo creía, Tarde llega, yo ya he huido. Entonces María de Magdala dio un grito como si se le estuviera rompiendo el alma, y Jesús dijo, Llorarás por mí, y vosotras, mujeres, todas habéis de llorar, si llega una hora igual para estos que aquí están y para vosotras mismas, pero sabed que por cada lágrima vuestra se derramarían mil en el tiempo que ha de venir si yo no acabo como es mi voluntad. Y volviéndose hacia el que mandaba, dijo, Deja ir a estos hombres que estaban conmigo, yo soy el rey de los Judíos, no ellos, y sin más, avanzó hacia el centro de los soldados, que lo rodearon. El sol había aparecido y subía en el cielo por encima de las casas de Betania, cuando la multitud, con Jesús delante, entre dos soldados que sostenían las puntas de la cuerda que le ataba las manos, comenzó a subir el camino de Jerusalén. Detrás iban los discípulos y las mujeres, ellos airados, ellas sollozando, pero tanto era lo que valían los sollozos de unas como la ira de los otros, Qué vamos a hacer, preguntaban con la boca pequeña, saltar sobre los soldados e intentar liberar a Jesús, muriendo quizá en la lucha, o dispersarnos antes de que venga también una orden de prisión contra nosotros, y como no eran capaces de escoger entre esto y aquello, nada hicieron, y fueron siguiendo, a distancia, al destacamento de la tropa. En un momento determinado vieron que el grupo de delante se paraba y no entendían por qué, salvo que hubiera venido contraorden y estuvieran desatando los nudos de Jesús, pero para pensar tal cosa era preciso ser muy loco, algunos había, aunque no tanto. Realmente se había desatado un nudo, pero el de la vida de Judas de Iscariote, allí, en una higuera, a la orilla del camino por donde Jesús tendría que pasar, colgado por el cuello, estaba el discípulo que se presentó voluntario para que se pudiera cumplir la última voluntad del maestro. El que mandaba la escolta hizo señal a dos soldados para que cortasen la cuerda y bajaran el cuerpo, Todavía está caliente, dijo uno, bien podía ser que Judas de Iscariote, sentado en la rama de la higuera, ya con la cuerda al cuello, hubiera estado esperando pacientemente a que apareciese Jesús, a lo lejos, en la curva del camino, para lanzarse rama abajo, en paz consigo mismo por haber cumplido su deber. Jesús se acercó, no lo impidieron los soldados, y miró detenidamente la cara de Judas, retorcida por la rápida agonía, Todavía está caliente, volvió a decir el soldado, entonces pensó Jesús que podía, si quisiese, hacer con este hombre lo que no había hecho con Lázaro, resucitarlo, para que tuviera en otro lugar y otro día, su propia e irrenunciable muerte, distante y oscura, y no la vida y la memoria interminables de una traición. Pero es sabido que sólo el hijo de Dios tiene poder para resucitar, no lo tiene el rey de los Judíos que aquí va, de espíritu mudo y atado de pies y manos. El que mandaba dijo, Dejadlo ahí para que lo entierren los de Betania o se lo coman los cuervos, pero registradlo primero, a ver si lleva algo de valor, y los soldados buscaron y no encontraron nada, Ni una moneda, dijo uno, no tenía nada de extraño, el de los fondos de la comunidad era Mateo, que sabía del oficio por haber sido publicano en los tiempos en que se llamaba Levi. No le pagaron la denuncia, murmuró Jesús, y el otro, al oírlo, respondió, Quisieron, pero él dijo que tenía por costumbre pagar sus cuentas, y ahí está, ya no las paga más. Siguió adelante la marcha, algunos discípulos se quedaron mirando piadosamente el cadáver, pero Juan dijo, Dejémoslo, no era de los nuestros, y el otro Judas, el que también es Tadeo, acudió a enmendar, Lo aceptemos o no, siempre será de los nuestros, no sabremos qué hacer con él y sin embargo seguirá siendo siempre de los nuestros. Sigamos, dijo Pedro, nuestro lugar no está junto a Judas de Iscariote, Tienes razón, dijo Tomás, nuestro lugar debería ser al lado de Jesús, pero ese lugar va vacío.

Entraron al fin en Jerusalén y Jesús fue llevado al consejo de los ancianos, príncipes de los sacerdotes y escribas. Estaba allí el sumo sacerdote, que se alegró al verlo y le dijo, Te lo advertí, pero tú no quisiste oírme, ahora tu orgullo no podrá defenderte y tus mentiras te condenarán, Qué mentiras, preguntó Jesús, Una, que eres rey de los Judíos, Soy rey de los Judíos, La otra, que eres el hijo de Dios, Quién te ha dicho que yo digo que soy el hijo de Dios, Todos por ahí, No les des oídos, yo soy el rey de los Judíos, Entonces, confiesas que no eres el hijo de Dios, Repito que soy el rey de los Judíos, Ten cuidado, mira que basta esa mentira para que seas condenado, Lo que he dicho, dicho está, Muy bien, te voy a enviar al procurador de los romanos, que está ansioso por conocer al hombre que quiere expulsarlo a él y arrebatarle estos dominios al poder de César. Los soldados se llevaron a Jesús al palacio de Pilatos y como ya había corrido la noticia de que aquel que decía ser rey de los Judíos, el que azotó a los cambistas y prendió fuego a sus tenderetes, había sido preso, acudía la gente a ver qué cara ponía un rey cuando lo llevaban por las calles a la vista de todos, con las manos atadas como si de un criminal común se tratara, siendo indiferente, para el caso, si era rey de los auténticos o de los que presumen de serlo. Y, como siempre acontece, porque el mundo no es todo igual, unos sentían pena, otros no, unos decían, Por qué no lo sueltan, que está loco, otros, al contrario, creían que castigar un delito es dar ejemplo y que, si aquéllos son muchos, éstos no deben ser menos. En medio de la multitud, con ella confundidos, andaban medio perdidos los discípulos, y también las mujeres que los acompañaban, éstas se conocían de inmediato por las lágrimas, sólo una de ellas no lloraba, era María de Magdala, porque el llanto se le estaba quemando dentro.

No era grande la distancia entre la casa del sumo sacerdote y el palacio del procurador, pero a Jesús le parecía que no acababa de llegar nunca, y no por considerar insoportables hasta ese punto los abucheos y los empujones de la multitud, decepcionada por la triste figura que iba haciendo aquel rey, sino porque le urgía comparecer al encuentro que por su voluntad fijó con la muerte, no vaya a ocurrir que Dios mire hacia este lado, y diga, Qué es eso, no estás cumpliendo lo convenido. A la puerta del palacio se apostaban soldados de Roma, a quienes los de Herodes y los guardias del Templo entregaron el preso, quedándose ellos fuera, a la espera del resultado, y entrando con él sólo unos cuantos sacerdotes que tenían autorización. Sentado en su silla de procurador, Pilatos, que éste era el nombre, vio entrar a un desgraciado, barbudo y descalzo, con la túnica sucia de manchas antiguas y recientes, éstas de frutas maduras que los dioses habían creado para otro fin, no para ser desahogo de rencores y señal de ignominia. De pie, ante él, el preso aguardaba, la cabeza la mantenía erguida, pero su mirada se perdía en el espacio, en un punto próximo, aunque indefinible, entre los ojos de uno y los ojos del otro. Pilatos sólo conocía dos especies de acusados, los que bajaban los ojos y los que de ellos se servían como carta de desafío, a los primeros los despreciaba, a los segundos los temía siempre un poco, y por eso los condenaba más deprisa. Pero éste estaba allí y era como si no estuviera, tan seguro de sí como si fuese, de hecho y de derecho, una real persona, a quien, por ser todo esto un deplorable malentendido, no tardarían en restituirle la corona, el manto y el cetro. Pilatos acabó concluyendo que lo más apropiado sería incluir a este preso en la segunda especie, y juzgarlo en conformidad, así que pasó al interrogatorio de inmediato, Hombre, cómo te llamas, Jesús, hijo de José, nací en Belén de Judea, pero me conocen como Jesús de Nazaret porque en Nazaret de Galilea viví, Tu padre, quién era, Ya lo he dicho, su nombre era José, Qué oficio tenía, Carpintero, Explícame entonces cómo salió de un José carpintero un Jesús rey, Si un rey puede hacer hijos carpinteros, un carpintero debe poder hacer hijos reyes. En este momento intervino un sacerdote de los principales, diciendo, Te recuerdo, Pilatos, que este hombre dijo también que es hijo de Dios, No es verdad, sólo digo que soy hijo del Hombre, respondió Jesús, y el sacerdote, Pilatos, no te dejes engañar, en nuestra religión da lo mismo decir hijo del Hombre que hijo de Dios. Pilatos hizo un gesto de indiferencia con la mano, Si anduviera por ahí pregonando que es hijo de Júpiter, el caso, teniendo en cuenta otros que antes hubo, me interesaría, pero que sea o no sea hijo de vuestro dios me tiene sin cuidado, Júzgalo entonces por decir que es rey de los Judíos, que eso es bastante para nosotros, Falta saber si lo será también para mí, respondió Pilatos, malhumorado. Jesús esperaba tranquilamente el final del diálogo y la reanudación del interrogatorio, Qué dices tú que eres, preguntó el procurador, Digo lo que soy, rey de los Judíos, Y qué es lo que pretende ese rey de los Judíos que dices ser, Todo lo que es propio de un rey, Por ejemplo, Gobernar a su pueblo y protegerlo, Protegerlo de qué, De todo cuanto esté contra él, Protegerlo de quién, De todos cuantos estén contra él, Si no entiendo mal, lo protegerías de Roma, Has entendido bien, Y para protegerlo atacarías a los romanos, No hay otra manera, Y nos expulsarías de estas tierras, Una cosa lleva a la otra, evidentemente, Luego eres enemigo de César, Soy rey de los Judíos, Confiesa que eres enemigo de César, Soy rey de los Judíos, y mi boca no se abrirá para decir otra palabra. Exultante, el sacerdote alzó las manos al cielo, Ves, Pilatos, él confiesa, y tú no puedes dejar que se vaya de aquí a salvo quien, ante testigos, se declaró contra ti y contra el César. Pilatos suspiró, le dijo al sacerdote, Cállate, y, volviéndose a Jesús, preguntó, Qué más tienes que decir, Nada, respondió Jesús, Me obligas a condenarte, Cumple con tu deber, Quieres elegir tu muerte, Ya la he elegido, Cuál, La cruz, Morirás en la cruz. Los ojos de Jesús, por fin, buscaron los ojos de Pilatos y se clavaron en él, Puedo pedirte un favor, preguntó, Si no va contra la sentencia que has oído, Te pido que mandes poner encima de mi cabeza una leyenda en que quede dicho, para que me conozcan, quién soy y qué soy, Nada más, Nada más. Pilatos hizo una señal a un secretario, que le trajo el material de escritura, y con su propia mano, escribió Jesús de Nazaret Rey de los Judíos. El sacerdote, que estaba entregado a su alegría, se dio cuenta ahora de lo que ocurría y protestó, No puedes escribir Rey de los Judíos, pero sí Que Se Decía Rey de los Judíos, pero Pilatos estaba furioso consigo mismo, le parecía que tendría que haber dejado en paz a aquel hombre, pues hasta el más puntilloso de los jueces sería capaz de ver que ningún mal podría llegarle a César de un enemigo como aquél, y fue por esto por lo que respondió secamente, No me molestes, lo escrito, escrito está. Hizo una señal a los soldados para que se llevaran de allí al condenado y mandó que trajeran agua para lavarse las manos, como era costumbre después de dictar sentencia.

Se llevaron a Jesús hacia un cerro al que llamaban Gólgota, y como ya le iban flaqueando las piernas bajo el peso del madero, pese a su robusta complexión, mandó el centurión comandante que un hombre que iba de paso y se paró un momento a mirar el desfile, tomara cuenta de la carga. De abucheos y empujones ya se dio antes noticia, como de la multitud que los lanzaba. También de la rara piedad. En cuanto a los discípulos, ésos andaban por ahí, ahora mismo una mujer acaba de interpelar a Pedro, No eras tú uno de los que andaban con él, y Pedro respondió, Yo, no, y habiendo dicho esto, se escondió detrás de todos, pero allí volvió a verlo la misma mujer y otra vez le dijo, Yo, no, y como no hay dos sin tres, siendo la de tres la cuenta que Dios hizo, aún fue Pedro por tercera preguntado, y por tercera vez respondió, Yo, no. Las mujeres suben al lado de Jesús, unas aquí, otras allí, y María de Magdala es la que más cerca va, pero no puede aproximarse porque no se lo permiten los soldados, como no dejarán pasar a nadie por las proximidades del lugar donde están levantadas tres cruces, dos ocupadas ya por hombres que gritan y claman y lloran, y la tercera, en medio, esperando a su hombre, derecha y vertical como una columna sustentando el cielo. Dijeron los soldados a Jesús que se tumbase, y él se tumbó, le pusieron los brazos abiertos sobre el patíbulo, y cuando el primer clavo, bajo el golpe brutal del martillo, le perforó la muñeca por el intervalo entre los dos huesos, el tiempo huyó hacia atrás en un vértigo instantáneo, y Jesús sintió el dolor como su padre lo sintió, se vio a sí mismo como lo había visto a él, crucificado en Séforis, después la otra muñeca, y luego la primera dilaceración de las carnes estiradas cuando el patíbulo empezó a ser izado a sacudidas hacia lo alto de la cruz, todo su peso suspendido de los frágiles huesos, y fue como un alivio cuando le empujaron las piernas hacia arriba y un tercer clavo le atravesó los calcañares, ahora ya no hay nada más que hacer, es sólo esperar la muerte.

Jesús muere, muere, y ya va dejando la vida, cuando de pronto el cielo se abre de par en par por encima de su cabeza, y Dios aparece, vestido como estuvo en la barca, y su voz resuena por toda la tierra diciendo, Tú eres mi Hijo muy amado, en ti pongo toda mi complacencia.

Entonces comprendió Jesús que vino traído al engaño como se lleva al cordero al sacrificio, que su vida fue trazada desde el principio de los principios para morir así, y, trayéndole la memoria el río de sangre y de sufrimiento que de su lado nacerá e inundará toda la tierra, clamó al cielo abierto donde Dios sonreía, Hombres, perdonadle, porque él no sabe lo que hizo. Luego se fue muriendo en medio de un sueño, estaba en Nazaret y oía que su padre le decía, encogiéndose de hombros y sonriendo también, Ni yo puedo hacerte todas las preguntas, ni tú puedes darme todas las respuestas. Aún había en él un rastro de vida cuando sintió que una esponja empapada en agua y vinagre le rozaba los labios, y entonces, mirando hacia abajo, reparó en un hombre que se alejaba con un cubo y una caña al hombro. Ya no llegó a ver, colocado en el suelo, el cuenco negro sobre el que su sangre goteaba.

A MODO DE EPÍLOGO

Un capítulo para el Evangelio[*]

De mí ha de decirse que tras la muerte de Jesús me arrepentí de lo que llamaban mis infames pecados de prostituta y me convertí en penitente hasta el final de la vida, y eso no es verdad. Me subieron desnuda a los altares, cubierta únicamente por el pelo que me llegaba hasta las rodillas, con los senos marchitos y la boca desdentada, y si es cierto que los años acabaron resecando la lisa tersura de mi piel, eso sucedió porque en este mundo nada prevalece contra el tiempo, no porque yo hubiera despreciado y ofendido el cuerpo que Jesús deseó y poseyó. Quien diga de mí esas falsedades no sabe nada de amor. Dejé de ser prostituta el día que Jesús entró en mi casa trayendo una herida en el pie para que se la curase, y de esas obras humanas que llaman pecados de lujuria no tendría que arrepentirme si como prostituta mi amado me conoció y, habiendo probado mi cuerpo y sabido de

[*] Nota de los editores: entrada del blog de José Saramago del 24 de julio de 2009 que forma parte de la segunda recopilación de esta clase de textos, publicada en 2011 por Alfaguara bajo el título *El último cuaderno*, traducción de Pilar del Río.

qué vivía, no me dio la espalda. Cuando delante de todos los discípulos Jesús me besaba una y muchas veces, ellos le preguntaron si me quería más a mí que a ellos, y Jesús respondió: «¿A qué se puede deber que yo no os quiera tanto como a ella?». Ellos no supieron qué decir porque nunca iban a ser capaces de amar a Jesús con el mismo absoluto amor con el que yo lo amaba. Después de que Lázaro muriera, la pena y la tristeza de Jesús fueron tales que, una noche, bajo las sábanas que tapaban nuestra desnudez, le dije: «No puedo alcanzarte donde estás porque te has encerrado tras una puerta que no es para fuerzas humanas», y él dijo, sollozo y gemido de animal que se esconde para sufrir: «Aunque no puedas entrar, no te apartes de mí, tenme siempre tendida la mano incluso cuando no puedas verme, si no lo hicieras me olvidaría de la vida, o ella me olvidará». Y cuando, pasados algunos días, Jesús fue a reunirse con los discípulos, yo, que caminaba a su lado, le dije: «Miraré tu sombra si no quieres que te mire a ti», y él respondió: «Quiero estar conde esté mi sombra si allí es donde están tus ojos». Nos amábamos y nos decíamos palabras como éstas, no sólo por ser bellas y verdaderas, si es posible que sean una cosa y otra al mismo tiempo, sino porque presentíamos que el tiempo de las sombras estaba llegando y era necesario que comenzásemos a acostumbrarnos, todavía juntos, a la oscuridad de la ausencia definitiva. Vi a Jesús resucitado y en el primer momento pensé que aquel hombre era el cuidador del jardín donde se encontraba el túmulo, pero hoy sé que no lo veré nunca desde los altares donde me pusieron, por más altos que sean, por más cerca del cielo que los coloquen, por más adornados de flores y perfumados que estén. La muerte no fue lo que nos separó, nos separó para siempre jamás la eternidad. En aquel tiempo, abrazados el uno al otro, unidas nuestras bocas por el espíritu y por la carne, ni Jesús era lo que de él se proclamaba, ni yo era lo que de mí se zahería. Jesús, conmigo, no fue el Hijos de Dios, y yo, con él, no fui la prostituta María de Magdala, fuimos únicamente este hombre y esta mujer, ambos estremecidos de amor y a quienes el mundo rodeaba como un buitre barruntando sangre. Algunos dijeron que Jesús había expulsado siete demonios de mis entrañas, pero tampoco eso es verdad. Lo que Jesús hizo, sí, fue despertar los siete ángeles que dormían dentro de mi alma a la espera de que él viniera a pedirme socorro: «Ayúdame». Fueron los ángeles quienes le curaron el pie, los que me guiaron las manos temblorosas y limpiaron el pus de la herida, fueron ellos quienes me pusieron en los labios la pregunta sin la que Jesús no podría ayudarme a mí: «¿Sabes quién soy, lo que hago, de lo que vivo?», y él respondió: «Lo sé», «No has tenido nada más que mirar y ya lo sabes todo», dije yo, y él respondió: «No sé nada», y yo insistí: «Que soy prostituta», «Eso lo sé», «Que me acuesto con hombres por dinero», «Sí», «Entonces lo sabes todo de mí», y él, con voz tranquila, como la lisa superficie de un lago murmurando, dijo: «Sé sólo eso». Entonces yo todavía ignoraba que él era el hijo de Dios, ni siquiera imaginaba que Dios tuviera un hijo, pero, en ese instante, con la luz deslumbrante del entendimiento, percibí en mi espíritu que solamente un verdadero Hijo del Hombre podría haber pronunciado esas tres simples palabras: «Sé eso sólo». Nos quedamos mirándonos el uno al otro, ni nos dimos cuenta de que los ángeles se habían retirado ya, y a partir de esa hora, en la palabra y en el silencio, en la noche y en el día, con el sol y con la luna, en la presencia y en la ausencia, comencé a decirle a Jesús quién era yo, y todavía me faltaba mucho para llegar al fondo de mí misma cuando lo mataron. Soy María de Magdala y amé. No hay nada más que decir.